L'HÉRITIER DE L'EMPIRE

ŒUVRES DE GEORGE LUCAS
CHEZ POCKET

STARWARS : LA TRILOGIE

1. LA GUERRE DES ÉTOILES, *par George Lucas*
2. L'EMPIRE CONTRE-ATTAQUE, *par Donald F. Glut*
3. LE RETOUR DU JEDI, *par James Kahn*

LA CROISADE NOIRE DU JEDI FOU, par Timothy Zahn

1. L'HÉRITIER DE L'EMPIRE
2. LA BATAILLE DES JEDI

SCIENCE-FICTION
Collection dirigée par Jacques Goimard

TIMOTHY ZAHN

STARWARS 4

L'HÉRITIER DE L'EMPIRE

PRESSES DE LA CITÉ

Titre original :
STAR WARS — HEIR OF THE EMPIRE

Traduction de Michel Demuth

Si vous souhaitez recevoir régulièrement notre zine « **Rendez-vous ailleurs** », écrivez-nous à :

« Rendez-vous ailleurs »
Service promo Pocket
12, avenue d'Italie
75627 PARIS Cedex 13

PRESSECO

PAPIER RECYCLÉ
NATURE PROTÉGÉE

ISBN 2-266-06351-0

CHAPITRE PREMIER

Une voix l'interpella depuis le trou d'équipage bâbord, dominant le brouhaha des conversations :

– Commandant Pellaeon ? Message du cordon de surveillance : les éclaireurs viennent juste de passer en vitesse infra-luminique.

Pellaeon, penché sur l'épaule du contrôleur d'écran de la passerelle du *Chimaera*, resta sourd à cet appel. Il pointa un stylo lumineux sur le schéma et ordonna :

– Faites-moi le tracé de ça.

Le technicien leva sur lui un regard interrogateur.

– Commandant ?...

– Oui, j'ai entendu, dit Pellaeon. Mais je viens de vous donner un ordre, lieutenant.

– Oui, commandant, fit l'autre avec prudence avant de taper le tracé.

– Commandant Pellaeon ? répéta la voix, plus proche cette fois.

Sans quitter des yeux le graphique, Pellaeon guetta le bruit de pas qui approchaient. Puis, avec la force majestueuse qu'un homme acquérait après cinquante années dans la Flotte Impériale, il se redressa et se retourna.

Tout soudain, la démarche du jeune officier de service se fit moins alerte, et il s'arrêta brusquement.

– Commandant, je... euh...

Il affronta le regard de Pellaeon et sa voix s'éteignit.

Pellaeon maintint le silence le temps de quelques battements de cœur, suffisamment longtemps pour que ceux qui l'entouraient le remarquent.

– Nous ne sommes pas sur le marché aux bestiaux de Shaum Hii, lieutenant Tschel, dit-il enfin, d'une voix calme et glacée. Nous sommes sur la passerelle de commandement d'un superdestroyer de l'Empire. On ne doit jamais – je répète : on ne doit *jamais* – crier une information de service dans la direction approximative de celui à laquelle elle est destinée. Est-ce bien clair?

Tschel déglutit avec peine.

– Oui, commandant.

Pellaeon le fixa encore quelques secondes avant d'acquiescer brièvement.

– Maintenant, faites votre rapport.

– Oui, commandant. Les vaisseaux-sentinelles viennent de nous appeler, commandant : les éclaireurs sont revenus de leur raid d'observation dans le système d'Obroa-skai.

– Très bien. Aucun incident à signaler?

– Un seul, mineur, commandant : les indigènes se sont apparemment offensés que l'on ait pompé leur système de bibliothèque central. Le commandant d'escadron a rapporté qu'on avait tenté de les poursuivre mais qu'ils avaient réussi à semer les autres.

– Je l'espère, fit Pellaeon d'un air sombre.

Obroa-skai occupait une position stratégique dans les régions frontalières et les services de renseignements avaient rapporté que la Nouvelle République multipliait les efforts pour soutenir Obroa-skai afin qu'il se rallie. Si des vaisseaux-émissaires armés avaient été présents au moment du raid...

Ça, il le saurait bien assez tôt.

– Dites au commandant d'escadron de se présenter au rapport dans la salle de briefing dès que les vaisseaux seront à bord, dit-il à Tschel. Et avertissez le cordon de surveillance : qu'ils passent en alerte jaune. Rompez.

– Oui, commandant.

Le lieutenant pivota sur ses talons en une imitation raisonnable de demi-tour militaire et se dirigea vers la console de communication.

Un lieutenant *bien jeune*... C'était bien là, songea Pellaeon avec une vieille trace d'amertume, que se situait le problème. Dans les jours anciens – quand le pouvoir de l'Empire culminait – il aurait été inconcevable d'avoir un officier de passerelle aussi jeune que Tschel à bord d'un vaisseau comme le *Chimaera*. Tandis qu'à présent...

Son regard se porta sur l'homme, tout aussi jeune, installé devant le moniteur technique. Aujourd'hui, à bord du superdestroyer, il n'y avait que des jeunes hommes et des jeunes femmes.

Lentement, Pellaeon balaya la passerelle du regard, l'estomac crispé par des échos de haine, de vieille colère. Il savait que de nombreux commandants de la Flotte, avaient cru que l'Etoile Noire originale de l'Empereur était une tentative ratée pour raffermir son contrôle direct sur la force militaire, tout comme il l'avait déjà fait avec le pouvoir politique. Le fait qu'il ait ignoré l'évidente vulnérabilité de la forteresse de combat jusqu'à faire construire une seconde Etoile Noire n'avait fait que confirmer les soupçons. Bien peu étaient ceux qui, dans les échelons élevés de la Flotte, auraient sincèrement pleuré la disparition de la forteresse... si ce n'est que, dans les soubresauts de son agonie, le superdestroyer *Executor* avait disparu avec elle.

Cinq ans après, Pellaeon revoyait encore l'image terrible de l'*Executor*, à l'abandon, percutant de plein fouet l'Etoile Noire avant de se désintégrer dans l'énorme explosion finale de la forteresse. La perte d'un tel vaisseau était déjà grave en soi, mais le fait que ce fût l'*Executor* était bien pis encore. Car ce superdestroyer avait été le vaisseau personnel de Dark Vador. En dépit du légendaire tempérament capricieux – et souvent meurtrier – du Sombre Seigneur, le simple fait de servir sous ses ordres avait longtemps été considéré comme un moyen rapide de promotion.

Dans l'explosion de l'*Executor*, un contingent immense des meilleurs officiers, sous-officiers et hommes d'équipage avaient trouvé la mort.

Jamais la Flotte ne s'était remise de ce fiasco. Avec la disparition du vaisseau-amiral, la bataille avait rapidement tourné à la confusion et à la déroute et d'autres superdestroyers avaient été perdus avant que l'ordre de retraite n'ait été enfin donné. Pellaeon lui-même, quand il avait pris le commandement du *Chimaera* après la mort de son ex-capitaine, avait fait tout son possible pour rétablir les choses; mais, malgré ses efforts, jamais l'Empire n'avait pu reprendre l'initiative sur les Rebelles. Bien au contraire, ils avaient été continuellement repoussés... jusqu'à leurs positions présentes. Là.

Là, dans les tréfonds de l'Empire, ce qui ne représentait plus qu'un quart des systèmes dominés à l'origine. Là, à bord d'un superdestroyer dont l'équipage était constitué de jeunes gens durement entraînés mais douloureusement inexpérimentés, la plupart ayant été arrachés à leur monde natal par la force ou la menace.

Là, sous le commandement du plus génial esprit militaire que l'Empire ait jamais connu.

Pellaeon sourit – d'un sourire grinçant de fauve – en parcourant une fois encore du regard la passerelle. Non, l'Empire n'était pas encore anéanti. Et l'arrogante Nouvelle République qui s'était récemment proclamée le découvrirait bientôt.

Il consulta sa montre. Deux heures quinze. Le Grand Amiral Thrawn devait à cette heure méditer dans sa cabine de commandement... et si les règlements impériaux proscrivaient les cris sur la passerelle, ils étaient encore plus sévères pour quiconque osait interrompre la méditation du Grand Amiral en l'appelant sur l'intercom. On ne pouvait s'adresser à lui que face à face, sinon on ne lui parlait jamais.

– Continuez sur ce tracé, lança Pellaeon à l'adresse du lieutenant-technicien en quittant la passerelle. Je reviens.

La nouvelle cabine de commandement du Grand

Amiral se situait à deux ponts en-dessous de la passerelle, dans un espace qui avait jadis abrité le luxueux appartement de réception de l'ancien commandant. Lorsque Pellaeon avait trouvé Thrawn – ou plutôt, lorsque le Grand Amiral l'avait trouvé –, l'une des premières mesures avait consisté à convertir l'appartement en ce qui était essentiellement un deuxième pont.

Un deuxième pont, une chambre de méditation... et peut-être plus encore. Car ce n'était pas un secret à bord du *Chimaera* que, depuis ce récent réaménagement, le Grand Amiral avait passé le plus clair de son temps dans sa nouvelle cabine. Le *véritable* secret était ce qu'il y faisait exactement durant ses longues heures d'absence.

En s'arrêtant devant la porte, Pellaeon rectifia sa tunique, se raidit, et annonça, en songeant qu'il allait peut-être apprendre la vérité :

– Capitaine Pellaeon, je demande à voir le Grand Amiral Thrawn, j'apporte des infor...

La porte glissa devant lui avant qu'il ait pu achever. Tout en se préparant mentalement, Pellaeon s'avança dans l'alcôve de réception faiblement éclairée. Il regarda autour de lui, ne vit rien d'intéressant, et se dirigea alors vers la pièce principale, à cinq pas de là.

Un souffle d'air dans sa nuque fut le seul signe avertisseur.

– Commandant Pellaeon, miaula une voix de félin profonde et solennelle dans le creux de son oreille.

Pellaeon sursauta et se retourna brusquement, tout en maudissant la petite créature noueuse qui se tenait à moins d'un mètre, ainsi que lui-même.

– Fichtre, Rukh! gronda-t-il. Qu'est-ce que tu es en train de faire?

Durant un instant qui se prolongea, Rukh se contenta de l'observer, et Pellaeon sentit des gouttes de sueur dans son dos. Dans la pénombre, avec ses grands yeux protubérants, sa mâchoire proéminente et ses dents luisantes, Rukh retrouvait une apparence cauchemardesque.

Surtout pour Pellaeon, qui savait pourquoi Thrawn s'était attaché les services de Rukh et des autres Noghri.

– Je fais mon travail, dit enfin Rukh.

Il tendit son bras grêle vers la porte en un geste quasi désinvolte et Pellaeon ne fit qu'entrevoir l'éclat du couteau effilé avant qu'il ne soit éclipsé dans la manche du Noghri. La main se referma, puis s'ouvrit de nouveau, révélant des muscles pareils à des câbles d'acier sous la peau gris sombre.

– Vous pouvez entrer.

– Merci infiniment, grommela Pellaeon.

Rectifiant une fois encore sa tunique, il se tourna vers la porte. Qui s'ouvrit à son approche. Il franchit le seuil...

Et pénétra dans un musée d'art baigné d'une lumière douce.

Il fit un pas en avant et promena les yeux autour de lui, étonné. Les parois ainsi que le plafond en voûte étaient couverts de peintures planes et en relief, pour la plupart d'origine nettement non humaine. Des sculptures de styles variés étaient dispersées dans toute la pièce, sur le sol ou sur des piédestaux. Le centre de la pièce était occupé par un double cercle de projecteurs, le cercle extérieur étant le plus haut. C'était ce dispositif, semblait-il, qui créait la projection holographique des œuvres d'art.

Et là, au centre du double cercle, assis sur une réplique parfaite du Siège d'Amiral de la passerelle, le Grand Amiral Thrawn en personne l'observait.

Il était immobile, ses cheveux d'un noir bleuté luisaient doucement dans la lumière, sa peau bleu pâle paraissait froide, éteinte et très étrangère par rapport à son apparence humaine. Il avait les yeux mi-clos et seul un mince trait rouge filtrait sous ses paupières.

Pellaeon s'humecta les lèvres : brusquement, il n'était plus certain d'avoir à juste titre pénétré dans le sanctuaire de Thrawn. Si le Grand Amiral s'en irritait...

– Approchez, capitaine, dit Thrawn, et sa voix paisiblement modulée trancha net dans les pensées inquiètes de Pellaeon.

Ses yeux n'étaient toujours que deux fentes, mais le geste qu'il fit fut aussi bref que précis.

– Que pensez-vous de cela?

– C'est... très intéressant, amiral, réussit à dire Pellaeon en s'avançant vers le cercle extérieur de projection.

– Tout cela n'est qu'holographie, bien entendu, dit Thrawn. (Pellaeon perçut une note de regret dans sa voix.) Les sculptures tout comme les peintures plates. Certaines ont été perdues; et nombreuses sont celles qui se trouvent aujourd'hui sur des planètes occupées par la Rébellion.

– Oui, amiral, acquiesça Pellaeon. J'ai pensé que vous aimeriez savoir que les éclaireurs sont revenus du système d'Obroa-skai, amiral. Le chef d'escadron se présentera au rapport dans quelques minutes.

Thrawn hocha la tête.

– Ont-ils réussi à pénétrer dans le système de la bibliothèque central?

– Ils ont effectué au moins un prélèvement partiel. Mais j'ignore s'ils ont pu aller plus loin – apparemment, on a cherché à les prendre en chasse. Le chef d'escadron pense avoir réussi à semer ses poursuivants.

Thrawn demeura un instant silencieux.

– Non, dit-il enfin. Non, je ne crois pas qu'il y soit parvenu. Surtout si ses poursuivants appartenaient à la Rébellion.

Il inspira profondément, se redressa et, pour la première fois depuis que Pellaeon était entré, il ouvrit ses yeux d'un rouge de braise.

Pellaeon affronta son regard sans ciller et en éprouva une étincelle de fierté. Pour la plupart, les commandants et les courtisans de l'Empereur n'avaient jamais pu soutenir le regard de ces yeux. Pas plus que celui de Thrawn. Ce qui expliquait probablement pourquoi le Grand Amiral avait passé une grande partie de sa carrière dans les Régions Inconnues, à ramener ces secteurs encore barbares de la galaxie dans le sein de l'Empire. Ses brillantes campagnes lui avaient valu le titre de Seigneur de la

Guerre et le droit de porter l'uniforme blanc de Grand Amiral – un honneur accordé pour la première fois par l'Empereur à un non-humain.

Ironiquement, sa présence avait été rendue d'autant plus indispensable dans les campagnes de la frontière. Pellaeon s'était souvent demandé comment se serait achevée la bataille d'Endor si Thrawn, et non pas Vador, avait commandé l'*Executor*.

– Oui, amiral, dit-il. J'ai ordonné aux vaisseaux de surveillance de passer en alerte jaune. Devons-nous nous mettre en rouge à présent?

– Pas encore. Il nous reste encore quelques minutes. Dites-moi, capitaine, connaissez-vous quelque chose à l'art?

– Eh bien... non, à vrai dire, répondit Pellaeon, décontenancé par ce soudain changement de sujet. Je n'ai jamais eu vraiment le temps de m'y intéresser.

– Vous devriez le prendre. (Thrawn désigna le cercle intérieur de projections.) Des tableaux de Saffa. Vers 1550-2200 avant l'Empire. Remarquez l'évolution des styles – ici, par exemple, au premier contact avec les Thennqora. Et là... (Thrawn montra le mur de gauche.) Vous avez des exemples de l'art extrassa de Paonnid. Notez les similitudes avec les œuvres anciennes de Saffa ainsi que les sculptures plates du milieu du 18e siècle de la période pré-impériale de Vaathkree.

– Oui, je vois, fit Pellaeon, sans trop de sincérité. Amiral, ne devrions-nous pas...?

Il fut interrompu par un sifflement suraigu.

– Passerelle au Grand Amiral Thrawn! lança le lieutenant Tschel dans l'intercom. Amiral, on nous attaque!

Thrawn pressa la touche de communication.

– Ici Thrawn, fit-il d'un ton égal. Mettez-vous en alerte rouge et dites-moi ce que ça nous donne. Et calmement, si possible.

– Oui, amiral.

Les feux d'alerte masqués se mirent à clignoter et Pellaeon entendit l'appel assourdi des sonneries à l'extérieur.

– Les senseurs repèrent quatre frégates d'assaut de la Nouvelle République, reprit Tschel, d'une voix tendue mais mieux maîtrisée. Plus au moins trois escadrons d'ailes X. Formation symétrique en V en approche dans le vecteur de nos vaisseaux-éclaireurs.

Pellaeon laissa échapper un juron sourd. Un simple superdestroyer, avec un équipage inexpérimenté, contre quatre frégates d'assaut avec leurs chasseurs d'appui...

– Poussez les machines au maximum ! lança-t-il dans l'intercom. Préparez-vous à sauter en vitesse luminique.

Il fit un pas en direction de la porte...

– Rapportez cet ordre de saut, lieutenant, dit Thrawn, toujours aussi glacial et calme. Les équipages des chasseurs Tie aux postes d'alerte ; activez les boucliers-déflecteurs.

Pellaeon fit volte-face.

– Amiral...

Thrawn leva la main.

– Revenez, capitaine. Et jetons un coup d'œil, voulez-vous ?

Il pressa une touche, et brusquement les projections d'art disparurent. La pièce était maintenant une passerelle de commandement miniature complète, avec moteur et barre, écrans de lecture des armements et double cercle d'affichage. L'espace libre était devenu une projection holographique tactique. Dans un coin, une sphère clignotante indiquait les attaquants. Sur la paroi toute proche, le contact était estimé à douze minutes.

– Heureusement, commenta Thrawn, les éclaireurs ont suffisamment d'avance pour n'être pas en danger. Bon. Voyons maintenant ce à quoi nous avons affaire. Passerelle : donnez l'ordre d'attaquer aux trois vaisseaux-sentinelles les plus proches.

– Oui, amiral.

Trois points bleus quittèrent le cordon de surveillance pour se porter vers des vecteurs d'interception. Du coin de l'œil, Pellaeon vit Thrawn se pencher en avant à l'instant où les frégates d'assaut et les ailes X manœuvraient pour attaquer. L'un des points bleus s'éteignit.

– Excellent, déclara Thrawn en se rencoignant dans son siège. Ça ira, lieutenant. Faites revenir les deux autres vaisseaux-sentinelles et donnez l'ordre au cordon du Secteur Quatre de s'écarter du vecteur des attaquants.

– Oui, amiral, fit Tschel, d'un ton un peu perplexe.

Et Pellaeon comprenait son trouble.

– Ne devrions-nous pas au moins prévenir le reste de la Flotte? suggéra-t-il d'une voix crispée. Le *Tête de la Mort* pourrait être là en vingt minutes, et la plupart des autres en moins d'une heure.

– Capitaine, la dernière chose que nous souhaitions est d'amener d'autres vaisseaux sur place, dit Thrawn. (Il regarda Pellaeon et un sourire effleura ses lèvres.) Après tout, il se pourrait qu'il y ait des survivants et nous ne tenons pas à ce que la Rébellion en sache trop à notre propos. N'est-ce pas?

Il se tourna vers les écrans.

– Passerelle : je veux une rotation de vingt degrés bâbord – positionnez le vaisseau perpendiculairement au vecteur des attaquants, la superstructure pointée sur eux. Dès qu'ils pénétreront dans notre périmètre extérieur, le cordon des vaisseaux-sentinelles du Secteur Quatre se remettra en position derrière eux et brouillera toutes les transmissions.

– Euh... oui, amiral. Amiral?...

– Lieutenant, je ne vous demande pas de comprendre, fit Thrawn d'un ton tranchant et glacé. Obéissez, c'est tout.

– Oui, amiral.

Pellaeon observa la rotation du *Chimaera* sur les écrans de contrôle, puis, prenant son souffle, il dit avec prudence :

– Je crains de ne pas comprendre non plus, amiral. Nous leur présentons notre superstructure...

Une fois encore, Thrawn l'interrompit en levant la main.

– Capitaine, regardez et apprenez. Passerelle :

c'est très bien. Stoppez la rotation et restez dans cette position. Déactivez les écrans-déflecteurs de la baie d'amarrage, augmentez la puissance de tous les autres. Escadrons de chasseurs Tie : parés au lancement. Vous vous éloignerez directement du *Chimaera* pendant deux kilomètres avant de vous rabattre en formation ouverte. Vitesse maximum, déploiement pour attaque zonale.

Quand il eut reçu confirmation de ses ordres, il revint à Pellaeon.

– Vous comprenez à présent, capitaine?

Pellaeon plissa les lèvres.

– Je crains que non, dut-il reconnaître. Je saisis la raison pour laquelle vous avez fait pivoter le vaisseau : pour que les chasseurs soient couverts, mais pour le reste, ce n'est qu'une classique manœuvre d'enfermement Marg Sabl. Ils ne vont pas se laisser abuser par quelque chose d'aussi simple.

– Bien au contraire, dit Thrawn avec froideur. Non seulement ils vont s'y laisser prendre, mais ils seront tous détruits. Observez, capitaine. Et apprenez.

Les chasseurs Tie avaient été lâchés et accéléraient, s'éloignant du superdestroyer, puis ils virèrent de bord dans le champ des étoiles pour revenir sur lui en formant une sorte de fontaine exotique. Les vaisseaux des attaquants les repérèrent aussitôt et modifièrent leurs vecteurs...

Pellaeon cilla.

– Au nom de l'Empire, mais qu'est-ce qu'ils font?

– Ils jouent la seule défense qu'ils connaissent face à une Marg Sabl, répondit Thrawn avec un accent de satisfaction certain. Ou, pour être plus précis, la seule défense qu'ils puissent psychologiquement opposer. (Il désigna du menton la sphère sillonnée d'éclairs.) Voyez-vous, capitaine, c'est un Elom qui commande cette force... Et les Elomim sont incapables d'affronter le profil d'attaque non structuré d'une Marg Sabl bien exécutée.

Pellaeon observait les vaisseaux des attaquants qui poursuivaient leur manœuvre de défense totalement inutile... et lentement, il commença à comprendre ce que Thrawn venait de faire.

– L'attaque du vaisseau-sentinelle a eu lieu il n'y a que quelques minutes, dit-il enfin, et vous avez été capable d'en déduire qu'il s'agissait d'attaquants elomim ?

– Il faut apprendre l'art, capitaine, fit Thrawn d'un ton presque rêveur. Lorsque vous comprenez l'art d'une race, c'est la race que vous comprenez. (Il se redressa.) Passerelle : passez en vitesse d'attaque. Préparez-vous à rejoindre la bataille.

Une heure plus tard, tout était fini.

La porte de la salle de briefing se referma derrière le chef d'escadron et le regard de Pellaeon revint sur la carte.

– Il semble bien qu'Obroa-skai soit une impasse, dit-il avec un accent de regret. Il va être impossible d'épargner le coût en effectifs d'une pacification de cette envergure.

– Momentanément, peut-être, convint Thrawn. Mais seulement momentanément.

Pellaeon plissa le front en se tournant vers lui. Thrawn tenait une carte de données entre le pouce et l'index et la frottait doucement tout en contemplant les étoiles au-delà de la baie. Un sourire étrange jouait sur ses lèvres.

– Amiral? risqua Pellaeon.

Thrawn porta sur lui le regard de ses yeux de braise.

– Capitaine, c'est la seconde pièce du puzzle. (Il leva la carte de données.) Celle que je cherche depuis plus d'un an.

Brusquement, il se tourna vers l'intercom.

« Passerelle : ici le Grand Amiral Thrawn. Contactez le *Tête de la Mort*; informez le commandant Harbid que nous allons temporairement quitter la Flotte. Il devra poursuivre la surveillance tactique des systèmes locaux et effectuer des prélèvements de données quand cela sera possible. Ensuite, mettez le cap sur une planète appelée Myrkr – l'ordinateur de navigation a ses coordonnées.

Puis il revint à Pellaeon.

– Capitaine, vous semblez égaré. Je devine que vous n'avez jamais entendu parler de Myrkr.

Pellaeon secoua la tête, tout en essayant en vain de déchiffrer l'expression du Grand Amiral.

– Le devrais-je?

– Probablement pas. Ceux qui la connaissent sont des contrebandiers, des insoumis et autres rebuts de la galaxie.

Il s'interrompit pour boire une gorgée de la chope posée près de son coude – une bière de Forvish très forte, à en juger par son parfum – et Pellaeon s'obligea au silence. Quoi que le Grand Amiral ait à lui dire, il le lui dirait à sa manière et à son heure.

– Je suis tombé par hasard sur une référence à ce propos il y a quelques années, reprit Thrawn en reposant sa chope. Mon attention a été attirée par le fait que, bien que cette planète ait été peuplée depuis trois cents ans au moins, l'Ancienne République autant que le Jedi de l'époque l'avaient toujours strictement laissée isolée. (Il plissa légèrement l'un de ses sourcils bleu-noir.) Qu'en auriez-vous déduit, capitaine?

Pellaeon haussa les épaules.

– Qu'il doit s'agir d'une planète de la frontière, sans doute trop éloignée pour qu'on s'y intéresse.

– Très bien, capitaine. Ce fut aussi ma première supposition... mais ce n'est pas du tout cela. Myrkr, en fait, n'est qu'à 150 années-lumière d'ici, près de la frontière de la Rébellion, et tout à fait à l'intérieur des limites de l'Ancienne République. (Le regard de Thrawn se posa sur la carte de données.) Non, la véritable explication est bien plus intéressante. Et beaucoup plus utile.

Pellaeon, lui aussi, fixait la carte de données.

– Et cette explication vous a donné la première pièce du puzzle?

Thrawn lui sourit.

– Très bien, capitaine, encore une fois. Oui. Myrkr – ou, pour être plus précis, l'une de ses espèces animales indigènes – a constitué la première pièce de mon puzzle. Et la seconde est un monde appelé Wayland. (Il brandit la carte.) Un monde dont je connais enfin la situation, grâce aux Obroans.

– Je vous félicite, fit Pellaeon, soudain las de ce jeu. Mais puis-je vous demander en quoi consiste ce puzzle ?

Cette fois, le sourire de Thrawn fit frissonner Pellaeon.

– C'est le seul puzzle digne d'être reconstitué, bien sûr, fit doucement le Grand Amiral. Celui de la destruction complète, totale, absolue de la Rébellion.

CHAPITRE II

– Luke?

La voix était douce et insistante. Luke Skywalker s'arrêta au milieu du paysage de Tatooine – familier mais étrangement déformé – et se retourna.

Une silhouette familière l'observait.

– Salut, Ben, fit Luke, et sa voix avait un accent traînant. Ça fait bien longtemps.

– Oui, c'est certain, dit gravement Obi-wan Kenobi. Et je crains que ce ne soit encore plus long avant la prochaine fois. Luke, je suis venu te dire au revoir.

Le paysage parut trembler; et, abruptement, une partie de l'esprit de Luke lui souffla qu'il était endormi. Il dormait dans son appartement du Palais Impérial, et il rêvait de Ben Kenobi.

– Non, je ne suis pas un rêve, l'assura Ben, répondant à sa question informulée. Mais les distances qui nous séparent sont devenues trop grandes pour que je puisse t'apparaître d'une autre façon. Et maintenant, même cet ultime passage va se fermer.

– Non, s'entendit dire Luke. Tu ne peux pas nous quitter, Ben. Nous avons besoin de toi.

Les sourcils de Ben se froncèrent à peine, et une trace de son bon vieux sourire effleura ses lèvres.

– Tu n'as pas besoin de moi, Luke. Tu es un Jedi, et tu as la Force. (Le sourire s'évanouit et, un instant, le regard de Ben se fixa sur une chose que Luke ne pouvait distinguer.) De toute manière, la décision ne m'appartient pas, continua-t-il d'un ton paisible. Je me suis déjà trop longtemps attardé ici, et je ne peux surseoir plus longtemps à ce voyage qui va m'emmener de cette vie à celle qui existe au-delà.

Un souvenir s'éveilla : Yoda sur son lit de mort, et Luke le suppliant de ne pas mourir. *La Force me donne la puissance*, lui avait dit avec douceur le Maître Jedi. *Mais pas une telle puissance.*

– C'est dans le plan de toute vie de s'en aller, lui rappela Ben. Et toi aussi, un jour, tu feras ce voyage. (A nouveau, son attention dériva avant de revenir sur Luke.) Luke, tu as la Force, et avec de la persévérance et de la discipline, ta puissance grandira encore. (Son regard se fit dur.) Mais ne relâche jamais ta garde. L'Empereur est parti, certes, mais le pouvoir de l'ombre est encore présent. N'oublie jamais ça.

– Je ne l'oublierai pas, promit Luke.

L'expression de Ben se fit plus sereine, et il sourit à nouveau.

– Luke, tu vas affronter de grands dangers. Mais tu vas rencontrer également de nouveaux alliés; en des lieux et à des moments où tu les attendras le moins.

– De nouveaux alliés? Qui sont-ils?

L'image de Ben frémit et s'estompa.

– Maintenant, je te dis adieu, fit le Jedi, comme s'il n'avait pas entendu la question. Je t'ai aimé comme un fils, comme un élève, comme un ami. Et jusqu'à ce que nous nous retrouvions, que la Force soit avec toi.

– Ben!...

Mais Ben s'était détourné, l'image avait pâli... et dans son rêve, Luke sut qu'il était parti. *Et je suis seul*, se dit-il. *Je suis le dernier des Jedi.*

Il lui sembla entendre encore la voix de Ben, affaiblie, presque indistincte, qui lui venait de très loin.

– Tu n'es pas le dernier des Jedi, Luke. Tu es le premier des nouveaux.

La voix se dilua dans le silence, puis il n'y eut plus que le silence... et Luke s'éveilla.

Durant un moment, il demeura étendu, immobile, les yeux perdus dans le jeu des lumières de la Cité Impériale au-dessus de son lit, luttant pour se réorienter au sortir du sommeil. Oui, tout son être était prisonnier d'un sentiment de désorientation et de chagrin intense. D'abord, l'oncle Owen et la tante Beryle avaient été assassinés; puis Dark Vador, son véritable père, avait sacrifié sa vie pour lui, et maintenant, l'esprit même de Ben Kenobi avait été emporté.

Il était orphelin pour la troisième fois.

Avec un soupir, il se glissa hors des couvertures et passa sa robe avant de chausser ses mules. Son appartement comportait une kitchenette et il ne lui fallut que quelques minutes pour se confectionner une boisson particulièrement exotique que Lando lui avait fait découvrir lors de sa dernière visite sur Coruscant. Puis, attachant son sabrolaser à la ceinture de sa robe, il gagna le toit.

Il avait vivement protesté quand on avait décidé de transférer le centre de la Nouvelle République ici, sur Coruscant. Et plus encore quand il avait été question d'installer le siège du gouvernement dans le vieux Palais Impérial. Symboliquement, c'était une erreur, tout particulièrement pour un groupe qui, à ses yeux, avait déjà une fâcheuse tendance à accorder trop d'importance aux symboles.

Mais, en dépit de ses réticences, il devait bien admettre que la vue que l'on avait du haut du palais était magnifique.

Il resta au bord du toit durant quelques longues minutes, penché sur la rambarde de pierre qui lui arrivait à hauteur de poitrine, appréciant la caresse fraîche de la brise nocturne dans ses cheveux. Même au cœur de la nuit, la Cité Impériale grouillait d'activité et les files de lumière des véhicules et des rues dessinaient une sorte de tableau mouvant. Les nuages bas reflétaient les feux de la ville et des air speeders en un vaste plafond sculpté dont les formes floues se perdaient aux quatre horizons, apparemment inifinies, comme la cité. Loin vers le sud, Luke devinait les Monts Manarai, dont les pics enneigés étaient esquissés par les reflets de lumière.

C'est alors qu'à vingt mètres derrière lui, la porte du palais s'ouvrit doucement.

Automatiquement, il porta la main à son sabrolaser; mais son geste se figea dans la même seconde. Il avait perçu celui qui venait de franchir le seuil.

– Je suis là, 6PO, dit-il.

Il se retourna et vit approcher Z-6PO. Le droïd traversait la terrasse et il émanait de lui le même mélange de soulagement et d'inquiétude.

– Bonjour, Maître Luke, fit-il en penchant la tête pour regarder la tasse que tenait Luke. Je suis vraiment désolé de vous déranger.

– Pas du tout. J'avais seulement besoin d'un peu d'air frais.

– En êtes-vous certain? insista 6PO. Bien sûr, je ne veux pas me montrer indiscret.

En dépit de son humeur, Luke ne put s'empêcher de sourire. 6PO n'était jamais vraiment arrivé à se montrer à la fois prévenant, curieux et courtois. Tout en gardant son apparence vaguement comique, en toute circonstance.

– Je pense que je suis un peu déprimé, c'est tout, avoua-t-il au droïd avant de se repencher vers la cité. Former un gouvernement efficace s'avère plus difficile que je ne m'y attendais. Ainsi que la plupart des membres du Conseil, je crois bien. (Il hésita.) Mais surtout, je crois que c'est Ben qui me manque cette nuit.

Un instant, 6PO resta silencieux.

– Il a toujours été bon avec moi, dit-il enfin. Et aussi avec D2.

Luke porta la tasse à ses lèvres pour dissimuler son sourire.

– 6PO, dit-il, tu as une perspective unique de l'univers.

Du coin de l'œil, il vit 6PO se roidir.

– J'espère ne pas vous avoir offensé, maître, fit-il

d'un ton anxieux. Telle n'était certainement pas mon intention.

– Tu ne m'as pas offensé, l'assura Luke. En fait, il se pourrait bien que tu viennes de me donner la dernière leçon de Ben.

– Je vous demande pardon?

Luke sirota sa boisson.

– Les gouvernements, les planètes, tout cela est important, 6PO. Mais quand tu vas au fond des choses, il s'agit avant tout de gens.

– Oh, fit le droïd après une brève pause.

– En d'autres termes, insista Luke, un Jedi ne peut s'investir dans des questions d'intérêt galactique sans que cela interfère avec la compassion qu'il éprouve pour les autres. (Il sourit à l'adresse de 6PO.) Ou pour les individus droïds.

– Oui, je vois, maître. (6PO pencha la tête sur la tasse de Luke.) Pardonnez-moi... mais puis-je vous demander ce que vous êtes en train de boire?

– Ça? fit Luke en regardant sa tasse. C'est Lando qui m'en a appris la recette il y a quelque temps.

– Lando? répéta 6PO avec une note de réprobation dans la voix.

Qu'il fût ou non programmé pour être poli, le droïd n'avait jamais vraiment apprécié Lando.

Ce qui n'était guère surprenant, vu les circonstances de leur première rencontre.

– Oui, mais même si c'est d'origine douteuse, c'est très bon, dit Luke. On appelle ça du chocolat chaud.

– Je vois, fit le droïd en se redressant. Ma foi, maître, si vous allez bien, je pense que je devrais y aller.

– Certainement. A ce propos, pour quelle raison es-tu donc venu?

– C'est la princesse Leia qui m'a envoyé, bien sûr, fit 6PO, surpris à l'évidence de la question de Luke. Elle m'a dit que vous éprouviez un sentiment de détresse.

Luke secoua la tête avec un sourire. C'était bien de Leia de savoir le soulager précisément quand il en avait besoin.

– Quelle crâneuse! murmura-t-il.

– Je vous demande pardon, maître?

Luke agita la main.

– Leia veut nous montrer ses nouveaux talents de Jedi, c'est tout. En prouvant qu'elle peut sentir mon humeur au beau milieu de la nuit.

6PO inclina la tête.

– Mais elle semble *sincèrement* soucieuse, maître.

– Je sais. Je plaisantais, c'est tout.

– Oh... (6PO parut assimiler lentement cette assertion.) Dois-je lui dire que vous allez bien?

– Mais oui, acquiesça Luke. Et puisque tu remontes, profites-en pour lui dire qu'elle devrait cesser de s'inquiéter pour moi et dormir un peu. Ces malaises matinaux qu'elle continue d'avoir sont suffisamment pénibles.

– Je lui communiquerai votre message, maître.

– Et, ajouta Luke d'une voix paisible, dis-lui aussi que je l'aime.

– Oui, maître. Bonne nuit, maître.

– Bonne nuit à toi, 6PO.

Il regarda s'éloigner le droïd. La dépression revenait et il faillit le rappeler. 6PO ne comprendrait pas, bien sûr – pas plus qu'aucun des membres du Conseil Provisoire n'avait compris. Mais il songeait à Leia, maintenant enceinte de trois mois, et qui passait le plus clair de son temps *ici*...

Il frissonna, et ce n'était pas à cause de la fraîcheur de la nuit. *Le côté sombre habite ces lieux.* Yoda avait déclaré cela à propos de la caverne de Dagobah – celle où Luke s'était battu en duel au sabrolaser avec un Dark Vador qui s'était révélé être Luke lui-même. Des semaines après, le souvenir de la puissance à l'état brut et de la présence du côté sombre avait continué de hanter son esprit. Ce n'est que bien plus tard qu'il avait enfin réalisé que la raison essentielle qui avait justifié cet exercice pour Yoda avait été de lui montrer combien de chemin il avait encore à parcourir.

Pourtant, il s'était bien souvent demandé pourquoi la caverne était ainsi. Si, peut-être, quelqu'un ou quelque chose de très puissant du côté sombre n'y avait pas résidé autrefois.

Tout comme l'Empereur y avait vécu...

Il frissonna de nouveau. Ce qui l'exaspérait, c'était qu'il ne parvenait pas à vraiment sentir une telle concentration de mal dans le Palais. A vrai dire, le Conseil n'avait pas omis de lui poser la question dès qu'il avait été question d'installer le centre opérationnel ici, dans la Cité Impériale. En grinçant des dents, Luke avait dû déclarer que non, il semblait qu'il ne subsistât aucun effet résiduel du séjour de l'Empereur.

Mais le fait qu'il ne sentait rien ne signifiait pas nécessairement qu'il n'y eût rien ici.

Il secoua la tête. *Arrête*, s'ordonna-t-il à lui-même. Combattre des ombres ne ferait que le rendre paranoïaque. Son sommeil troublé et ses récents cauchemars n'étaient probablement dus qu'à la tension qu'il éprouvait à force de veiller sur Leia et les autres qui luttaient pour transformer une rébellion militaire en un gouvernement civil. Et Leia, très certainement, n'aurait jamais accepté de venir habiter le Palais Impérial si elle avait eu le moindre doute.

Leia.

Luke fit un effort pour apaiser son esprit et projeter ses sens Jedi dans la nuit. Au niveau supérieur du palais, il sentit la présence ensommeillée de Leia. Ainsi que celle des jumeaux qu'elle portait en elle.

Un instant encore, il maintint le contact, légèrement, pour ne pas la réveiller, s'émerveillant de l'impression étrange qu'il éprouvait au contact des deux enfants non nés. Ils portaient en eux l'héritage Skywalker : le simple fait qu'il pût les sentir ainsi impliquait qu'ils étaient puissamment imprégnés de la Force.

Du moins le supposait-il. C'était une des questions qu'il avait espéré pouvoir poser à Ben un jour.

Et voilà que toute chance de le faire avait disparu.

Luttant pour repousser les larmes qui montaient à ses yeux, il rompit le contact. Sa tasse, à présent, était froide dans sa main. Il avala une dernière gorgée de chocolat et promena encore une fois le regard autour de lui, sur la cité, les nuages... et alla rejoindre, avec l'œil de son esprit, les étoiles, loin au-delà. Les étoiles autour desquelles tournaient tant de planètes avec leurs populations. Des milliards de gens. Qui, pour la plupart, attendaient la lumière et la liberté promises par la Nouvelle République.

Il ferma les yeux devant tous ces feux brillants, aussi brillants que toutes ces espérances. Et il songea avec lassitude qu'il ne disposait d'aucune baguette magique pour changer cela.

Même s'il était un Jedi.

6PO quitta la pièce et, avec un soupir las, Leia Organa Solo se redressa contre ses oreillers. *Une demi-victoire vaut mieux que rien.* Le vieil adage venait de traverser ses pensées.

Mais elle n'en croyait rien. Pour elle, une demi-victoire, c'était aussi une demi-défaite.

Elle soupira encore en éprouvant la caresse de l'esprit de Luke. Son entretien avec 6PO l'avait quelque peu soulagé de son humeur amère, ce qu'elle avait espéré. Mais, à présent que le droïd était reparti, la dépression le menaçait une fois encore.

Elle devrait peut-être aller le rejoindre. Essayer de lui faire dire ce qui le tourmentait depuis plusieurs semaines.

Une torsion presque imperceptible dans son estomac...

– Tout va bien, fit-elle en le caressant doucement. Tout va bien. Je suis seulement inquiète pour Oncle Luke, c'est tout.

Lentement, le spasme cessa. Leia prit le verre posé à son chevet et le vida en essayant de ne pas faire la grimace. Le lait tiède n'était pas sa boisson favorite, mais il s'était révélé comme le moyen le plus rapide d'apaiser ces spasmes digestifs. Les docteurs lui avaient dit que ses ennuis stomacaux ne tarderaient guère à disparaître et elle espérait avec ferveur qu'ils ne se trompaient pas.

Elle perçut un bruit de pas léger dans la chambre voisine. Très vite, elle reposa le verre et remonta les couvertures jusqu'à son menton. Mais la lumière de son chevet était restée allumée et elle se servit de la Force pour l'éteindre.

La clarté ne vacilla même pas. Serrant les dents, Leia essaya encore, vainement. Il était évident qu'elle ne contrôlait pas encore la Force avec suffisamment de finesse si elle ne réussissait pas à éteindre une simple lampe. Elle rejeta les couvertures et tendit la main.

Au fond de la chambre, la porte dérobée s'ouvrit sur la silhouette d'une femme de haute taille en robe de chambre.

– Votre Altesse? appela-t-elle doucement en rejetant les mèches de cheveux blancs qui lui tombaient sur les yeux. Vous allez bien?

Leia céda avec un soupir.

– Entre, Winter. Depuis combien de temps écoutes-tu à la porte?

– Je n'écoutais pas.

Winter se glissa dans la chambre, presque offensée à l'idée que Leia pût suggérer un tel forfait de sa part.

– J'ai vu de la lumière sous votre porte et je me suis dit que peut-être vous aviez besoin de quelque chose.

– Mais je vais bien, fit Leia, tout en se demandant si cette femme cesserait jamais de l'émerveiller.

Réveillée au milieu de la nuit, vêtue de sa vieille robe froissée, Winter avait une allure plus noble que Leia dans ses meilleurs jours. Leia avait perdu le souvenir du nombre de fois où, alors qu'elle n'était encore qu'une enfant, sur Alderaan, des visiteurs de la cour du vice-roi avaient cru au premier regard que c'était Winter, en fait, la princesse.

Mais Winter, elle, devait en garder un souvenir exact. Une femme qui savait se souvenir mot à mot de conversations entières devait sans le moindre doute se rappeler combien de fois on l'avait prise pour une princesse de sang royal.

Souvent, Leia s'était demandé ce que les membres

du Conseil Provisoire penseraient s'ils venaient à apprendre que cette servante silencieuse qui se tenait auprès d'elle à chaque séance officielle ou au cours de n'importe quelle conversation de couloir, enregistrait chaque parole prononcée. Elle soupçonnait que ce ne serait pas du goût de tous.

– Puis-je vous apporter encore un peu de lait, Votre Altesse? demanda enfin Winter. Ou bien des biscuits?...

Leia secoua la tête.

– Non, merci. Je n'ai pas mal à l'estomac en ce moment. C'est... c'est Luke, comprends-tu.

Winter acquiesça.

– C'est toujours la même chose qui le tourmente depuis ces neuf dernières semaines?

Leia plissa le front.

– Cela fait donc si longtemps?

Winter haussa les épaules.

– Vous avez été très occupée, fit-elle avec son sens habituel de la diplomatie.

– Parle-moi. Je ne sais rien, Winter – vraiment, je ne sais rien. Il a dit à 6PO que Ben Kenobi lui manquait, mais je sais qu'il n'y a pas que cela.

– Cela a peut-être à voir avec votre grossesse, suggéra Winter. Car neuf semaines, cela correspondrait précisément.

– Oui, je sais. Mais c'est aussi à cette date que Mon Mothma et l'amiral Ackbar ont incité le gouvernement à s'installer ici sur Coruscant. Et c'est aussi à la même période que nous avons commencé à recevoir des rapports des régions frontalières sur ce mystérieux génie de la stratégie qui aurait pris le commandement de la Flotte Impériale. (Elle leva les mains, paumes vers le haut.) A toi de choisir.

– Je suppose que vous devrez attendre jusqu'à ce qu'il soit prêt à vous parler. Et le capitaine Solo saura peut-être l'arracher à son humeur quand il sera de retour.

Leia serra son pouce et son majeur tandis qu'une vague de solitude teintée de colère déferlait en elle. Yan était encore parti pour l'une de ces stupides missions de contact, et il l'avait laissée toute seule.

Puis la colère se volatilisa, laissant place à la culpabilité. Oui, Yan était reparti; mais même lorsqu'il était présent, ils ne semblaient plus guère se voir l'un et l'autre. De plus en plus, le temps de Leia était pris par la tâche énorme que représentait l'édification d'un nouveau gouvernement. Certains jours, elle n'avait pas un instant pour manger, et encore moins pour voir son époux.

Mais c'est mon travail, se dit-elle avec fermeté. Et ce travail, malheureusement, elle seule pouvait le faire. A la différence de tous les membres de la hiérarchie de l'Alliance, elle avait reçu une éducation solide en politique, théorique et pratique. Elle avait grandi dans la Maison Royale d'Alderaan, où son père nourricier lui avait enseigné les règles de gouvernement d'un système – suffisamment bien pour que, adolescente, elle soit présente au sein du Sénat Impérial. Sans son expérience, tout le fragile équilibre de la Nouvelle République aurait pu basculer. Encore quelques mois, songea-t-elle – rien que quelques mois –, et elle pourrait se reposer un peu. Dès lors, elle se consacrerait entièrement à Yan.

Le sentiment de culpabilité s'évanouit. Et il ne resta que la solitude.

– Peut-être, dit-elle enfin à Winter. Entretemps, nous ferions mieux de dormir l'une et l'autre. Demain, nous avons une dure journée.

Winter haussa les sourcils.

– Vous en connaissez d'autres? fit-elle avec une trace de l'accent sec de Leia, quelques instants plus tôt.

– Allons, fit la princesse avec un sérieux moqueur. Tu es bien trop jeune pour être aussi cynique. Allez, au lit.

– Vous êtes certaine de n'avoir besoin de rien?

– Certaine. Vas-y.

– D'accord. Bonne nuit, Votre Altesse.

Elle s'éclipsa et referma la porte sur elle. Leia, alors, s'allongea dans son lit, remit les couvertures en place et tapota ses oreillers.

– Bonne nuit à vous deux, murmura-t-elle à l'intention de ses bébés.

Yan lui avait dit plusieurs fois qu'il fallait qu'elle soit un peu folle pour parler à son ventre. Mais elle avait toujours pensé que Yan considérait tous les autres comme un peu fous.

Il lui manquait terriblement.

Elle éteignit et, en quelques instants, retrouva le sommeil.

A un quart de distance dans la galaxie, Yan Solo but une gorgée de sa chope tout en observant le chaos semi-organisé qui s'écoulait autour de lui. Une citation lui revint : *Est-ce que nous ne venons pas de quitter la soirée?*

Pourtant, il était tellement agréable de savoir que, dans cette galaxie chamboulée, il existait encore des choses qui ne changeaient jamais. L'orchestre qui jouait dans un coin était différent, et les sièges étaient nettement moins confortables; mais, cela mis à part, la taverne de Mos Esley paraissait exactement ce qu'elle avait toujours été. Depuis qu'il y avait fait la connaissance de Luke Skywalker et d'Obi-wan Kenobi.

Ce qui lui semblait remonter à plusieurs existences.

A son côté, Chewbacca gronda doucement.

– Ne t'en fais pas, il va venir, lui dit Yan. C'est bien de Dravis. Je ne crois pas qu'il ait jamais été à l'heure de toute sa vie.

Lentement, il promena le regard sur l'assemblée. Non, corrigea-t-il, il y avait *autre chose* qui avait changé dans la taverne : Il n'y avait pratiquement plus trace des contrebandiers d'autrefois. Celui qui avait repris la tête de ce qui subsistait de l'organisation de Jabba le Hutt ne devait plus opérer à partir de Tatooine. Tout en se tournant vers la porte du fond, Yan se dit qu'il devrait poser la question à Dravis.

Il avait encore la tête tournée quand une ombre se posa sur la table.

– Hello, Solo, fit une voix hennissante.

Yan compta trois secondes avant de se retourner avec nonchalance.

– Oh, salut, Dravis. Ça fait longtemps. Prends un siège.

– Certainement, dit Dravis avec un rictus. Dès que toi et Chewie vous aurez posé les mains sur la table.

Yan lui adressa un regard blessé.

– Oh, ça va.(Il prit sa chope à deux mains.) Tu penses que j'aurais fait tout ce chemin pour t'abattre? On est de vieux potes, tu l'as oublié, non?

– Bien sûr qu'on est de vieux potes, fit Dravis tout en s'asseyant avec un regard appréciateur à l'adresse de Chewbacca. Du moins, on l'était dans le temps. Mais j'ai entendu dire que tu étais devenu *respectable.*

Yan eut un haussement d'épaules éloquent.

– Oh, *respectable* est un mot tellement vague.

Dravis leva un sourcil.

– Bien, alors soyons plus précis, fit-il d'un ton sardonique. J'ai entendu dire que tu avais rejoint l'Alliance Rebelle, que tu avais été nommé général, que tu avais épousé une ex-princesse alderaanienne et que tu avais deux jumeaux en route.

Yan leva la main.

– A vrai dire, j'ai démissionné de ce poste de général il y a quelques mois.

Dravis eut un petit rire.

– Excuse-moi. Alors qu'est-ce que ça signifie, tout ça? Une espèce d'avertissement?

Yan plissa le front.

– Que veux-tu dire?

– Solo, ne fais pas l'innocent. (Il n'y avait plus la moindre trace de raillerie dans la voix de Dravis.) La Nouvelle République remplace l'Empire – toute belle, toute jeune et pimpante. Mais tu sais aussi bien que moi que c'est la fin des contrebandiers. Donc, si c'est une invitation officielle à cesser nos activités, à abandonner notre commerce, laisse-moi te rire en pleine figure et ficher le camp d'ici.

Il était sur le point de se lever.

– Rien de tout ça, dit Yan. En fait, j'espérais louer tes services.

Dravis s'interrompit net.

– Comment? demanda-t-il, méfiant.

– Tu m'as bien entendu. Nous voulons louer les services de contrebandiers.

Lentement, Dravis finit par se rasseoir.

– Est-ce que cela concerne votre guerre contre l'Empire? Parce que si...

– Non, dit Yan. On raconte toutes sortes de choses, mais la vérité, c'est que la Nouvelle République, en ce moment, est à court de cargos, et qui plus est de pilotes de cargos expérimentés. Si tu veux gagner de l'argent rapidement et honnêtement, c'est l'occasion.

– Hon, hon... (Dravis se laissa aller en arrière, lançant un bras sur son dossier. Il fixa sur Yan un regard soupçonneux.) C'est quoi le piège?

Yan secoua la tête.

– Y a pas de piège. On a besoin de vaisseaux et de pilotes pour relancer le commerce interstellaire. Toi, tu les as. C'est tout.

Dravis s'était mis à réfléchir.

– Alors, pourquoi travailler directement avec toi pour toucher un salaire alors qu'on peut faire ça en contrebande et ramasser bien plus à chaque voyage?

– Oui, c'est possible, convint Yan. Mais à la condition que tes clients paient un tarif qui justifie l'emploi de contrebandiers. Mais dans ce cas... (il sourit) ils ne le feront pas.

Dravis lui décocha un regard noir.

– Ça suffit, Solo. Voilà un gouvernement tout neuf qui a besoin d'argent à en crever – et tu veux me faire croire qu'ils ne vont pas jouer la surenchère des tarifs?

– Crois ce qui te plaît, fit Yan en prenant un accent froid. Vas-y, essaie. Mais quand tu seras convaincu, appelle-moi.

Dravis se mordillait l'intérieur de la joue sans baisser les yeux sous le regard de Yan.

– Tu sais, Solo, fit-il enfin d'un air pensif. Je ne

serais pas venu si je n'avais pas confiance en toi. Et puis sans doute que j'étais curieux de voir quel genre de coup tu mijotais. Je suis tout prêt à te croire pour celui-là, du moins suffisamment pour l'essayer moi-même. Mais je préfère te dire tout de suite qu'il y en a des tas dans mon groupe qui ne me suivront pas.

– Pourquoi pas?

– Parce que tu es devenu respectable, voilà pourquoi. Oh, n'aie pas l'air vexé comme ça – il y a tout simplement le fait que tu n'es plus dans le trafic depuis si longtemps que tu ne te souviens même plus à quoi ça ressemble. Solo, c'est le profit qui mène les contrebandiers. Le profit et l'excitation.

– Alors tu vas faire quoi? Travailler dans les secteurs impériaux? rétorqua Yan, essayant de mettre à profit les leçons de diplomatie de Leia.

Dravis eut un haussement d'épaules.

– Ça paie.

– Ça paie encore, peut-être. Mais depuis cinq ans, le territoire de l'Empire n'a cessé de rétrécir, et il va devenir plus petit encore. Nous sommes à armes égales, désormais, tu sais, et nos gens sont plus motivés et bien mieux entraînés que les leurs.

– Peut-être. (Dravis haussa un sourcil.) Ou peut-être pas. J'ai entendu courir certaines rumeurs. Quelqu'un de nouveau aurait pris le commandement, chez eux. Quelqu'un qui vous donne pas mal de fil à retordre – comme dans l'affaire du système d'Obroa-skai, par exemple? ... On m'a dit que vous y aviez laissé toute une force d'attaque elomim il y a quelque temps. Ça fait plutôt négligé, non?

Yan grinça des dents.

– N'oublie pas une chose: si quelqu'un nous donne du fil à retordre, il vous en donnera à vous aussi. (Il pointa un doigt sur Dravis.) Et si tu crois que la Nouvelle République a besoin à ce point d'argent, réfléchis un peu à la situation de l'Empire.

– C'est sûrement une aventure risquée, convint Dravis en se levant. Eh bien, Solo, ça m'a fait plaisir de te revoir, mais il faut que j'y aille maintenant. Salue la princesse de ma part.

Yan soupira.
– Tu vas transmettre notre offre à tes collègues?
– Oh, ça, oui. Il est même possible que certains marchent. On ne sait jamais.
Yan hocha la tête. C'était tout ce qu'il avait espéré de cette rencontre.
– Autre chose, Dravis. Qui c'est le gros manitou, maintenant que Jabba n'est plus là?
Dravis lui renvoya un regard songeur.
– Eh bien... je pense que ça n'est pas un secret. Remarque qu'il n'y a pas encore de nom officiel. Mais, si j'avais à parier, ce serait sur Talon Karrde.
Yan avait entendu parler de Karrde, certes, mais jamais il ne se serait douté que son organisation était parmi les leaders, encore moins au sommet. Ou bien Dravis se trompait, ou Karrde était du genre à maintenir un profil discret.
– Et où pourrais-je le trouver? demanda-t-il enfin.
Dravis eut un sourire malin.
– Tu aimerais bien le savoir, hein? Je te le dirai peut-être un de ces jours.
– Dravis...
– Faut que j'y aille. A bientôt, Chewie.
Il se détourna, puis s'arrêta.
– Oh, à propos : tu peux dire à ton copain, là-bas, que, comme couverture, j'ai jamais vu plus lamentable. Je pensais que ça pourrait t'être utile de le savoir.
Et, sur un dernier rictus, il plongea dans la foule.
Yan le regarda s'éloigner avec une grimace. Au moins, Dravis prenait le risque de leur tourner le dos. Certains des autres contrebandiers qu'il avait contactés ne lui auraient jamais fait à ce point confiance. C'était une sorte de progrès dont il devait se contenter.
Chewbacca grommela quelque chose de désagréable.
– A quoi t'attendais-tu maintenant que l'amiral Ackbar siège au Conseil? fit Yan avec un haussement d'épaules. Les Calamariens n'ont pas cessé de faire la guerre aux contrebandiers avant que n'éclate

la vraie guerre, et tout le monde le sait. Ne t'inquiète pas : ils vont changer d'idée. Certains, en tout cas. Dravis peut toujours dire n'importe quoi à propos de profits et d'excitation : mais si on leur propose des moyens sûrs qui n'ont rien à voir avec les combines de Jabba, si personne ne leur tire dessus, ça va les intéresser. Viens, allons-y.

Il se glissa hors de la loge pour se diriger vers le bar et la sortie.

A mi-chemin, il s'arrêta devant une autre loge et regarda l'unique client qui y était installé.

– J'ai un message pour toi, lui dit-il. Je suis censé te dire que tu es l'homme de couverture le plus lamentable que Dravis ait jamais vu.

Wedge Antilles lui sourit tout en se levant.

– Je pensais que c'était l'idée de base, fit-il en passant la main dans ses cheveux noirs.

– Oui, mais ce n'est pas l'opinion de Dravis, fit Yan.

En lui-même, il devait admettre que Dravis avait marqué un point. Il fallait bien dire que les seuls moments où Wedge n'était pas aussi visible qu'un cheveu sur la soupe, c'était quand il se trouvait dans le cockpit de son aile X, en train de réduire en poussière des chasseurs Tie.

– Et où est Page? demanda-t-il en cherchant autour de lui.

– Ici, capitaine, fit une voix paisible, derrière son épaule.

Yan se retourna. Un personnage de taille moyenne, au physique moyen, absolument sans originalité, venait de faire son apparition. Le genre de personnage que nul ne pouvait vraiment remarquer, qui pouvait se fondre dans n'importe quel milieu, comme invisible.

Ce qui, une fois encore, était l'idée de base.

– Tu as remarqué quelque chose de suspect? demanda Yan.

Page secoua la tête.

– Pas de troupes d'appui. Pas d'autre arme que son blaster. Ce gars doit vraiment vous faire confiance.

– Oui. On avance. (Yan regarda autour d'eux.) Partons. Nous serons déjà suffisamment en retard en atteignant Coruscant. Et je tiens à faire un tour dans le système d'Obroa-skai en revenant.

– A cause de cette force d'attaque elomim? demanda Wedge.

– Oui, fit Yan avec un sourire forcé. Je voudrais savoir s'ils ont compris ce qui leur était arrivé. Et, avec un peu de chance, qui en est responsable.

CHAPITRE III

La table dépliante de son bureau privé était déployée, le repas prêt à être servi, et Talon Karrde versait à peine le vin quand on frappa à la porte. Comme toujours, elle était à l'heure.

– Mara? appela-t-il.

Une voix de jeune femme lui répondit.

– Oui. Vous m'avez demandé de me joindre à vous pour le dîner.

– Oui. Entrez, je vous en prie.

La porte glissa et, avec son habituelle grâce féline, Mara Jade pénétra dans la pièce. Le regard de ses yeux verts se porta vers la table dressée.

– Vous ne m'avez pas dit à propos de quoi je devais venir, fit-elle d'un ton notablement différent. Ses yeux verts l'interrogeaient, froids, évaluateurs. ?

– Non, ça n'est pas ce que vous pensez, dit Karrde en lui désignant la chaise placée en face de la sienne. Il s'agit d'un repas d'affaires – ni plus ni moins.

Un son qui évoquait à la fois un ronronnement et un caquètement s'éleva alors de derrière le bureau.

– C'est la vérité, Drang, dit Karrde en se retournant. Ça suffit : tu sors maintenant.

Le vornskr l'épiait, ses pattes avant agrippées au tapis, le muffle tout contre le sol, comme s'il était en chasse.

– J'ai dit dehors, répéta fermement Karrde en

pointant le doigt vers la porte. Allez, on t'a déjà servi à la cuisine. Et Sturm est là : il risque d'avoir mangé la moitié de ton dîner.

Avec réticence, Drang se glissa furtivement de derrière le bureau en émettant un ronronnement caquetant désespéré.

– Oh, ne me fais pas ton numéro de pauvre persécuté, lança Karrde en piquant un morceau de bruallki rôti dans le plat. Tiens, voilà pour te consoler.

Il lança le morceau dans la direction approximative du seuil de la cuisine. Et Drang oublia sa léthargie pour se déployer comme un ressort et cueillir la bouchée au vol.

– C'est bien! fit Karrde. Et maintenant, va déguster ce qui reste de ton dîner.

Le vornskr disparut en trottant.

– Bon, dit Karrde en revenant à Mara. Où en étions-nous?

– Vous me disiez qu'il s'agissait d'un repas d'affaires.

La voix encore un peu froide, Mara se glissait dans son siège tout en observant la table.

– Je dois dire que c'est certainement le plus beau repas d'affaires auquel j'ai été invitée depuis longtemps.

– Telle était mon intention, à dire vrai, fit Karrde en s'installant en face d'elle et en saisissant le plateau de service. Je considère qu'il est bien de nous souvenir de temps à autre que le fait d'être contrebandier ne signifie pas nécessairement que l'on soit un barbare.

Elle goûta le vin et acquiesça.

– Oui... Et je suis convaincue que vos gens vous seront très reconnaissants que vous leur rappeliez cette vérité.

Karrde sourit. Tant pis, se dit-il, tant pis pour le décor et le scénario qui avaient été prévus pour la déstabiliser. Il aurait dû savoir que ce genre de gambit ne marcherait pas avec quelqu'un comme Mara.

– Ça nous fait toujours une soirée agréable,

convint-il. (Il la fixa du regard.) Surtout quand il s'agit de discuter de promotion.

Un éclair de surprise traversa son visage.

– Une... promotion? répéta-t-elle en un écho prudent.

Karrde lui servit une part de bruallki.

– Mais oui. Une promotion personnelle, si je puis être plus précis.

Elle avait retrouvé son regard méfiant.

– Je ne suis dans l'organisation que depuis six mois, vous savez...

– Cinq mois et demi exactement, la corrigea-t-il. Mais le temps n'a jamais été aussi important dans l'univers que la capacité et les résultats... et votre capacité et vos résultats ont été très impressionnants.

Elle haussa les épaules et ses cheveux d'or roux scintillèrent.

– J'ai eu de la chance.

– Oui, il y a très certainement une part de chance. D'un autre côté, je me suis aperçu que ce que beaucoup appellent la chance est bien souvent le talent brut combiné à la capacité de tirer un maximum de toutes les occasions.

Il revint à son bruallki et se servit.

– Et il y aussi votre talent de pilote, votre capacité à recevoir des ordres comme à en donner... (il eut un sourire léger en montrant la table) et votre capacité à vous adapter à des situations inattendues et inhabituelles. Tous ces talents sont bien utiles à un contrebandier.

Il se tut, mais elle garda le silence. A l'évidence, elle avait appris dans le passé à ne pas poser de questions. Autre talent utile.

– J'ajouterai en conclusion, Mara, que vous avez tout simplement trop de valeur pour que l'on gaspille ces talents pour servir de couverture ou même d'opératrice de ligne. J'aimerais en fait commencer à vous former afin que vous deveniez mon second.

Cette fois, elle ne put masquer sa surprise. Ses yeux verts se firent encore plus grands, l'espace d'une fraction de seconde, avant de se rétrécir.

– Et en quoi consisterait exactement ma nouvelle fonction ? demanda-t-elle.

– Voyager avec moi, en grande partie, répondit-il en buvant une gorgée de vin. M'aider à monter une nouvelle affaire, rencontrer certains de nos plus anciens clients afin qu'ils apprennent à vous connaître – ce genre de choses.

Elle était encore sur ses gardes – il le lisait dans ses yeux. Elle soupçonnait son offre de n'être qu'un écran de fumée destiné à masquer quelque demande pressante ou quelque exigence plus personnelle.

– Vous n'avez pas à me donner votre réponse tout de suite. Réfléchissez, parlez-en avec ceux qui sont dans l'organisation depuis plus longtemps que vous. (Il la regarda bien en face.) Ils vous diront que je ne mens jamais aux miens.

Elle plissa les lèvres.

– C'est ce que j'ai entendu dire, fit-elle d'un ton redevenu neutre. Mais dites-vous bien que si vous me conférez ce genre d'autorité, je m'en servirai. Toute la structure de l'organisation doit être revue...

Elle s'interrompit au tintement de l'intercom.

– Oui ? fit Karrde.

– Ici Aves. J'ai pensé que vous aimeriez savoir que nous avons de la compagnie : un superdestroyer impérial vient de se placer en orbite.

Karrde jeta un bref regard à Mara tout en se redressant.

– Tu l'as identifié ? demanda-t-il en posant sa serviette et en contournant le bureau pour se pencher sur son écran.

– Ces derniers temps, ils ont tendance à ne pas trop se faire connaître, fit Aves en secouant la tête. A cette distance, le nom est difficile à lire, mais Torve a dans l'idée que ça pourrait être le *Chimaera*.

– Intéressant, murmura Karrde. Le Grand Amiral Thrawn en personne. Est-ce qu'ils ont émis ?

– Nous n'avons rien capté en tout cas – attendez une minute. On dirait que... oui, ils viennent de larguer une navette. Deux. Point de contact au sol... (Aves se tourna brièvement vers un autre écran en plissant le front.) Quelque part dans la forêt.

Du coin de l'œil, Karrde vit Mara se raidir.

– Pas dans l'une des villes de la périphérie? demanda-t-il à Aves.

– Non, elles descendent droit vers la forêt. Je dirais à cinquante kilomètres de nous, pas plus.

Karrde passa doucement l'index sur sa lèvre inférieure, réfléchissant aux diverses possibilités.

– Il n'y a que deux navettes?

– Jusque-là, oui. (Aves commençait à devenir nerveux.) Est-ce que je dois déclencher l'alerte?

– Au contraire. On va voir s'ils ont besoin d'aide. Donne-moi une fréquence d'interpellation.

Aves ouvrit la bouche, puis la referma aussitôt.

– D'accord. (Il inspira à fond et pianota sur un clavier.) Vous êtes sur la fréquence.

– Merci. Superdestroyer impérial *Chimaera*, ici Talon Karrde. Puis-je vous être de quelque secours?

– Pas de réponse, marmonna Aves. Vous pensez qu'ils ne voulaient pas qu'on les remarque?

– Quand on veut passer inaperçu, on n'arrive pas avec un superdestroyer. Non, ils sont très probablement en train de chercher mon nom dans les données du vaisseau. Ça m'intéresserait de savoir un de ces jours ce qu'ils peuvent bien avoir à mon sujet. S'ils ont quoi que ce soit. (Il s'éclaircit la gorge et répéta :) Superdestroyer *Chimaera*, ici...

Brusquement, le visage d'Aves fut remplacé par celui d'un homme d'âge moyen qui portait les insignes de capitaine.

– Capitaine Pellaeon, commandant le *Chimaera*, déclara-t-il abruptement. Que voulez-vous?

– Simple question de bon voisinage, déclara Karrde d'un ton égal. Nous avons détecté deux de vos navettes qui approchent du sol et nous nous sommes demandé si le Grand Amiral Thrawn n'aurait pas besoin d'assistance.

Très brièvement, les coins des yeux de Pellaeon se plissèrent.

– Qui?

– Ah, fit Karrde en s'autorisant un léger sourire. Bien entendu, moi non plus je n'ai jamais entenduparler du Grand Amiral Thrawn. Il n'a rien à voir avec le *Chimaera.* Ni avec ces informations intrigantes à propos de plusieurs raids dans la région de Paonnid et d'Obroa-skai.

Les yeux du capitaine se rétrécirent encore.

– Vous êtes très bien informé, monsieur Karrde. (Sa voix était douce comme la soie mais teintée de menace.) On peut se demander comment un contrebandier de bas étage a pu obtenir ce genre d'information.

Karrde haussa les épaules.

– Mes gens entendent des histoires, des rumeurs; je les recueille et rassemble les pièces. Tout comme font vos services de renseignements, j'imagine. A ce propos, si vos navettes ont pour instruction de se poser dans la forêt, prévenez les équipages d'avoir à se montrer prudents. Il y a plusieurs prédateurs particulièrement dangereux dans la région et la haute teneur en métal de la végétation rend les senseurs peu fiables.

– Merci de ce conseil, dit Pellaeon, d'une voix toujours aussi glaciale. Mais ils n'y séjourneront pas longtemps.

Karrde ruminait toujours les diverses possibilités. Heureusement, elles n'étaient pas si nombreuses.

– Ah, il ne s'agit que d'une petite partie de chasse, n'est-ce pas?

Pellaeon lui fit l'aumône d'un sourire indulgent.

– Cela coûte cher que d'obtenir des informations sur les activités de l'Empire. Je pensais que, dans votre profession, on devait savoir ça.

– Bien sûr, fit Karrde en observant attentivement l'officier. Mais, occasionnellement, on peut trouver de bonnes affaires. Vous voulez des ysalamari, non?

Le sourire de l'autre se figea.

– Il n'y a pas de bonnes affaires à espérer avec nous, Karrde. Et non seulement cela peut *coûter* cher mais aussi *se payer* cher.

– C'est vrai. A moins, bien sûr, que nous ne fassions un échange valable. Je présume que vous êtes déjà familiarisé avec les caractéristiques assez uniques des ysalamari – sinon, vous ne seriez pas ici. Dois-je en déduire que vous connaissez également l'art plutôt ésotérique nécessaire pour les enlever sans dommages de leurs branches?

Pellaeon l'étudiait avec une expression de franche défiance.

– Je m'étais laissé dire que les ysalamari ne mesurent pas plus de cinquante centimètres et qu'ils n'ont rien de prédateurs.

– Je ne faisais pas allusion à votre sécurité à vous, capitaine. Mais à la leur. On ne peut les arracher à leurs branches sans les tuer. A ce stade, l'ysalamir est sessile – ses serres sont longues à tel point qu'il croît directement dans le cœur de la branche sur laquelle il vit.

– Et je suppose que vous connaissez le moyen de s'y prendre?

– Certains de mes gens le savent, oui. Si vous le souhaitez, je peux envoyer l'un d'eux à la rencontre de vos navettes. La technique n'est pas spécialement difficile, mais elle nécessite réellement une démonstration.

– Et bien sûr, fit Pellaeon avec un sourire lourdement sardonique, le prix de cette démonstration ésotérique est de...?

– C'est gratuit, capitaine. Comme je vous l'ai dit, c'est une simple question de bon voisinage.

Pellaeon inclina la tête de côté.

– Nous nous souviendrons de votre générosité.

Un instant encore, il soutint le regard de Karrde auquel le double sens de ses paroles n'avait pas échappé : si Karrde tentait de les trahir d'une façon ou d'une autre, ils ne l'oublieraient pas.

– Je vais prévenir mes navettes de l'arrivée de votre expert.

– Il va se mettre en route. Au revoir, capitaine.

Pellaeon tendit la main hors du champ et le visage d'Aves revint sur l'écran.

– Tu as tout enregistré? lui demanda Karrde.

Aves acquiesça.

– Dankin et Chin préparent déjà un des Skiprays.

– Bien. Qu'ils restent en transmission permanente; et je veux qu'ils me fassent un rapport dès leur retour.

– D'accord.

Aves coupa la communication.

Karrde quitta son bureau et regarda Mara avant de reprendre place à table.

– Désolé de cette interruption, fit-il sur le ton de la conversation, tout en l'observant du coin de l'œil en se versant du vin.

Lentement, le regard des yeux verts revint de l'infini. Et, à l'instant où il se posa sur lui, les muscles du visage de Mara parurent perdre leur rigidité quasi cadavérique.

– Vous n'avez pas l'intention de les faire payer pour ça? demanda-t-elle, en tendant une main légèrement hésitante vers son propre verre. Si vous aviez eu besoin de quelque chose, eux, ils vous l'auraient fait payer. Depuis quelque temps, l'Empire ne pense qu'à une chose: l'argent.

Il haussa les épaules.

– Nous avons l'occasion de les observer depuis le moment où ils sont arrivés jusqu'à leur départ. Pour moi, c'est une commission qui me paraît suffisante.

Elle le fixa.

– Vous ne croyez pas qu'ils ne sont venus que pour capturer un ysalamir, n'est-ce pas?

– Pas vraiment. (Il prit une bouchée de bruallki.) A moins qu'ils n'en aient l'usage à des fins que nous ignorons. Un ysalamir me paraît une arme un peu forte pour un seul Jedi.

Le regard de Mara dériva.

– Ce n'est peut-être pas après Skywalker qu'ils en ont, murmura-t-elle. Il se pourrait qu'ils aient trouvé un autre Jedi.

– Ça semble improbable, déclara Karrde sans la quitter des yeux.

Il avait deviné l'émotion dans sa voix lorsqu'elle avait prononcé le nom de Skywalker...

– L'Empereur est censé avoir procédé à un nettoyage en règle aux tout premiers jours de l'Ordre

Nouveau. A moins, ajouta-t-il, qu'ils aient retrouvé Dark Vador.

– Vador est mort dans l'Etoile Noire, dit Mara. Avec l'Empereur.

– C'est ce que dit l'histoire, sans aucun doute...

– Il est mort, insista Mara d'un ton brusquement tranchant.

– Certes, approuva Karrde.

Il lui avait fallu cinq mois d'observation intense pour sélectionner les quelques rares sujets qui déclenchaient une réaction violente chez cette femme. Parmi lesquels il y avait l'Empereur, ainsi que l'Empire pré-Endor.

Et, à l'opposé de ce spectre émotionnel, il y avait Luke Skywalker.

– Néanmoins, poursuivit-il, pensif, si un Grand Amiral pense qu'il a de bonnes raisons d'embarquer des ysalamari à son bord, nous aurions intérêt à suivre la piste.

Brusquement, le regard de Mara se fixa sur lui.

– Et pourquoi?

– Simple précaution. Et pourquoi tant de véhémence?

Il l'épia, devinant une brève bataille intérieure.

– Ça me semble une perte de temps. Thrawn poursuit probablement des ombres. De toute façon, comment garder des ysalamari en vie sans transplanter leurs arbres avec?

– Je suis persuadé que Thrawn a quelques idées sur la question, l'assura Karrde. Dankin et Chin sauront remarquer les détails.

Tout soudain, les yeux de Mara étaient étrangement voilés.

– Oui, murmura-t-elle, lui concédant ce point. J'en suis certaine.

– Et entre-temps, poursuivit Karrde, affectant de n'avoir rien remarqué, nous avons encore à discuter affaires. Si je me souviens bien, vous étiez sur le point de me citer quelques améliorations nécessaires que vous comptiez apporter à notre organisation.

– Oui. (Mara inspira profondément, ferma les

yeux... et quand elle les rouvrit, elle avait retrouvé sa froideur habituelle.) Oui. Eh bien...

Lentement d'abord, puis avec de plus en plus d'assurance, elle lui débita une liste détaillée et largement perspicace des diverses faiblesses du groupe. Tout en mangeant, Karrde l'écoutait attentivement. Il s'interrogeait sur les talents cachés de cette femme. Un jour, se promit-il, il arriverait bien à découvrir les détails de sa vie passée qu'elle dissimulait si soigneusement sous le voile du secret. Il saurait d'où elle venait, qui elle était vraiment.

Et ce que Luke Skywalker avait pu lui faire pour justifier cette haine désespérée.

CHAPITRE IV

Il fallut près de cinq jours au *Chimaera* à une vitesse de croisière de Point Quatre pour couvrir les 350 années-lumière qui séparaient Myrkr de Wayland. Mais ce délai avait permis aux ingénieurs de mettre au point une structure portative qui permettrait à la fois d'abriter et de nourrir l'ysalamir.

– Je ne suis toujours pas convaincu que ce soit nécessaire, grommela Pellaeon en contemplant avec dégoût le gros tuyau incurvé et la créature écailleuse, à l'aspect de salamandre, qui y était accrochée.

Le tuyau et l'ensemble de la structure étaient horriblement lourds et la créature dégageait une odeur qui n' avait rien d'agréable.

– Si ce Gardien que vous vous attendez à trouver sur Wayland y a été installé par l'Empereur, je ne vois pas pourquoi nous devrions rencontrer des problèmes.

– Capitaine, dit Thrawn en s'installant dans le siège de copilote de la navette et en bouclant ses ceinturons, il est possible d'imaginer que nous ayons quelque mal à le convaincre de notre identité. Et même que nous servons l'Empire. (Il balaya les écrans d'un regard nonchalant et hocha la tête à l'adresse du pilote.) Allez.

Avec un claquement étouffé et une secousse à peine perceptible, la navette quitta la baie du

Chimaera et entama sa descente vers la surface de la planète.

– Ce serait peut-être plus facile de le convaincre avec une escouade d'assaut, marmonna Pellaeon tout en observant l'écran du sondeur à côté de son siège.

– Mais cela pourrait aussi l'irriter, remarqua Thrawn. Il ne faut jamais prendre à la légère l'orgueil et la susceptibilité d'un Jedi Sombre, capitaine. (Il jeta un regard par-dessus son épaule.) Rukh est là pour ça. Quiconque a été proche de l'Empereur doit être familiarisé avec le rôle glorieux que les Noghri ont joué durant toutes ces années.

Pellaeon porta son regard sur la silhouette cauchemardesque et silencieuse assise de l'autre côté de la travée.

– Amiral, vous semblez persuadé que le Gardien sera un Jedi Sombre.

– Qui d'autre l'Empereur aurait-il pu choisir pour protéger son entrepôt personnel? Une légion de soldats d'assaut, peut-être, équipés avec des AT-AT et tout cet armement et cette technologie que l'on peut détecter sur orbite les yeux fermés?...

Pealleon grimaça. Au moins, ils n'auraient pas à se préoccuper de cela. Les sondeurs du *Chimaera* n'avaient absolument rien décelé à portée de flèche à la surface de Wayland. Mais ça ne le rassurait pas pour autant.

– Je me demande seulement si l'Empereur n'aurait pas pu le retirer de Wayland pour l'assister contre la Rébellion.

Thrawn haussa les épaules.

– Ça, nous le saurons bientôt.

Le grondement léger de la friction atmosphérique contre la coque de la navette allait s'amplifiant et, sur l'écran du sondeur de Pellaeon, des détails de la surface commençaient à apparaître. Il discernait surtout de la forêt, parsemée çà et là de vastes prairies. Au loin, droit devant, il entrevoyait au travers des nuages une montagne isolée.

– C'est le Mont Tantiss? demanda-t-il au pilote.

– Oui, commandant. Nous devrions bientôt voir la cité.

– Parfait.

Pellaeon porta subrepticement la main au blaster dans son étui, et le régla. Thrawn pouvait avoir confiance dans l'ysalamir comme en sa logique, ça le regardait. Pellaeon, pour sa part, aurait préféré disposer de plus de puissance de feu.

La cité était nichée au pied de la face sud-ouest du Mont Tantiss. Elle semblait plus vaste que lorsqu'ils l'avaient observée en orbite. Une grande partie des bâtiments trapus se déployait sous le couvert des arbres. Thrawn ordonna au pilote de tourner deux fois au-dessus de l'agglomération avant de se poser au centre de ce qui semblait être la place centrale, devant un édifice monumental.

– Intéressant, commenta-t-il en se penchant vers les hublots tout en assurant la structure de l'ysalamir sur ses épaules. Je distingue au moins trois styles d'architecture différents – un style humain, plus deux autres, étrangers. Ce n'est guère souvent que l'on constate une telle diversité dans la même région d'une planète, et encore moins dans la même cité. En fait, dans ce palais, devant nous, les trois styles ont fusionné.

– Oui, acquiesça Pellaeon.

Mais à ses yeux, les édifices étaient bien moins intéressants que les habitants que les senseurs de formes de vie avaient repérés à l'intérieur.

– Vous ne savez pas si l'une ou l'autre de ces espèces est hostile aux étrangers?

– Probablement, répondit Thrawn en s'engageant sur la rampe de sortie où Rukh attendait déjà. La plupart des non-humains le sont. Pouvons-nous y aller?

La rampe s'abaissa dans un sifflement de gaz. En grinçant des dents, Pellaeon se joignit aux deux autres. Rukh en tête, ils atteignirent le sol et s'éloignèrent de quelques pas sans que l'on tire sur eux. Ils n'entendirent aucun cri, aucun appel, et nul ne se montra.

– Plutôt timides, hein? murmura Pellaeon en regardant autour de lui, la main sur son blaster.

– C'est compréhensible, fit Thrawn. (Il prit le disque mégaphone accroché à sa ceinture.) Voyons si nous pouvons les persuader de se montrer hospitaliers.

Il prit le disque dans sa paume et le porta à ses lèvres. Sa voix tonna sur la place et tous les immeubles en renvoyèrent les échos.

– Je cherche le Gardien de la montagne. Qui peut me conduire à lui?

Il baissa la main et attendit. Mais les secondes s'écoulèrent sans qu'aucune réponse ne leur parvienne.

– Peut-être qu'ils ne comprennent pas le basic, suggéra Pellaeon sans conviction.

– Non. Ils le comprennent, fit Thrawn avec froideur. Les humains, en tout cas. Ils ont sans doute besoin d'être un peu plus motivés. (Il leva à nouveau le disque.) Je cherche le Gardien de la montagne. Si personne ne me conduit jusqu'à lui, cette cité tout entière va en souffrir.

Il avait à peine fini que, sans avertissement, une flèche jaillit de la droite. Elle toucha Thrawn sur le côté, manquant de peu le tube de l'ysalamir qui était enroulé sur ses épaules et son dos. Elle rebondit sur l'armure cachée sous son uniforme blanc de Grand Amiral.

Rukh était déjà près de lui, le blaster au poing.

– Attends! Tu as repéré l'origine du tir?

– Oui, fit le Noghri.

Son arme était braquée sur un petit bâtiment trapu à deux étages, sur un côté de la place.

– Bon. (Thrawn reprit son mégaphone.) L'un des vôtres vient de tirer sur nous. Observez les conséquences. (Il abaissa le disque et ordonna à Rukh :) Vas-y.

Avec un rictus qui révélait ses dents en aiguille, Rukh – rapidement, méthodiquement, scientifiquement – entreprit de démolir le bâtiment.

Il commença par les fenêtres et les portes en une

dizaine de coups de blaster destinés à décourager toute autre attaque. Puis il passa au bas des murs. Au vingtième coup, l'édifice se mit à trembler sur ses fondations. Quelques tirs supplémentaires sur le haut, puis sur le bas de nouveau... Et dans un vacarme de tonnerre, le bâtiment s'écroula.

Thrawn attendit que les derniers échos soient retombés avant de reprendre le mégaphone.

– Quand on me défie, telles sont les conséquences. Je le demande une fois encore : qui peut me conduire jusqu'au Gardien de la montagne?

– Moi! lança une voix sur la gauche.

Pellaeon pivota sur ses talons. L'homme qui se tenait devant le palais était grand et mince, avec des cheveux gris en désordre et une barbe qui lui arrivait au milieu de la poitrine. Il portait une robe brune, des sandales lacées jusqu'au tibia. Un médaillon luisait entre les poils de sa barbe. Il avait le visage sombre, ridé, et il les observait avec une expression d'arrogance altière. Il y avait à la fois de la curiosité et du dédain dans ses yeux.

– Vous êtes des étrangers, déclara-t-il, et sa voix reflétait son expression. (Il leva les yeux vers la navette.) Des étrangers à ce monde.

– Oui, c'est exact, fit Thrawn. Et vous, qui êtes-vous?

Le regard de l'autre se porta sur l'amas de décombres.

– Vous avez détruit l'un de mes édifices, dit-il. C'était inutile.

– Nous avons été attaqués, fit Thrawn, froidement. En étiez-vous propriétaire?

Pellaeon ne put en être certain, mais il lui sembla surprendre un éclair dans les yeux du vieillard.

– Je commande ici, fit-il d'une voix tranquille mais chargée de menace. Tout ce qui est là m'appartient.

L'espace de quelques battements de cœur, Thrawn et lui rivèrent leurs regards. Ce fut Thrawn le premier qui brisa le silence.

– Je suis le Grand Amiral Thrawn, Seigneur de

Guerre de l'Empire, serviteur de l'Empereur. Je cherche le Gardien de la montagne.

Le vieil homme inclina légèrement la tête.

– Je vais vous conduire à lui.

Il se retourna et repartit en direction du palais.

– Restons groupés, murmura Thrawn en se mettant en marche. Attention aux pièges.

Ils traversèrent la place et passèrent sous une arche de pierre avant de parvenir à la double porte du palais sans qu'aucune flèche ne soit tirée sur eux.

Comme leur guide ouvrait les battants, Thrawn remarqua :

– J'aurais cru que le Gardien habitait la montagne.

La porte colossale avait cédé facilement et Pellaeon se fit la réflexion que le vieil homme était plus fort qu'il n'y paraissait.

– Oui, fit-il sans se retourner. Il y habitait autrefois. Quand j'ai établi mon règne, le peuple de Wayland lui a bâti ceci.

Il s'avança dans la salle d'accueil ornementée, s'arrêta à mi-chemin d'une autre double porte et lança :

– Laissez-nous !

Tout d'abord, Pellaeon crut que le vieil homme s'adressait à lui. Il était sur le point de protester quand, de part et d'autre, deux parties des murs s'ouvrirent, révélant des niches de garde d'où surgirent deux personnages aux muscles noueux. Ils décochèrent des regards hostiles aux hommes de l'Empire avant de passer leur arc sur l'épaule et de se retirer. Le vieil homme attendit qu'ils soient hors de vue avant de continuer en direction des portes.

– Venez, dit-il avec un éclat étrange dans le regard. Le Gardien de l'Empereur vous attend.

Les portes s'ouvrirent en silence sur des centaines de cierges qui éclairaient une salle immense. Pellaeon jeta un bref regard sur le vieil homme avec une prémonition soudaine de peur. Un frisson courut à partir de sa nuque. Inspirant profondément, il suivit Thrawn et Rukh.

Ils étaient dans une crypte.

Aucun doute. A part les cierges à la flamme vacillante, il n'y avait dans la salle qu'un bloc massif et sombre placé au centre.

– Je vois, fit calmement Thrawn. Ainsi, il est mort.

– Il est mort, confirma le vieil homme derrière eux. Voyez-vous tous ces cierges, Grand Amiral?

– Oui, je les vois. Le peuple a dû lui rendre un grand hommage.

– Un hommage? fit le vieil homme avec mépris. A peine. Non, ces cierges marquent les tombes des étrangers d'autres mondes qui sont venus ici depuis sa mort.

Pellaeon lui fit face tout en braquant instinctivement son blaster. Thrawn, lui, attendit encore quelques secondes avant de se détourner lentement.

– Et comment sont-ils morts? demanda-t-il.

Un sourire effleura les lèvres du vieil homme.

– Je les ai tués, bien entendu. Tout comme j'ai tué le Gardien. (Il leva les mains, paumes vers le haut.) Tout comme je vais vous tuer maintenant.

Des éclairs bleus jaillirent de l'extrémité de ses doigts.

Et disparurent à un mètre de distance sans laisser la moindre trace.

Tout s'était passé tellement vite que Pellaeon n'eut même pas le temps de tressaillir, encore moins de faire feu. Tardivement, il leva son blaster et sentit une onde d'air brûlant passer sur sa main.

– Arrêtez, fit Thrawn avec sérénité. Gardien, ainsi que vous le voyez nous ne sommes pas des étrangers ordinaires.

– Le Gardien est mort! aboya le vieil homme, et ce dernier mot fut presque noyé par un nouveau jet d'éclairs.

Qui, une fois encore, disparurent dans le néant.

– Oui, le vieux Gardien est mort, acquiesça Thrawn en criant pour se faire entendre. Et vous êtes le Gardien à présent. C'est vous qui protégez la montagne de l'Empereur.

– Je ne sers aucun Empereur! rétorqua l'autre en jetant une troisième salve. Mon pouvoir n'appartient qu'à moi!

Et, aussi soudainement qu'elle avait commencé, l'attaque prit fin. Le vieil homme dévisagea Thrawn, les mains encore levées, avec une expression perplexe et étrangement excitée.

– Vous n'êtes pas un Jedi. Comment faites-vous ça?

– Soyez des nôtres et vous apprendrez.

Le vieil homme se dressa de toute sa hauteur.

– Je suis un Maître Jedi, grinça-t-il. Je n'ai à me joindre à personne.

– Je vois, fit Thrawn. Dans ce cas, permettez-nous de nous joindre à vous. (Ses yeux ardents se posèrent sur le visage du Jedi.) Et permettez-nous de vous montrer que vous pouvez disposer d'un pouvoir que vous n'avez encore jamais imaginé. D'un pouvoir que même un Maître Jedi peut désirer.

Durant un long moment, le vieil homme ne le quitta pas du regard, des expressions complexes jouant sur son visage.

– Très bien, dit-il enfin. Venez. Nous allons parler.

Thrawn inclina brièvement la tête.

– Merci. Puis-je vous demander à qui j'ai l'honneur de m'adresser?

– Certes.

Le vieil homme avait retrouvé son attitude altière et sa voix résonna dans le silence de la crypte :

« Je suis le Maître Jedi Joruus C'baoth.

Pellaeon eut un frisson glacé.

– Jorus C'baoth? souffla-t-il. Mais...

Il se tut. C'baoth le toisait comme Pellaeon luimême l'eût fait avec un officier junior qui aurait parlé sans qu'on l'y invite.

– Venez, répéta-t-il enfin en se tournant vers Thrawn. Nous allons parler.

Il le précéda hors de la crypte, vers le soleil. Plusieurs groupes de gens s'étaient rassemblés sur la place en leur absence, se tenant à l'écart de la crypte et de la navette. Ils chuchotaient nerveusement.

A une exception près. A quelques mètres de distance, sur leur passage, se tenait un des deux gardes que C'baoth avait expulsés. On lisait sur son visage une expression de fureur à peine contenue; et il serrait son arbalète qui était armée.

– C'est sa maison que vous avez détruite, dit C'baoth, presque sur le ton de la conversation. Il ne fait pas de doute qu'il aimerait se venger.

Il avait à peine prononcé ces paroles que le garde leva son arbalète et tira. Instinctivement, Pellaeon plongea tout en braquant son blaster...

Et, à trois mètres des Impériaux, le carreau fut brusquement stoppé en pleine trajectoire.

Pellaeon regarda un instant le projectile de bois et de métal avant de comprendre lentement ce qui s'était passé.

– Ce sont nos invités! lança C'baoth d'une voix visiblement destinée à être entendue de tous. Ils seront traités comme tels.

Avec un craquement, le carreau se fracassa et tomba en miettes sur le sol. Avec réticence, le garde abaissa son arbalète, mais la rage brûlait encore dans son regard. Thrawn l'observa encore une seconde, puis fit un geste à l'adresse de Rukh. Le Noghri pointa son blaster et tira...

Trop vite pour que l'œil pût suivre, une pierre plate fut arrachée au sol et coupa directement le faisceau qui se dissipa de façon spectaculaire.

Thrawn se tourna vers C'baoth avec surprise et colère.

– C'baoth!...

– Ce sont *mes* gens, Grand Amiral Thrawn, le coupa l'autre, et sa voix avait la dureté de l'acier. Pas les vôtres. Les miens. Si l'on doit infliger une punition, c'est à moi que cela incombe.

Un instant, les deux hommes s'affrontèrent du regard. Puis, avec un effort visible, Thrawn retrouva son calme.

– Certainement, Maître C'baoth, dit-il. Veuillez m'excuser.

C'baoth hocha la tête.

– Mieux. Bien mieux.

Il renvoya le garde d'un mouvement du menton.

– Venez. Nous allons parler.

– Maintenant, fit C'baoth en les invitant à s'installer sur de grands coussins, vous allez me dire comment vous avez pu repousser mon attaque.

Une grimace à peine perceptible flotta sur les lèvres de Thrawn.

– En fait, c'est très simple.

Il regarda l'ysalamir qu'il portait sur ses épaules et tendit un doigt pour caresser son long cou.

– Ces créatures sont appelées des ysalamari. Elles vivent de façon sessile dans les arbres, sur une lointaine planète de troisième catégorie. Elles disposent d'un talent très intéressant et sans doute unique – celui de pouvoir repousser la Force.

C'baoth fronça les sourcils.

– Que voulez-vous dire par « repousser » ?

– D'elles-mêmes, elles rejettent sa présence. Tout comme une bulle remonte vers la surface de l'eau. Un seul ysalamir peut créer une bulle de dix mètres de diamètre ; et en groupe, ils en font de bien plus grandes.

– Je n'avais jamais entendu parler d'une telle chose, fit C'baoth avec un émerveillement presque enfantin. Comment une pareille créature a-t-elle pu évoluer ?

– Je ne le sais pas vraiment, avoua Thrawn. Je suppose qu'ils ont développé cette faculté pour survivre mais je ne saurais imaginer de quelle manière. (Il haussa un sourcil.) Mais peu importe. Pour l'heure, ce talent seul est suffisant pour le but que je poursuis.

Le visage de C'baoth s'assombrit.

– Et ce but est d'abattre mon pouvoir ?

Thrawn haussa les épaules.

– Nous espérions trouver ici le Gardien de l'Empereur. Je voulais m'assurer qu'il nous permettrait de nous identifier et d'expliquer quelle était notre mission. (Une fois encore, il flatta le col de l'ysalamir.) Mais nous protéger du Gardien était un petit extra. Pour nos amis, j'ai un projet bien plus intéressant en tête.

– Et qui est? ...

Thrawn sourit.

– Chaque chose en son temps, Maître C'baoth. Et seulement à condition que nous ayons une chance de visiter l'entrepôt de l'Empereur dans le Mont Tantiss.

C'baoth plissa les lèvres.

– La montagne, c'est donc tout ce que vous voulez.

– Oui, certainement, j'en ai besoin, acquiesça Thrawn. Ou du moins, de ce que j'espère y trouver.

– Et qui est?...

Thrawn l'étudia un instant.

– Des rumeurs ont couru, juste avant la Bataille d'Endor, selon lesquelles les chercheurs de l'Empereur avaient finalement mis au point un manteau-bouclier authentique. Je le veux. (Et il ajouta, comme après réflexion :) Et il me faut aussi un peu de technologie, un rien.

– Et vous croyez que vous allez trouver ces boucliers de protection dans la montagne?

– J'espère trouver ou bien un modèle expérimental ou, du moins, l'ensemble des données pour le construire. Lorsque l'Empereur a fait installer son entrepôt ici, c'était en partie afin d'être certain que les outils technologiques intéressants ou potentiellement utiles n'allaient pas être perdus.

– Oui, ainsi que les interminables récits de ses glorieuses conquêtes, grinça C'baoth. Salle après salle, on ne trouve que ça : des roucoulements d'autosatisfaction.

Pellaeon se redressa.

– Vous êtes allé à l'intérieur de la montagne?

Il avait pensé jusqu'alors que l'entrepôt était fermé par toutes sortes de verrous et de barrières.

C'baoth lui adressa un regard aussi patient que méprisant.

– Bien sûr que j'y ai pénétré. C'est moi qui ai tué

le Gardien, vous ne l'avez pas oublié, non? Donc, ce sont les petits jouets de l'Empereur que vous voulez; et vous savez maintenant qu'il vous suffit d'aller dans la montagne, avec ou sans mon aide. Pourquoi restez-vous là, alors?

– Parce que la montagne n'est que partiellement ce que je désire, lui dit Thrawn. J'ai également besoin de m'attacher un Maître Jedi comme vous.

C'baoth se laissa aller dans son coussin avec un vague sourire cynique dans sa barbe.

– Ah, nous y voici enfin. Et c'est là, je suppose, que vous êtes censé m'offrir tout le pouvoir que même un Maître Jedi tel que moi peut désirer?

Thrawn lui rendit son sourire.

– C'est exact. Dites-moi, Maître C'baoth: connaissez-vous bien la désastreuse défaite que l'Empire a subie lors de la Bataille d'Endor, il y a cinq ans?

– On m'a rapporté des échos. L'un des étrangers qui est venu ici nous en a parlé. (Le regard de C'baoth se porta vers le palais, de l'autre côté de la place.) Mais notre conversation fut très brève:

Pellaeon sentit sa gorge se serrer, mais Thrawn, lui, ne parut pas remarquer ce que cela impliquait.

– Alors, vous avez dû vous poser la question: comment quelques dizaines de vaisseaux de la Rébellion ont-ils bien pu mettre en déroute une force impériale qui leur était supérieure dans un rapport de dix contre un.

– Je ne consacre guère de temps à de telles supputations, fit C'baoth d'un ton sec. Je suppose que les Rebelles se sont simplement montrés de meilleurs combattants.

– En un sens, c'est vrai, dit Thrawn. Les Rebelles se sont mieux battus que nous, mais pas à cause d'un entraînement particulier ni de talents spéciaux. Ils se sont mieux battus que la Flotte parce que l'Empereur était mort. (Il se tourna vers Pellaeon.) Vous y étiez, capitaine... Vous avez sans doute dû le remarquer. Il y a eu soudain une perte de coordination entre les vaisseaux et les équipages, une perte d'efficacité, de discipline. Cette perte, pour me résumer, de ce que nous appelons l'esprit de combat.

– Il y a eu aussi une certaine confusion, dit Pellaon, très roide. (Il commençait à deviner où Thrawn voulait en venir, et ça ne lui plaisait pas du tout.) Mais rien qui ne puisse être facilement expliqué par les contraintes normales de toute bataille.

Un sourcil bleu-noir se leva légèrement pour accuser réception de son résumé.

– Vraiment? La perte de l'*Executor* – et la faillite, l'incompétence de dernière minute de ce chasseur Tie qui a provoqué la destruction de l'Etoile Noire elle-même? La perte de six superdestroyers dans des engagements dont ils auraient dû se tirer facilement? Ce ne sont là que les contraintes normales de la bataille?

– Ce n'était pas l'Empereur qui commandait la bataille, répliqua Pellaeon avec une ardeur qui le surprit. Pas du tout. J'étais là-bas, amiral – *et je sais.*

– Oui, capitaine, vous y étiez, fit Thrawn d'un ton soudain plus dur. Et il est grand temps que vous ôtiez le bandeau que vous avez sur les yeux et que vous regardiez la vérité en face, aussi amère qu'elle vous paraisse. Vous n'avez plus l'esprit de combat – comme tous ceux de la Flotte Impériale. C'était la volonté de l'Empereur qui vous motivait. C'était l'esprit de l'Empereur qui vous donnait votre force, votre résolution, votre efficacité. Vous étiez aussi dépendants de sa présence que si vous n'étiez que des borgs implantés dans un combat d'ordinateurs.

– Ce n'est pas vrai, rétorqua Pellaeon, l'estomac tordu par la douleur. C'est impossible. Nous avons continué de lutter après sa mort.

– Oui, fit Thrawn, d'un ton paisible et méprisant. Vous avez continué de lutter. Comme des cadets.

C'baoth se redressa.

– Ainsi, c'est donc ce que vous attendez de moi, Grand Amiral Thrawn? Que je transforme vos vaisseaux en marionnettes rien que pour vous?

– Pas du tout, Maître C'baoth, fit Thrawn en retrouvant un ton détaché. J'ai choisi avec soin ma comparaison avec un combat de borgs implantés. L'erreur fatale de l'Empereur fut de vouloir contrôler à lui seul toute la Flotte Impériale, aussi complètement que possible, et constamment. A la longue, cette volonté explique la défaite. Je souhaiterais simplement que vous amélioriez la coordination entre les vaisseaux et les forces d'attaque – et ce seulement dans les périodes critiques et dans des situations de combat particulièrement sélectionnées.

C'baoth lança un regard à Pellaeon.

– Dans quelle intention? grommela-t-il.

– Pour ce dont nous avons déjà discuté. Le pouvoir.

– Quelle sorte de pouvoir?

Pour la première fois depuis qu'ils avaient débarqué, Thrawn parut pris de court.

– Celui de conquérir les mondes, bien entendu. De vaincre définitivement la Rébellion. De rétablir dans toute sa gloire ce qui fut l'Ordre Nouveau de l'Empire.

C'baoth secoua la tête.

– Grand Amiral Thrawn, vous ne comprenez pas le pouvoir. Conquérir des mondes où jamais vous ne reviendrez, ça n'est pas le pouvoir. Non plus que de détruire des vaisseaux et des gens, de défaire des rébellions que vous n'avez pas affrontées face à face. (Il balaya l'air de la main avec, dans les yeux, une lueur surnaturelle.) Ceci, Grand Amiral, c'est le pouvoir. Cette cité, cette planète, ces gens. Chaque humain, chaque Psadan, chaque Myneyrsh qui vit ici m'appartient. Chacun d'eux est *à moi.* (Il regarda la fenêtre.) Je les éduque. Je commande. Je punis. Leur vie et leur mort sont entre mes mains.

– Ce qui est précisément ce que je vous offre, dit Thrawn. Des millions de vies – des milliards, si vous le souhaitez. Toutes les vies que vous voudrez.

– Ça n'est pas la même chose, fit C'baoth avec une note de patience paternelle dans la voix. Je n'ai nul désir d'exercer un pouvoir lointain sur des vies sans visage.

– En ce cas, vous pourriez régner sur une seule cité. Petite ou vaste, comme vous le souhaiterez.

– Mais je règne déjà sur celle-ci.

Le regard de Thrawn s'étréçit.

– J'ai besoin de votre assistance, Maître C'baoth. Dites-moi votre prix.

C'baoth sourit.

– Mon prix? Le prix de mes services? (Brutalement, son sourire s'effaça.) Grand Amiral Thrawn, je suis un Maître Jedi. Et non pas un mercenaire à votre solde comme votre Noghri.

La menace était brûlante dans sa voix.

Il jeta un regard méprisant à Rukh, qui se tenait de côté, silencieux.

– Oh, oui, Noghri, ajouta-t-il. Je te connais, toi et ton peuple. Les Commandos de la Mort privés de l'Empereur; vous assassinez et vous mourez selon les caprices d'hommes tels que Dark Vador ou le Grand Amiral ici présent.

– Dark Vador servait l'Empereur et son Empire, répondit Rukh dont les yeux sombres s'étaient posés sans ciller sur le Jedi. De même que moi.

– Peut-être. (C'baoth revint à Thrawn.) Je dispose de tout ce que je désire ou dont je peux avoir besoin, Grand Amiral Thrawn. A présent, vous allez quitter Wayland.

Thrawn n'esquissa pas un mouvement.

– Maître C'baoth, répéta-t-il calmement, j'ai besoin de votre assistance. Et je l'aurai.

– Sinon, que ferez-vous? grinça C'baoth. Vous demanderez à votre Noghri d'essayer de me tuer? Ce serait assez amusant. (Il se tourna vers Pellaeon.) A moins que votre brave commandant de superdestroyer ne tente d'effacer ma cité de la planète depuis son vaisseau en orbite. Mais vous risqueriez de causer des dégâts à la montagne, non?...

– Mes artilleurs pourraient détruire cette cité sans même griller l'herbe du Mont Tantiss, répliqua Pellaeon. Et s'il vous faut une démonstration...

– Du calme, capitaine! fit Thrawn. Donc, Maître C'baoth, c'est le pouvoir face à face que vous préférez? Je puis comprendre cela. Bien que dans ce cas vous n'ayez plus de véritable adversaire. (Il regarda songeusement par la fenêtre.) Mais c'est peut-être le fond du problème. Je me suis toujours dit que même les Maîtres Jedi devenaient un jour trop vieux pour ne plus passer leurs jours qu'à paresser au soleil.

C'baoth se rembrunit.

– Prenez garde, Grand Amiral Thrawn. Ou je pourrais bien prendre le risque de vous détruire malgré tout.

– Ce ne serait pas un très grand risque pour un homme de votre talent et de votre force, le contra Thrawn. Mais vous avez probablement déjà un autre Jedi sous votre commandement.

C'baoth fronça les sourcils, à l'évidence décontenancé par ce soudain changement de sujet.

– Un autre Jedi?

– Bien sûr. Il convient tout à fait à un Jedi d'avoir un autre Jedi de rang inférieur qui le serve. Un Jedi qu'il puisse former, dominer et châtier à volonté.

Une ombre passa sur le visage de C'baoth.

– Il ne reste pas d'autre Jedi, murmura-t-il. L'Empereur et Vador les ont pourchassés et détruits.

– Pas tous, fit doucement Thrawn. Deux nouveaux Jedi sont apparus dans les cinq dernières années : Luke Skywalker et sa sœur, Leia Organa Solo.

– Et qu'en ai-je à faire?

– Je peux vous les livrer.

Durant une longue minute, C'baoth le dévisagea, partagé entre l'incrédulité et la soif du pouvoir absolu. Et la soif l'emporta :

– Tous les deux?

– Tous les deux, confirma Thrawn. Réfléchissez à ce qu'un homme de votre talent pourrait faire avec de nouveaux Jedi. Les modeler, les transformer, les recréer selon l'image que vous souhaitez. Et, en plus, il y a une prime... car Leia Organa Solo est enceinte. De jumeaux.

C'baoth en eut le souffle coupé.

– *Des jumeaux Jedi?*

– Ils en ont le potentiel, du moins si j'en crois mes sources, fit Thrawn avec un sourire. Mais, bien entendu, ce qu'ils deviendront à terme sera de votre seul ressort.

C'baoth observa Pellaeon avant de revenir à Thrawn.

Lentement, il se leva.

– Très bien, Grand Amiral Thrawn. En contrepartie des Jedi, je me joindrai à vos forces. Prenez-moi à votre bord.

– Le moment venu, Maître C'baoth, fit Thrawn en se redressant à son tour. Tout d'abord, nous devons aller jusqu'à la montagne de l'Empereur. Notre marché dépend du fait que j'y trouve ce que je cherche.

Les yeux de C'baoth lancèrent un éclair.

– Certes. Espérons donc tous deux que tel sera le cas.

Il y avait une mise en garde dans sa voix.

Il leur fallut sept heures de quête dans la forteresse qui était bien plus vaste que Pellaeon ne l'avait imaginé. Mais, à la fin, ils trouvèrent les trésors que Thrawn avait espéré. Le manteau-bouclier... ainsi que ces quelques petits outils technologiques presque ordinaires.

La porte de la cabine de commandement coulissa et Pellaeon entra.

– Puis-je vous dire quelques mots, amiral?

– Mais certainement, capitaine. Entrez. (Thrawn était installé au centre de son double cercle de projection.) Avons-nous reçu des informations du Palais Impérial?

– Non, amiral, pas depuis hier. (Tout en s'avançant, Pellaeon se répéta les paroles qu'il avait préparées.) Je peux redemander, si vous le voulez?

– Ce n'est probablement pas nécessaire, dit Thrawn en secouant la tête. Il semble que les détails du voyage jusqu'à Bimmisaari aient été plus ou moins réglés. Tout ce qu'il nous reste à faire, c'est alerter l'un des commandos – l'Equipe Huit, je pense – et nous aurons nos Jedi.

– Oui, amiral. (Pellaeon était prêt.) Amiral... je dois vous dire que je ne suis pas convaincu que traiter avec C'baoth soit une bonne idée. Pour être honnête, je pense qu'il n'est pas entièrement sain d'esprit.

Thrawn leva un sourcil.

– Bien sûr qu'il ne l'est pas. Pas plus qu'il n'est Jorus C'baoth.

Pellaeon en resta bouche bée.

– Quoi?

– Jorus C'baoth est mort. Il était l'un des six Maîtres Jedi qui se trouvaient à bord du Vol Extérieur de l'Ancienne République. J'ignore si vous étiez suffisamment haut placé pour avoir appris cela à l'époque.

– J'ai entendu des rumeurs. Une tentative ambitieuse pour étendre le pouvoir de l'Ancienne République au-delà de la galaxie, si je me souviens bien. Juste avant que n'éclatent les Guerres Cloniques. Je n'en ai jamais su plus.

– C'est parce qu'il n'y avait rien de plus à en dire, fit Thrawn d'un ton égal. Il a été intercepté par une force d'intervention à l'extérieur des frontières de l'Ancienne République et détruit.

Pellaeon le fixa avec un frisson.

– Comment le savez-vous?

– Parce que c'était moi qui commandait la force d'intervention. Même à cette époque, déjà, l'Empereur avait compris qu'il fallait exterminer les Jedi. Et six Maîtres Jedi à bord d'un même vaisseau, c'était une occasion trop belle.

Pellaeon passa la langue sur ses lèvres.

– Et alors?...

– Qui avons-nous accepté à bord?... J'aurais pensé que c'était évident. Joruus C'baoth – notez bien le double *u* révélateur de *Jorus* – est un clone.

Pellaeon le dévisagea.

– *Un clone?*

– Mais certainement. Créé à partir d'un échantillon de tissu cellulaire, probablement peu avant la mort du véritable C'baoth.

– En d'autres termes, au début de la guerre, conclut Pellaeon, la gorge nouée. (Les premiers clones – du moins ceux que la flotte avait affrontés – étaient particulièrement instables, à la fois émotionnellement et mentalement. De façon parfois spectaculaire au point de...) Et vous avez délibérément embarqué cette chose sur ce vaisseau?

– Auriez-vous préféré que ce fût un parfait Jedi Sombre? demanda froidement Thrawn. Un second Dark Vador, peut-être, avec tout le pouvoir et les ambitions qui pourraient facilement lui donner le contrôle de ce vaisseau? Capitaine, remerciez votre chance.

– Au moins, un Jedi Sombre aurait été plus prévisible, rétorqua Pellaeon.

– Mais C'baoth l'est suffisamment. Et quand il ne l'est pas... (Il leva la main vers la demi-douzaine de structures qui entouraient le centre de commandement.) ... les ysalamari sont là.

– Amiral, ça ne me plaît toujours pas, fit Pellaeon avec une grimace. Nous ne pouvons pas en même temps nous protéger de lui et le laisser déterminer les coordonnées d'attaque de la Flotte.

– Cela comporte un degré de risque, admit Thrawn. Mais les risques ont toujours inéluctablement fait partie de la guerre. Dans le cas présent, les bénéfices potentiels excèdent de loin les dangers potentiels.

Pellaeon acquiesça d'un air réticent.

Cela ne lui plaisait pas du tout, mais il était évident que le plan de Thrawn était clair dans son esprit.

– Oui, amiral. Vous avez parlé d'un message à l'Equipe Huit. Désirez-vous que je le transmette?

– Non, je m'en chargerai moi-même. (Thrawn affichait un sourire sardonique.) Leur glorieux chef, et tout le reste... Vous savez comment sont les Noghri. Y a-t-il autre chose, capitaine?

C'était à l'évidence une invitation à se retirer.

– Non, amiral. Si vous avez besoin de moi, je serai sur la passerelle.

Il se détourna.

– Capitaine, cela nous donnera la victoire, fit le Grand Amiral d'une voix soyeuse. Oubliez vos craintes, et concentrez-vous sur cette seule opération.

Si nous n'y laissons pas notre vie.

– Oui, amiral.

Et Pellaeon quitta la pièce.

CHAPITRE V

Yan Solo acheva son rapport et attendit les critiques.

Il n'eut pas à patienter longtemps.

– Donc, une fois encore, vos amis contrebandiers ont refusé de s'engager, déclara l'amiral Ackbar, l'air plus que dégoûté.

Il inclina le grand dôme de sa tête par deux fois, en une expression calamarienne indéchiffrable tout en clignant ses grands yeux.

– Vous vous souviendrez que j'ai été en désaccord avec cette idée depuis le début, ajouta-t-il en tendant sa main palmée vers la mallette de Yan.

Yan regarda Leia, assise à l'autre bout de la table.

– Amiral, ça n'est pas une question d'engagement. C'est seulement que la plupart ne voient pas ce qu'ils pourraient gagner à abandonner leurs activités actuelles pour faire du transport.

– A moins que ce ne soit un manque de confiance? intervint une voix mélodieuse. Est-ce que ça ne serait pas possible?

Yan grimaça involontairement.

– Oui, c'est possible, dit-il en s'efforçant de regarder Borsk Fey'lya.

Les yeux mauves de Fey'lya s'agrandirent et des rides coururent doucement sur sa fine toison crème. C'était une réaction de surprise chez un Bothan, et Fey'lya l'avait souvent.

– Possible? Vous avez dit *possible*, capitaine Solo?

Yan soupira doucement et abandonna la partie. Sinon, Fey'lya le manœuvrerait jusqu'à ce qu'il emploie un autre terme.

– Certains groupes que j'ai contactés ne nous font pas confiance, en effet, reconnut-il. Ils pensent que cette proposition pourrait être une sorte de piège pour qu'ils se mettent à découvert.

– A cause de moi, bien sûr, grommela Ackbar dont la peau saumon venait de s'assombrir. N'êtes-vous donc pas fatigué de reconquérir toujours le même territoire, Conseiller Fey'lya?

A nouveau, Fey'lya leva des yeux immenses pour observer en silence Ackbar tandis que la tension autour de la table montait brusquement. Jamais ils ne s'étaient aimés, Yan le savait, depuis le jour où Fey'lya avait représenté les Bothans au sein de l'Alliance, à la suite de la Bataille de Yavin. Depuis le tout début, Fey'lya avait intrigué pour s'assurer le pouvoir et les titres, rompant les accords n'importe où et n'importe quand dès qu'il le pouvait. Il avait montré clairement qu'il espérait se voir attribuer une position influente dans le système politique encore tout neuf que Mon Mothma avait construit. Pour Ackbar, de telles ambitions étaient un gaspillage de temps et d'énergie dangereux, surtout si l'on considérait la situation périlleuse de l'Alliance en ce moment, et, avec sa rudesse coutumière, il avait ouvertement exprimé son opinion.

Si l'on tenait compte de la réputation d'Ackbar et de ses succès, Yan ne doutait guère que Fey'lya se serait très vite retrouvé muté à quelque poste mineur dans le gouvernement de la Nouvelle République... Si ce n'est que les espions qui avaient découvert l'existence et les coordonnées de la nouvelle Etoile Noire de l'Empereur avaient été des Bothans à la solde de Fey'lya.

A l'époque, Yan avait été trop pris par des questions plus urgentes et il n'avait pas eu connaissance du fait que Fey'lya avait fait jouer ce coup de chance pour accéder à sa position dans le Conseil. Et Yan, en toute honnêteté, devait bien s'avouer qu'il était contre.

– J'essaie simplement de clarifier la situation dans mon esprit, amiral, dit enfin Fey'lya dans le silence pesant. Pour nous, il ne semble guère justifié de continuer à envoyer un homme de valeur comme le capitaine Solo dans ces missions de contact qui toutes sont condamnées à la faillite.

– Non, elles ne sont pas condamnées à la faillite! intervint Yan.

Du coin de l'œil, il vit le regard d'avertissement de Leia mais l'ignora.

– Les contrebandiers que nous recherchons sont des hommes d'affaires conservateurs – ils ne sautent pas sur la première occasion venue sans réfléchir. Ils reviendront sur leur décision.

Fey'lya haussa les épaules dans un froissement de toison.

– Et entre-temps, nous allons dépenser du temps et des efforts sans rien en tirer.

– Ecoutez, on ne peut pas construire comme ça n'importe quel...

Un tapotement de marteau léger, presque hésitant, résonna à l'autre extrémité de la table.

– Ce qu'attendent les contrebandiers, déclara paisiblement Mon Mothma, portant son regard sévère sur chacun des autres, c'est la même chose que le reste de la galaxie : le rétablissement officiel des lois et principes de l'Ancienne République. Conseillers, cela constitue notre premier et essentiel devoir. Devenir la Nouvelle République de titre et de fait.

Cette fois, ce fut Yan qui adressa un regard de mise en garde à Leia. Elle acquiesça presque imperceptiblement et ne dit rien.

Mon Mothma laissa le silence se prolonger un moment, promenant à nouveau le regard autour de la table. Yan se surprit en train de l'observer. Maintenant, elle avait des rides plus profondes; ses cheveux sombres étaient marqués de gris et son cou gracile était amaigri. Elle avait beaucoup vieilli depuis qu'il l'avait rencontrée pour la première fois, au temps où l'Alliance cherchait à échapper à l'ombre de l'Etoile Noire. Depuis, Mon Mothma s'était vu confier la tâche éprouvante de constituer un gouvernement viable, et tous les efforts qu'elle avait dépensés se lisaient à présent.

Mais, malgré l'usure des ans, dans ses yeux couvait le même feu – ce feu tranquille, si l'on en croyait les histoires qui couraient – qui l'avait habitée depuis sa rupture historique avec l'Ordre Nouveau de l'Empire, quand elle avait fondé l'Alliance Rebelle. Elle était dure, intelligente, et parfaitement maîtresse d'elle-même. Et chacun de ceux qui étaient présents le savaient.

Son regard se fixa enfin sur Yan.

– Capitaine Solo, nous vous remercions de votre rapport; et aussi, souhaiterais-je ajouter, de vos efforts. Sur ce, cette réunion est ajournée.

Une seconde fois, elle frappa légèrement la table de son marteau et se leva. Yan referma sa mallette et, dans la confusion qui suivit, contourna la table pour rejoindre Leia. Elle était occupée à rassembler ses affaires.

– Nous sortons? demanda-t-il.

– Le plus tôt sera le mieux, marmonna-t-elle. Il faut que je donne ça à Winter.

Yan jeta un bref regard autour d'eux et baissa la voix d'un ton.

– Je suppose que ça se passait beaucoup plus durement avant qu'ils me convoquent?

– Guère plus qu'à l'accoutumée. Fey'lya et Ackbar se livraient à leurs duels polis, comme toujours. Cette fois, c'était à propos du fiasco d'Obroa-skai, de cette unité elomim perdue. Et Fey'lya a encore suggéré que la charge de commandant en chef était trop lourde pour Ackbar. Et ensuite, bien sûr, Mon Mothma...

– Leia, puis-je vous dire un mot? fit la voix de Mon Mothma par-dessus l'épaule de Yan.

Il se retourna tout en percevant la brusque tension de Leia.

– Oui?...

– J'ai oublié de vous demander si vous aviez proposé à Luke de vous accompagner sur Bimmisaari. Est-il d'accord?

– Oui, fit Leia avec un regard d'excuse à l'adresse de Yan. Je suis désolée, Yan; je n'ai pas eu une seconde pour te le dire. Les Bimms ont envoyé un message hier. Ils demandent à ce que Luke soit présent à mes côtés pour les pourparlers.

– Vraiment?

Il se dit qu'un an auparavant, il aurait été sans doute furieux de voir un plan aussi laborieusement mis au point défait à la dernière minute. Mais la patience diplomatique de Leia devait probablement déteindre sur lui. Ou il ramollissait.

– Ils ont donné des raisons?

– Les Bimms sont plutôt attirés par les héros, dit Mon Mothma avant même que Leia ait pu parler, tout en cherchant le regard de Yan.

Elle essayait sans doute de savoir à quel point ce changement de plan l'irritait.

– La part que Luke a pris dans la Bataille d'Endor est bien connue.

– Oui, oui, j'en ai entendu parler, fit Yan, en s'efforçant de n'être pas trop sarcastique.

Il n'avait aucun grief à l'encontre de Luke depuis qu'il avait pris place dans le panthéon des héros de la Nouvelle République – le gamin le méritait sûrement. Mais si Mon Mothma tenait tellement à se vanter d'avoir des Jedi autour d'elle, elle aurait pu au moins laisser Leia à ses études plutôt que de la plonger dans des corvées diplomatiques. Telles que se présentaient les choses, n'importe quel escargot ambitieux risquait d'être un Maître Jedi avant elle.

Leia chercha sa main, la trouva et la serra. Il répondit, pour lui montrer qu'il n'était pas en colère. Mais elle le savait sans doute déjà.

– Nous ferions bien d'y aller, maintenant, dit-elle à Mon Mothma, tout en écartant Yan de la table. Il faut encore que nous rassemblions nos droïds.

– Faites bon voyage, déclara Mon Mothma d'un ton grave. Et bonne chance à vous.

– Les droïds sont déjà à bord du *Faucon* , dit Yan tandis qu'ils se faufilaient entre les Conseillers et les membres de l'état-major. Chewie les a fait embarquer pendant que je venais ici.

– Je sais, murmura-t-elle.

– Parfait.

Il sentit une fois encore ses doigts qui serraient les siens.

– Yan, tout se passera bien. Toi, moi, et Luke... Comme au bon vieux temps.

– Mais oui.

Assis au milieu d'un groupe d'étrangers petits et poilus, ils allaient écouter 6PO jouer l'interprète, tout en essayant de percer une nouvelle psychologie étrangère pour tenter de deviner ce qu'il fallait exactement pour que les autres se joignent à la Nouvelle République.

– Mais oui, répéta Yan dans un soupir. Comme au bon vieux temps.

CHAPITRE VI

L'écran mouvant des arbres étranges de la planète, pareils à de vastes tentacules entourant le terrain, reflua, et, avec un choc discret, Yan posa le *Faucon Millenium* sur le sol inégal.

– Eh bien, nous y sommes, déclara-t-il comme pour lui seul. Bimmisaari. Spécialité : fourrures et plantes mouvantes.

– Pas de ça, le prévint Leia en débouclant son harnais pour exécuter les mouvements de relaxation Jedi que Luke lui avait enseignés.

Les rapports politiques avec ceux qu'elle connaissait n'étaient jamais difficiles. Mais les missions diplomatiques auprès de races étrangères et non familières étaient quelque chose de bien différent.

– Tu t'en tireras très bien, fit Luke en la serrant contre lui.

Yan se tourna à demi.

– J'aimerais bien que vous arrêtiez, tous les deux, se plaignit-il. J'ai l'impression de surprendre la moitié d'une conversation.

– Désolé, fit Luke tout en s'extirpant de son siège pour se pencher vers la baie avant du *Faucon*. On dirait que le comité de réception arrive. Je vais aller préparer Z-6PO.

– On y va dans une minute, fit Leia. Yan, tu es prêt ?

– Oui. (Il ajustait son blaster dans son étui.) Chewie, tu as encore une dernière chance pour changer d'avis.

Chewbacca gronda une brève réponse. Même après toutes ces années, Leia ne parvenait pas à le comprendre aussi bien que Yan – il y avait dans la voix du Wookie un niveau subtil d'harmoniques qu'elle avait du mal à saisir.

Mais, si certains mots étaient indistincts, le sens général de la réponse était d'une clarté de cristal.

– Oh, ça va! fit Yan. Tu as déjà appris à te faire tout petit – tu te souviens de tous ces honneurs à la base de Yavin? Là, je ne t'ai pas entendu te plaindre.

– Il n'y a pas de problème, Yan, fit Leia. Si Chewbacca veut rester à bord avec D2 et travailler sur les stabilisateurs, c'est parfait. Les Bimms ne s'en offenseront pas.

Yan observait la délégation qui approchait.

– Ce n'est pas tant de les offenser qui me préoccupe, murmura-t-il. Je me disais seulement que ce serait mieux d'avoir un appui supplémentaire, juste au cas où...

Leia lui tapota le bras avec un sourire.

– Les Bimms sont un peuple très amical. Il n'y a aucun ennui à redouter.

– J'ai déjà entendu ça, fit Yan d'un ton sec.

Il tira un comlink d'un compartiment à côté de son siège. Il était sur le point de le pincer sur son ceinturon quand il se ravisa et le fixa à son col.

– Comme ça, c'est parfait, remarqua Leia. Et tu vas mettre ton vieil insigne de général à ton ceinturon, n'est-ce pas?

Il prit un air vexé.

– Très drôle. Mais avec le comlink ici, je pourrais l'activer sans que ça se voie et parler à Chewie.

– Ah... (Leia approuva. En fait, se dit-elle, c'était une bonne idée.) On dirait que tu as passé trop de temps avec le lieutenant Page et ses commandos.

– Non, j'ai passé trop de temps dans les réunions du Conseil, répliqua-t-il en se levant. Après quatre ans de guerre politique intestine, on apprend que la subtilité est parfois utile. Viens, Chewie – on va avoir besoin de toi pour refermer derrière nous.

Luke et 6PO les attendaient près de la coupée.

– Prêts? demanda Luke.

– Prêts, fit Leia en inspirant profondément.

Dans un sifflement de décompression, la coupée s'ouvrit et ils descendirent la rampe vers les créatures à fourrure vêtues de jaune qui les attendaient.

La cérémonie d'accueil fut brève et en grande partie inintelligible, quoique 6PO fît de son mieux pour traduire le discours en harmonie à cinq voix. Le chant de bienvenue prit fin et deux Bimms s'avancèrent, l'un d'eux prolongeant la mélodie tandis que l'autre leur présentait un petit appareil électronique.

– Il présente ses salutations à la Très Distinguée Conseillère Visiteuse Leia Organa Solo, dit 6PO, et espère que vos entretiens avec les Anciens de la Loi seront fructueux. Il requiert aussi que le capitaine Solo remporte son arme jusqu'au vaisseau.

Le droïd avait traduit cela d'un ton tellement neutre qu'il fallut un instant pour que le sens des paroles les pénètre.

– Qu'a-t-il dit? demanda Leia.

– Que le capitaine Solo devait remporter son arme au vaisseau, répéta 6PO. Les armes de violence ne sont pas autorisées dans la cité. Et cela ne souffre aucune exception.

– Bravo, murmura Yan au creux de l'oreille de Leia. Tu ne m'avais pas annoncé ça.

– Mais je ne le savais pas, fit-elle tout en adressant un sourire rassurant aux deux Bimms. Il ne semble pas que nous ayons le choix.

– C'est ça, la diplomatie, grommela Yan, comme s'il lançait un juron.

Il défit son ceinturon, l'enroula soigneusement autour de son blaster et alla poser le tout dans la coupée.

– Satisfaite? fit-il.

– Ne le suis-je pas toujours? (Leia hocha la tête à l'adresse de 6PO.) Dis-leur que nous sommes prêts.

Le droïd traduisit. Les deux Bimms s'écartèrent

alors et leur désignèrent l'endroit d'où ils étaient venus.

Ils étaient peut-être à une vingtaine de mètres du *Faucon* , et ils entendaient Chewbacca qui s'activait à refermer la coupée lorsqu'une pensée traversa brusquement l'esprit de Leia.

– Luke? murmura-t-elle.

– Oui, je sais, fit-il en réponse. Ils imaginent sans doute que cela fait partie de l'attirail du Jedi.

– A moins que leurs détecteurs ne repèrent pas les sabrolasers, ajouta calmement Yan. De toute manière, ce qu'ils ignorent ne risque pas de leur faire de mal.

– Je l'espère, fit Leia, en s'efforçant d'oublier les règles diplomatiques.

Après tout, si les Bimms eux-mêmes n'avaient pas soulevé d'objection...

– Par tous les cieux, vous avez vu cette foule?

Elle attendait au-delà des arbres. Il y avait là des centaines de Bimms sur une bonne vingtaine de rangs, de part et d'autre de leur parcours, tous vêtus de jaune doré. Le comité de réception officielle se rangea alors sur une file et s'avança au milieu de la haie sans que le moindre regard fût jeté sur la foule. Leia se prépara l'espace d'une fraction de seconde et suivit.

L'impression était quelque peu étrange, mais pas aussi inquiétante qu'elle l'avait redouté. Chacun des Bimms tendait la main à son passage et lui effleurait l'épaule, la tête, le bras ou le dos. Tout cela dans un silence absolu, dans un ordre impeccable, et dans l'aura d'une civilisation parfaite.

Mais, pourtant, elle se dit qu'elle était heureuse que Chewbacca ne fût pas venu. Il détestait que des étrangers le touchent – et sa réaction eût été plutôt violente.

Tandis qu'ils traversaient la foule, le Bimm le plus proche de Leia se mit à chanter.

– Il dit que la Tour de la Loi est droit devant nous, traduisit 6PO. C'est le siège de leur conseil planétaire.

Leia regarda par-dessus la tête des Bimms qui les précédaient. Oui, à l'évidence, c'était la Tour de la Loi. Et juste à côté...

– 6PO, demande quelle est cette chose que je vois à proximité. Ce bâtiment en dôme à trois étages dont le toit et les côtés semblent avoir été découpés.

Le Bimm répondit au fredonnement du droïd.

– C'est le principal marché de la planète, traduisit 6PO. Il dit qu'ils préfèrent vivre à ciel ouvert quand c'est possible.

– Ce toit se déploie probablement plus loin pour couvrir toute la structure en cas de mauvais temps, ajouta Yan. J'ai déjà vu ce genre d'architecture en d'autres endroits.

– Il dit qu'il peut vous faire visiter les lieux avant de repartir, ajouta 6PO.

– Superbe. J'aimerais ramener des souvenirs de ce merveilleux endroit.

– Du calme, fit Leia. Sinon, tu vas aller nous attendre dans le *Faucon* avec Chewie.

La Tour de la Loi de Bimmisaari était plutôt modeste pour un siège de conseil planétaire. Elle ne dépassait que de deux étages le marché. A l'intérieur, ils furent conduits dans une vaste salle au rez-de-chaussée. De hautes tapisseries couvraient les murs. Un autre groupe de Bimms les attendait. Trois d'entre eux se levèrent et chantèrent à l'entrée de Leia.

– Princesse Leia, ils ajoutent leurs salutations de bienvenue à celles qui vous ont été adressées au port, traduisit 6PO. Ils s'excusent cependant parce que les entretiens ne vont pas commencer tout de suite. Il semble que le chef des négociations soit tombé malade il y a peu.

– Oh, fit Leia, sur la défensive. Exprime-leur notre sympathie et demande s'il y a quoi que ce soit que nous puissions faire pour les aider.

– Ils vous remercient, dit 6PO après un nouvel échange de notes musicales. Mais ils assurent que ce ne sera pas nécessaire. Il ne court aucun danger, il est seulement incommodé. (Le droïd hésita avant d'ajouter, avec quelque gêne :) Votre Altesse, je ne crois pas que vous deviez chercher à en savoir plus. Cela semble de nature très personnelle.

– Je comprends, fit Leia, gravement, tout en réprimant un sourire devant le ton pincé de 6PO. Eh bien, dans ce cas, je suppose que nous pouvons retourner au *Faucon* jusqu'à ce qu'il se sente prêt à commencer.

Le droïd traduisit et un des membres de leur escorte s'avança pour flûter quelques notes en réponse.

– Il nous propose une autre solution, Votre Altesse : il se se ferait un plaisir de nous faire visiter le marché en attendant.

Leia regarda tour à tour Yan et Luke.

– Des objections?

Le Bimm chantonna à nouveau et 6PO dit :

– Il suggère de plus que Maître Luke et le capitaine Solo pourraient trouver quelque intérêt aux salles supérieures de la Tour. Apparemment, il y aurait là-haut des reliques datant de l'ère moyenne de l'Ancienne République.

Lentement, l'esprit de Leia s'était mis en alerte. Les Bimms essayaient-ils de les séparer?

– Luke et Yan apprécieraient sans doute le marché, eux aussi, fit-elle prudemment.

Autre échange d'arias.

– Il dit qu'ils trouveraient cela excessivement ennuyeux, fit 6PO. Franchement, s'il s'agit d'un marché comme ceux que j'ai déjà visités...

– J'adore les marchés, l'interrompit brusquement Yan, d'un ton coupant et soupçonneux. Je les adore vraiment.

Leia se tourna vers son frère.

– Et toi, qu'en penses-tu?

Luke promena son regard sur les Bimms. Il les évaluait, se dit-elle, avec son instinct de Jedi.

– Je ne vois pas quel danger ils pourraient nous faire courir, dit-il lentement. Je ne sens pas la moindre duplicité en eux. Du moins, rien de plus que les ruses politiques normales.

Elle acquiesça et sentit sa tension diminuer un peu. Des ruses politiques... Oui, c'était probablement à cela que tout se résumait. Le Bimm visait sans doute seulement à la préparer à son point de vue avant que les négociations ne commencent vraiment.

– En ce cas, nous acceptons, dit-elle enfin en inclinant la tête.

– Le marché existe depuis deux siècles, traduisit 6PO à l'intention de Yan et Leia qui suivaient leur hôte au long d'une rampe en pente douce entre les niveaux deux et trois du dôme ouvert. Mais il n'a pas toujours eu cette forme. La Tour de la Loi, en fait, a été bâtie à cet endroit précisément parce que c'était un carrefour traditionnel.

– Ça n'a guère changé, hein? commenta Yan.

Il se rapprocha de Leia pour éviter d'être renversé par une horde de clients plutôt déterminés. Il avait visité bien des marchés sur des tas de planètes diverses, mais avait rarement vu une telle foule.

Et il n'y avait pas ici que des indigènes. Dans le flot de Bimms tous pareillement vêtus de jaune – ils ne portent donc jamais rien d'autre? – il remarquait d'autres humains, un couple de Baradas, un Ishi Tib, un groupe de Yuzzumi et un être qui ressemblait vaguement à un Paonnid.

– Tu comprends pourquoi ce monde mérite d'entrer dans la Nouvelle République, lui murmura Leia.

– Je crois que oui, admit-il tout en entrant dans une échoppe pour admirer des articles en métal.

Le propriétaire brandit des couteaux à découper devant lui tout en chantonnant son boniment.

– Non, merci, fit Yan en reculant.

Mais le Bimm poursuivit sa gesticulation avec encore plus d'intensité.

– 6PO, fit Yan au droïd, est-ce que tu peux lui dire que ça ne nous intéresse pas?

Il n'obtint pas de réponse.

– 6PO? répéta-t-il en regardant autour de lui.

6PO, non loin de là, observait la foule.

– Hé, Bâton d'Or! C'est à toi que je parle!

6PO se retourna brusquement.

– Je suis désolé, capitaine Solo. Mais notre hôte semble avoir disparu.

– Qu'est-ce que tu veux dire: disparu?

Yan se rappela alors que leur guide bimm avait sur les épaules des épingles brillantes. Mais il ne voyait briller aucune épingle dans la cohue.

– Comment est-ce qu'il a pu disparaître comme ça?

Leia lui agrippa la main.

– J'éprouve un mauvais sentiment. Retournons à la Tour.

– Oui. Viens, 6PO. Ne nous perds pas.

Serrant la main de Leia, il pivota sur ses talons... Et se figea net. A quelques mètres de là, trois non-humains faisaient une tache dans la foule jaune, avec leur peau grise, leurs grands yeux sombres et leur mâchoire protubérante.

Dans leurs mains, ils serraient des bâtons stokhli.

– On a des ennuis, marmonna Yan.

Il tourna lentement la tête, espérant ne pas voir d'autres êtres gris.

Mais il y en avait d'autres. Huit au moins, disposés plus ou moins en cercle autour d'eux, à dix mètres de distance.

– Yan! lança Leia d'un ton pressant.

– Je les vois. Mon cœur, nous sommes dans une sale affaire.

– Qui sont-ils?

– Je l'ignore – je n'ai jamais vu de créatures pareilles. Mais ils n'ont pas l'air de vouloir plaisanter. Ces choses qu'ils tiennent sont des bâtons stokhli – ça peut t'envoyer un jet de brume à plus de deux cents mètres et ça contient suffisamment de jus foudroyant pour terrasser un Gundark de bonne taille.

Il prit conscience brusquement que Leia et lui avaient instinctivement battu en retraite. Il jeta un regard par-dessus son épaule.

– Ils veulent nous repousser vers la rampe du bas.

Ils essaient sans doute de nous capturer sans attirer l'attention de la foule.

– Nous sommes perdus, gémit 6PO.

– Qu'allons-nous faire? demanda Leia en serrant un peu plus fort la main de Yan.

– Voyons d'abord s'ils nous surveillent vraiment.

D'un geste désinvolte, il porta sa main libre au comlink fixé à son col.

L'étranger le plus proche leva son bâton d'un geste menaçant. Yan baissa la main.

– Bon, laissons tomber. Je crois qu'il est temps d'en finir avec les politesses. Il faut prévenir Luke.

– Il ne peut pas nous aider.

Yan se tourna vers Leia. Elle avait le regard terne et le visage fermé.

– Pourquoi? demanda-t-il, l'estomac serré.

Elle répondit dans un soupir à peine audible:

– Ils l'ont fait prisonnier.

CHAPITRE VII

C'était plus un sentiment que des paroles mais, dans l'esprit de Luke, les échos furent aussi nets que s'il venait d'entendre un cri.

Au secours!

Il pivota, oubliant la tapisserie ancienne qu'il étudiait, tous ses sens de Jedi en alerte. Autour de lui, l'immense salle du haut de la Tour n'avait pas changé : elle était toujours aussi déserte, si l'on exceptait les quelques Bimms qui se promenaient entre les vitrines de reliques. Aucun danger de ce côté, du moins pas dans l'immédiat. *Que se passe-t-il?* lança-t-il en réponse en passant dans la salle suivante, se dirigeant vers l'escalier qui conduisait vers le bas.

Il entrevit l'esprit de Leia, il surprit l'image de non-humains et éprouva l'impression d'un nœud coulant qui se serrait. *Tiens bon!* lui lança-t-il. *J'arrive.* Il courait à présent, il plongeait dans la cage d'escalier en agrippant le montant pour garder son équilibre...

Et il s'arrêta. Car entre lui et l'escalier se tenaient sept silhouettes grises et silencieuses.

Luke resta paralysé, la main crispée encore sur le montant, à une demi-galaxie du sabrolaser accroché à sa ceinture. Il n'avait pas la moindre idée de ce que pouvaient faire les bâtons que ses agresseurs pointaient sur lui, mais il n'avait pas envie d'essayer de le savoir par la pratique. A moins d'absolue nécessité.

– Vous voulez quoi? demanda-t-il.

Le chef des non-humains – du moins à ce que pensait Luke – agita son bâton. Luke jeta un regard vers la salle qu'ils venaient de quitter.

– Vous voulez que je reparte en arrière?

Le chef agita de nouveau son bâton. Et cette fois, l'erreur tactique insignifiante n'échappa pas à Luke.

– D'accord, fit-il d'un ton aussi apaisant que possible. Pas de problème.

Il ne quittait pas les autres des yeux et gardait la main éloignée de son sabrolaser. Il rebroussa chemin.

Ils le refoulèrent à travers la salle, en direction d'une arche qui ouvrait sur une autre pièce.

– Si vous vouliez bien me dire ce que vous voulez, nous pourrions peut-être parvenir à un accord, suggéra-t-il.

Des bruits de pas l'amenèrent à penser que quelques Bimms devaient encore se promener aux alentours, ce qui expliquait sans doute que les autres n'aient pas encore attaqué.

– J'espérais que nous pourrions au moins parler. Il n'y a aucune raison pour que vous soyez blessés.

Le pouce gauche du chef bougea. Presque imperceptiblement, mais le regard de Luke le surprit et cela lui suffit. Bon, il devrait jouer sur le pouce.

– Si vous avez à discuter avec moi, je suis tout prêt à vous répondre. Vous n'avez pas besoin de mes amis qui sont au marché.

Il avait presque atteint l'arche. Encore quelques pas. Si seulement ils ne tiraient pas avant...

Et il se retrouva sous l'arche de pierre.

– Et maintenant? demanda-t-il en obligeant ses muscles à se détendre.

Le moment était venu.

Une fois encore, le chef agita son bâton... et un bref instant, au milieu du geste, l'arme fut pointée non pas sur Luke mais sur deux de ses acolytes. En lançant la Force, Luke déclencha la pression du pouce. Il y eut un sifflement intense, le bâton tressauta dans la main du chef, et une sorte de fine pulvérisation jaillit de l'extrémité.

Luke n'attendit pas de voir quel effet elle pouvait avoir. Cette manœuvre lui donnait peut-être une demi-seconde de répit dans la confusion, et il ne pouvait la gaspiller. Il se jeta en arrière sur le côté, à l'abri de la faible protection que lui offrait la paroi, tout près du seuil.

Il réussit *in extremis.* A peine avait-il quitté l'arche qu'une salve de sifflements aigus retentit. En reculant, il vit que des vrilles étranges, fines, translucides et semi-solides avaient poussé sur le chambranle. Comme il battait en retraite, une autre vrille jaillit et forma une spirale incurvée tandis que la brume se changeait en jet liquide puis en cylindre solide.

Il avait saisi son sabrolaser, maintenant, et il l'alluma. Il claqua et siffla. Dans quelques secondes, il le savait, les autres franchiraient le seuil et il ne serait plus question de jouer la subtilité. Et quand ils arriveraient...

Il serra les dents et le souvenir de sa brève bataille sur l'esquif de Boba Fett traversa son esprit. Paralysé par la corde du chasseur de primes, il n'avait réussi à s'évader qu'en faisant sauter le câble par un tir de blaster dévié. Mais cette fois, il n'y aurait aucun blaster pour qu'il pût répéter la même astuce.

Et il n'avait pas la moindre certitude que son sabrolaser puisse le défendre contre les pulvérisations de leurs bâtons. C'était comme de trancher une corde qui se recréait constamment.

Et non pas une seule, mais sept.

Il entendait leurs pas. Ils couraient tandis que la vrille se déployait afin qu'il demeure en arrière. Une tactique militaire standard, qu'ils appliquaient avec une précision qui lui confirmait qu'il n'avait pas affaire à des amateurs.

Il leva son sabrolaser et se mit en garde tout en risquant un rapide regard autour de lui. La décoration ressemblait à celle de toutes les autres salles qu'il avait visitées à cet étage, avec d'anciennes tapisseries et des reliques – sans aucun abri possible. Il devait pourtant y avoir une issue quelque part. Ses yeux couraient sur les murs. Mais il obéissait à un réflexe inutile. Même s'il y avait une issue, elle était certainement trop éloignée pour qu'il puisse espérer s'enfuir.

Le sifflement s'éteignit. Et il se retourna juste à temps pour voir les non-humains charger. Ils le repérèrent aussitôt et pivotèrent pour braquer leurs armes...

Luke lança la Force et déchira une des tapisseries qui s'abattit sur eux.

C'était un tour dont seul un Jedi était capable et qui ne pouvait qu'être efficace. Les sept non-humains étaient dans la salle à l'instant où la tapisserie se détacha du mur pour tomber. Mais, quand elle s'abattit en un énorme amas de tissu, ils avaient réussi à l'esquiver.

Il entendit alors le sifflement aigu de leurs armes. Il recula instinctivement avant de réaliser que les vrilles entrelacées ne le visaient pas. Elles jaillissaient vers le haut, dardant leurs spirales de brume vers tous les murs de la salle.

Il pensa tout d'abord que leurs armes s'étaient déclenchées accidentellement quand ils s'étaient jetés de côté pour éviter la tapisserie. Mais, dans la fraction de seconde suivante, il comprit la vérité : ils enveloppaient délibérément les autres tapisseries dans un tissu de vrilles pour l'empêcher de répéter sa tentative. Avec quelque retard, Luke tira sur l'amas de tissu dans l'espoir de les débusquer. Mais il s'aperçut que la tapisserie était à présent collée au sol.

Les tirs de brume cessèrent et un œil noir se risqua au-dessus de la tapisserie. Avec une étrange tristesse, Luke prit conscience qu'il n'avait plus le choix. Il n'avait qu'un seul moyen d'en finir s'il voulait sauver Yan et Leia.

Il leva son sabre, fit le calme dans son esprit, et projeta tous ses sens de Jedi vers ses sept attaquants. Leur image se dessina dans l'œil de son esprit. Le non-humain qui le menaçait était en train de pointer son arme sur lui...

Rejetant le bras par-dessus son épaule gauche, de toutes ses forces, il lança le sabre.

La lame fendit l'air en tournoyant, comme un bizarre prédateur scintillant. Le non-humain la vit au dernier instant et se jeta en arrière...

Et mourut dans la seconde où le sabre tranchait le tissu et lui coupait le corps en deux.

Les autres durent réaliser alors, dans le même instant, qu'ils étaient déjà morts, eux aussi. Mais ils ne renoncèrent pas pour autant. Avec un ululement glaçant, ils se lancèrent à l'assaut. Quatre d'entre eux quittèrent l'abri de la tapisserie tandis que les deux autres bondissaient pour tenter de tirer par-dessus.

Ce qui ne changea rien. Mû par la Force, le sabrolaser tourbillonnant décrivit une courbe fatale et les faucha l'un après l'autre.

Un battement de cœur et ce fut terminé.

Luke eut une inspiration frémissante. Il s'en était sorti. Non pas comme il l'aurait voulu, mais il s'en était sorti. Tout ce qu'il lui restait à espérer, c'était qu'il fût encore temps. Il s'élança en rappelant le sabrolaser, dépassa les cadavres des non-humains et appela une fois encore avec la Force : *Leia?*

Les colonnes qui flanquaient l'escalier étaient à peine discernables au-delà de la dernière allée de boutiques.

Yan sentit Leia frémir et elle lui souffla :

– Il est libre. Il arrive.

– Formidable, murmura-t-il en réponse. Formidable. Espérons seulement que nos copains ne s'en apercevront pas avant qu'il soit là.

Il avait à peine prononcé ces mots que, avec un ensemble parfait, les non-humains levèrent leurs bâtons et se frayèrent un chemin dans la cohue des Bimms.

– Trop tard, grinça Yan. Les voilà qui arrivent.

Leia lui saisit le bras.

– Est-ce que je ne peux pas essayer de leur arracher ces armes?

– Pas onze à la fois, fit Yan en cherchant désespérément l'inspiration autour d'eux.

Son regard se posa brusquement sur une table proche lourdement chargée de boîtes de joaillerie. Et alors, il sut. Cela pouvait marcher.

– Leia... Tu vois ces bijoux? Prends-en quelques-uns.

Il devina son regard surpris.

– Comment?...

– Fais-le! Prends des bijoux et lance-les-moi!

A la limite de son champ visuel, il vit bouger une des boîtes les plus petites : Leia avait lancé la Force. Puis, la boîte fut projetée en l'air et lui tomba entre les mains. Des colliers en tombèrent avant qu'il ait pu assurer sa prise.

Soudain, le murmure rauque des conversations de la foule fut traversé par un hurlement perçant. Yan se détourna pour voir le marchand de joaillerie qui pointait deux doigts sur lui.

– Yan! cria Leia dans la même seconde.

– On plonge!

Il fut littéralement basculé par la vague furieuse de Bimms qui s'étaient précipités sur eux.

La masse des Bimms formaient maintenant une barrière naturelle entre eux et les bâtons stokhli. Yan lâcha les bijoux et s'empara de son comlink.

– Chewie! hurla-t-il par-dessus le vacarme ambiant.

Luke entendit le hurlement depuis le sommet de la Tour, et le trouble soudain qu'il perçut dans l'esprit de Leia lui apprit clairement qu'il ne pouvait rallier le marché à temps.

Il s'arrêta en dérapant. L'esprit en effervescence. De l'autre côté de la pièce, une grande fenêtre s'ouvrait sur la structure en dôme ouvert. Mais, même pour un Jedi, un saut de cinq étages était impossible. Il regarda derrière lui, cherchant des solutions... et son regard se posa alors sur l'une des armes des non-humains, partiellement visible au-delà de l'arche.

C'était risqué, mais c'était sa seule chance. Il lança la Force vers le bâton qui s'envola pour se poser dans sa main tendue. Il examina rapidement les contrôles tout en courant vers la fenêtre. Ils étaient plutôt simples : profil et pression de vaporisation, détente au pouce. Il régla le faisceau de jet sur le minimum et la pression au maximum ; prit appui contre le côté de la fenêtre, braqua le bâton sur le dôme du marché et pressa la détente.

Le bâton eut un effet de recul violent et lui cogna l'épaule. Mais le résultat fut celui qu'il avait espéré. La vrille, dans sa trajectoire courbe, toucha le dôme, formant doucement un tapis sur lequel vint se coller la brume semi-solide. Luke garda le pouce sur la détente et compta jusqu'à cinq avant de la relâcher. Il garda la vrille sous l'emprise de la Force pour qu'elle ne se détache pas du bâton. Il attendit encore quelques secondes afin qu'elle durcisse, puis la toucha d'un doigt pour s'assurer qu'elle était solidement reliée au dôme du marché. Puis, inspirant profondément, il s'y agrippa des deux mains et sauta dans le vide.

Il plongea dans un tourbillon d'air, échevelé, ses vêtements flottant autour de lui, droit vers le dôme ouvert. En bas, au niveau supérieur, il aperçut à mi-course les silhouettes grisâtres qui tentaient de se frayer un chemin dans la masse jaune des Bimms pour atteindre Yan et Leia. Un trait de lumière jaillit, visible même dans la clarté du soleil, et un Bimm s'écroula au sol – paralysé ou mort, Luke n'aurait su le dire. Le sol montait vers lui à toute allure – et il se prépara à se poser.

C'est alors que dans un grondement qui devait secouer les fenêtres à des kilomètres à la ronde, le *Faucon Millenium* apparut.

L'onde de choc projeta Luke sur le sol et il alla renverser deux Bimms. En se relevant précipitamment, il réalisa que l'intervention de Chewbacca n'aurait pas pu être mieux calculée. A moins de dix mètres de lui, les deux agresseurs s'étaient tournés vers le ciel, leurs armes braquées pour prendre au piège le *Faucon* quand il repasserait. Luke prit son sabrolaser, bondit par-dessus une demi-douzaine de

Bimms et abattit ses deux adversaires avant même qu'ils sachent qu'il était là.

Le grondement revint dans le ciel, mais cette fois Chewbacca ne survola pas le dôme du marché : il déclencha les rétrojets et arrêta brusquement le vaisseau. Et il se porta au secours de ses compagnons en ouvrant le feu avec le canon à tourelle ventral.

Les Bimms n'étaient pas stupides. Yan et Leia avaient peut-être dérangé un nid de frelons, mais les frelons, à l'évidence, n'avaient nullement l'intention d'être abattus depuis le ciel. En un instant, la cohue jaune se dissipa et les Bimms affolés refluèrent du balcon, terrorisés par le *Faucon*. Et Luke se fraya un chemin dans la foule, se servant autant que possible des Bimms pour se mettre à couvert. Il se dirigeait droit sur le cercle des attaquants.

En moins d'un instant, avec le canon-blaster du *Faucon* et son sabrolaser, la place fut nettoyée.

Luke secoua la tête en désignant 6PO :

– Tu sais que tu fais honte.

– Je suis désolé, Maître Luke. (Sa voix était presque inaudible sous les couches de brouillard qui se solidifiait et formait autour de son corps un bizarre paquet cadeau.) Il semble que je sois toujours la cause de vos ennuis.

– Ce n'est pas vrai et tu le sais, lui dit Luke pour le consoler.

Il parcourut du regard la collection de solvants disposée devant lui, sur la table du salon du *Faucon*. Jusque-là, tous ceux qu'il avait essayés n'avaient même pas entamé la couche.

– Depuis des années, tu nous as vraiment été d'un grand secours. Il faut seulement que tu apprennes à te baisser, c'est tout.

A côté de Luke, D2 gazouilla.

– Non, le capitaine Solo ne m'a pas dit de me baisser, rétorqua 6PO d'un air roide. Il m'a dit en fait « Prépare-toi à te baisser ». Je pensais que tu aurais saisi la différence.

D2 flûta une nouvelle réflexion que 6PO ignora.

– Bon, essayons celui-ci, proposa Luke en saisissant un autre solvant.

Il cherchait un chiffon propre quand Leia entra.

– Comment va-t-il? fit-elle en se penchant sur 6PO dans son emballage.

– Il va s'en sortir très bien. Mais il est possible qu'il reste comme ça jusqu'à notre retour à Coruscant. Yan m'a dit que ces bâtons stokhli sont surtout utilisés par les chasseurs de gros gibier sur les planètes éloignées, et le filet qu'ils pulvérisent est un mélange assez exotique.

Il montra toutes les bouteilles de solvants qu'il avait essayés.

– Les Bimms ont peut-être des suggestions à faire, fit Leia en en prenant une. Nous leur demanderons en redescendant.

Luke la regarda en fronçant les sourcils.

– Pourquoi? Nous redescendons?

Elle lui rendit son regard.

– Il le faut, Luke. Tu le sais. Nous sommes en mission diplomatique, et pas en croisière. C'est très mal vu de prendre le large parce qu'un de vos vaisseaux vient de dégringoler le grand marché.

– Je croyais que les Bimms devaient se dire qu'ils avaient de la chance de n'avoir eu aucune perte, remarqua-t-il. Surtout que ce qui est arrivé est en partie de leur faute.

– Tu ne peux pas reprocher à toute une société les agissements de quelques individus, fit-elle. (D'un ton assez sévère, se dit Luke.) Tout particulièrement si un unique politicien dissident a pris la mauvaise décision.

– *Une mauvaise décision*? railla Luke. C'est comme ça qu'ils appellent ce qui s'est passé?

– Oui, c'est le terme qu'ils emploient. Apparemment, le Bimm qui nous a accompagnés jusqu'au marché avait été soudoyé. Mais il n'avait pas la moindre idée de ce qui allait se passer.

– Et pas la moindre idée non plus de ce qu'il a fait absorber au responsable des pourparlers, je suppose?

Leia haussa les épaules.

– En fait, il n'y a pas la moindre preuve tangible que l'on ait cherché à empoisonner le négociateur. Mais ils admettent quand même que c'est une possibilité.

Luke fit la grimace.

– Très généreux de leur part. Et que pense Yan du fait que nous devions redescendre?

– Yan n'a pas le choix, en l'occurrence. C'est *ma* mission, pas la sienne.

– C'est juste, dit Yan en entrant. C'est ta mission. Mais c'est *mon* vaisseau.

Leia le dévisagea avec une expression incrédule.

– Tu n'as pas... souffla-t-elle.

– Mais si, fit-il calmement en se laissant tomber dans un siège. Nous sommes passés en vitesse luminique il y a environ deux minutes. Prochaine escale, Coruscant.

– Yan! J'ai dit aux Bimms que nous allions revenir!

Jamais Luke ne l'avait vue aussi furieuse.

– Et moi je leur ai dit qu'il y avait un petit contretemps. Qui nous suffira pour rassembler un escadron d'ailes X et même peut-être un supercroiseur pour revenir.

– Et s'ils se sentent offensés? lança Leia. Est-ce que tu as la moindre idée du temps qu'on a passé à préparer le terrain pour cette mission?

– Oui, ça je m'en doute, fit Yan d'un ton soudain durçi. Et j'ai aussi une assez bonne idée de ce qui pourrait se passer si nos ex-copains avec leurs bâtons stokhli ont réussi à appeler des collègues à l'aide.

Leia le fixa longuement et Luke sentit la colère refluer de son esprit.

– Mais tu n'aurais quand même pas dû partir sans me consulter, fit-elle.

– Tu as raison, reconnut Yan. Mais je n'en avais pas le temps. S'ils ont des amis, ces amis ont probablement un vaisseau. (Il esquissa un sourire.) Nous n'avions vraiment pas le temps d'en débattre en comité.

Leia lui renvoya son sourire.
– Mais je ne suis pas un comité.
Et la tension s'apaisa ainsi. Un de ces jours, se promit Luke, il arriverait bien à leur demander à quelle espèce de plaisanterie privée ils faisaient allusion.
– Pour en revenir à nos copains, fit-il, est-ce que l'un ou l'autre de vous deux a demandé aux Bimms qui ils étaient, ou quoi ?...
– Ils ne le savaient pas, dit Leia en secouant la tête. Je n'ai jamais encore rencontré des créatures pareilles.
– Nous pourrons toujours consulter les archives impériales sur Coruscant, fit Yan en portant la main à sa joue sur laquelle un hématome était nettement visible. Ils doivent bien être enregistrés quelque part.
– A moins, enchaîna Leia, qu'ils ne soient de ces êtres que l'Empire va chercher dans les Régions Inconnues.
– Tu crois que c'est l'Empire qui est derrière tout ça ? demanda Luke.
– Qui d'autre selon toi ? La question est : pourquoi ?
– Quelle qu'elle soit, ils vont être déçus, fit Yan en se levant. Je retourne dans le cockpit pour voir si nous pouvons brouiller un peu plus notre parcours. Il est inutile de prendre des risques.
Un souvenir jaillit brusquement dans l'esprit de Luke : Yan et le *Faucon*, plongeant droit vers la première bataille contre l'Etoile Noire pour liquider les chasseurs de Dark Vador qui harcelaient ses arrières.
– Difficile d'imaginer Yan Solo ne prenant pas de risques.
Yan pointa le doigt sur lui.
– C'est ça, mais avant de faire le malin, tu devrais admettre que je suis chargé de te protéger, ainsi que ta sœur, ton neveu et ta nièce. Tu ne penses pas que ça change un peu les choses ?
Luke sourit.
– Touché.
Il leva un sabrolaser imaginaire.
– Et justement, ajouta Yan. Est-ce qu'il ne serait pas temps que Leia ait son sabre personnel ?

Luke haussa les épaules.

– Je peux lui en confectionner un dès qu'elle sera prête. (Il interrogea sa sœur du regard.) Leia?

Elle hésitait.

– Je ne sais pas. Je ne me suis jamais sentie vraiment à l'aise avec ces choses. Mais... (Elle regarda Yan.) Je suppose que je devrais faire un effort.

– Je le crois, appuya Luke. Il se peut que tes talents aillent dans une autre direction, mais tu devrais quand même acquérir les principes de base. D'aussi loin que je me souvienne, presque tous les Jedi de l'Ancienne République portaient un sabrolaser, même ceux qui étaient à l'origine des guérisseurs ou des professeurs.

Elle acquiesça.

– Très bien. Dès que j'aurai un peu de temps.

– Non, *avant*, insista Yan. J'y tiens vraiment, Leia. Tes talents pour la diplomatie ne t'apporteront rien de bon, ni à toi ni à personne, si l'Empire parvient à te boucler dans une salle d'interrogatoire.

Elle hocha la tête à nouveau, d'un air réticent.

– Oui, je suppose que tu as raison. Dès notre retour, je dirai à Mon Mothma d'alléger mes rendez-vous. (Elle sourit à Luke.) Je pense que les vacances sont finies, Professeur.

– Oui, je le crois bien.

Il luttait pour dissimuler le nœud qui venait de se former dans sa gorge.

Mais Leia le vit pourtant, et elle l'interpréta mal.

– Allons, fit-elle gentiment, je ne suis pas une aussi mauvaise élève que ça. Et puis, ça sera un excellent exercice pour toi : un de ces jours, il faudra que tu recommences avec les jumeaux.

– Je sais, fit-il doucement.

– Très bien, dit Yan. C'est réglé. J'y vais, on se retrouve plus tard.

– A tout à l'heure, dit Leia. Et à présent... (Elle se tourna vers 6PO avec un regard sévère.) Voyons ce que nous pouvons faire pour ce tas de colle.

Luke se laissa aller dans son siège et observa Leia qui tentait de s'attaquer au filet durci. La douleur qu'il éprouvait au creux de l'estomac était familière. Ben Kenobi lui avait dit à propos de Dark Vador :

J'ai pris sur moi de le former comme Jedi. Je pensais que j'y arriverais aussi bien qu'avec Yoda. Je me suis trompé.

Les mots se répétèrent en écho dans l'esprit de Luke tout au long du voyage de retour vers Coruscant.

CHAPITRE VIII

Durant une longue minute, le Grand Amiral Thrawn demeura immobile dans son siège, entouré par ses hologrammes d'art, sans rien dire. Pellaeon s'efforçait au silence et à l'immobilité, épiant le visage sans expression de son supérieur ainsi que ses yeux de braise, essayant de ne pas penser au destin que certains porteurs de mauvaises nouvelles avaient connu avec Dark Vador.

– Ainsi, ils sont tous morts sauf le coordinateur? demanda enfin le Grand Amiral.

– Oui, amiral, fit Pellaeon.

Il leva le regard vers C'baoth, campé devant les écrans, et baissa quelque peu la voix :

– Nous ne sommes pourtant pas encore certains de l'origine de la défaillance.

– Ordonnez au Central de débriefer à fond le coordinateur, dit Thrawn. Qu'avons-nous reçu comme rapports de Wayland?

Pellaeon avait espéré qu'ils parlaient trop bas pour que C'baoth pût les entendre. Mais il s'était trompé. Le Jedi se retourna et marcha jusqu'à eux.

– Vos Noghri ont échoué. Quel dommage... Mais si nous passions à des tâches plus pressantes? Vous m'avez promis des Jedi, Grand Amiral Thrawn.

Thrawn le toisa avec froideur.

– Oui, je vous les ai promis, et je vous les livrerai.

(Il se tourna délibérément vers Pellaeon.) Alors, quels sont les rapports de Wayland?

Pellaeon eut soudain la gorge nouée. Il savait pourtant qu'avec tous ces ysalamari dispersés dans la cabine de commandement, les pouvoirs de C'baoth étaient neutralisés. Du moins pour le moment.

– L'équipe technique a terminé son analyse. Selon son rapport, les schémas du manteau-bouclier semblent complets, mais le construire demandera du temps. Ce sera également très coûteux, du moins pour un vaisseau de la taille du *Chimaera.*

– Heureusement, intervint Thrawn en lui tendant une carte de données, ils n'auront pas à commencer avec un bâtiment aussi grand. Voici les mesures dont nous allons avoir besoin à Sluis Van.

– Les chantiers?

Pellaeon prit la carte d'un air sombre. Jusqu'alors, le Grand Amiral avait montré le secret le plus absolu quant à ses objectifs et à la stratégie qu'il comptait appliquer pour cette attaque.

– Oui. Oh, et nous allons également avoir besoin d'un certain nombre de machines minières – des taupes, je crois bien que c'est ainsi qu'on les appelle. Prévenez les services de renseignements d'avoir à chercher dans les données; il nous en faudra quarante au minimum.

Pellaeon prit quelques notes.

– Oui, amiral. Autre chose... (Il jeta un bref regard à C'baoth.) Les ingénieurs nous font savoir que quatre-vingts pour cent des cylindres spaarti dont nous aurons besoin sont opérationnels ou aisément réparables.

– Des cylindres spaarti? interrompit C'baoth en plissant le front. C'est quoi?

– Ils font partie de ces quelques outils technologiques que j'espérais trouver dans la montagne, dit Thrawn d'un ton apaisant tout en coulant un regard d'avertissement vers Pellaeon.

Mais c'était une précaution inutile : Pellaeon avait déjà décidé que discuter des cylindres spaarti en présence de C'baoth n'était pas souhaitable.

– Quatre-vingts pour cent, ajouta Thrawn. Mais c'est excellent, capitaine. Excellent. Quelle idée remarquable a eu l'Empereur en laissant un matériel aussi raffiné afin que nous rebâtissions l'Empire. Et en ce qui concerne la puissance défensive de la montagne et ses systèmes de riposte?...

– Opérationnels, pour la plupart. Trois des quatre réacteurs ont déjà été remis en circuit. Apparemment, certains des systèmes les plus sophistiqués sont délabrés, mais ce qui subsiste devrait parfaitement suffire à défendre l'entrepôt.

– Excellent, je le répète, fit Thrawn.

L'étincelle d'émotion avait disparu, et il était de nouveau froid et concentré.

– Donnez-leur comme instruction de placer les cylindres en statut opérationnel absolu. Le *Tête de la Mort* devrait arriver d'ici deux à trois jours avec les spécialistes et les deux cents ysalamari dont ils vont avoir besoin pour commencer. A ce stade... (un sourire effleura les lèvres de l'amiral)... nous serons prêts pour entamer les opérations. En commençant par les chantiers de Sluis Van.

Pellaeon regarda à nouveau C'baoth.

– Oui, amiral. Et en ce qui concerne Skywalker et sa sœur?...

– Nous utiliserons l'Equipe Quatre ensuite, déclara le Grand Amiral. Transmettez-leur un message afin qu'ils mettent fin à leur tâche actuelle et se tiennent prêts à recevoir de nouvelles instructions.

– Vous voulez que je transmette le message *moi-même*, amiral? demanda Pellaeon. Non pas que je veuille discuter votre ordre, mais, dans le passé, vous avez toujours tenu à les contacter vous-même.

Thrawn haussa très brièvement les sourcils.

– L'Equipe Huit a failli à sa mission, dit-il enfin d'une voix douce. Le seul fait de recevoir le message de vous leur apprendra à quel point je suis mécontent.

– Et quand l'Equipe Quatre aura failli à son tour? intervint C'baoth. Car c'est ce qui l'attend, savez-vous... Serez-vous simplement *mécontent,* encore une fois? Ou bien admettrez-vous enfin que vos machines à tuer ne peuvent venir à bout d'un Jedi?

– Jamais elles n'ont encore affronté un adversaire sans en venir à bout, Maître C'baoth, fit Thrawn, d'un ton froid. Un groupe ou un autre finira par réussir. Jusque-là... Quelques Noghri n'épuiseront nullement nos ressources.

Pellaeon tressaillit et lança un regard interrogateur vers la porte. Rukh, soupçonnait-il, ne se montrerait certainement pas aussi flegmatique en ce qui concernait la mort des siens.

– D'un autre côté, amiral, cette tentative a dû les mettre sur leurs gardes, dit-il.

C'baoth désigna Pellaeon.

– Il a raison. On ne peut pas abuser deux fois un Jedi avec le même stratagème.

– Peut-être, fit Thrawn d'un ton poli mais qui ne recelait aucune concession. Quelle autre solution avez-vous à proposer? Que nous nous concentrions sur sa sœur et que nous le laissions?

– Oui, il faut vous concentrer sur sa sœur, admit C'baoth avec hauteur. Je pense qu'il vaut mieux que je me charge moi-même du jeune Jedi.

Une fois de plus, Thrawn sourcilla.

– Et comment comptez-vous vous y prendre?

C'baoth sourit.

– C'est un Jedi; je suis Jedi. Si j'appelle, il viendra.

Thrawn le dévisagea longuement.

– J'ai besoin de vous dans ma flotte, dit-il enfin. Les préparatifs pour l'assaut contre les chantiers spatiaux rebelles de Sluis Van ont déjà commencé. Certains préliminaires de cette opération nécessitent la coordination d'un Maître Jedi.

C'baoth se dressa de toute sa hauteur.

– Je ne vous ai promis ma collaboration qu'en échange de *votre* promesse de me livrer les Jedi. Je les aurai, Grand Amiral Thrawn.

Les yeux ardents de Thrawn semblèrent transpercer C'baoth.

– Ainsi, un Maître Jedi peut revenir sur sa parole?

Vous savez qu'il vous faudra sans doute un certain temps pour avoir Skywalker.

– Raison supplémentaire pour que je commence dès maintenant.

– Pourquoi ne pas faire les deux en même temps? intervint Pellaeon.

Thrawn et C'baoth se tournèrent vers lui.

– Expliquez-vous, capitaine, fit Thrawn avec une note menaçante.

Pellaeon serra les dents, mais il était trop tard pour faire marche arrière.

– Nous pourrions commencer en laissant courir des rumeurs sur votre présence quelque part, Maître C'baoth. Sur un monde peu peuplé où vous auriez vécu des années sans que l'on vous remarque. Des rumeurs qui ne manqueraient pas de parvenir à la Nouvelle Rép...la Rébellion. (Tout en se reprenant, Pellaeon jeta un bref regard à Thrawn.) Tout particulièrement si le nom de Jorus C'baoth est cité.

C'baoth afficha un air méprisant.

– Et vous pensez vraiment que sur la seule foi de ces rumeurs il se précipitera comme un idiot entre mes mains?

– Laissons-le se montrer prudent si ça lui plaît, fit Thrawn, songeur. Qu'il amène la moitié des forces rebelles avec lui s'il le veut. Rien ne permettra de faire le rapport entre vous et nous.

Pellaeon acquiesça.

– Pendant que nous trouverons la planète adéquate et que nous lancerons les rumeurs, vous pourrez rester ici pour coordonner les préliminaires de l'opération Sluis Van. Espérons que la défense de Sluis Van occupera trop Skywalker pour qu'il cherche à vérifier la source des rumeurs avant la fin de la bataille.

– Sinon, ajouta Thrawn, nous saurons bien assez tôt sa réaction pour que vous puissiez arriver avant lui.

– Hmmm, marmonna C'baoth.

Il caressa sa longue barbe, le regard perdu dans l'infini. Pellaeon retint son souffle... mais, après une minute, le Jedi hocha la tête.

– Très bien. Ce plan me paraît sain. A présent, Grand Amiral Thrawn, je vais rejoindre mes appartements et choisir un monde où apparaître.

Avec un hochement de tête presque royal, il prit congé.

– Félicitations, capitaine, dit Thrawn en posant un regard froid sur Pellaeon. Votre idée semble être du goût de Maître C'baoth.

Pellaeon fit un effort pour affronter les yeux rouges du Grand Amiral.

– Veuillez m'excuser d'avoir parlé sans y être invité.

Un sourire effleura les lèvres de Thrawn.

– Capitaine, vous avez trop longtemps servi sous les ordres du Seigneur Vador. Je ne saurais m'irriter d'avoir accepté une idée utile simplement parce qu'elle n'émanait pas de moi. Mon ego et mon rang se sont nullement en jeu.

Si ce n'est, peut-être, lorsque vous avez affaire à C'baoth...

– Oui, amiral. Avec votre permission, je vais préparer les messages à transmettre à Wayland et aux équipes de Noghri.

– A votre gré, capitaine. Et continuez à contrôler les préparatifs de l'opération Sluis Van. (Les deux brandons des yeux de Thrawn se rivèrent à son regard.) Et de très près, capitaine. Avec le Mont Tantiss et Sluis Van, le chemin de la victoire sur la Rébellion nous est ouvert. Que ce soit avec ou sans notre Maître Jedi.

En théorie, les réunions du Conseil Interne étaient censées être plus calmes et plus simples que celles du Conseil Provisoire. Mais en pratique, et Yan l'avait découvert depuis longtemps, quand on était sur le gril, ça pouvait être aussi pénible.

– Permettez-moi de mettre cette affaire au net, capitaine Solo, déclara Borsk Fey'lya avec son habituelle onctuosité. Vous, et vous seul, sans avoir consulté une autorité officielle, avez pris la décision d'annuler la mission sur Bimmisaari.

– Je l'ai déjà dit, fit Yan. (Et il faillit demander au Bothan de se montrer un peu plus attentif.) J'ai également exposé les raisons qui m'ont conduit à faire cela.

– Qui, selon mon opinion, étaient bonnes et justes, intervint l'amiral Ackbar de sa voix rocailleuse. Le devoir du capitaine Solo, à ce stade de la mission, était parfaitement clair : il devait protéger l'ambassadrice et la rapatrier afin de nous donner l'alerte.

– Nous donner l'alerte à quel propos ? rétorqua Fey'lya. Pardonnez-moi, amiral, mais je ne comprends pas exactement quelle menace nous affrontons. Quels qu'aient été ces êtres à peau grise, il apparaît à l'évidence que l'Ancien Sénat ne les a même pas jugés suffisamment importants pour les enregistrer dans les archives. Je doute qu'une race aussi insignifiante soit en mesure de monter une offensive majeure contre nous.

– Mais nous ne savons pas pour quelle raison ils ne figurent pas dans les archives, fit Leia. Ce pourrait être à la suite d'une erreur ou d'un incident d'effacement.

– Ou encore d'un effacement délibéré, ajouta Luke.

La toison de Fey'lya se plissa en signe de désapprobation polie.

– Et pour quelle raison le Sénat Impérial aurait-il effacé toute trace de l'existence d'une race ?

– Je n'ai pas dit que c'était forcément une idée du Sénat, fit Luke. Peut-être que ce sont ces êtres qui ont eux-mêmes détruit les archives les concernant.

Fey'lya eut un reniflement de doute.

– Vous allez chercher bien loin. Et même si c'était possible, dans quelle intention l'aurait-on fait ?

– La Conseillère Organa Solo peut sans doute répondre à cette question, intervint Mon Mothma d'un ton serein en se tournant vers Leia. Vous avez plus intensément participé à ce chapitre informatif du Sénat Impérial que moi, Leia. Une telle manipulation aurait été envisageable ?

Leia secoua la tête.
– Je ne le sais pas vraiment. Je ne suis jamais allée à un niveau tel dans les mécaniques des archives pour répondre. Mais la simple sagesse, néanmoins, me dit qu'il est impossible de créer un système de sécurité qui ne puisse être violé par quelqu'un de décidé.
– Ce qui ne répond toujours pas à la question : pourquoi ces étrangers auraient-ils été aussi décidés ? insista Fey'lya.
– Peut-être ont-ils vu approcher la fin de l'Ancienne République, répondit Leia d'un ton quelque peu irrité. Ils ont très bien pu effacer toutes les références les concernant, eux et leur monde, dans l'espoir que l'Empire naissant ne les remarquerait pas.
Fey'lya était assez rapide dans ce genre de situation, ça, Yan devait le reconnaître.
– Dans ce cas, fit le Bothan en changeant subtilement de vitesse, c'est peut-être le fait d'être redécouverts qui a motivé leur attaque. (Il se tourna vers Ackbar.) Quand même, je ne vois pas ce qui justifierait là une opération militaire d'envergure. Réduire le rôle de nos forces glorieuses au niveau de simple protection diplomatique est une insulte à leur courage et à leur esprit de combat.
– Conseiller, dispensez-nous de vos discours, grommela Ackbar. Aucune de nos « forces glorieuses » n'est là pour vous écouter.
– Je dis seulement ce que je ressens, amiral.
Fey'lya affichait cet air de fierté blessée qui lui était coutumier.
Ackbar le regardait.
– Je me demande si nous ne pourrions pas revenir au sujet principal, dit Leia précipitamment. Je suppose qu'il n'aura échappé à personne que les étrangers, quelle qu'ait été leur motivation, nous attendaient quand nous nous sommes posés sur Bimmisaari.
– Il est évident que nous devrons renforcer la sécurité pour ce type de mission, déclara Ackbar. De

part et d'autre – car, après tout, vos agresseurs ont suborné un politicien bimm.

– Ce qui coûtera du temps et des efforts, murmura Fey'lya.

– Nous ne pouvons l'éviter, insista Mon Mothma. Si nous ne protégeons pas nos négociateurs, la Nouvelle République stagnera et se flétrira. Donc (elle se tourna vers Ackbar) vous mettrez sur pied une force de soutien destinée à accompagner la Conseillère Organa Solo pour son voyage de demain sur Bimmisaari.

Demain? Yan décocha un regard surpris à Leia, qui le lui rendit.

– Excusez-moi, dit-il en levant le doigt. Demain?

Mon Mothma le regarda d'un air à demi interloqué.

– Oui, demain. Les Bimms attendent encore, capitaine.

– Je sais, mais...

– Ce que Yan essaie de dire, fit Leia, c'est que j'avais l'intention de demander à cette assemblée un bref congé.

– Je crains que ça ne soit pas possible, fit Mon Mothma en fronçant les sourcils. Il y a bien trop de tâches diplomatiques à accomplir.

Yan essaya de se souvenir de ses cours de diplomatie :

– Nous ne parlons pas de prendre des vacances, dit-il. Leia a besoin d'un peu plus de temps pour sa formation de Jedi.

Mon Mothma plissa les lèvres tout en regardant tour à tour Ackbar et Fey'lya.

Puis elle secoua la tête.

– Je suis navrée. Plus que tous, je reconnais qu'il nous est nécessaire d'avoir un autre Jedi dans nos rangs. Mais pour l'heure, il y a trop d'exigences. (Elle coula un nouveau regard vers Fey'lya – presque, songea Yan avec amertume, comme si elle appelait son autorisation.) D'ici une année – et peut-être avant... (cette fois, elle regardait le ventre de Leia)... nous disposerons de suffisamment de diplomates expérimentés pour que vous puissiez vous consacrer plus amplement à vos études. Mais actuellement, je le crains, nous avons besoin de vous ici.

Un silence pénible s'installa un moment. Ackbar fut le premier à reprendre la parole.

– Si vous voulez bien m'excuser, je vais aller veiller à la préparation de cette force d'escorte.

Mon Mothma hocha la tête.

– Certes. S'il n'y a rien d'autre, je déclare la séance ajournée.

Et voilà, se dit Yan en ramassant ses cartes de données.

– Ça va? lui souffla Leia.

– Tu sais, ça se passait beaucoup mieux quand nous étions en train de nous attaquer à l'Empire. (Il lança un regard dur à Fey'lya.) Au moins, à l'époque, nous savions quels étaient nos ennemis.

Elle lui serra le bras.

– Allons. Viens, nous allons voir si 6PO est enfin propre.

CHAPITRE IX

L'officier tacticien fit son entrée sur la passerelle de commandement du *Chimaera* et claqua des talons.

– Toutes les unités signalent qu'elles sont prêtes, amiral.

– Excellent, fit Thrawn avec un calme glacial. Préparez-vous à passer en vitesse luminique.

Pellaeon jeta un regard au Grand Amiral avant de reporter son attention sur le pupitre de lecture des données de statut et de tactique. L'espace noir semblait avoir avalé les quatre autres vaisseaux de la force d'attaque. A trois mille années-lumière de distance, le soleil du système de Bpfassh n'était qu'une tête d'épingle indiscernable des autres étoiles qui brillaient alentour. Sa sagesse militaire lui faisait juger d'un mauvais œil le choix d'une zone située immédiatement à l'extérieur du système visé comme point d'émergence. On considérait déjà qu'un ou plusieurs vaisseaux risquaient de se perdre ainsi et il était difficile de réaliser un saut hyperspatial sur une distance aussi courte. En fait, Thrawn et lui avaient eu une discussion aussi longue que courtoise à ce propos quand le Grand Amiral, pour la première fois, avait inclus cette manœuvre dans leurs plans d'attaque. Mais, après plus d'un an de pratique, cette procédure était presque devenue pure routine.

Il se pouvait aussi, songea Pellaeon, que l'équipage

du *Chimaera* ne fût pas aussi inexpérimenté que son ignorance du protocole pouvait le faire penser parfois.

– Capitaine? Mon vaisseau-amiral est-il prêt?

L'esprit de Pellaeon revint aussitôt aux devoirs de l'instant. Toutes les défenses des vaisseaux étaient prêtes; les chasseurs Tie étaient dans leurs baies de lancement, les pilotes aux commandes.

– Le *Chimaera* est totalement à vos ordres, amiral.

Question et réponse n'étaient que le pâle rappel des jours où le respect du protocole était la règle dans toute la galaxie.

– Excellent, fit Thrawn en faisant pivoter son siège pour faire face à la silhouette assise à l'arrière de la passerelle. Maître C'baoth. Mes deux autres forces d'attaque sont-elles prêtes?

– Oui, elles sont prêtes, dit gravement le Jedi. Elles attendent simplement mon ordre.

Pellaeon sourcilla et regarda de nouveau Thrawn. Mais, apparemment, le Grand Amiral avait décidé d'ignorer le commentaire.

– Alors, donnez-le, fit-il tout en caressant l'ysalamir attaché à son siège. Et vous, capitaine, commencez le compte à rebours.

– Oui, amiral.

Pellaeon appuya sur la touche de l'horloge. Les autres vaisseaux, dispersés autour d'eux, allaient se verrouiller sur ce signal et commencer simultanément le compte...

L'horloge marqua zéro et, dans un jaillissement de traits stellaires à l'avant, le *Chimaera* sauta dans l'hyperespace.

Les traits de lumière se perdirent dans des diaprures.

– Vitesse : Point Trois, annonça le timonier dans le trou d'équipage, en confirmation des lectures affichées.

– Reçu, fit Pellaeon tout en pliant les doigts et en réglant son esprit sur le mode de combat, les yeux fixés sur l'horloge. Soixante-dix secondes; soixante-quatorze; soixante-quinze; soixante-seize...

Les traits stellaires réapparurent, se changèrent en autant d'étoiles : le *Chimaera* était arrivé.

– A tous les chasseurs : décollez ! lança Pellaeon en jetant un bref regard sur l'hologramme tactique qui flottait au-dessus du pupitre. Ils avaient émergé de l'hyperespace exactement comme prévu, à portée de tir de la double planète de Bpfassh et de son système complexe de lunes.

– Réplique ? demanda-t-il à l'officier tacticien.

– Chasseurs de défense lancés depuis la troisième lune. Rien de plus important en vue.

– Localisez la base de départ, ordonna Thrawn, et dites à l'*Inexorable* d'aller la détruire.

– Bien, amiral.

Pellaeon découvrit les chasseurs : ils arrivaient comme un essaim d'insectes furieux. Le superdestroyer l'*Inexorable* venait de quitter leur flanc tribord pour se porter vers la base et ses chasseurs Tie se déployaient pour affronter les attaquants.

– Modifiez le cap et faites route vers la planète la plus éloignée, ordonna-t-il au timonier. Que les chasseurs Tie activent un écran d'approche. Le *Judicator* se chargera de l'autre planète. (Il regarda Thrawn.) Des ordres particuliers, amiral ?

Le regard de Thrawn était fixé sur l'image-scanner des deux planètes.

– Gardez ce programme pour le moment, capitaine, dit-il. Nos données préliminaires semblent avoir été exactes. Vous pourrez choisir vos cibles à votre gré. Et rappelez encore une fois à nos canonniers que notre plan est d'endommager et d'effrayer, non pas d'anéantir.

– Relayez, fit Pellaeon en se tournant vers le poste de communication. Rappelez-le aussi aux chasseurs Tie.

Du coin de l'œil, il vit Thrawn se tourner vers le Jedi.

– Maître C'baoth, quel est le statut des attaques dans les deux autres systèmes ?

– Elles sont en cours.

Pellaeon pivota en fronçant les sourcils. Il avait

bien entendu la voix de C'baoth, mais plus rauque et tendue que jamais. Presque méconnaissable.

Comme son apparence.

Un long moment, il contempla le Jedi avec une sensation de froid dans le ventre. C'baoth avait une attitude anormalement roide. Ses paupières étaient fermées mais ses yeux bougeaient rapidement. Ses mains étaient crispées sur les accoudoirs de son siège et ses lèvres serrées à tel point que les tendons et les veines de son cou saillaient.

– Vous vous sentez bien, Maître C'baoth? demanda-t-il.

– Epargnez votre sollicitude, dit Thrawn, glacial. Il fait ce qu'il aime avant tout : il contrôle des gens.

C'baoth émit un son à mi-chemin entre un reniflement et un ricanement de dérision.

– Grand Amiral Thrawn, je vous ai déjà dit que ça n'était pas là le vrai pouvoir.

– Oui, vous l'avez dit, rétorqua Thrawn d'une voix neutre. Pouvez-vous me dire quelle résistance ils affrontent?

Les traits du visage de C'baoth se crispèrent un peu plus.

– Pas avec précision. Mais nos forces ne sont pas en danger. Je le lis dans leurs esprits.

– Bien. Alors que le *Nemesis* se détache du groupe et rallie le point de rendez-vous pour nous y attendre.

Pellaeon, interloqué, demanda :

– Amiral?...

Il y avait une étincelle d'avertissement dans le regard de Thrawn.

– Vaquez à vos devoirs, capitaine.

C'est alors seulement que Pellaeon réalisa que cette attaque sur trois fronts de la Nouvelle République était plus qu'un simple préliminaire au raid contre les chantiers de Sluis Van. C'était aussi un test. Pour vérifier les pouvoirs de C'baoth, d'une part, mais aussi sa capacité à accepter des ordres.

– Oui, amiral, murmura-t-il enfin en retournant à son pupitre.

Le *Chimaera* était maintenant en position de tir et de minuscules étincelles apparurent sur l'holo tactique lorsque les énormes batteries turbolaser ouvrirent le feu. Des stations de communication flamboyèrent avant de passer au noir absolu, ainsi que des cibles industrielles. Des incendies se propageaient au sol. Deux vieux croiseurs légers de la classe Carrack surgirent à tribord et les chasseurs Tie rompirent leur formation pour se porter à l'attaque. Loin dans l'espace, les batteries du *Stormhawk* se déchaînaient sur une plate-forme de défense orbitale qui disparut bientôt, vaporisée. La bataille semblait se dérouler très bien...

Remarquablement bien, en fait...

Pellaeon consulta les lectures en temps réel avec une sensation de malaise grandissante. Jusque-là, les forces impériales n'avaient perdu que trois chasseurs Tie et les superdestroyers n'avaient subi que des dommages superficiels, alors que huit vaisseaux ennemis avaient été détruits, plus dix-huit chasseurs. Certes, la puissance de feu des Impériaux était largement supérieure à celle des défenseurs. Mais pourtant...

Lentement, avec réticence, Pellaeon appela la projection statistique combinée des profils de bataille du *Chimaera* durant l'année passée. Il l'avait établie quelques semaines seulement auparavant. Il la surimposa sur l'analyse en cours.

Il n'y avait aucune erreur possible. Dans chaque catégorie et sous-catégorie de vitesse, de coordination et de précision, le *Chimaera* et son équipage étaient plus efficaces à 40 pour cent.

Il se retourna pour observer le visage tendu de C'baoth et un frisson glacé lui parcourut l'échine. Il n'avait jamais vraiment accepté la théorie de Thrawn sur les raisons de la défaite de la Flotte dans la Bataille d'Endor. Ou plutôt, il n'avait jamais *voulu* y croire. Mais soudain, il n'avait plus aucun argument à lui opposer.

Tout en concentrant ses pouvoirs et son attention sur ses liens de communication mentale avec les deux autres forces en opération à près de quatre années-lumière de là, C'baoth était encore capable de maîtriser le reste.

Pellaeon s'était demandé, avec un mépris secret, ce qui autorisait le vieil homme à se parer du titre de *Maître* Jedi. A présent, il savait.

– Nous captons un autre faisceau de transmissions, annonça l'officier de communication. Un nouveau groupe de croiseurs à moyenne portée vient d'être lancé.

– Que le *Stormhawk* les intercepte, ordonna Thrawn.

– Oui, amiral. Nous avons localisé avec précision la source de leurs émissions d'alerte.

Pellaeon s'arracha à ses pensées pour consulter l'holo tactique.

– Donnez l'ordre à l'Escadron Quatre d'aller la détruire.

– Rapportez cet ordre, fit Thrawn. Nous nous serons retirés bien avant que leurs renforts n'arrivent. Laissons donc la Rébellion gaspiller ses forces. En fait... (le Grand Amiral consulta sa montre)... je pense qu'il est temps pour nous de repartir. Donnez l'ordre aux chasseurs de regagner les vaisseaux ; et que toutes les unités passent en luminique dès qu'ils seront récupérés.

Pellaeon pianota sur son pupitre pour une vérification rapide du statut pré-luminique du *Chimaera*. La sagesse militaire voulait aussi que les super-destroyers, dans ce type d'engagement planétaire, s'en tiennent au rôle de stations de siège mobiles ; les utiliser pour des raids d'attaque-éclair était à la fois un gaspillage et un danger potentiel.

Mais, à l'évidence, les tenants de cette théorie n'avaient jamais vu le Grand Amiral Thrawn en action.

– Ordonnez aux deux autres forces de suspendre leur attaque, dit Thrawn à C'baoth. Je suppose que vous êtes suffisamment en contact avec eux pour le faire, n'est-ce pas ?

– Vous me posez trop de questions, Grand Amiral

Thrawn, dit C'baoth d'une voix encore plus rauque. Beaucoup trop.

– Je pose toujours des questions à propos de tout ce qui ne m'est pas encore familier, rétorqua Thrawn. Dites-leur de rallier le point de rendez-vous.

– A vos ordres, persifla l'autre.

Pellaeon l'observait. Certes, il était juste de vérifier les pouvoirs du Jedi au combat. Mais il allait un peu trop loin.

– Il doit apprendre qui commande ici, fit Thrawn d'un ton calme, comme s'il avait lu dans les pensées de Pellaeon.

– Oui, amiral, fit Pellaeon en s'efforçant de garder un ton calme.

Thrawn avait prouvé maintes et maintes fois qu'il savait ce qu'il faisait. Mais cependant, Pellaeon s'interrogeait avec un certain malaise : le Grand Amiral mesurait-il l'étendue des forces qu'il avait réveillées sur Wayland ?

Thrawn hocha la tête.

– Bien. Vous avez des informations sur ces machines-taupes que j'ai demandées ?

– Euh... non, amiral.

Un an auparavant seulement, il aurait trouvé très étrange de discuter de choses aussi peu urgentes au beau milieu d'une bataille.

– ... pas pour le nombre de machines qu'il vous faut. Je pense que c'est le système d'Athega qui peut être notre meilleure source. Du moins si nous arrivons à contourner les problèmes que pose l'intensité des rayons solaires.

– Problèmes qui seront mineurs, dit Thrawn avec confiance. Si le saut est effectué avec suffisamment de précision, le *Judicator* ne sera exposé directement au soleil que quelques minutes. Sa coque peut certainement résister. Il nous faudra simplement quelques jours pour poser des boucliers sur les baies et ôter les senseurs extérieurs ainsi que les circuits de communication.

Pellaeon acquiesça en ravalant sa deuxième question.

Bien sûr, avec C'baoth de leur côté, ils ne rencontreraient pas les difficultés que soulevait toujours ce genre d'opération.

– Grand Amiral Thrawn?

Thrawn se retourna.

– Oui, Maître C'baoth?

– Où sont mes Jedi, Grand Amiral Thrawn? Vous m'avez promis que vos Noghri apprivoisés me les ramèneraient.

Du coin de l'œil, Pellaeon surprit le mouvement irrité de Rukh.

– Patience, Maître C'baoth, dit Thrawn. Leur préparation a demandé quelque temps, mais maintenant ils sont prêts. Ils attendent simplement le moment opportun.

– Mieux vaudrait que ce soit assez vite. Je suis las d'attendre.

Thrawn jeta un regard brûlant à Pellaeon.

– Nous le sommes tous, fit-il paisiblement.

Loin en avant du cargo *Wild Karrde*, l'un des superdestroyers impériaux disparut du centre de la baie du cockpit.

– Ils repartent, annonça Mara.

– Quoi, déjà? fit Karrde derrière elle, d'une voix inquiète.

– Oui, déjà, fit-elle en passant en lecture tactique. L'un des superdestroyers est en luminique; les autres ont rompu le contact et entamé les procédures préluminiques.

– Intéressant, murmura Karrde en se penchant vers la baie. Une attaque-éclair – et avec des superdestroyers. On ne voit pas ça tous les jours.

– J'ai entendu dire qu'une opération de ce genre avait eu lieu dans le système de Draukyze il y a deux mois, fit le copilote, un personnage volumineux nommé Lachton. Même chose : attaque-éclair. Mais par un seul superdestroyer.

– A première vue, je dirais que nous avons là un exemple de l'influence de la stratégie du Grand Amiral Thrawn, fit Karrde d'un ton pensif, avec une trace d'inquiétude. Mais quand même, c'est bizarre. Il semble prendre des risques injustifiés par rapport aux bénéfices potentiels. Je me demande ce qu'il prépare exactement.

– Quoi que ce soit, ce sera compliqué, lui dit Mara, qui avait perçu son amertume. Thrawn n'a jamais rien fait simplement. Même dans les jours anciens; quand l'Empire était encore capable de ruse et de subtilité, il était au-dessus des autres.

– On ne peut pas se permettre de faire simple quand votre territoire se réduit comme celui de l'Empire. (Karrde s'interrompit. Et Mara sentit qu'il la regardait.) Vous semblez bien connaître le Grand Amiral.

– Je connais bien des choses. C'est pour cela que vous m'avez demandé d'être votre lieutenant, vous vous rappelez?

– Touché. Tiens, en voilà un autre qui disparaît.

Mara se tourna vers la baie à la seconde où un troisième superdestroyer passait en vitesse luminique.

– Est-ce que nous ne devrions pas avancer? demanda-t-elle à Karrde. Le dernier aura disparu dans une minute.

– Oh, on fait sauter la livraison. Je me disais que ça pouvait être instructif d'assister à la bataille puisque nous étions là au bon moment.

Mara fronça les sourcils.

– Comment ça on fait sauter la livraison? Ils nous attendent.

– Oui, bien entendu. Malheureusement, à partir de maintenant tout le système va être envahi par des vaisseaux de la Nouvelle République. Pire qu'un essaim de frelons. Ce n'est pas l'atmosphère idéale pour débarquer avec des marchandises de contrebande.

– Qu'est-ce qui vous fait croire ça? Il ne seront jamais là à temps pour faire quoi que ce soit.

– Non, mais tel n'était pas le but du spectacle, dit Karrde. Ils veulent seulement marquer des points en politique, montrer leur force et essayer de convaincre les populations qu'une pareille chose ne risque pas de se reproduire.

– Et ils leur promettent aussi de les aider à réparer les dégâts, ajouta Lachton.

– Oui, cela va sans dire, fit Karrde d'un ton sec. Mais nous n'avons pas intérêt à nous mêler de ça. Nous appellerons à notre prochaine escale pour leur dire que nous tenterons une autre livraison dans une semaine.

– Ça ne me plaît quand même pas, insista Mara. Nous leur avons donné notre promesse. *Notre promesse.*

– C'est la procédure standard, dit Karrde après un court silence, avec un accent de curiosité dans sa voix d'ordinaire si calme. Je suis certain qu'ils préféreront être livrés en retard plutôt que de perdre tout le chargement.

Mara s'efforça de repousser la brume noire de ses souvenirs. Des promesses...

– Je suppose que oui, dit-elle enfin.

Elle concentra son attention sur le tableau de contrôle. Pendant qu'ils discutaient, le dernier superdestroyer impérial était passé apparemment en vitesse luminique, laissant derrière lui des ruines et des défenseurs impuissants et furieux. Les politiciens et les militaires de la Nouvelle République allaient avoir du travail.

Un instant, elle laissa son regard dériver vers les mondes lointains. Et elle se demanda si Luke Skywalker ferait partie de ceux qui allaient intervenir.

– Mara, si vous êtes prête...

Elle fit un effort pour revenir à la réalité.

– Oui, monsieur.

Pas encore, songea-t-elle. *Pas encore. Mais bientôt. Très, très bientôt.*

La réplique se fendit, hésita, se fendit une fois encore, hésita à nouveau, se fendit encore et tira. Leia, qui avait lancé son nouveau sabrolaser en un arc trop large, fut d'un rien trop lente.

– Hah! grogna-t-elle en reculant d'un pas.

– Tu ne contrôles pas suffisamment la Force, dit Luke. Il faut que tu... Attends une minute.

Il lança la Force vers la sphère chromée et la mit sur pause. Il se souvenait encore de sa première leçon à bord du *Faucon*, lorsqu'il avait dû se concentrer sur les instructions de Ben Kenobi tout en ne perdant pas la réplique du regard une seule seconde. Ce qui avait été loin d'être facile.

Mais c'était peut-être ce qu'avait voulu Ben Kenobi. Une leçon apprise sous tension s'inscrivait sans doute mieux dans l'esprit.

Il aurait bien aimé en être certain.

– Je contrôle autant que je le peux, protesta Leia en frottant son bras à l'endroit où le trait de la sphère l'avait touché. Mais c'est seulement que je n'ai pas encore la technique. (Elle le fixa.) A moins que je ne sois pas taillée pour ce genre de combat.

– Tu peux apprendre, dit Luke d'un ton ferme. J'ai appris, moi, et je n'avais pas reçu d'entraînement de self-défense comme toi, sur Alderaan.

– C'est peut-être la cause du problème. Ces anciens réflexes de lutte me bloquent probablement.

– Oui, je reconnais que c'est possible, fit Luke. En ce cas, mieux vaut les oublier. Et maintenant... en garde...

Le buzzer de la porte résonna.

– C'est Yan, fit Leia en s'éloignant de la boule scintillante tout en abaissant son sabrolaser. Entre!

Yan Solo s'avança et regarda tour à tour Leia et Luke. Il ne souriait pas.

– Comment avance la leçon? demanda-t-il.

– Pas trop mal, fit Luke.

Leia plissa le front.

– Que se passe-t-il donc?

– Les Impériaux, fit Yan d'un ton aigre. Ils ont frappé avec trois forces d'attaque dans trois systèmes du secteur de Sluis. Bpfassh et deux autres aux noms imprononçables.

Luke émit un sifflement discret.

– Trois à la fois. Ils deviennent plutôt effrontés, non?

– Tous ces temps, cela devient une habitude chez eux . (Leia secoua la tête, l'air tendu.) Ils préparent quelque chose, Yan – je le sens. Quelque chose d'important et de dangereux. (Elle leva les mains en un geste d'impuissance.) Mais, sur ma vie, je jure que je ne devine pas ce dont il peut s'agir.

– Oui, Ackbar m'a dit la même chose, dit Yan. Le problème, c'est qu'il n'a aucun élément à l'appui. Si l'on excepte le style et la tactique, ça ressemble tout à fait aux opérations de harcèlement d'arrière-garde que l'Empire lance depuis un an et demi.

– Je sais, grinça Leia. Mais il faut tenir compte de ce que dit Ackbar : on peut se fier à son instinct militaire. Quoi qu'en disent certains autres.

Yan haussa un sourcil.

– Hé, mon cœur, je suis de ton côté. Est-ce que tu l'aurais oublié ?

Elle eut un sourire triste.

– Désolée. Quelles sont les pertes ?

Yan haussa les épaules.

– Pas aussi graves qu'on aurait pu le craindre. Surtout si l'on considère qu'il ont frappé simultanément avec quatre superdestroyers. Mais les trois systèmes sont assez secoués.

– J'imagine, soupira Leia. Laisse-moi deviner : Mon Mothma veut que j'aille là-bas afin de les assurer que la Nouvelle République les protège et qu'elle est vraiment en mesure d'assurer leur sécurité.

– Ça c'est très fort, grommela Yan. Chewie prépare déjà le *Faucon.*

– Vous n'y allez pas seuls, n'est-ce pas ? s'inquiéta Luke. Après Bimmisaari...

– Oh, ne t'inquiète pas, fit Yan, avec un mince sourire. Cette fois, on ne se fera pas tirer comme des pigeons. Un convoi de vingt vaisseaux est en route pour aller réparer les dégâts, plus Wedge et l'Escadron Rogue. Nous serons en sécurité.

– Nous avons dit la même chose à propos de Bimmisaari, remarqua Luke. Je ferais mieux de vous accompagner.

Yan regarda Leia.

– Eh bien... à vrai dire... tu ne peux pas.

– Pour quelle raison? fit Luke d'un air sombre.

– Parce que, ajouta Leia avec calme, les Bpfasshi n'aiment pas les Jedi.

Yan plissa les lèvres.

– On raconte que certains de leurs Jedi ont mal tourné pendant les Guerres Cloniques et qu'ils ont fichu un sacré désordre avant qu'on parvienne à les arrêter. C'est du moins ce que dit Mon Mothma.

– Elle a raison, acquiesça Leia. Lorsque j'étais au Sénat Impérial, nous avions encore des échos de ce fiasco. Ça ne concernait pas seulement Bpfassh – certains de ces Jedi Sombres s'étaient échappés et semaient le trouble dans tout le secteur de Sluis. L'un d'eux a même atteint Dagobah avant d'être pris.

Luke réagit soudain. *Dagobah?*

– C'était quand? demanda-t-il, gardant un ton désinvolte.

– Il y a trente, trente-cinq ans. (Elle l'étudia et son front se plissa lentement.) Pourquoi?

Il secoua la tête. Yoda n'avait jamais mentionné la présence d'un Jedi Sombre sur Dagobah.

– Je n'ai pas de raison particulière, murmura-t-il.

– Allons, nous pourrons toujours discuter histoire plus tard, fit Yan. Plus tôt nous partirons, plus tôt nous en aurons fini.

Leia attacha son sabre à sa ceinture et se dirigea vers la porte.

– Exact. Je vais aller chercher mon sac de voyage et donner quelques instructions à Winter. Je vous retrouverai au vaisseau.

Luke la regarda sortir. En se retournant, il affronta le regard de Yan.

– Je n'aime pas ça, lui dit-il.

– Ne t'inquiète pas – elle ne court aucun danger. Ecoute, je sais que tu ne penses qu'à la protéger, tous ces temps. Mais elle ne peut pas constamment avoir son grand frère à ses côtés.

– A vrai dire, murmura Luke, nous n'avons jamais réussi à savoir qui était l'aîné.

– Quoi qu'il en soit, le mieux que tu aies à faire pour elle, tu l'as fait. Tu fais d'elle une Jedi et elle sera capable de parer tous les coups de l'Empire.

Luke eut un pincement à l'estomac.

– Je le suppose.

– Tant que Chewie et moi nous serons avec elle, ajouta Yan en s'éloignant. A bientôt.

– Soyez prudents, fit Luke.

Yan se retourna avec cette expression d'innocence froissée qui lui était familière.

– Hé, tu me connais, non?

Et il sortit, laissant Luke seul.

Il erra un moment autour de la pièce, luttant contre la pression des responsabilités qui, parfois, semblait sur le point de l'écraser. C'était une chose que de risquer sa propre vie, mais l'avenir de Leia était entre ses mains et c'était bien différent.

– Je ne suis pas un professeur! s'exclama-t-il à haute voix dans la salle vide.

Il n'eut pour réponse qu'un faible mouvement de la réplique. Obéissant à une soudaine impulsion, il la réactiva et dégagea le sabre de sa ceinture en se portant à l'attaque. La sphère fondit sur lui comme un insecte en colère et lui porta une dizaine de coups que Luke bloqua sans peine. Son sabre tournoyait autour de lui en un arc flamboyant qui semblait l'envelopper. Une exaltation étrange avait investi son corps comme son esprit. C'était comme ça qu'il savait se battre, contre une chose tangible, solide – pas comme les ombres lointaines de ses craintes secrètes. La réplique lançait éclair sur éclair et tous venaient frapper en vain la lame du sabrolaser...

La réplique émit un bip soudain et s'immobilisa. Luke l'observa, déconcerté, se demandant ce qui s'était passé... et il réalisa brusquement qu'il avait le souffle court et qu'il était baigné de sueur. La chose avait un rupteur de temps réglé sur vingt minutes.

Luke rangea son sabre avec un sentiment déplaisant. Ce n'était pas la première fois qu'il perdait le sens du temps, mais, auparavant, ç'avait toujours été pendant une séance de méditation. Il n'avait connu cela durant le combat que sous la supervision de Yoda, sur Dagobah.

Dagobah...

Il essuya la sueur de ses yeux avec sa manche, marcha jusqu'au communicateur et appela le port.

– Ici Skywalker. J'aimerais que mon aile X soit parée à décoller dans une heure.

– Bien, commandant, lui répondit le jeune officier de maintenance. Mais il faudrait nous envoyer votre unité astromécano au préalable.

– Exact.

Luke hocha la tête. Il avait refusé que l'on nettoie l'ordinateur de l'aile X chaque mois, ainsi que l'exigeait la procédure standard. Le résultat inévitable c'était que l'ordinateur de bord s'était moulé sur la seule identité de D2-R2. Ce qui était excellent pour l'efficacité et la vitesse. Malheureusement, cela impliquait qu'aucun des ordinateurs de maintenance ne pouvait plus s'adresser à l'aile X.

– Il sera là-bas dans quelques minutes.

– Bien, commandant.

Luke se redressa tout en se demandant vaguement pourquoi il venait de prendre cette décision. Sur Dagobah, il n'y aurait plus Yoda à qui parler et poser des questions.

Mais il y aurait peut-être des réponses.

CHAPITRE X

– Comme vous pouvez le voir, fit Wedge d'un ton sévère en foulant le plastique et la céramique fracassés, les lieux ont souffert.

– C'est certain, reconnut Leia.

Elle regarda autour d'elle le cratère à fond plat, parsemé de gravats, avec un léger malaise. Une poignée d'autres représentants de la République qui faisaient partie de sa mission s'étaient dispersés alentour. Ils conversaient avec les Bpfasshi qui les accompagnaient, s'arrêtant parfois pour ramasser des fragments. Ceci avait été une importante centrale d'énergie.

– Combien y a-t-il eu de victimes? demanda Leia, sans être bien certaine de vouloir entendre la réponse.

– Dans ce système, quelques centaines, dit Wedge en consultant sa plaque de données. Pas beaucoup, en fait.

– Non.

Involontairement, Leia leva les yeux vers le ciel bleu-vert. Non, ça n'était pas beaucoup si l'on considérait que quatre superdestroyers avaient frappé.

– Mais les dégâts sont importants.

– Oui. Mais pas autant qu'ils auraient pu l'être.

– Je me demande pourquoi, marmonna Yan.

– Comme tout le monde, admit Wedge. C'est la

seconde question que chacun se pose depuis quelques jours.

– Et quelle est la première? demanda Leia.

Yan intervint avant que Wedge puisse répondre.

– Laisse-moi deviner. C'est : pourquoi avoir frappé Bpfassh en premier lieu?

– Tu y es, acquiesça Wedge. Ils ne manquaient pas de cibles plus tentantes. Les chantiers de construction de Sluis Van ne sont qu'à trente années-lumière de là : ils pourraient détruire des centaines de vaisseaux n'importe quand, sans parler des installations portuaires. La station de communication de Praesitlyn est à moins de soixante années-lumière, et nous avons quatre ou cinq importants centres commerciaux dans un rayon d'une centaine d'années-lumière. Guère plus d'une journée de voyage supplémentaire pour un superdestroyer. Oui, pourquoi Bpfassh?

Leia réfléchit.

– Sluis Van est lourdement défendu, fit-elle remarquer. Avec nos supercroiseurs et les stations de bataille des Sluissi, n'importe quel commandant de l'Empire avec un gramme de bon sens y regarderait à deux fois avant de se risquer. Et puis, ces autres systèmes sont plus loin à l'intérieur de la Nouvelle République que Bpfassh. Peut-être ne tiennent-ils pas à forcer leur chance.

– Alors même qu'ils testaient leur nouveau système de transmission en conditions de combat réel? suggéra Yan d'un air sombre.

– Nous ne savons pas vraiment s'ils ont un nouveau système de transmission, remarqua Wedge. Nous avons déjà connu des attaques simultanées et coordonnées.

– Non. (Yan secoua la tête tout en regardant autour de lui.) Non, ils ont trouvé quelque chose de nouveau. Une sorte d'amplificateur qui leur permet de faire passer leurs transmissions subspatiales à travers les boucliers-déflecteurs et les débris de la bataille.

– Je ne pense pas que ce soit un amplificateur, fit

Leia en frissonnant. (Quelque chose venait de résonner, tout au fond de son esprit.) Dans aucun des trois systèmes, la moindre transmission n'a été détectée.

Yan fronça les sourcils.

– Ça va? demanda-t-il d'une voix calme.

– Oui. (Un autre frisson la parcourut.) Je me souviens seulement que... Eh bien, des tortures que Dark Vador nous a fait endurer sur Bespin. Luke savait ce qui se passait quel que soit l'endroit où il se trouvait. Et la rumeur dit que l'Empereur et Vador eux aussi en étaient capables.

– Certes, mais ils sont morts tous les deux, lui rappela Yan. C'est Luke qui nous l'a dit.

– Je sais. (Le sentiment s'amplifiait dans son esprit.) Et si les Impériaux avaient découvert un autre Jedi?...

Wedge les avait précédés de quelques pas. Il se retourna brusquement.

– Vous parlez de C'baoth?

– Comment? fit Leia.

– Jorus C'baoth. Je croyais vous avoir entendus parler d'un autre Jedi.

– Oui. Mais qui est Jorus C'baoth?

– A l'époque pré-impériale, il était l'un des plus importants Maîtres Jedi, dit Wedge. On suppose qu'il a disparu avant le début des Guerres Cloniques. Il y a quelques jours, j'ai eu vent d'une rumeur comme quoi il aurait refait surface et se serait installé sur un monde mineur du nom de Jomark.

– Parfait, railla Yan. Et pendant la Rébellion, il est resté bien tranquille dans son coin?

Wedge haussa les épaules.

– Je ne fais que rapporter ce que j'ai entendu dire.

– Nous demanderons à Luke, dit Leia. Il sait peut-être quelque chose. Sommes-nous prêts à repartir?

– Certes. Les airspeeders arrivent...

Le sentiment qui montait lentement dans l'esprit de Leia explosa soudain en une certitude brutale.

– Yan, Wedge! *Baissez-vous!*

Les airspeeders arrivaient, oui, ainsi qu'un groupe de non-humains grisâtres, dont ils ne se souvenaient que trop bien, et qui surgit au bord du cratère.

– A couvert! lança Yan aux autres représentants de la République dispersés alentour, s'attendant à ce que les agresseurs déclenchent le tir de leurs blasters. Saisissant Leia par le poignet, il plongea vers l'abri précaire d'une plaque de métal énorme et distordue qui était venue se planter dans le sol. Wedge les rejoignit en venant heurter Leia.

– Désolé, fit-il en haletant.

Il avait déjà dégainé son blaster et risqua un regard par-dessus le bord de la plaque.

Instantanément, un éclair frappa le métal à quelques centimètres de son visage et il fut rejeté en arrière.

– Je n'en suis pas certain, dit-il, mais je dirais que nous avons des problèmes.

– Je crois que tu as raison, fit Yan d'un ton dur.

Leia se tourna vers lui. Il brandissait son blaster. De sa main libre, il reglissait son comlink dans sa ceinture.

– Ils ont appris la leçon. Cette fois, ils brouillent nos communications.

Leia se sentit glacée. Perdus ici, sans comlinks, ils étaient quasiment condamnés. Coupés de toute aide possible...

Sa main frôla son sabre. Elle le tira : une détermination nouvelle avait balayé sa peur. Jedi ou non, avec ou sans expérience, elle ne se rendrait pas sans se battre.

Wedge tira deux fois à l'aveuglette dans la direction approximative de leurs ennemis et remarqua :

– On dirait que vous déjà eu affaire à ces gars-là.

– Oui, on a fait connaissance, grommela Yan en essayant d'ajuster son tir. Mais je n'ai pas réussi à comprendre ce qu'ils nous voulaient.

Leia posa le doigt sur le bouton de son sabrolaser en se demandant si elle saurait bloquer un tir de blaster... et s'interrompit. Par-dessus le fracas des blasters et du métal, elle percevait un son nouveau. Très familier.

– Yan!...

– Je l'entends. Par ici, Chewie.

– Quoi? s'écria Wedge.

– C'est le *Faucon*, fit Yan en se penchant en arrière. Ils se sont sans doute aperçu qu'on nous brouillait et ils arrivent.

Dans un rugissement déchirant, la silhouette familière apparut au-dessus d'eux. Le *Faucon Millenium* décrivit un cercle tandis que les tirs de blasters ricochaient sur sa coque et se posa avec un bruit sourd entre eux et leurs agresseurs. Leia jeta un regard rapide au-dehors et vit que la rampe d'accès descendait.

– Formidable! fit Yan. O.K. Je vais y aller d'abord et vous couvrir. Ensuite, ce sera ton tour, Leia. Wedge, tu seras notre arrière-garde. Fais attention : ils vont tenter de nous prendre en tenaille.

– Vu, fit Wedge. Quand vous serez prêts...

– O.K.

Yan se prépara à courir...

– Un instant, fit Leia en lui agrippant le bras. Quelque chose ne va pas.

– Exact : on nous tire dessus, ironisa Wedge.

– Je suis sérieuse! Ce qui se passe n'est pas normal!

– Quoi donc? demanda Yan en la dévisageant. Allons, Leia : on ne va pas rester toute la journée comme ça.

Elle serra les dents, essayant de repousser cette sensation qui lui picotait l'esprit. Elle était encore si ténue... Mais, soudain, elle sut :

– Chewie! s'exclama-t-elle. Je ne sens pas sa présence à bord du vaisseau.

– C'est parce qu'il est sans doute trop loin, fit Wedge, avec une note marquée d'impatience. Allons... Ils vont finir par l'abattre si nous ne courons pas.

– Attends encore une seconde, grommela Yan sans quitter du regard le visage de Leia. De toute façon, si ça devient trop risqué, il peut toujours se servir du...

Il se tut avec une expression bizarre. Et, dans la seconde suivante, Leia comprit, elle aussi.

– Le blaster à tourelle. Pourquoi ne s'en sert-il pas?

– Excellente question, fit Yan d'un ton sinistre.

Il se pencha une fois encore, observa longuement le vaisseau... et lorsqu'il se rejeta en arrière, il avait une grimace sardonique sur les lèvres.

– La réponse est simple : ça n'est pas le *Faucon*.

– Comment? fit Wedge, la mâchoire béante.

– C'est un faux. Incroyable : ces types ont réussi à récupérer un vieux cargo YT-300 encore en état.

Wedge siffla entre ses dents.

– Mon vieux, ils doivent vraiment tenir à vous avoir.

– Oui, je commence aussi à en avoir l'impression, dit Yan. Tu as des idées sur la question?

Wedge regarda à l'extérieur.

– Je suppose que si on courait, ça ne servirait pas à grand-chose.

– Pas tant qu'ils resteront au bord du cratère, prêts à nous tomber dessus, fit Leia.

– Sûr, reconnut Yan. Et dès qu'ils comprendront qu'on ne va pas foncer tête baissée dans leur piège, ça ne va pas s'arranger.

– Et il n'y a pas moyen de neutraliser ce vaisseau? demanda Leia. Pour qu'il ne puisse pas décoller et nous attaquer d'en haut? ...

– Il y pas mal de moyens, grommela-t-il. Le problème, c'est qu'il faudrait être à l'intérieur. Le blindage extérieur n'est pas énorme, mais les tirs de blasters ne passent pas quand même.

– Et un sabrolaser?

Il lui décocha un regard soupçonneux.

– Tu ne suggères quand même pas...?

– Je ne crois pas que nous ayons le choix.

– Je suppose que non, fit-il en grimaçant. D'accord... mais c'est *moi* qui y vais.

Elle secoua la tête.

– Nous allons tous y aller. Nous savons qu'ils veulent au moins l'un de nous vivant – sinon, ils nous auraient déjà descendus. Si nous chargeons tous les trois ensemble, ils ne seront pas en mesure de tirer. Nous allons nous mettre à courir comme si nous voulions monter à bord et, au dernier instant, nous nous déporterons pour nous mettre à couvert derrière la rampe. Wedge et moi, nous pourrons alors ouvrir le feu sur l'intérieur pour créer une diversion pendant que tu les neutraliseras avec le sabrolaser.

– Je ne sais pas, murmura Yan. Je crois que nous devrions y aller seuls, Wedge et moi.

– Non, nous irons tous ensemble. C'est la seule garantie que nous puissions avoir qu'ils ne nous tireront pas dessus.

Yan se tourna vers Wedge.

– Qu'en penses-tu?

– Je pense que c'est notre meilleure chance. A condition de faire très vite.

– Bien. (Yan inspira à fond et tendit son blaster à Leia.) D'accord. Passe-moi ton sabre. O.K. Prêts? ... *Allons-y!*

Il surgit de l'abri et chargea droit vers le vaisseau tout en se courbant pour éviter les tirs croisés de blasters dirigés sur le cratère. Les autres Républicains, pensa Leia tout en courant, suivie de Wedge: ils faisaient diversion contre les agresseurs qui se trouvaient au bord. Elle discerna des mouvements à l'intérieur du vaisseau et elle resserra sa prise sur le blaster. Yan atteignit la rampe d'accès. Et plongea soudain sur le côté, sous la coque.

Les non-humains durent réaliser au même instant que leur stratagème avait échoué. Dans la fraction de seconde où Leia et Wedge s'arrêtèrent de part et d'autre de la rampe, ils furent accueillis par une rafale de blaster. Leia se laissa tomber au sol et s'accroupit tant bien que mal sous la rampe tout en tirant au jugé dans le sas. De l'autre côté, Wedge, lui aussi, avait ouvert le feu. Et quelque part derrière elle, elle entendit un grattement sur le sol. Yan se mettait en position pour le sabotage qu'il avait conçu. Un éclair de blaster la frôla, manquant de peu son épaule gauche, et elle recula encore un peu dans l'ombre de la rampe. Et elle entendit le claquement puis le sifflement du sabrolaser que Yan venait d'activer. Elle serra les dents, ne sachant à quoi s'attendre...

Il y eut une explosion, une onde de choc la coucha sur le sol, et le vaisseau tout entier sauta à plus d'un mètre de haut avant de retomber lourdement.

Au travers du tintement qui lui perçait les oreilles, elle entendit un cri de guerre. Le feu nourri cessa et, dans le silence, un grondement étrange résonna au-dessus d'elle. Elle rampa prudemment en s'éloignant de son abri.

Elle s'était attendue à découvrir une fuite dans la coque à la suite du sabotage de Yan. Mais rien ne l'avait préparée au jet blanc gazeux qui montait dans le ciel comme craché par un volcan.

– Ça te plaît? lança Yan en se glissant auprès d'elle.

– Ça dépend... Si le vaisseau explose... Qu'est-ce que tu as fait *précisément* ?

– J'ai taillé dans les tubulures de refroidissement du moteur principal, dit-il en récupérant son blaster pour lui rendre son sabrolaser. – C'est leur gaz korfaise de pressurisation que tu vois.

– Je croyais que tous les gaz refroidisseurs étaient dangereux à respirer, dit-elle en portant un regard méfiant sur le nuage qui gonflait.

– Oui, ils le sont. Mais le korfaise est plus léger que l'air, et nous ne risquons rien au niveau du sol. Mais c'est autre chose *à l'intérieur* du vaisseau. Je l'espère.

Leia eut soudain conscience du silence.

– Ils ont cessé de tirer.

– Tu as raison, confirma Yan. Et pas seulement ceux qui sont à bord.

– Je me demande ce qu'ils préparent, murmura Leia en serrant plus fort la poignée de son sabre.

La seconde d'après, elle eut sa réponse. Un coup de tonnerre résonna et, une fois encore, elle fut écrasée contre le sol par l'onde de choc. Durant une seconde d'effroi, elle pensa que les non-humains avaient déclenché l'autodestruction du vaisseau.

Mais le son s'éteignit, et la rampe, tout près de là, était encore intacte.

– C'était quoi?

– Ça, mon cœur, dit Yan en se relevant, c'était le bruit de la capsule d'évacuation qu'ils viennent de larguer.

Il quitta lentement l'abri de la rampe d'accès et examina le ciel.

– Ils l'ont probablement modifiée pour manœuvrer dans l'atmosphère. Je ne me rappelais pas que ces machins étaient aussi bruyants.

– Généralement, on les évacue dans le vide, lui rappela Leia. Et maintenant, qu'est-ce que nous faisons?

– Maintenant... nous rassemblons notre escorte et nous fichons le camp d'ici.

– Notre escorte? Mais quelle...?

Elle fut interrompue par un grondement de moteur : trois ailes X passèrent à basse altitude, en position d'attaque. Leia regarda la colonne blanche de gaz et comprit tout à coup.

– Tu as fait cela délibérément, hein?

– Eh bien, oui, fit-il, l'air innocent. Pourquoi neutraliser un vaisseau tout de suite alors qu'on peut aussi expédier un signal de détresse en même temps? (Il leva les yeux vers le nuage.) Tu sais, ajouta-t-il, songeur, quelquefois, je me surprends encore moi-même.

La voix rocailleuse de l'amiral Ackbar se fit entendre dans le haut-parleur de bord du *Faucon*.

– Capitaine Solo, je peux vous assurer que nous faisons tout ce qui est en notre pouvoir pour découvrir comment cela a pu arriver.

– Vous m'avez dit la même chose il y a quatre jours.

Yan essayait de rester courtois, ce qui n'était pas facile. Depuis longtemps, il avait pris l'habitude qu'on lui tire dessus, mais avec Leia auprès de lui, sous le feu, ça n'était pas pareil.

– Sérieusement : autant de gens ne pouvaient savoir que nous nous rendions sur Bpfassh.

– Capitaine Solo, vous seriez surpris de l'entendre. Mais entre les membres du Conseil et leurs états-majors, les équipages du port, ainsi que les divers personnels de soutien et de sécurité, deux cents personnes au bas mot pouvaient être au courant de votre destination. Sans compter les amis et collègues qui ont pu le savoir par relation. Il va nous falloir du temps pour remonter chaque piste.

Yan grimaça.

– Formidable... Puis-je vous demander ce que vous nous proposez de faire entre-temps, amiral?

– Vous avez votre escorte.

– Il y a quatre jours, nous l'avions également, répliqua Yan. Ce qui ne nous a pas épargné des ennuis. Le commandant Antilles et l'Escadron Rogue sont parfaits pour les engagements dans l'espace, mais ce genre d'affaire n'est pas leur terrain favori. Nous nous en sortirions mieux avec le lieutenant Page et quelques-uns de ses commandos.

– Malheureusement, ils sont en mission. Dans les circonstances présentes, il serait sans doute plus simple que vous rameniez la Conseillère Organa Solo ici, où nous pourrons la protéger efficacement.

– J'aimerais bien, dit Yan. Mais la question est : sera-t-elle plus en sécurité sur Coruscant qu'ici?

Un long silence suivit. Yan pouvait aisément imaginer l'amiral Ackbar en train de rouler les yeux.

– Je ne suis pas certain d'apprécier le ton sur lequel vous posez cette question, capitaine.

– Moi non plus, amiral. Mais voyons les choses en face : si les Impériaux tirent leurs informations du Palais, ils peuvent tout aussi bien avoir réussi à y infiltrer leurs agents.

– Je pense que c'est hautement improbable, fit Ackbar avec du givre dans la voix. Les dispositifs de sécurité que j'ai mis en place sur Coruscant sont en mesure de contrer toute tentative de la part des Impériaux.

– J'en suis persuadé, amiral, soupira Yan. Je voulais seulement dire que...

– Capitaine, le coupa Ackbar, nous vous ferons

parvenir toute nouvelle information. Jusque-là, faites ce qui vous semblera nécessaire. Ici Coruscant : terminé.

Le faible bourdonnement de l'onde porteuse s'évanouit.

– Bien, souffla Yan entre ses mains. Terminé aussi pour Bpfassh.

Une minute encore, il demeura immobile dans le cockpit du *Faucon*, ruminant des pensées furieuses à l'encontre des politiciens en général et d'Ackbar en particulier. Devant lui, les moniteurs qui auraient dû afficher le statut du vaisseau montraient le terrain proche alentour, et plus particulièrement les secteurs situés à proximité du sas. Le blaster à tourelle était déployé et armé, les écrans-déflecteurs étaient réglés sur la sensibilité maximum, en dépit du fait que tout ce matériel n'était pas aussi fiable sous atmosphère planétaire.

Il secoua la tête, partagé entre le dégoût et la frustration. *Qui aurait jamais pu penser*, se dit-il, *qu'un jour viendrait où je serais véritablement paranoïde?*

Il entendit un bruit de pas légers qui approchait de l'arrière. Il se retourna, la main posée sur son blaster...

– Hé, mais c'est moi, fit Leia en s'avançant pour se pencher sur les écrans, l'air fatigué. Tu as déjà fini de parler à Ackbar?

– Ça n'était pas vraiment une conversation, lui dit-il d'un ton amer. Je lui ai demandé ce qu'ils faisaient pour tenter de savoir comment nos camarades étaient au courant de notre visite, et il m'a assuré qu'il faisait tout son possible. Je lui ai un peu monté sur les pieds, et il s'est dérobé. Avec lui, ça devient une habitude depuis quelque temps.

Leia réussit à grimacer un vague sourire.

– Tu as une drôle de façon de t'y prendre avec les autres, non?

– Ça n'est pas ma faute, protesta Yan. J'ai seulement suggéré qu'ils n'étaient sans doute pas près de débusquer ceux qui se sont infiltrés dans le Palais Impérial. C'est lui qui a mal réagi.

Leia se laissa tomber d'un air las dans le siège de copilote.

– Je sais. En dépit de son génie militaire, Ackbar n'a pas l'étoffe d'un bon politicien. Et avec Fey'lya qui n'arrête pas de le harceler... Il garde de plus en plus jalousement son territoire.

– C'est ça... Eh bien, s'il veut tenir Fey'lya à l'écart des militaires, laisse-moi te dire qu'il a pris le blaster par le canon, grommela Yan. La moitié d'entre eux sont déjà convaincus que c'est Fey'lya qu'il faut écouter.

– Oui, malheureusement, c'est souvent le cas. Il a du charisme et de l'ambition : une combinaison dangereuse.

Yan sourcilla en percevant une certaine note dans sa voix.

– Que veux-tu dire : dangereuse?...

– Rien, fit-elle avec une expression coupable. Désolée. J'ai parlé sans que ce soit mon tour.

– Leia, si tu sais quelque chose...

– Je ne sais rien réellement, fit-elle d'un ton qui lui fit comprendre qu'il valait mieux abandonner le sujet. Ce n'est qu'une impression. Le sentiment que Fey'lya vise plus haut que le poste d'Ackbar comme commandant suprême. Mais ce n'est qu'une impression.

Comme celle qui lui disait que l'Empire préparait un gros coup?

– O.K., fit Yan d'un ton apaisant. Je comprends. D'accord. Tu as fini ici?

– Dans la mesure du possible, oui. La reconstruction va prendre quelque temps, mais cela devra être organisé à partir de Coruscant. (Elle se laissa aller en arrière et ferma les yeux.) Il faudra des convois d'équipement, des consultants et sans doute un supplément de main-d'œuvre. Ce genre de choses.

– Oui. Et je suppose que tu es impatiente de rentrer pour entamer les discussions.

Elle ouvrit les yeux avec un regard intrigué

– On dirait que tu n'es pas d'accord.

Yan observait les écrans avec une expression songeuse.

– C'est ce que tout le monde attend de toi. Donc, nous devrions faire autre chose.

– Quoi par exemple?

– Je ne sais pas. Trouver un endroit où personne ne te chercherait, je pense.

– Et ensuite?... fit-elle avec un accent un rien menaçant.

Yan se prépara instinctivement à sa réaction.

– On pourrait s'y terrer pendant quelque temps.

– Tu sais que je ne peux pas me permettre ça. J'ai des devoirs qui m'attendent sur Coruscant.

– Tu en as aussi envers toi-même. Sans parler des jumeaux.

Elle le foudroya du regard.

– Ça n'est pas loyal.

– Vraiment?

Elle se détourna avec une expression impénétrable.

– Yan, je ne peux me mettre hors d'atteinte. Il se passe trop de choses là-bas pour que je puisse me permettre de me terrer quelque part.

Il serra les dents. Ils ne cessaient de revenir sur ce sujet.

– Eh bien, si tu tiens avant tout à garder le contact, pourquoi ne pas gagner un endroit où nous avons un diplomate en poste? Tu pourrais au moins avoir des informations officielles.

– Et comment avoir la certitude que l'ambassadeur du coin ne nous a pas vendus? (Elle secoua la tête.) Je n'arrive pas à croire que je puisse parler comme ça. On dirait que nous sommes redevenus des Rebelles, que nous ne sommes plus le gouvernement légal.

– Mais qui te dit que l'ambassadeur doit savoir? fit Yan. Nous avons un récepteur diplomatique à bord du *Faucon* – et nous pouvons établir nous-mêmes la transmission.

– Seulement si nous arrivons à nous procurer le codage de l'ambassade. Et à le connecter à notre récepteur. Ce qui pourrait s'avérer impossible.

– Nous trouverons bien un moyen, insista Yan.

Ce qui donnerait au moins à Ackbar un délai pour chercher l'origine des fuites.

– C'est juste. Mais je ne sais pas... Les codages cryptés de la Nouvelle République sont presque impossibles à percer.

– Ma belle, je suis désolé de te faire perdre tes illusions, mais je connais des craqueurs qui circulent en toute liberté et qui avalent des codes cryptés gouvernementaux à chaque petit déjeuner. Il suffit d'en trouver un.

– Et de lui verser une fortune? fit Leia d'un ton sec.

– En quelque sorte, fit Yan, qui réfléchissait à toute allure. D'un autre côté, les craqueurs, quelquefois, doivent des services à d'autres personnes.

– Vraiment? Je ne suppose quand même pas que tu en connais?

– A vrai dire, si. (Il plissa les lèvres.) Mais l'ennui, c'est que si les Impériaux ont fait leur boulot, ils le tiennent sous surveillance.

– Ce qui signifie?...

– Que nous allons devoir trouver quelqu'un qui possède une liste personnelle de contact avec des craqueurs. (Il tendit la main vers la console et appuya sur la touche de contact du *Faucon.*) Antilles, ici Solo. Tu me reçois?

– Parfaitement, général, répondit Wedge.

– On va quitter Bpfassh. Mais ce n'est pas encore officiel – ce sera à toi de l'apprendre au reste de la délégation dès que nous aurons décollé.

– Je comprends, dit Wedge. Vous voulez que je vous donne une escorte ou bien vous préférez filer tranquillement? J'ai deux gars auxquels je me fierais jusqu'à l'autre bout de la galaxie.

Yan adressa un sourire en biais à Leia. Wedge avait parfaitement compris.

– Merci, mais nous ne voulons pas que le reste de la délégation se sente exposé sans protection.

– Comme tu voudras. Ici, je peux me charger de tout. On se retrouvera sur Coruscant.

– D'accord. (Yan coupa la communication et

ajouta :) Avec de la chance. (Il passa en intercom.) Chewie? Nous sommes prêts à décoller?

Le Wookie répondit par un grondement affirmatif.

– O.K. Assure-toi que tout est verrouillé et rapplique. Il vaut mieux prendre 6PO aussi : il est probable que nous ayons à nous entretenir avec le contrôle bpfasshi en quittant le système.

– Puis-je savoir où nous allons? demanda Leia tandis qu'il entamait la procédure de décollage.

– Je te l'ai dit. Nous avons besoin de trouver quelqu'un en qui nous ayons totalement confiance et qui possède sa liste personnelle de hors-la-loi.

Une étincelle de soupçon brilla dans son regard.

– Tu ne fais pas allusion à... Lando?

– Qui d'autre? Un citoyen honorable, ex-héros de guerre, homme d'affaires honnête. Et qui possède *certainement* des contacts craqueurs.

Leia roula des yeux.

– Mais pourquoi ai-je donc un mauvais pressentiment?

CHAPITRE XI

– Cramponne-toi, D2, lança Luke quand l'aile X commença à rebondir dans les turbulences atmosphériques. Nous approchons. Tous les sondeurs fonctionnent, aujourd'hui ?

Un gazouillis affirmatif lui parvint de l'arrière et il déchiffra la traduction sur l'écran de l'ordinateur.

– Bien.

Il reporta son attention sur la planète enveloppée de nuages qui semblait se ruer sur eux. Il se dit qu'il était bizarre que les sondeurs aient été défaillants pour leur premier voyage jusqu'à Dagobah.

Pas tellement, songea-t-il après coup. Peut-être que Yoda avait délibérément incapacité les instruments d'approche afin de le guider discrètement jusqu'à la zone d'atterrissage qu'il avait choisie.

Et maintenant, Yoda n'était plus là...

Luke repoussa avec fermeté cette pensée de son esprit. On pouvait pleurer un ami et un professeur, mais s'enfoncer dans le regret, c'était donner trop de pouvoir au passé sur le présent.

L'aile X plongea dans l'atmosphère inférieure et, en quelques secondes, se trouva dans une couche dense de nuages blancs. Luke ne quittait pas les écrans des yeux. Le vaisseau descendait lentement. La dernière fois qu'il s'était posé là, juste avant la Bataille d'Endor, ç'avait été sans problème. Mais il n'avait pas l'intention de forcer sa chance. Les senseurs d'atterrissage étaient à présent réglés sur l'ancien refuge de Yoda.

– D2? appela-t-il. Trouve-moi un site horizontal, tu veux?

En réponse, un rectangle rouge apparut sur l'écran de proue, à quelque distance à l'est de la maison.

– Merci, fit Luke avant de composer les coordonnées d'atterrissage.

L'instant d'après, dans un grand bruissement de branches, ils se posaient.

Tout en se libérant de son casque, Luke souleva la verrière. Ses yeux fouillèrent la brume et, instinctivement, il porta la main à son sabre. Les lourdes senteurs des marais de Dagobah montèrent à ses narines. C'était un mélange étrange de parfums douceâtres et d'odeur de moisissure qui éveillait dans son esprit une centaine de souvenirs. La manière dont Yoda crispait ses oreilles, si lentement, le ragoût bizarre et savoureux qu'il cuisinait si souvent, le chatouillement de ses cheveux si doux dans les oreilles de Luke quand il sautait sur son dos durant les exercices. Toutes ces longues heures d'exercice, de fatigue physique et mentale. Et cette confiance croissante dans la Force. La grotte de Yoda et les images du côté sombre...

La grotte?

Brusquement, Luke se redressa en portant la main à la poignée de son sabrolaser. Ses yeux fouillèrent la brume. Non, il n'avait quand même pas posé l'aile X à proximité de la grotte...

Mais si. A moins de cinquante mètres de distance, il venait de découvrir l'arbre qui se dressait juste au-dessus de cet endroit maudit dont la forme noire saillait entre les branches alentour. Et, entre les racines entremêlées, derrière les arbustes, il distinguait à présent l'entrée de la grotte.

– Merveilleux, marmonna-t-il. Tout simplement merveilleux.

Une série de bips perplexes lui parvint.

– Ne t'en fais pas, D2, fit-il par-dessus son épaule en reposant son casque. Tout va bien. Pourquoi tu ne resterais pas ici pendant que je...

L'aile X fut ébranlée faiblement, et Luke se retourna pour voir D2 qui progressait maladroitement vers l'avant.

– D'accord, si tu veux, tu peux m'accompagner, ajouta-t-il avec une grimace.

D2 fit un nouveau bip – pas vraiment joyeux, mais soulagé, sans aucun doute. Le petit droïd avait horreur qu'on le laisse seul.

– Bon, prépare-toi, fit Luke. Je descends d'abord et je te donne un coup de main.

Il sauta. Le sol était spongieux mais assez ferme pour supporter le poids de l'aile X. Rassuré, il lança la Force afin de soulever D2 de son perchoir pour le reposer à côté de lui.

– Bon, on y va.

La trille plaintive d'un oiseau perça la brume. Tout en l'écoutant monter puis s'éteindre, Luke explora le marais du regard tout en se demandant pour quelle raison exactement il était venu ici. Sur Coruscant, cela lui avait semblé important – et même vital. Mais à présent, tout était embrumé. Et, plus grave, tout cela lui paraissait stupide.

D2 émit un bip interrogatif. Et, avec un effort, Luke rejeta ses doutes.

– Je me suis dit que Yoda avait pu laisser quelque chose qui nous serait utile, déclara-t-il au droïd en choisissant le plus raisonnable de ses motifs. La maison devrait être... (il regarda autour de lui afin de se repérer)... par-là. Viens.

La distance n'était pas très grande, mais il leur fallut plus de temps qu'il ne l'avait calculé pour la parcourir. Surtout à cause du terrain et de la végétation : il avait oublié à quel point il était difficile de se déplacer dans les marais de Dagobah. Mais il y avait autre chose aussi : il éprouvait comme une pression persistante tout au fond de son esprit, une pression qui obscurcissait ses pensées.

Finalement, ils arrivèrent au but... mais la maison n'était plus là.

Un long moment, Luke demeura immobile, le regard fixé sur la végétation qui s'était déployée là où avait été la maison, partagé entre un sentiment de perte et la conscience de s'être comporté comme un idiot. Il avait grandi dans les déserts de Tatooine, un monde où un édifice abandonné pouvait résister un demi-siècle et plus. Pas un instant il ne lui était apparu que le même édifice était condamné à disparaître dans les marais de Dagobah.

D2 pépia une question.

– Je m'étais dit que Yoda avait pu laisser quelques livres ou quelques bandes derrière lui, fit Luke. De quoi m'en apprendre plus sur les arts des Jedi. Mais il ne doit pas rester grand-chose, non?...

En réponse, D2 déploya la petite plaque de son senseur.

– Ne t'inquiète pas, lui dit Luke en s'avançant. Du moment que nous sommes là, je pense que nous pourrions en profiter pour jeter un coup d'œil.

Il ne lui fallut que quelques minutes pour se frayer un chemin à coups de sabre entre les buissons et les plantes grimpantes. Ils se retrouvèrent devant ce qui subsistait des murs. En grande partie, il n'y avait plus que des ruines qui dépassaient à peine la hanche de Luke, tapissées de plantes folles. D'autres, plus vigoureuses encore, avaient poussé à l'intérieur, et même transpercé l'ancienne cheminée de pierre. Certains des vieux pots de fer de Yoda étaient à demi enfouis dans la boue, recouverts d'une mousse à l'aspect étrange.

D2 fit entendre un sifflement discret.

– Non, je ne crois pas que nous trouvions quoi que ce soit d'utile, reconnut Luke tout en se penchant pour extirper un des pots.

Un petit lézard jaillit de son refuge pour disparaître dans l'herbe rêche.

– D2, regarde s'il y a de l'électronique dans le coin, veux-tu? Je ne l'ai jamais vu en utiliser mais...

Il haussa les épaules.

Docile, le droïd leva à nouveau son senseur. Il le déplaça d'avant en arrière... et s'arrêta soudain.

– Tu as trouvé quelque chose? fit Luke.

D2 se mit à pépier avec excitation tout en pivotant son dôme vers l'arrière.

– Par ici? (Luke fronça les sourcils, intrigué, en examinant les débris qu'ils avaient foulés en entrant.)

D2 lui répondit par une nouvelle trille de bips et s'avança en roulant avec difficulté. Puis il s'arrêta et se tourna vers Luke. Les sons qu'il émit ne pouvaient être qu'une question.

– D'accord, je viens, fit Luke avec un soupir, tout en luttant contre une frayeur bizarre qui montait en lui.) Passe devant.

La clarté du soleil qui filtrait à travers le dais de la forêt était maintenant ténue. Ils étaient en vue de l'aile X.

– Où donc, maintenant? demanda Luke. J'espère que tu ne vas pas m'annoncer que c'est notre vaisseau que tu avais repéré?

D2 répondit par une trille de protestation indignée. Son senseur se déplaçait lentement...

Il était dirigé droit sur la grotte.

Luke déglutit avec peine.

– Tu es certain?

Nouvelle trille.

– Oui, tu en es certain.

Une minute, il resta immobile, observant l'orifice noir de la grotte, indécis. Il n'avait pas vraiment de motif de s'y risquer. De cela au moins il était certain. Quoi qu'ait détecté D2, ça n'était certainement pas une chose laissée là par Yoda. Non, pas ici.

Mais c'était quoi au juste? Leia avait fait allusion à un Jedi Sombre bpfasshi qui serait venu là. La chose pouvait-elle lui avoir appartenu?

Il serra des dents.

– D2, tu vas rester ici, dit-il en s'avançant en direction de la grotte. Je reviens aussi vite que possible.

Yoda l'avait bien souvent mis en garde : la peur et la colère étaient les esclaves du côté sombre. Et Luke se surprit à se demander vaguement qui servait la curiosité.

L'arbre géant qui surplombait la grotte était aussi

menaçant que dans son souvenir avec ses branches sombres et noueuses, comme un être vivant qui aurait appartenu au côté sombre de la Force. Ce qu'il était peut-être. Luke, maintenant, ne pouvait plus avoir aucune certitude, pris dans les émanations envahissantes de la grotte. Il était évident qu'elle était la source des pressentiments qui l'avaient affligé depuis leur arrivée sur Dagobah, et un instant, il s'interrogea : pourquoi l'effet n'avait-il jamais été aussi fort auparavant?

Sans doute parce que Yoda avait toujours été présent comme un bouclier.

Mais désormais, il n'était plus là... et Luke était seul face à la puissance de la grotte.

Il inspira profondément. *Je suis un Jedi*, se dit-il.

Il prit le comlink glissé dans sa ceinture et appela :

– D2, tu me reçois?

Le comlink émit un gazouillis.

– D'accord. J'y vais. Envoie-moi un signal dès que je serai à proximité de ce que tu as détecté.

Un bip lui répondit. Il remit le comlink à sa ceinture et prit son sabrolaser. Puis il s'avança entre les racines convulsées de l'arbre et pénétra à l'intérieur de la grotte.

C'était aussi affreux que dans son souvenir. Sombre, humide, grouillant d'insectes et de plantes gluantes. Le lieu le plus repoussant qu'il ait jamais connu. Sous ses pieds, le sol lui paraissait encore plus traître. Deux fois, en descendant lentement les marches, il faillit tomber en avant. Au travers des lambeaux de brume, il retrouva un point familier et ses doigts se crispèrent sur la poignée de son sabre. Car c'était là, précisément, qu'il avait livré combat à un Dark Vador irréel, fantomatique...

Quand il eut atteint ce point précis, il s'arrêta, luttant contre ses souvenirs, contre la peur. A son grand soulagement, cette fois, rien ne se produisit. Nul sifflement ne s'éleva des ombres, aucun Seigneur Sombre ne se porta à sa rencontre pour le mettre au défi. Rien, il n'y avait rien.

Il se mouilla les lèvres et reprit le comlink. Mais

non : bien sûr qu'il n'y avait rien ici. Il avait déjà affronté cette situation, et il avait vaincu. Vador avait été défait, il avait disparu, et la grotte n'avait d'autre menace que des peurs irréelles et sans nom, qui n'avaient d'autre pouvoir que celui qu'on leur accordaient. Il aurait dû comprendre cela depuis le départ.

– D2? appela-t-il. Tu es toujours là?

Le droïd lui répondit par un bourdonnement.

– D'accord. Est-ce qu'il faut que je m'avance encore loin pour...?

Il s'interrompit à la seconde où il posait le pied sur une marche : brusquement, la brume venait de se coaguler autour de lui pour donner naissance à une image vacillante, surréelle...

Il était sur un petit véhicule découvert qui survolait une sorte de puits. Le sol était indiscernable, mais il sentait une chaleur intense monter autour de lui. Et on le piquait dans le dos pour le faire avancer vers l'extrémité d'une planche étroite qui saillait à l'horizontale sur le côté du véhicule...

La scène se fit plus claire et Luke retint son souffle. Il était de retour sur l'embarcation de Jabba le Hutt, en route pour son exécution dans le Grand Entonnoir de Carkoon... [1]

Devant lui, il distinguait les courtisans qui se bousculaient pour mieux profiter du spectacle. Dans les brumes du rêve, certains détails de la barge antigrav et de ses deux grandes voiles étaient indistincts, mais il voyait très bien la silhouette de D2, tout en haut de l'embarcation. Il attendait son signal...

– Je ne vais pas jouer à ce jeu! lança-t-il à l'adresse de la vision. Certainement pas. J'ai déjà vécu ce moment, et j'ai vaincu.

Mais, à ses propres oreilles, ces paroles semblaient vaines... et, à l'instant où il les proférait, il sentit la lance du garde lui piquer le dos. Il bascula de la planche. Dans sa chute, il pivota et se raccrocha au plat-bord avant de se lancer loin au-dessus de la tête des gardes...

1. Voir « Le Retour du Jedi » (N.d.T.).

Il retomba sur ses pieds et se retourna vers la barge, la main tendue vers le sabrolaser que D2 venait de lui lancer.

Il ne put l'attraper. L'arme venait de changer de direction et sa trajectoire s'incurvait vers l'autre extrémité de la barge. Frénétiquement, il lança la Force, mais en vain. Le sabre volait librement...

Et il fut soudain arrêté par la main d'une mince femme qui se tenait seule en haut de la barge.

Luke la fixa avec un sentiment d'horreur. Dans les brumes, silhouettée contre le soleil, il ne parvenait pas à discerner son visage... Mais la façon dont elle brandissait maintenant le sabrolaser à la façon d'un trophée lui disait tout ce qu'il voulait savoir. Elle avait la Force avec elle... et elle venait de les condamner à mort, lui et ses amis.

Et comme les lances le forçaient à avancer encore sur la planche, il entendit clairement sont rire moqueur...

– Non! cria Luke.

Et la vision s'évanouit aussi rapidement qu'elle était apparue. Il était dans la grotte de Dagobah, trempé de sueur, et le comlink, dans sa main, émettait un staccato frénétique de bips.

Il prit une inspiration frémissante tout en serrant très fort la poignée de son sabrolaser, rassuré de l'avoir encore en main.

Il réussit à humidifier sa gorge desséchée et à parler enfin.

– D2... Ça... ça va. (Il s'interrompit, luttant contre une impression de désorientation pour essayer de se rappeler ce qu'il était venu faire en cet endroit.) Tu reçois toujours ce signal électronique?

D2 lança un bip affirmatif.

– Il est toujours devant moi?

Autre bip.

– O.K.

Il leva son sabre et s'avança lentement, épiant de tous côtés. Mais la grotte lui avait apparemment infligé le plus grave et aucune autre vision ne s'imposa à lui... jusqu'à ce que D2 lui signale qu'il avait atteint le but.

L'objet qu'il sortit de la mousse et de la boue fut un désappointement : c'était un petit cylindre quelque peu aplati, long comme sa main, qui comportait cinq touches triangulaires, incrustées de rouille sur un flanc et d'une inscription dans une écriture étrange sur l'autre.

– C'est tout? s'exclama Luke. (Il n'appréciait guère l'idée d'être venu jusque-là pour cette chose.) Rien d'autre?

D2 lui répondit par un bip négatif suivi d'un sifflement qui ne pouvait être qu'une question.

– J'ignore ce que ça peut être, fit Luke. Toi, tu peux le savoir. Ne bouge pas : j'arrive.

Le chemin de retour fut pénible mais sans mauvaise surprise et, un moment plus tard, il émergea d'entre les énormes racines et retrouva l'air presque frais du marais avec un soupir de soulagement.

Il s'aperçut avec quelque surprise que la nuit approchait. Il avait dû rester prisonnier de cette vision déformée de son passé plus longtemps qu'il ne l'avait cru. D2 avait allumé les phares d'atterrissage de l'aile X qui perçaient l'ombre comme des cônes brumeux. Luke se hâta en pataugeant.

Le droïd l'attendait tout en trillant des réflexions personnelles. Dès que Luke apparut dans la lumière, il émit un sifflement soulagé et se balança comme un enfant fébrile.

– Calme-toi, D2, je suis là, fit Luke en s'accroupissant à son côté. (Il sortit l'objet cylindrique de sa poche.) Tiens, qu'est-ce que tu en penses?

D2 gazouilla pensivement et fit pivoter son dôme pour examiner la chose sous tous les angles. Puis, soudainement, le gazouillis explosa en un déchaînement de jacasserie électronique surexcitée.

– Qu'est-ce qu'il y a? s'écria Luke.

Il essayait de comprendre quelque chose à ce torrent de sons tout en se demandant amèrement pourquoi 6PO n'était jamais là quand on avait besoin de lui.

– Plus lentement, D2. Je ne peux pas... Oh, et puis laisse tomber. (Il se redressa et ses yeux fouillèrent l'obscurité.) Je ne pense pas qu'il soit nécessaire de nous attarder ici, de toute manière.

Il se tourna vers la grotte, maintenant presque indiscernable, et frissonna. Non, il n'avait aucune raison pour rester plus longtemps ici, dans les marais... Par contre, il en avait une excellente pour déguerpir. Ça n'était pas là qu'il trouverait les éclaircissements qu'il cherchait, en tout cas, songea-t-il. Il avait fait un faux pas.

– Viens, dit-il à D2. Je vais te remettre dans ton support. Tu pourras m'expliquer ce que tu sais pendant le voyage.

Le rapport de D2 concernant le cylindre fut bref et totalement négatif. Le petit droïd n'avait pu identifier le dessin, ni déterminer la fonction de l'objet. Ses sondeurs n'avaient rien détecté de particulier et il ignorait quelle était l'origine de l'inscription que, bien entendu, il ne parvenait pas à traduire. Luke commençait à se demander pour quelle raison le droïd s'était montré tellement excité auparavant... quand la traduction de sa dernière phrase apparut sur son écran d'ordinateur.

– Lando? (Il plissa le front et relut les mots.) Mais je ne me souviens pas d'avoir jamais vu Lando avec un truc pareil.

D'autres mots se déroulèrent sur l'écran.

– Oui, je comprends bien que j'étais assez pris à cette époque, admit-il. (Il fit jouer instinctivement les doigts de sa main droite artificielle.) C'est ce qui se passe quand on se fait mettre une nouvelle main. Alors, il aurait donné cet objet au général Madine? Ou bien il le lui a seulement montré?

La réponse apparut.

– C'est parfait. J'imagine que toi aussi tu étais trop occupé, hein?

Il regarda le croissant de Dagobah qui diminuait derrière eux. Il avait eu l'intention de regagner directement Coruscant pour y attendre Leia et Yan. Mais, d'après ce qu'il avait entendu, leur mission pouvait durer deux semaines et peut-être plus. Et Lando l'avait plus d'une fois invité à venir visiter son exploitation minière sur le monde brûlant de Nkllon.

– On change les plans, D2, annonça-t-il au droïd en pianotant un nouveau trajet. Nous allons faire un détour par le système d'Athega pour aller voir Lando. Il pourra peut-être nous dire ce qu'est ce truc.

Et il ajouta en esprit qu'il pourrait aussi réfléchir à ce rêve, cette vision qu'il avait eue dans la grotte. Et décider si ç'avait été plus qu'une vision.

CHAPITRE XII

– Non, je n'ai pas d'autorisation de transmission pour Nkllon, déclara Yan d'un ton patient dans le transmetteur du *Faucon*, regardant avec colère l'aile B modifiée qui s'était placée sur leur flanc. Pas plus que d'accréditation. Je cherche seulement à joindre Lando Calrissian.

Ce qui aurait pu passer pour un rire étouffé s'éleva derrière lui.

– Tu as dit quelque chose? demanda-t-il pardessus son épaule.

– Non, fit Leia d'un ton innocent. Je me rappelais juste le passé.

– Oui, c'est vrai, grommela-t-il. (Lui aussi se souvenait; et Bespin n'était pas parmi ses souvenirs préférés. Il s'adressa de nouveau à l'aile B :) Ecoutez, contactez seulement Lando, voulez-vous? Dites-lui qu'un vieil ami vient le voir, et qu'il se disait qu'on pourrait peut-être faire une petite partie de sabacc, comme autrefois, que je fasse mon choix dans son parc. Il comprendra.

– Une partie de *quoi?* fit Leia en se penchant vers lui avec un regard perplexe.

Yan posa la main sur le transmetteur.

– Les Impériaux pourraient avoir des espions dans le coin. Et dans ce cas, ça ne serait pas malin de nous annoncer à tout le système d'Athega.

– Tu marques un point. Mais ton message était quand même bizarre.

– Pas pour Lando, la rassura-t-il. Il saura que ça ne peut être que moi – si ce pousse-bouton qui nous escorte se décrispe un peu.

Chewbacca poussa un grognement avertisseur : une unité importante approchait par tribord avant.

– Pas de repères? demanda Yan en dressant la tête.

Avant que le Wookie ait pu répondre, le transmetteur grésilla.

– Vaisseau non identifié : le général Calrissian a donné un ordre spécial de transit pour vous. (L'opérateur de l'aile B avait l'air déçu. Il avait sans doute espéré repousser à lui tout seul les intrus.) Votre escorte est en trajectoire d'interception. Gardez votre position jusqu'à son arrivée.

– Bien reçu, dit Yan, sans parvenir à ajouter un remerciement.

– Une escorte? demanda Leia. Pourquoi donc?

– Tu le saurais si tu n'étais pas toujours en voyage politique quand Lando passe nous rendre visite au palais, remarqua-t-il. (Il gardait le regard fixé sur la baie. Le vaisseau approchait.) Nkllon est un monde ultra-chaud – bien trop proche de son soleil pour qu'un vaisseau normal puisse s'y poser sans y laisser une partie de sa coque. C'est pour cela qu'on nous envoie une escorte.

Il pointa un doigt sur la droite.

– Elle arrive.

Il l'entendit retenir son souffle. Et lui-même, qui avait vu des holos de ces bâtiments que lui avait montrés Lando, dut reconnaître que la vision était impressionnante. Le vaisseau-bouclier ressemblait à un monstrueux parapluie volant, ou à une vaste assiette creuse dont les dimensions devaient dépasser celles d'un superdestroyer impérial. Le dessous de la coque était tapissé de tubulures et d'ailerons : le dispositif de réservoirs et de pompes du refroidisseur qui empêchait le vaisseau de se consumer en s'approchant de la planète. Le manche du parapluie géant était constitué d'un grand pylône cylindrique qui devait mesurer la moitié du diamètre du vaisseau et qui portait à son extrémité d'immenses ailerons de radiateur. Le remorqueur qui propulsait l'ensemble de la chose était situé au centre du pylône et on ne le remarquait qu'au second regard.

– Par tous les cieux ! souffla Leia, abasourdie. Et ça peut voler dans l'espace ?

– Oui, mais pas très facilement, dit Yan.

Il observait avec un rien d'appréhension la monstruosité qui se rapprochait. Mais il n'aurait pas à les serrer de trop près : le *Faucon* était considérablement plus petit que les grands cargos que les vaisseaux-boucliers escortaient d'ordinaire.

– Lando m'a raconté qu'ils avaient eu des tas d'ennuis pour concevoir ces choses dans un premier temps, et plus encore pour apprendre à les piloter.

– Je veux bien le croire, fit Leia en hochant la tête.

Le transmetteur grésilla :

– Vaisseau non identifié, ici Vaisseau-bouclier Neuf. Paré au verrouillage. Veuillez transmettre votre code de circuit asservi.

– Parfait, marmonna Yan. (Il pressa la touche de transmission.) Vaisseau-bouclier Neuf, nous n'avons pas de circuit asservi. Donnez-moi votre cap et je resterai avec vous.

Un moment de silence suivit.

– Très bien, vaisseau non identifié. (Le ton était plutôt réticent, remarqua Yan.) Mettez-vous au 2-8-4 ; vitesse subliminique point 6.

Sans attendre son accusé de réception, le grand parapluie commença à s'éloigner.

– Chewie, reste contre lui, lança Yan.

Ce qui ne serait pas un problème : le *Faucon* était plus rapide et infiniment plus manœuvrable que l'énorme bâtiment.

– Vaisseau-bouclier Neuf, quelle est l'heure d'arrivée prévue sur Nkllon ?

– Vous êtes pressé, vaisseau non identifié ?

– Pourquoi le serions-nous, avec une vue pareille ? demanda Yan, sarcastique, en levant les yeux vers le ventre du bouclier qui occultait presque tout le ciel. Mais, oui, je dois dire que nous sommes plutôt pressés.

– Désolé pour vous. Vous comprenez, si vous aviez eu un circuit asservi, on aurait fait un petit saut en hyperespace et on aurait rallié Nkllon en une heure à peu près. Mais comme ça, il va nous falloir... disons dix heures.

Yan grimaça.

– Formidable.

– Nous pourrions probablement monter un circuit asservi temporaire, lui suggéra Leia. 6PO connaît suffisamment l'ordinateur pour y arriver.

Chewbacca se tourna à demi vers elle et gronda un refus qui ne laissait place à aucun argument, à supposer que Yan ait eu l'intention d'insister, ce qui n'était pas le cas.

– Chewie a raison, dit-il à Leia d'un ton ferme. Nous n'asservissons jamais ce vaisseau à quoi que ce soit. Vous m'avez entendu, vaisseau-bouclier?

– C'est O.K. pour moi, vaisseau non identifié. (Ils semblaient prendre un plaisir pervers à répéter cette dénomination.) De toute façon, je suis payé à l'heure.

– Parfait, alors. Allons-y.

– Sûr.

La communication fut coupée et Yan plaça les mains sur les commandes. Le parapluie géant continuait de dériver, mais il ne se passait rien de plus.

– Chewie, est-ce que ses moteurs sont encore en standby?

Le Wookie grommela affirmativement.

– Qu'est-ce qui ne va pas? s'inquiéta Leia.

– Je l'ignore. (Yan regarda autour de lui, mais avec le vaisseau-bouclier juste au-dessus d'eux, il ne pouvait discerner grand-chose.) Ça ne me plaît pas. (Il se pencha sur le transmetteur.) Vaisseau-bouclier Neuf, pourquoi attendons-nous?

– Faut pas vous en faire, vaisseau non identifié, répondit l'autre d'un ton apaisant. Nous avons un autre vaisseau en approche qui n'a pas de circuit asservi, lui non plus, alors on va vous accompagner tous les deux à la fois. Inutile de faire intervenir deux boucliers, n'est-ce pas?

Un léger frisson courut sur la nuque de Yan. Un autre vaisseau qui abordait Nkllon en même temps qu'eux?...

– Vous avez son identification?

Il entendit l'autre renifler.

– Hé, l'ami, on n'a même pas la vôtre.

– Merci de votre aide. (Il coupa la transmission.) Chewie, tu as les données d'approche de ce gars?

La réponse du Wookie fut succincte. Et inquiétante.

– Malin, grommela Yan. Très malin.

– Je n'ai pas compris, fit Leia en se penchant sur son épaule.

– Il s'approche par l'autre côté du pylône central du vaisseau-bouclier, fit Yan d'un air sombre en désignant les relevés d'inférence sur l'écran du scanner. Il maintient ce cap pour qu'on ne puisse pas le voir.

– Tu penses qu'il le fait volontairement?

– Probablement. (Yan hocha la tête et déboucla son harnais.) Chewie, tu prends les commandes; je vais activer les blasters.

Il enfila en courant la travée du cockpit, atteignit le noyau central du vaisseau et posa un pied sur l'échelle.

Une voix mécanique et nerveuse lui cria depuis le salon :

– Capitaine Solo, il se passe quelque chose?

– Probablement, 6PO. Tu ferais bien de t'attacher.

Il escalada l'échelle, franchit la discontinuité gravifique à angle droit de la fosse de tir et se laissa tomber dans le siège. La console répondit avec une rapidité satisfaisante. Il activa la puissance d'une main tout en coiffant le casque de l'autre.

– Rien de neuf, Chewie? lança-t-il dans le micro.

Il reçut un grognement négatif en réponse : le vaisseau en approche était toujours caché par le pylône. Mais l'écran d'inférence lui donnait maintenant une lecture de distance d'après laquelle le Wookie avait pu calculer une taille limite pour le bâtiment. Elle n'était pas très importante.

– Bon, c'est déjà ça, lui dit Yan tout en parcourant en esprit une longue liste de vaisseaux interstellaires et en se demandant quelle unité de l'Empire pouvait être aussi petite. Un modèle de chasseur Tie, peut-être?

– Reste vigilant – ça pourrait bien être un leurre.

L'écran d'inférence tinta : le vaisseau inconnu avait commencé à contourner le pylône. Yan se tendit, et ses doigts effleurèrent les détentes de tir...

Et c'est alors que le vaisseau surgit en pleine vue, contournant le pylône en spirale. Surpris, Yan l'examina tandis qu'il se stabilisait...

– C'est une aile X , dit Leia, d'une voix soulagée. Elle porte les marquages de la République...

– Hello, étrangers! fit la voix de Luke dans les oreilles de Yan. Heureux de vous revoir!

– Oh... euh, salut! s'exclama Yan, qui avait failli prononcer le nom de Luke.

Théoriquement, ils étaient sur une fréquence sûre, mais il était facile, si l'on avait des motifs urgents, de contourner ce genre de barrière.

– Et qu'est-ce que tu fais ici?

– Je suis venu voir Lando, dit Luke. Désolé de vous avoir surpris. Quand on m'a dit que j'allais accompagner un vaisseau non identifié, j'ai craint un piège. Il y a une minute seulement, je ne m'attendais pas à vous retrouver.

– Ha! fit Yan en observant l'aile X de Luke qui se rangeait parallèlement à eux.

Du moins, cela *semblait être* l'aile X de Luke.

– Vraiment? Simple petite visite ou quoi?

Il s'était exprimé sur un ton désinvolte, tout en braquant les canons laser sur l'autre.

Vu sa position, l'aile X devrait pivoter de 90 degrés pour riposter. A moins, bien sûr, que ce modèle n'ait été modifié.

– Non, pas vraiment. J'ai trouvé un vieux gadget qui... Eh bien, je pensais que Lando pourrait l'identifier. (Luke hésita.) Mais je ne pense pas qu'on devrait discuter de ça en public. Qu'est-ce que tu en dis?

– Je pense que nous ne devrions même pas en parler, fit Yan, qui réfléchissait à toute allure.

D'accord, la voix était celle de Luke; mais après le piège de Bpfassh, il ne voulait plus accepter quoi que ce soit à première vue. Il fallait absolument qu'ils identifient l'aile, et très vite.

Il pressa une touche, s'évacuant ainsi du circuit radio.

– Leia, est-ce que tu peux me dire si c'est bien à Luke que nous avons affaire?

– Je le crois, dit-elle enfin, lentement. Je suis presque positive.

– Ma belle, « presque positive », ça ne me va pas.

– Je le sais. Attends. J'ai une idée.

Yan repassa sur le circuit radio.

– ... il m'a dit que si j'avais un circuit asservi, ils pourraient me faire descendre beaucoup plus vite, disait Luke. Un saut hyperspatial jusqu'à proximité de Nkllon, dans la mesure où la gravité le permet. Ensuite, quelques minutes sous le parapluie et je pourrais me poser tout seul.

– Si ce n'est que les ailes X ne sont pas équipées de circuits asservis? intervint Yan.

– C'est juste, fit Luke, sèchement. On dirait qu'ils ont oublié quelque chose dans la phase de conception, ça ne fait pas de doute.

– Aucun doute, fit Yan en écho.

Il commençait à transpirer un peu. Il guettait l'appel de Leia, quelle que fût la solution qu'elle avait trouvée.

– A vrai dire, je suis très heureuse que tu n'aies pas de circuit asservi, dit-elle enfin. Ça me semble plus sûr de voyager comme ça. Oh, avant que j'oublie : il y a ici quelqu'un qui veut dire un bonjour...

– D2? fit la voix précieuse de 6PO. Tu es là?

Un ouragan de bips et de pépiements souffla dans le casque de Yan.

– Oui, à vrai dire, je me demande si tu aurais pu être ailleurs, déclara 6PO d'un ton roide. Si j'en juge par mes expériences passées, tu aurais pu te mettre dans des difficultés en nombre considérable si je n'avais pas été là pour arranger les choses.

Yan entendit une sorte de reniflement électronique de dédain.

– Oui, oui, je sais, tu as toujours cru ça, répliqua 6PO, avec plus de sévérité encore. Je suppose qu'il vaut mieux que je te laisse tes illusions.

D2 grogna encore et Yan, en souriant, se pencha sur sa console et remit les blasters en standby. Au temps de sa vie avec les contrebandiers, songea-t-il, il avait connu bien des hommes qui n'auraient certainement pas voulu d'une femme qui pouvait penser plus vite que ces deux-là.

Quant à lui, il avait décidé depuis longtemps de s'en satisfaire.

Le pilote du vaisseau-bouclier n'avait pas exagéré : dix heures après, il leur signala qu'ils étaient désormais en vol libre avec un commentaire à la limite de l'impolitesse et se dégagea enfin.

Yan observait le panorama , mais il n'y avait pas grand-chose à voir, ce qui était généralement le cas quand on abordait une planète primaire par sa face obscure. Un signal de repérage clignotait sur un écran et il plaça le *Faucon* sur le cap indiqué.

Il entendit des pas derrière lui. Leia s'installa dans le siège de copilote avec un bâillement.

– Nous sommes dans l'ombre de Nkllon, lui annonça Yan en désignant les ténèbres sans étoiles qui les dominaient. Je me suis verrouillé sur l'exploitation minière de Lando – apparemment, nous y serons dans dix ou quinze minutes.

– O.K. (Elle se tourna vers les feux de l'aile X, qui volait sur leur flanc.) Tu as parlé à Luke récemment ?

– Pas depuis deux heures. Il m'a dit qu'il allait essayer de dormir un peu. Je crois que c'est D2 qui pilote pour le moment.

– Oui, c'est exact, confirma-t-elle avec cette voix

absente qui était la sienne quand elle usait de ses talents de Jedi. Mais Luke ne dort pas bien. Quelque chose le tourmente.

– Ça fait deux mois que quelque chose le tourmente, lui rappela Yan. Il s'en sortira.

– Non, cette fois c'est différent. C'est quelque chose de plus... je ne sais pas. De plus *urgent*, je dirais. (Elle se tourna vers lui.) Winter pense qu'il a peut-être envie de t'en parler.

– En tout cas, il ne l'a pas encore fait. Ecoute, ne t'inquiète pas. Quand il sera prêt à me parler, nous parlerons.

– Je le suppose. (Elle leva la tête vers le mince croissant de la planète.) Incroyable. Est-ce que tu réalises que nous voyons en partie la couronne solaire?

– Oui, mais ne me demande pas d'aller voir de plus près. Ces vaisseaux-boucliers ne sont pas là pour le spectacle, tu sais : la chaleur du soleil, dans cette région, pourrait griller tous nos senseurs en quelques secondes et la coque du *Faucon* en deux minutes.

Elle secoua la tête, perplexe.

– D'abord Bespin, et maintenant Nkllon. Est-ce que tu as jamais connu Lando sans qu'il soit lancé dans quelque plan insensé?

– Pas souvent, admit Yan. Bien que sur Bespin, au moins, il avait affaire à une technologie connue – la Cité des Nuages existait des années avant lui. Mais là... (Il hocha la tête en regardant la planète)... il leur a fallu réfléchir au départ.

Leia se pencha en avant.

– Je crois que je distingue la ville : il y a des lumières là-bas.

Yan suivit son doigt.

– C'est trop petit, dit-il. C'est plus probablement un groupe de taupes minières. La dernière fois, j'ai entendu dire qu'il y avait plus d'une centaine de ces engins qui travaillaient en surface.

– Tu parles de ces vaisseaux des astéroïdes que nous l'avons aidé à se procurer auprès de Stonehill Industries?

– Non, ceux-là, il s'en sert comme remorqueurs à l'extérieur du système. Les taupes de petites machines conduites par deux hommes. On dirait des cônes dont on aurait tranché la pointe. Elles sont équipées de foreuses à plasma disposées tout autour de l'écoutille ventrale. On se pose là où l'on veut creuser, on déclenche les jets de plasma pendant une ou deux minutes pour casser le sol, et ensuite on descend ramasser les morceaux.

– Oh, oui, je me souviens de ces engins. Mais à l'origine, c'était sur les astéroïdes qu'on les employait, non?

– Au début, oui. Mais Lando a découvert les siens dans un complexe de fonte. Au lieu de séparer les jets à plasma de la coque, leurs propriétaires les avaient soudés en chaîne.

– Je me demande comment Lando a fait pour s'en emparer.

– On ne tient probablement pas à le savoir, non?

Le transmetteur crépita.

– Vaisseaux non identifiés, ici le Contrôle de la Cité Nomade, dit une voix sèche. Vous êtes autorisés à vous poser sur les plates-formes Cinq et Six. Suivez la balise et attention aux secousses.

– Vu, confirma Yan.

Le *Faucon* n'était plus qu'à une cinquantaine de mètres du sol, à présent. Devant eux, une chaîne de montagnes basses apparut et Yan pianota sur les commandes pour la survoler.

Et ils découvrirent La Cité Nomade.

– Parle-moi encore de Lando et de ses plans insensés, demanda Yan.

Elle secoua la tête sans répondre... Et Yan lui-même, qui avait su plus ou moins à quoi s'attendre, dut admettre que la vision était stupéfiante. La cité était énorme, bossue, fulgurante de milliers de lumières dans la pénombre dense. Le complexe minier lui-même ressemblait à une sorte de monstre exotique qui progressait lourdement sur le terrain, et les montagnes semblaient auprès de lui des monticules nains. Les faisceaux de ses projecteurs se croisaient au-devant de sa route et un essaim de vaisseaux minuscules tournoyait sur son dos alors que d'autres se posaient, épars, entre ses pattes.

Il fallut quelques secondes à Yan pour que son cerveau réduise le monstre à ses composantes : le vieux cuirassé au sommet, les quarante AT-AT impériaux capturés qui le portaient, et les navettes et les véhicules qui tournaient devant et autour de lui.

Ce qui ne le rendait pas moins impressionnant.

– Vaisseau non identifié, dit une voix familière. Bienvenue à la Cité Nomade. Qu'est-ce que c'était que cette invitation à une partie de sabacc?

Yan grimaça un sourire.

– Salut, Lando. On parlait justement de toi.

– Je m'en serais douté. On faisait peut-être même des remarques sur mon talent pour les affaires et ma créativité, hein?

– En quelque sorte. Il y a un truc spécial pour se poser sur cette chose?

– Pas vraiment. On progresse à quelques kilomètres à l'heure, guère plus. C'est Luke qui est dans l'aile X?

– Oui, c'est moi, intervint Luke avant que Yan ait pu répondre. Lando, tu sais que cet endroit est stupéfiant.

– Attends de voir l'intérieur. Je dirais qu'il était temps que vous veniez me rendre une petite visite, vous tous. Est-ce que Leia et Chewie sont là?

– On est tous là! lança Leia.

– C'est plus qu'une simple visite, ajouta Yan. Nous avons besoin d'aide.

– Mais, certainement, fit Lando avec une trace d'hésitation. Voyons ce que je peux faire pour vous. Ecoutez, je me trouve en ce moment sur le Projet Central pour superviser un forage difficile. J'envoie quelqu'un pour vous accueillir et vous accompagner jusqu'ici. N'oubliez pas que nous n'avons pas d'air, ici – alors attendez bien patiemment que le tube de débarquement soit raccordé à votre sas.

– Compris, dit Yan. J'espère qu'on peut faire confiance à ton comité de réception.

Une autre hésitation, presque imperceptible.

– Quoi? fit Lando, sur le ton de la conversation. Est-ce qu'il y aurait quelque chose qui...?

Il fut interrompu brusquement par un couinement du transmetteur.

– Ça veut dire quoi? s'exclama Leia.

– Quelqu'un nous brouille, grommela Yan en appuyant sur la touche d'interruption.

Le bruit cessa, mais Yan avait encore un sifflement déplaisant dans les oreilles en passant à l'intercom.

– Chewie, on a des ennuis. Rapplique ici. (Il se tourna vers Leia.) Sonde les environs. Essaie de voir si quelque chose vient vers nous.

– D'accord. (Elle appuyait déjà sur les touches des scanners.) Qu'est-ce que tu comptes faire?

– Je vais essayer de nous trouver une fréquence claire.

Il dégagea le *Faucon* de son vecteur d'approche, s'assura qu'ils avaient un terrain libre autour d'eux, puis revint au transmetteur en réglant le volume au minimum. Dans le passé, il s'était déjà servi de scanning de fréquence et autres astuces pour échapper à ce genre de brouillage. La question était de savoir s'il aurait le temps.

Brutalement, plus vite qu'il ne l'avait espéré, le couinement revint, puis fut remplacé par une voix :

– ... répète : que tous les vaisseaux qui m'entendent confirment réception.

– Lando, c'est moi! fit Yan. Que se passe-t-il?

– Je n'en suis pas certain, fit Lando d'un ton préoccupé. Il se pourrait qu'une éruption solaire brouille les communications – ça arrive parfois. Mais notre position ne correspond pas à...

Sa voix se perdit.

– Quoi? insista Yan.

Un faible sifflement lui répondit : Lando venait d'inspirer nerveusement. Mais quand il reprit la parole, ce fut d'un ton calme.

– Un superdestroyer de l'Empire. Il approche à pleine vitesse dans l'ombre de la planète.

Yan se tourna vers Leia. Son visage s'était changé en pierre.

– Ils nous ont trouvés, souffla-t-elle.

CHAPITRE XIII

– Je le vois, D2, je le vois. (Luke garda un ton apaisant pour répondre au droïd.) Laisse-moi m'occuper du superdestroyer; toi, tu continues de me chercher un moyen de sortir de ce brouillage.

D2 gazouilla un acquiescement nerveux avant de se remettre à la tâche. Devant eux, le *Faucon Millenium* venait de quitter son cap d'approche pour virer en direction du vaisseau sur un vecteur d'interception. Luke ne pouvait qu'espérer que Yan savait ce qu'il faisait et il mit en statut d'attaque. Puis il lança son esprit vers sa sœur :

Leia?

Dans sa réponse, il n'y avait aucun mot, rien que de la colère et une peur naissante mais très clairement lisible.

Tiens bon, je suis là, fit-il, avec toute la confiance et l'assurance possibles.

Mais il devait admettre en lui-même qu'il n'était pas du tout confiant. Ce n'était pas tant le superdestroyer qui l'inquiétait – si ce que Lando lui avait dit de l'intensité solaire était exact, le vaisseau géant était probablement impuissant pour l'heure, car ses senseurs et une bonne partie de son armement avaient dû être vaporisés.

Mais les chasseurs Tie, à l'abri dans leurs hangars, n'étaient pas handicapés... et dès que le destroyer serait dans l'ombre de Nkllon, ils seraient lancés.

Brusquement, la communication s'éclaircit.

– Luke?

– Je suis là. Quel est le plan?

– J'espérais que c'était *toi* qui en aurait un. Il me semble que nous sommes en infériorité.

– Est-ce que Lando a des chasseurs?

– Il rassemble tout ce qu'il peut, mais il est obligé de les garder à proximité pour défendre le complexe. Et j'ai l'impression que ses équipages ne sont pas très expérimentés.

– On dirait bien qu'on va se retrouver en front d'attaque, conclut Luke.

Un souvenir lui revint: il traversait le palais de Jabba, sur Tatooine. C'était cinq ans auparavant, et il se servait de la Force pour embrouiller les gardes gamorréens.

– On va essayer ça, fit-il à Yan. Je vais partir en avant et essayer de brouiller ou de ralentir leurs réflexes. Toi, tu me suis et tu les repousses.

– Ça me semble encore le mieux qu'on puisse faire, grommela Yan. Reste tout près du sol; avec un peu de chance, on pourra en semer quelques-uns dans ces montagnes.

– Mais *pas trop bas*, les prévint Leia. Rappelle-toi que tu ne pourras pas te concentrer autant que d'habitude sur tes commandes.

– Je peux assurer les deux, dit Luke en examinant une dernière fois ses instruments de bord.

C'était son premier combat spatial en tant que Jedi. Il se demanda vaguement si c'était bien ainsi que les Jedi de l'Ancienne République avaient conduit les batailles. Et si même ils s'étaient battus de cette manière.

– Les voilà, annonça Yan. Ils ont quitté leurs hangars. J'ai l'impression... Oui, il n'y a apparemment qu'un seul escadron. Ils ont l'air très sûrs d'eux.

– Peut-être. (Luke consulta l'écran tactique, le front plissé.) Ces vaisseaux qui sont avec eux? C'est quoi exactement?

– Je l'ignore, fit Yan, doucement. Mais ils m'ont l'air plutôt gros. Peut-être des transports de troupes.

– J'espère que non.

S'ils avaient affaire à une invasion à grande échelle et non pas à un raid-éclair comme sur Bpfassh...

– Il vaudrait mieux prévenir Lando.

– Leia s'en occupe. Tu es prêt?

Luke inspira profondément. Les chasseurs Tie s'étaient à présent regroupés en trois formations de quatre unités et fonçaient droit sur eux.

– Je suis prêt, dit-il.

– O.K. On y va.

Le premier groupe arrivait sur eux. Luke ferma à demi les paupières et, pilotant par réflexe pur, il lança la Force.

La sensation fut étrange. Etrange, et plus que déplaisante. Toucher un autre esprit dans l'intention d'établir la communication était une chose, mais c'était bien différent si l'on cherchait à distordre délibérément ses perceptions.

Il avait ressenti la même chose avec Jabba, avec les gardes, mais il avait mis cela sur le compte de sa nervosité : il s'agissait alors de sauver la vie de Yan. Mais à présent il comprenait qu'il y avait autre chose. Ce genre d'action, même si on la pratiquait en légitime défense pure, était dangereusement proche de ces régions sombres qui étaient interdites aux Jedi.

Et il se demanda pourquoi Yoda pas plus que Ben ne l'avaient mis en garde. Qu'allait-il donc encore découvrir sur les Jedi?

Luke?

L'aile X bascula sur le côté et il sentit vaguement qu'on le bouclait dans son harnais. Une voix murmurait au fond de son esprit.

– Ben? dit-il à haute voix.

Mais la voix n'était pas celle de Ben Kenobi. Alors, qui lui avait parlé?...

Tu vas venir à moi, Luke, reprit la voix. *C'est* toi *qui doit venir à moi. Je t'attendrai.*

Qui êtes-vous? demanda Luke, concentrant son énergie sur le contact.

Mais l'autre esprit était fuyant, comme une bulle dans un ouragan. Et il ne pouvait le suivre.

Où êtes-vous?

Tu me trouveras. (Luke se concentra encore, mais le contact se dérobait.) *Tu me trouveras... et les Jedi se dresseront à nouveau. Jusque-là, adieu.*

Attendez!

Mais la voix s'était perdue dans le néant. Luke serra les dents... et commença à prendre conscience qu'une autre voix, familière celle-ci, l'appelait.

– Leia? bredouilla-t-il, la bouche incroyablement sèche.

– Luke, tu vas bien?

– Oui. Qu'est-ce qu'il y a qui ne va pas?

– Mais c'est *toi* qui ne vas pas! coupa Yan. Tu comptes les pourchasser jusqu'au bout?

Luke cilla et regarda autour de lui, surpris. Les chasseurs Tie avaient disparu, ne laissant que des fragments de carcasses éparpillés au sol. Sur l'écran, il vit que le superdestroyer avait quitté l'ombre de Nkllon et s'éloignait à toute allure du puits gravifique de la planète pour passer en vitesse luminique. Et au-delà, deux soleils miniature étaient visibles en approche : deux des vaisseaux-boucliers de Lando qui arrivaient un peu tard pour participer à la bataille.

– C'est terminé? demanda Luke, stupidement.

– C'est terminé, dit Leia. On a eu deux des chasseurs Tie avant que les autres rompent l'engagement et battent en retraite.

– Et les transports de troupes?

– Ils se sont repliés avec les chasseurs. Nous ne savons toujours pas ce qu'ils étaient venus faire ici – on a perdu leur trace pendant le combat. Mais, apparemment, ils ne se sont pas trop approchés de la cité.

Luke jeta un coup d'œil au chrono de l'aile X. Il avait perdu une demi-heure, et il ignorait comment. Dans son temps interne, il lui manquait une demi-heure. Sans la moindre trace. Etait-il possible que cet étrange contact Jedi ait duré aussi longtemps?

Il devait trouver la réponse. Absolument.

Sur l'écran principal de la passerelle de commandement, le *Judicator*, qui n'apparaissait que comme un point brillant sur le fond obscur de Nkllon, sauta en vitesse luminique.

Pellaeon se tourna vers Thrawn et annonça :

– Tous les vaisseaux parés, amiral.

– Bien.

Le Grand Amiral promena un regard presque paresseux sur les divers écrans de lecture. Mais il n'y avait plus rien à redouter à cette distance dans le système d'Athega. Il fit pivoter son siège :

– Alors, Maître C'baoth ?

– Ils ont rempli leur mission. (C'baoth avait toujours cette bizarre expression de sarcasme.) Ils ont ramené cinquante et une de ces taupes minières que vous les aviez envoyé chercher.

– Cinquante et une, répéta Thrawn avec une satisfaction évidente. Excellent. Vous n'avez eu aucun problème pour les envoyer et les ramener?

Le regard de C'baoth se fixa sur Thrawn.

– Ils ont rempli leur mission. Combien de fois allez-vous me poser la même question?

– Jusqu'à ce que je sois certain que la réponse est correcte, fit Thrawn avec froideur. Et puis, un instant, j'ai déchiffré de l'inquiétude sur votre visage. Comme si vous affrontiez des ennuis.

– Mais je n'ai affronté nul ennui, Grand Amiral Thrawn, fit C'baoth d'un ton hautain. J'étais en fait en conversation. (Il fit une pause, avec un léger sourire.) Je conversais avec Luke Skywalker.

– Et à propos de quoi ? fit Pellaeon. Les rapports de nos services de renseignements indiquent que Skywalker est...

Mais Thrawn l'interrompit.

– Expliquez-vous, Maître C'baoth.

Le Jedi se tourna vers l'écran.

– Il est là en ce moment même, Grand Amiral Thrawn. Il est arrivé sur Nkllon juste avant le *Judicator.*

Les yeux rouges de Thrawn se rétrécirent.

– Skywalker est sur Nkllon ? fit-il avec un accent menaçant.

– Oui, au centre de la bataille, insista C'baoth, qui savourait visiblement le désarroi du Grand Amiral.

– Et vous ne m'en avez rien dit?

Le sourire de C'baoth s'évanouit.

– Grand Amiral Thrawn, je vous l'ai dit auparavant : laissez Skywalker de côté. C'est à moi de m'occuper de lui – quand je le voudrai, et comme je le voudrai. Tout ce que j'attends de vous, c'est que vous me conduisiez jusqu'à Jomark, comme promis.

Thrawn dévisagea longuement le Maître Jedi. Ses yeux étaient réduits à deux fentes de braise, son visage figé, indéchiffrable. Pellaeon retenait son souffle.

– C'est... Il est trop tôt encore, dit enfin le Grand Amiral.

C'baoth se redressa de toute sa hauteur.

– Pourquoi? Parce que vous trouvez mes talents trop utiles pour vous en passer?

– Pas du tout, il s'agit d'une simple question d'efficacité. (La voix de Thrawn était glacée.) Les rumeurs concernant votre présence ne se sont pas encore propagées. Jusqu'à ce que nous soyons certains de la réaction de Skywalker, vous perdez votre temps en demeurant ici.

Une expression rêveuse et fugace passa sur le visage de C'baoth.

– Oh, mais il va réagir, dit-il enfin, très doucement. Faites-moi confiance, Grand Amiral Thrawn. *Il va répondre.*

– Je vous ai toujours fait confiance, fit Thrawn, sardonique.

Il tendit la main pour caresser l'ysalamir toujours drapé contre son siège de commandement, sans doute pour rappeler au Maître Jedi le peu de confiance qu'il avait en lui.

– En tout cas, c'est votre temps que vous dépensez. Capitaine Pellaeon, combien de temps prendront les réparations à effectuer sur le *Judicator*?

– Plusieurs jours sans doute, amiral. Tout dépend de la gravité des dommages. Cela pourrait aller jusqu'à trois ou même quatre semaines.

– D'accord. Nous allons rallier le point de rendez-vous, vous resterez avec eux pour vous assurer que les réparations sont en bonne voie, et ensuite vous conduirez Maître C'baoth jusqu'à Jomark. (Il se tourna vers le Jedi.) J'espère que cela vous satisfait?

Avec précaution, C'baoth se redressa.

– Oui, dit-il. A présent, Grand Amiral Thrawn, je vais me reposer. Prévenez-moi si vous avez besoin de mon assistance.

– Certainement.

Thrawn suivit C'baoth du regard jusqu'à ce qu'il ait quitté la passerelle; alors seulement, il se retourna vers Pellaeon. Qui se prépara en s'efforçant de demeurer impassible.

– Capitaine, je veux une projection de trajectoire. La plus directe de Nkllon à Jomark pour une aile X équipée d'hypermoteurs, poussée au maximum.

– Oui, amiral. (Pellaeon fit un signe à l'adresse du navigateur.) Vous pensez qu'il ne se trompe pas et que Skywalker est bien là?

Thrawn eut un vague haussement d'épaules.

– Capitaine, les Jedi ont le moyen d'influencer les gens, même sur des distances considérables. Il est possible que là-bas il était suffisamment proche de Skywalker pour lui implanter une suggestion ou une compulsion. Quant à savoir si de telles techniques vont être efficaces sur un autre Jedi... nous verrons.

– Oui, amiral. (Les chiffres défilaient maintenant sur les écrans de Pellaeon.) Et même si Skywalker quittait Nkllon immédiatement, nous n'aurions aucun problème à conduire C'baoth jusqu'à Jomark bien avant lui.

– Je sais déjà cela, capitaine, dit Thrawn. Ce dont j'ai besoin est un peu plus audacieux. Nous allons débarquer C'baoth sur Jomark, puis rebrousser chemin jusqu'à un point déterminé de la trajectoire de Skywalker. A une vingtaine d'années-lumière de distance, je dirais.

Pellaeon fronça les sourcils. L'expression qu'il lut sur le visage de Thrawn éveilla un picotement dans sa nuque.

– Je... ne comprends pas, amiral, fit-il avec prudence.

Les yeux rouges le dévisagèrent, songeurs.

– C'est très simple, capitaine. J'entends ôter à notre grand et glorieux Maître Jedi l'idée qu'il nous est indispensable.

Pellaeon comprit instantanément.

– Nous allons donc attendre Skywalker en embuscade ?

– Exactement. C'est alors que nous déciderons soit de le capturer pour C'baoth... (son regard se durçit encore)... soit de le tuer, tout simplement.

Pellaeon le fixa, incrédule.

– Vous avez promis à C'baoth qu'il l'aurait.

– Je reconsidère le marché, fit Thrawn, froidement. Skywalker s'est révélé comme étant très dangereux, et il nous a déjà échappé une fois. C'baoth devrait avoir moins de difficultés à plier la sœur de Skywalker et ses jumeaux à sa volonté.

Pellaeon se tourna vers les portes closes, se rappelant qu'avec tous les ysalamari dispersés sur la passerelle, C'baoth était dans l'incapacité de surprendre leur conversation.

– Peut-être espère-t-il lui-même l'affrontement, amiral, suggéra-t-il.

– Il en aura de nombreux autres avant que le pouvoir de l'Empire soit rétabli. Qu'il garde ses talents et ses ruses pour ça. (Thrawn se tourna vers les moniteurs.) De toute manière, dès qu'il aura sa sœur, il oubliera Skywalker. Je sais que les désirs et les besoins de notre Maître Jedi se révéleront aussi changeants que son humeur.

Pellaeon réfléchissait. C'baoth, au sujet de Skywalker, n'avait pas varié dans ses intentions.

– Amiral, je suggère respectueusement que nous nous efforcions absolument de capturer Skywalker vivant. (Un éclair d'inspiration lui traversa l'esprit.) Surtout parce que sa mort pourrait amener C'baoth à quitter Jomark pour retourner sur Wayland.

Thrawn lui rendit son regard.

– Voilà un point intéressant, capitaine, murmura-t-il. Oui, très intéressant. Vous avez raison, bien entendu. Il faut par tous les moyens que nous le tenions loin de Wayland. Du moins jusqu'à ce que nous ayons achevé notre travail sur les cylindres spaarti et obtenu tous les ysalamari qu'il nous faut. (Il sourit furtivement.) Sa réaction risque de n'être guère plaisante.

– Je vous l'accorde, amiral.

Thrawn plissa les lèvres.

– Très bien, capitaine : j'accepte votre suggestion. (Il se redressa.) Il est temps de nous mettre en route. Préparez le *Chimaera* pour le passage en luminique.

Pellaeon se tourna vers ses contrôles.

– Oui, amiral. Cap sur le point de rendez-vous?

– Nous allons faire un petit détour au préalable. Je veux que vous contourniez le système jusqu'au vecteur commercial proche du dépôt des vaisseaux-boucliers et que vous larguiez quelques sondes pour surveiller le départ de Skywalker. A proximité du système et plus au large. (Il leva les yeux vers la baie de vision dans la direction de Nkllon.) Et qui sait? Là où va Skywalker, le *Faucon Millenium* le suit souvent... Comme ça, nous les aurons tous.

CHAPITRE XIV

– Cinquante et une, grommela Lando Calrissian en jetant un regard furieux à Yan et à Leia, tout en sinuant entre les sièges bas du salon. Cinquante et une de mes meilleures taupes reconverties. *Cinquante et une.* Presque la moitié de ma force de travail. Vous réalisez cela? La *moitié* de ma force de travail.

Il se laissa tomber dans un siège, mais se releva presque instantanément pour arpenter la pièce, sa cape noire gonflée comme un nuage de tempête.

Leia ouvrit la bouche pour quelques paroles de réconfort, mais la main de Yan serra la sienne. A l'évidence, Yan avait déjà connu Lando dans cet état auparavant. Elle ravala donc ce qu'elle voulait dire et observa en silence le fauve en cage que Lando était devenu.

Et, sans prévenir, il s'arrêta net.

– Je suis désolé. (Il vint jusqu'à elle et lui prit la main.) Je néglige mes devoirs d'hôte, n'est-ce pas? Bienvenue sur Nkllon. (Il leva la main de Leia et l'effleura des lèvres avant de leur montrer la baie.) Alors? Que dites-vous de ma petite entreprise?

– Impressionnant, dit Leia en toute sincérité. Mais comment vous est venue l'idée de cet endroit?

– Oh, elle me tournait dans la tête depuis des années.

Lando haussa les épaules, la fit se lever avec prévenance et l'entraîna jusqu'à la baie, la main posée doucement sur son épaule.

Leia avait constaté que la galanterie de Lando à son égard – attitude qui remontait à leur première rencontre – se manifestait de plus en plus souvent depuis son mariage avec Yan. Cela l'avait intriguée quelque temps, jusqu'à ce qu'elle remarque que les attentions de Lando paraissaient agacer Yan.

Du moins en temps normal. Parce que, pour l'instant, il ne semblait même pas s'en être aperçu.

– J'ai trouvé les plans d'une installation similaire dans les archives de la Cité des Nuages. Ils dataient de Lord Ecclessis Figg, son premier bâtisseur, poursuivit Lando en agitant la main.

L'horizon basculait lentement au rythme de la ville et Leia avait l'impression de se retrouver sur l'océan, dans un bateau à voile.

– La plus grande partie du métal qu'ils utilisaient provenait de Miser, la planète la plus proche du soleil, la plus chaude. Même avec les Néantisateurs pour faire le terrassement, c'était l'enfer. C'est alors que Figg a eu l'idée d'une exploitation minière roulante qui pourrait se maintenir constamment sur la face sombre de Miser. Mais il ne l'a jamais mise en pratique.

– Parce qu'elle était impraticable, justement, dit Yan en se plaçant derrière Leia. Le sol de Miser était trop accidenté pour des engins sur roues.

Lando le regarda, surpris.

– Comment sais-tu cela?

Yan secoua la tête d'un air distrait, sans quitter du regard le paysage et le ciel étoilé.

– J'ai passé tout un après-midi à fouiller dans les archives de l'Empire, alors que tu étais allé trouver Mon Mothma pour qu'elle t'aide à fonder cet endroit. Tu voulais être certain que personne n'avait encore essayé avant toi et découvert que c'était impossible.

– Gentil de ta part de t'être donné autant de mal, fit Lando en haussant un sourcil. Et alors? ... Que se passe-t-il maintenant?

– Nous devrions sans doute attendre que Luke soit arrivé pour en parler, suggéra Leia avant que Yan ait pu répondre.

Lando leva les yeux, et parut s'apercevoir seulement à cet instant de l'absence de Luke.

– Mais où est-il?

– Il voulait prendre une douche et se changer, répondit Yan tout en observant une navette-wagonnet qui se posait. Ces ailes X, ça n'est pas le grand confort.

– Surtout pour les longs parcours, fit Lando en suivant son regard. J'ai toujours pensé que c'était une mauvaise idée d'équiper ces petites choses en hyperdrive.

– Je crois que je ferais quand même mieux de m'assurer de ce qui le retarde, décida Yan tout à coup. Tu as un communicateur par ici?

– Là, fit Lando en lui désignant un bar en bois, à l'autre bout du salon. Tu appuies sur la touche « central » et ils vont te le trouver.

– Merci, fit Yan en s'éloignant.

– Ça sent mauvais, n'est-ce pas? murmura Lando à l'oreille de Leia.

– Oui, plutôt. Il y a un risque pour que ce superdestroyer soit venu pour moi.

Lando resta silencieux un instant.

– Vous étiez venu chercher du secours.

Ça n'était pas une question.

– Oui.

– Eh bien... Je ferai mon possible, bien sûr.

– Merci.

– Normal.

Mais Lando regardait au-delà de la baie et son expression était maintenant plus dure. Il songeait peut-être à la dernière fois où Yan et Leia étaient venus lui demander de l'aide.

Et à ce que ça lui avait coûté.

Lando écouta toute l'histoire en silence, puis secoua la tête.

– Non, dit-il d'un ton ferme. S'il y a eu fuite, ça ne vient pas de Nkllon.

– Comment pouvez-vous en être certain? demanda Leia.

– Parce qu'on n'a pas offert de prime pour votre capture. Nous avons pas mal de gens pas clairs ici, mais ils ne sont là que pour le profit. Il n'y en a pas un seul qui vous vendrait à l'Empire uniquement pour le plaisir. De plus, pourquoi les Impériaux voleraient-ils mes taupes s'ils en avaient après vous?

– C'est peut-être du harcèlement, suggéra Yan. Je veux dire : pourquoi voleraient-ils des machines minières, en fait?

– Tu marques un point, concéda Lando. Ils essaient peut-être d'exercer une pression économique sur l'un de mes clients, ou simplement de saboter l'apport de matériaux bruts de la Nouvelle République. Et puis, c'est hors du sujet. Ce qui compte, c'est qu'ils ont capturé mes taupes, pas vous.

– Comment sais-tu qu'aucune prime n'a été offerte? demanda Luke qui s'était installé, Leia l'avait remarqué, entre eux et l'unique porte. Avec son sabrolaser.

Apparemment, il ne se sentait pas plus en sécurité qu'elle.

– Parce que je n'en ai pas entendu parler, fit Lando, l'air quelque peu vexé. Et aussi parce que le fait que je sois respectable ne signifie pas nécessairement que je ne sois plus dans le coup.

– Je vous avais dit qu'il avait encore des contacts, fit Yan avec un hochement de tête. Très bien. Et auquel de ces contacts te fies-tu, Lando?

– Eh bien... (Lando s'interrompit : son bracelet venait d'émettre un bip impératif.) C'est ma section communication. Ils ont détecté un transmetteur à courte portée sur une fréquence inhabituelle... et il serait ici.

Leia sentit Yan se tendre.

– Quel genre? demanda-t-il.

– Celui-ci, probablement, fit Luke.

Il se leva et sortit le cylindre aplati de sa tunique pour le présenter à Lando.

– Je me suis dit que tu serais peut-être capable de l'identifier...

Lando prit l'objet.

– Intéressant, commenta-t-il en se penchant sur l'inscription en écriture inconnue. Je n'en ai pas vu depuis des années. Pas de ce style, en tout cas. Où est-ce que tu l'as récupéré?

– Dans la boue d'un marécage. D2 l'avait repéré de loin, mais il n'a pas su me dire ce que c'était.

– Oui, c'est bien un transmetteur, acquiesça Lando. Extraordinaire qu'il fonctionne encore.

– Mais il transmet quoi exactement? demanda Yan, fixant l'appareil comme s'il s'agissait d'un dangereux reptile.

– Rien qu'une onde porteuse, dit Lando. Et à faible portée – disons dans un rayon planétaire. Personne ne s'en est servi pour suivre Luke jusqu'ici, si c'est ce que tu veux savoir.

– Et tu sais ce que c'est exactement? demanda Luke.

– Bien sûr, fit Lando en lui rendant le cylindre. C'est une ancienne balise d'appel qui remonte aux Guerres Pré-cloniques, si j'en juge par son aspect.

– Une balise d'appel? (Luke plissa le front.) Tu veux dire, comme celles des vaisseaux?

– Exact. Mais en un peu plus sophistiqué. Si tu avais un vaisseau avec un circuit asservi complet, tu pourrais appeler une simple commande et le vaisseau viendrait te rejoindre automatiquement en contournant tous les obstacles éventuels. Il en existait même qui étaient capables d'affronter seuls des adversaires, si nécessaire, et avec un degré appréciable d'efficacité. (Lando hocha la tête.) Ce qui peut être extrêmement utile dans certaines occasions.

– Va dire cela à la flotte du *Katana*, fit Yan.

– Bien sûr, il faut placer des sécurités, remarqua Lando. Mais le simple fait de décentraliser des fonctions importantes d'un vaisseau en dizaines ou en centaines de droïds, cela pose pas mal de problèmes. Les circuits asservis que nous utilisons ici entre les cargos et les vaisseaux-boucliers sont suffisamment fiables.

– Est-ce que tu utilisais déjà des circuits asservis dans la Cité des Nuages? demanda Luke. D2 dit qu'il t'a vu avec un de ces trucs juste après notre départ.

– Mon propre vaisseau était totalement équipé, admit Lando. J'avais besoin de quelque chose qui puisse répondre instantanément, en cas de besoin. Les gens de Vador ont dû le découvrir et le couper en vous attendant, parce qu'il n'a pas réagi quand je l'ai appelé. Tu dis que tu as trouvé ça dans un *marécage*?

– Oui. (Luke jeta un regard à Leia.) Sur Dagobah.

Leia lui rendit son regard.

– Dagobah? Cette planète où le Jedi Sombre de Bpfassh se serait réfugié?

Il acquiesça.

– Oui, celle-là même. (Il triturait la balise avec une expression bizarre.) Et ça devait lui appartenir.

– Mais quelqu'un d'autre a pu la perdre, remarqua Lando. Les communications, durant les Guerres Pré-cloniques, pouvaient rester en standby pendant un siècle ou plus.

Luke secoua lentement la tête.

– C'était à lui, j'en suis convaincu. La grotte où je l'ai trouvée était saturée d'ondes du côté sombre. Je pense que c'est là qu'il est mort.

Longtemps, ils gardèrent le silence. Leia observait son frère en silence. Elle sentait la tension nouvelle qui sous-tendait ses pensées. Il avait vécu une autre expérience sur Dagobah. Et cela était en rapport avec ce sentiment d'urgence qu'elle avait perçu tout au long de leur voyage jusqu'à Nkllon...

Luke leva les yeux comme s'il avait ressenti le contact de la pensée de Leia.

– Nous parlions des contacts que Lando pouvait avoir avec les contrebandiers, dit-il.

Le message était clair: il ne désirait pas qu'on l'interroge à propos de Dagobah.

– Exact, dit Yan. Je voudrais savoir quels sont ceux de tes amis en marge de la loi auxquels tu te fies le plus.

Lando haussa les épaules.
– Tout dépend de quoi il est question.
Yan le regarda droit dans les yeux.
– De la vie de Leia.
Chewbacca, assis à côté de Yan, émit un grondement qui pouvait passer pour une expression de stupéfaction. Quant à Lando, il resta bouche bée un bref instant.
– Tu n'es pas sérieux.
Mais Yan hocha la tête sans le quitter du regard.
– Tu as constaté que les Impériaux étaient sur nos traces. Nous avons besoin de nous réfugier dans un endroit secret jusqu'à ce qu'Ackbar découvre comment ils se procurent leurs informations. Et Leia doit rester en contact avec Coruscant, ce qui implique que nous avons besoin d'une station diplomatique.
– Ce qui implique des codes cryptés, acheva Lando d'un ton lourd. Et pour décrypter des codes en toute discrétion, il faut un craqueur.
– Et un craqueur en qui tu aies toute confiance.
Lando émit un sifflement entre ses dents tout en secouant la tête.
– Désolé, Yan, mais je ne connais aucun craqueur à qui je puisse vraiment faire confiance. A ce point.
– Est-ce que tu connais des groupes de contrebandiers qui en auraient un ou deux sous la main? insista Yan.
– Et en qui j'aie confiance? Pas vraiment. Le seul qui me vienne en tête est un chef de contrebande du nom de Talon Karrde – tous ceux à qui j'en ai parlé m'ont dit qu'il était honnête en affaires.
– Tu l'as déjà rencontré? demanda Luke.
– Une fois. Il m'a fait l'impression d'un type vraiment glaçant – du genre calculateur, prêt à se vendre à n'importe qui. Le parfait mercenaire.
– Moi, j'ai entendu parler de lui, fit Yan. Je tente d'entrer en contact avec lui depuis des mois, en fait. Dravis – tu te souviens de Dravis? – m'a dit que le groupe de Karrde était probablement le plus important en ce moment.
– Ça se pourrait. Parce que, contrairement à

Jabba, Karrde ne fait pas étalage de son pouvoir. Je ne suis même pas certain de savoir où est sa base, et encore moins à qui il peut être fidèle.

– A supposer qu'il soit fidèle à qui que ce soit, fit Yan. La plupart de ses congénères ne sont fidèles à rien.

– C'est un risque à courir, fit Lando en se frottant le menton. Yan, vraiment, je ne sais pas. Je vous proposerais bien de vous déposer là-bas, mais nous n'avons pas suffisamment de défense en cas d'attaque sérieuse. A moins... à moins que nous ne trouvions un truc plus malin.

– Par exemple?...

– Par exemple, nous pourrions expédier une navette, un module, et l'enterrer, fit Lando, l'œil pétillant. Juste sur la ligne de l'aube, de manière à ce que vous soyez en pleine lumière en quelques heures. Et les Impériaux seraient incapables de vous trouver, encore moins de vous tomber dessus.

Yan secoua la tête.

– C'est trop risqué. Si nous rencontrons des problèmes, nous n'aurons personne pour nous porter secours.

Chewbacca lui secoua le bras avec un doux grognement, et Yan se tourna vers lui.

– Non, ça ne serait pas aussi risqué qu'on peut le penser, fit Lando. Nous pourrions sécuriser la capsule – nous sommes parvenus à faire des choses de ce genre sur des instruments de surveillance particulièrement sensibles sans les endommager.

– Quelle est la durée de rotation de Nkllon? demanda Leia.

Les grognements de Chewbacca se faisaient insistants, mais pas suffisamment forts, néanmoins, pour l'empêcher de suivre la conversation.

– Un peu plus de 90 jours standard, dit Lando.

– Ce qui signifie que nous allons être coupés de Coruscant pendant la moitié du temps au minimum. A moins que vous n'ayez un transmetteur qui soit en mesure de fonctionner sur la face exposée.

Lando secoua la tête.

– La meilleure unité que nous ayons serait carbonisée en quelques minutes.

– Dans ce cas, je crains que...

Leia s'était interrompue. Yan venait de s'éclaircir la gorge pour déclarer :

– Chewie fait une suggestion.

Ils se tournèrent tous vers lui.

– Et bien?... fit Leia.

– Il dit que, si tu le désires, il peut te conduire jusqu'à Kashyyyk.

Leia regarda Chewbacca avec un frisson intérieur qui n'avait rien de déplaisant.

– Mais j'avais gardé l'impression, dit-elle, que les Wookies ne tenaient guère à ce que les humains visitent leur monde.

La réplique du Wookie fut aussi mitigée que l'expression de Yan. Mitigée, mais confiante.

– Les Wookies entretenaient des rapports suffisamment amicaux avec les humains avant que l'Empire ne s'installe et ne commence à les réduire en esclavage. De toute façon, il devrait être possible de garder cette visite aussi discrète que possible : juste toi, Chewie, les représentants de la Nouvelle République, et quelques autres.

– Si ce n'est que les représentants de la Nouvelle République seront de nouveau au courant de ma présence, remarqua Leia.

– Oui, mais il y aura un Wookie, dit Lando. S'il vous accepte sous sa protection personnelle, il ne vous trahira pas.

Leia rencontra le regard de Yan.

– Ça me paraît correct. Alors, dis-moi pour quelle raison ça ne te plaît pas?...

– Kashyyyk n'est pas exactement le monde le plus sûr de la galaxie, déclara-il d'un ton tranchant. Surtout pour les non-Wookies. Il faut vivre dans les arbres, à des centaines de mètres au-dessus du sol...

– Je serai avec Chewie, insista Leia tout en réprimant un frisson. (Elle aussi avait entendu parler de l'écologie redoutable de Kashyyyk.) Et tu as souvent remis ta vie entre ses mains.

Yan haussa nerveusement les épaules.
– C'est différent...
– Pourquoi tu ne vas pas avec eux? fit Luke. Elle aura une double protection, comme ça...
– C'est juste, fit Yan avec amertume. J'en avais bien l'intention, mais Chewie considère que nous gagnerions plus de temps si Leia et moi étions séparés. Il l'emmène jusqu'à Kashyyyk; et moi je tourne à bord du *Faucon*, pour donner l'impression qu'elle est avec moi. C'est du moins le but.
Lando acquiesça.
– Oui, ça me semble raisonnable.
Leia regarda Luke. Une suggestion évidente vint à ses lèvres... mais elle ne dit rien. Son expression lui disait de ne pas lui demander de venir avec eux.
– Avec Chewie, tout se passera bien, fit-elle en serrant la main de Yan. Ne t'en fais pas.
– C'est réglé, conclut Lando. Tu peux te servir de mon vaisseau, bien entendu, Chewie. En fait (il parut pensif) si tu veux de la compagnie, Yan, je pourrais peut-être venir avec toi.
Yan haussa les épaules. Apparemment, le plan lui déplaisait toujours.
– Bien sûr, si tu le souhaites.
– Bien. Nous devrons probablement quitter Nkllon ensemble – j'avais prévu un voyage d'achat dans deux semaines, j'ai donc une excuse pour m'absenter. Dès que nous aurons passé le dépôt des vaisseaux-boucliers, Chewie et Leia prendront mon vaisseau et le tour sera joué.
– Et ensuite, Yan enverra des messages à Coruscant pour faire croire que Leia est bien à bord? demanda Luke.
Lando eut un sourire rusé.
– En fait, je pense que nous pouvons faire un tout petit peu mieux. 6PO est toujours avec vous?
– Il aide D2 à évaluer les dommages du *Faucon*, dit Leia. Pourquoi?
– Vous verrez. Ça va prendre un peu de temps, mais je pense que ça en vaut la peine. Venez, allons parler à mon chef programmeur.

Le chef programmeur était un petit homme aux yeux bleus rêveurs ; ses cheveux ténus allaient de ses sourcils à sa nuque, lui faisant comme un arc-en-ciel de gris, et un implant borg scintillant était fixé à son cou. Lando expliqua la procédure tandis que Luke écoutait en silence. Il attendit afin de vérifier que tout se passait en douceur, puis s'éclipsa et retourna aux quartiers que les hommes de Lando lui avaient préparés.

Il y était encore une heure plus tard, plongé dans un flot de cartes stellaires lorsque Leia le rejoignit.

– Ah, te voilà. Nous commencions à nous demander où tu étais passé.

Elle jeta un coup d'œil aux cartes.

– J'avais quelque chose à vérifier. Vous avez déjà terminé ?

– Pour ma part, oui. (Elle prit une chaise et s'installa près de lui.) Ils raffinent le programme. Ensuite, ce sera à 6PO d'intervenir.

Luke secoua la tête.

– Il me semblait que tout devait être plus simple.

– Oui, la technique de base l'est, admit Leia. Mais, apparemment, le plus difficile est de s'infiltrer au-delà de la partie concernée de la programmation chien de garde de 6PO sans modifier sa personnalité. (Ses yeux revinrent sur l'écran.) J'avais l'intention de te demander si cela t'intéresserait de m'accompagner sur Kashyyyk, dit-elle en s'efforçant de conserver un ton désinvolte. Mais, apparemment, tu comptes faire autre chose.

Luke sourcilla.

– Leia, je ne veux pas te tenir à l'écart, dit-il, en espérant de tout son cœur qu'elle le croie. Vraiment. Mais il s'agit d'une chose qui, à long terme, pourrait t'apporter bien plus, à toi et aux jumeaux, que si je t'accompagnais sur Kashyyyk.

– D'accord, fit-elle calmement. Peux-tu me dire au moins où tu vas aller ?

– Je l'ignore encore. Il faut que je trouve quelque chose, mais je ne sais pas par où commencer.

Il hésita, soudain conscient que ce qu'il s'apprêtait à dire pouvait paraître étrange et insensé. Mais, un jour ou l'autre, il aurait dû le leur apprendre.

– C'est un autre Jedi.

Elle le fixa.

– Tu n'es pas sérieux, n'est-ce pas?

– Pourquoi ne le serais-je pas? (Il la dévisagea, le front plissé. La réaction de Leia lui semblait vaguement déplacée.) La galaxie est vaste, tu le sais.

– Mais tu étais censé être le dernier Jedi de cette galaxie, répliqua-t-elle. N'est-ce pas ce que Yoda t'a dit avant de mourir?

– Oui, acquiesça-t-il. Mais je commence à croire qu'il a pu se tromper.

– Un Maître Jedi? se tromper?

Un souvenir jaillit dans l'esprit de Luke : l'image fantomatique d'Obi-wan, dans le marécage de Dagobah, essayant de lui expliquer ce qu'il lui avait dit auparavant concernant Dark Vador. « Les Jedi disent parfois des choses trompeuses. Et les Maîtres Jedi eux-mêmes ne sont pas omniscients. »

Il regardait sa sœur en se demandant ce qu'il pouvait lui révéler. L'Empire était loin d'être vaincu et la mystérieuse existence d'un Jedi dépendait du secret. Leia attendait en silence, avec une expression soucieuse...

– Il va falloir garder cela pour toi, dit-il enfin. Je veux dire *absolument*. Je ne veux même pas que tu en parles à Yan ou à Lando, à moins que cela ne devienne absolument nécessaire. Ils ne possèdent pas la même résistance que toi aux interrogatoires.

Elle frissonna mais ne cilla pas.

– Je comprends.

– Bien. T'es-tu jamais demandée pourquoi Maître Yoda avait réussi à demeurer ignoré de l'Empereur et de Vador durant toutes ces années?

Elle haussa les épaules.

– Je suppose qu'ils ne connaissaient pas son existence.

– Mais ils auraient dû, remarqua Luke. Ils ont su que j'existais, moi, par l'effet que j'avais sur la Force. Pourquoi pas avec Yoda?

– Une sorte de bouclier mental?

– Peut-être. Mais je pense que cela s'explique plus probablement par l'endroit où il avait choisi de vivre. Ou mieux, corrigea-t-il, où les événements l'avaient amené à vivre.

Un sourire effleura les lèvres de Leia.

– Et c'est maintenant que je vais apprendre où se trouvait ce centre de formation secret?

– Je ne voulais pas que qui que ce soit d'autre le sache, dit Luke, animé par quelque obscure impulsion pour tenter de se justifier. Il était parfaitement caché – et même après la mort de Yoda, j'ai longtemps redouté que l'Empire ne soit capable de le retrouver... Mais, je ne crois plus que cela importe désormais. Yoda avait trouvé refuge sur Dagobah. Pratiquement à côté de cette grotte du côté sombre où j'ai découvert cette balise émettrice.

Les yeux de Leia s'agrandirent et son expression de surprise se changea soudainement en compréhension.

– Dagobah, murmura-t-elle. Je me suis toujours demandée comment ce Jedi renégat avait été finalement vaincu. C'est Yoda qui a dû...

Elle grimaça.

– C'est Yoda qui l'a stoppé, oui, fit Luke en frissonnant à ce souvenir.

Ses duels avec Dark Vador avaient été durs, mais un affrontement de plein fouet avec la Force entre deux Maîtres Jedi, cela devait être terrifiant.

– Et il n'avait sans doute guère de temps devant lui.

– La balise était déjà en standby, lui rappela Leia. Il devait être prêt à appeler son vaisseau.

Luke acquiesça.

– Ce qui expliquerait pourquoi le côté sombre était si lourdement présent dans la grotte. Mais pas pour quelle raison Yoda avait choisi de vivre là-bas.

Il observa longuement Leia. Et la réponse vint d'elle.

– C'était la grotte qui le protégeait, souffla-t-elle. Tout comme deux charges électriques, positive et négative, proches l'une de l'autre – aux yeux d'un observateur lointain, il ne semble y avoir aucune charge du tout.

– Je pense que c'est exactement ça, dit Luke. Et si c'est ainsi que Maître Yoda est resté caché, je ne vois aucune raison pour qu'un autre Jedi n'ait pas employé le même stratagème.

– Je suis certaine que c'est possible, fit Leia avec réticence. Mais je ne pense pas que cette rumeur à propos de C'baoth soit assez consistante pour que tu te lances à sa recherche.

Luke plissa le front.

– De quelle rumeur parles-tu?

– On raconte qu'un Maître Jedi du nom de Jorus C'baoth serait sorti du refuge où il aurait passé ces quelques dernières décennies. Tu n'en as pas entendu parler?

– Non.

– Mais alors, comment...?

– Leia, quelqu'un m'a appelé pendant la bataille, cet après-midi. Quelqu'un m'a parlé en esprit. Ainsi que le ferait un autre Jedi.

Un instant, ils se dévisagèrent en silence.

– Je ne le crois pas, dit enfin Leia. Non. Comment quelqu'un comme C'baoth, avec son pouvoir et son histoire, aurait-il pu se cacher si longtemps? Et pourquoi?

– *Pourquoi*, je ne saurais te répondre, déclara Luke. Quant à *où* ... (Il se tourna vers l'écran et les étoiles.) C'est ce que je cherche. Quelque part dans un lieu où un Jedi Sombre est mort autrefois. (Il revint à Leia.) Est-ce que les rumeurs font état de l'endroit où C'baoth serait censé se trouver?

– Ça pourrait bien être un piège de l'Empire, fit Leia, la voix soudain dure. Celui qui t'a appelé pourrait être aussi bien un Jedi Sombre comme Vador, et cette rumeur qui court à propos de C'baoth ne serait qu'un leurre. N'oublie pas que Yoda n'avait pas tenu compte de leur existence, mais que Vador et l'Empereur étaient encore vivants quand il t'a dit que tu étais le dernier Jedi vivant.

– C'est une possibilité, admit-il. Mais ça pourrait être aussi une rumeur déformée. Mais si tel n'est pas le cas...

Il laissa sa phrase en suspens. Il devinait des incertitudes profondes en Leia, mêlées à des craintes aussi profondes qui concernaient sa sécurité. Mais il vit qu'elle maîtrisait peu à peu ces émotions. Dans ce domaine, elle faisait de grands progrès.

– Il se trouve sur Jomark, dit-elle enfin, d'un ton calme. Du moins selon la rumeur que Wedge m'a rapportée.

Luke se tourna vers l'écran et appela les données de Jomark. Il n'y avait pas grand-chose.

– Ce monde n'est guère peuplé, dit-il en parcourant les cartes et les statistiques. Moins de trois millions d'habitants en tout. Du moins lorsque ce recensement a été fait. Apparemment, personne n'a fait de bilan officiel sur cette planète depuis quinze ans. (Il se tourna vers Leia.) C'est exactement le genre d'endroit qu'un Jedi aurait pu choisir pour échapper à l'Empire.

– Tu vas partir tout de suite?

Il la regarda et ravala sa réponse.

– Non, je vais attendre que toi et Chewie soyez prêts. Comme ça, je profiterai de votre vaisseau-bouclier. Ça vous fera au moins une protection de plus.

– Merci. (Leia se leva.) J'espère que tu sais parfaitement ce que tu fais.

– Moi aussi. Mais que ce soit vrai ou pas, il faut que je tente cette chance. Ça, j'en suis persuadé.

Leia plissa les lèvres.

– Je suppose qu'il faut que je m'habitue à ce genre de situation. Que je laisse la Force jouer avec moi.

– Ne t'inquiète pas. (Il se redressa et éteignit l'écran.) Tout ne se passe pas d'un seul coup – tu vas t'y habituer. Viens, allons voir comment ils s'en sortent avec 6PO.

– Enfin! s'écria 6PO en agitant les bras comme Luke et Leia s'avançaient dans la pièce. Maître

Luke! Je vous en prie! *Je vous en prie*, dites au général Calrissian qu'il se prépare à commettre une violation très grave de ma programmation primaire.

– Tout va bien se passer, 6PO, fit Luke d'un ton apaisant.

En entrant, le droïd lui avait paru comme d'habitude. Mais c'est en se rapprochant qu'il vit l'écheveau de câbles qui sortait de sa tête et de son boîtier de connexion dorsal et qui était relié à la console, derrière lui.

– Lando et ses hommes vont prendre grand soin qu'il ne t'arrive rien.

Il se tourna vers Lando qui acquiesça.

– Mais, Maître Luke...

– A dire vrai, l'interrompit Lando, tu devrais considérer cela comme une opération d'amélioration de ton système primaire de programmation qui sera plus complet désormais. Je veux dire : le rôle d'un droïd traducteur n'est-il pas de parler pour la personne qu'il traduit?

– Je suis à la base un droïd de protocole, rectifia 6PO de son ton le plus glacial. Et je répète une fois encore que ce genre de chose n'est couvert par aucune extension du protocole.

Le borg leva les yeux de la console et hocha la tête.

– Nous sommes prêts, fit Lando en effleurant un contact. Dans une seconde... 6PO, dis quelque chose.

– Oh, là, là!! fit le droïd en une parfaite imitation de la voix de Leia.

D2 émit une trille discrète.

– Oui, c'est tout à fait ça, fit Lando, visiblement satisfait. Le leurre parfait... (il pencha la tête vers Leia)... pour une dame parfaite.

6PO déclara :

– J'éprouve une émotion très étrange.

Cette fois, il avait la voix de Leia, mais sur le mode pensif.

– Ça me paraît bien, fit Yan en consultant les autres du regard. Alors, on est prêts à y aller?

– Donne-moi encore une heure pour enregistrer quelques instructions de dernière minute, fit Lando en se dirigeant vers la porte. De toute manière, c'est le temps qu'il faudra au vaisseau-bouclier pour nous accompagner.

– D'accord, on se retrouve au vaisseau! lança Yan en prenant le bras de Leia. Viens, nous ferions bien de retourner au *Faucon*.

Elle posa sa main sur la sienne avec un sourire rassurant.

– Tout va bien se passer, Yan. Chewie et les autres Wookies vont prendre soin de moi.

– Ça, ils ont intérêt, fit-il tout en observant le borg qui déconnectait les câbles de 6PO. Allez, 6PO, viens. Je suis impatient de savoir ce que Chewie va dire de ta nouvelle voix.

– Oh, là, là! murmura le droïd.

Leia secoua la tête.

– Est-ce que je parle vraiment comme ça?

CHAPITRE XV

Yan avait eu la certitude qu'ils seraient attaqués en quittant Nkllon, pendant le long trajet avec le vaisseau-bouclier. Mais pour une fois, heureusement, il s'avéra que son instinct l'avait trompé. Les trois vaisseaux rejoignirent le dépôt des vaisseaux-boucliers sans incident et firent ensuite de concert un bref saut hyperspatial jusqu'à la limite du système d'Athega. Là, Chewbacca et Leia remplacèrent Lando à bord du vaisseau style yacht, le *Lady Luck*, et mirent le cap sur Kashyyyk. Luke attendit qu'ils soient à distance sûre avant de redéployer son aile X en position de vol normal et de faire route vers son but mystérieux.

Laissant Yan seul à bord du *Faucon* avec Lando et 6PO.

– Tout ira bien, dit Lando en pianotant sur les touches de l'ordinateur de navigation. Elle est plus en sécurité qu'elle ne l'a jamais été. Ne te fais pas de souci.

Yan fit un effort pour se détourner de la baie. De toute façon, il n'y avait rien à voir : le *Lady Luck* était parti depuis longtemps.

– Tu sais, tu m'as dit presque exactement la même chose sur Boordii. Tu te souviens? Cette course qu'on a loupée?

Lando eut un petit rire.

– Oui, mais cette fois, je le pense vraiment.

– Eh bien, ça fait plaisir de le savoir. Alors, qu'est-ce que tu as prévu comme distraction?

– D'abord, il faut que 6PO envoie un message à Coruscant. Qu'il fasse croire que Leia est à bord au cas où les Impériaux seraient à l'écoute. Après cela, on ira un ou deux systèmes plus loin et il répétera le message. Et ensuite... (il jeta un regard à Yan)... Ma foi, je pense qu'on pourrait faire un peu de tourisme.

– Du tourisme? répéta Yan d'un air soupçonneux.

Lando rayonnait d'innocence, ce qui ne lui advenait guère que lorsqu'il s'apprêtait à rouler quelqu'un.

– Tu veux dire : sillonner toute la galaxie pour essayer de trouver des taupes minières de remplacement?

– Yan! s'exclama Lando, l'air blessé. Est-ce que tu suggères que je suis tombé assez bas pour t'amener à m'aider dans mon boulot?

– Pardonne-moi, fit Yan en s'efforçant de n'être pas trop sarcastique. J'avais oublié : tu es une personne respectable, désormais. Bon, alors quels sont les endroits que nous allons visiter?

– Eh bien... (Nonchalant, Lando se laissa aller en arrière et croisa les mains derrière la tête.) Tu m'as dit que tu n'avais jamais réussi à contacter Talon Karrde. Je pensais que nous pourrions essayer encore une fois.

– Tu es sérieux?

– Pourquoi ne le serais-je pas? Tu as besoin de cargos, et il te faut un bon craqueur. Karrde peut te fournir les deux.

– Je n'ai plus besoin de craqueur, dit Yan. Leia est plus en sécurité que jamais elle ne l'a été. C'est toi qui l'as dit, non?

– Bien sûr. Jusqu'à ce que quelqu'un apprenne qu'elle est là-bas. Je ne crois pas qu'on puisse craindre ça de la part des Wookies, mais des commerçants non wookies se posent régulièrement sur Kashyyyk. Il suffit qu'une seule personne la repère, et tu te retrouves dans la même situation que la toute première fois où tu es venu me trouver. (Il haussa un sourcil.) Et Karrde a peut-être des informations sur ce mystérieux commandant de l'Empire qui t'a causé des ennuis récemment.

Oui, se dit Yan. Celui-là même qui était derrière toutes les attaques qui visaient Leia.

– Tu sais comment établir le contact avec Karrde?

– Pas directement, mais je sais où trouver les gens qui travaillent pour lui. Et je suis certain qu'avec 6PO et les milliards de langues qu'il peut parler, nous n'aurons pas de problème pour trouver d'autres moyens de liaison.

– Ça va prendre du temps.

– Pas autant que tu le crois. Et puis, si nous suivons une autre filière, ça brouillera nos traces.

Yan grimaça. Mais il devait admettre que Lando avait raison.

– D'accord. En espérant que nous ne terminerons pas en jouant au chat et à la souris avec un ou deux superdestroyers.

– C'est juste. La dernière chose à faire, c'est d'attirer les Impériaux sur la piste de Karrde. Nous avons déjà suffisamment d'ennemis comme ça. (Il appuya sur la touche de l'intercom.) 6PO? Tu es là?

– Bien entendu, fit la voix de Leia.

– Arrive, fit Lando. C'est le moment de jouer ton nouveau rôle.

La cabine de commandement du Grand Amiral, cette fois, était remplie de sculptures : il y en avait plus d'une centaine, alignées dans des niches holographiques, tout au long de la paroi, ou bien dispersées sur le sol, sur des piédestaux ornementés. La variété du choix – Pellaeon s'y était accoutumé – était stupéfiante : cela allait de fragments de pierre ou de bois de style humain à des choses qui évoquaient plus des créatures vivantes prisonnières que des œuvres d'art. Chacune des pièces était éclairée par un globe de lumière filtrée qui accentuait encore les zones d'ombre.

– Amiral? appela Pellaeon d'une voix mal assurée, tout en fouillant la pièce du regard.

– Avancez, capitaine, répondit la voix froide et parfaitement modulée de Thrawn.

Il était installé dans son siège et les deux fentes rouges de ses yeux apparurent au-dessus de la forme blanche et fantomatique de son uniforme.

– Vous avez quelque chose?

– Oui, amiral. (Pellaeon s'avança jusqu'à l'anneau de la console et brandit une carte de données.) L'une de nos sondes a repéré Skywalker au large du système d'Athega. Skywalker *et* ses compagnons.

– *Et* ses compagnons, répéta Thrawn, l'air pensif.

Il prit la carte de données, l'inséra dans le lecteur et regarda une minute en silence.

– Intéressant, murmura-t-il. Très intéressant. Quel est ce troisième vaisseau – celui qui manœuvre pour se coller au sas dorsal du *Faucon Millenium*?

– Nous supposons qu'il s'agit du *Lady Luck*, dit Pellaeon. Le vaisseau personnel de l'administrateur Lando Calrissian. L'une de nos sondes a capté un message disant que Calrissian quittait Nkllon pour un voyage commercial.

– Savons-nous si Calrissian est monté à bord sur Nkllon?

– Non, amiral. Nous... nous n'avons aucune certitude à ce sujet. Mais nous pouvons essayer de vérifier cette information.

– Ce ne sera pas nécessaire, dit Thrawn. Il est évident que nos ennemis ont passé le stade de telles astuces enfantines. (Le Grand Amiral désigna la projection qui montrait le *Faucon Millenium* et le *Lady Luck* volant soudés l'un à l'autre.) Observez bien leur stratégie, capitaine. Le capitaine Solo et sa femme, et probablement Chewbacca le Wookie ont embarqué à bord de leur vaisseau sur Nkllon, alors que Calrissian a pris le sien. Ils sont allés jusqu'au système d'Athega... et c'est là qu'a eu lieu cette jonction.

Pellaeon plissa le front.

– Mais nous avons...

– Chhh... fit Thrawn, impératif, sans quitter la projection des yeux.

Pellaeon garda le silence. Il ne se passait rien. Au bout de quelques minutes, les deux vaisseaux se séparèrent en manœuvrant habilement.

– Excellent, dit Thrawn en s'arrêtant sur l'image. Quatre minutes et cinquante-trois secondes. Ce qui signifie... (Il réfléchit, l'air sombre, puis son visage s'éclaira.) Trois personnes, dit-il avec un accent de satisfaction. Trois personnes ont circulé entre ces deux vaisseaux, dans une direction ou une autre.

Pellaeon ne put qu'acquiescer tout en se demandant comment le Grand Amiral avait pu aboutir à cette conclusion.

– Oui, amiral, dit-il. Nous savons en tout cas que Leia Organa Solo est demeurée à bord du *Faucon Millenium.*

– En sommes-nous certains? demanda Thrawn, avec une politesse paresseuse. Vraiment certains?

– Oui, amiral, je le pense.

Le Grand Amiral n'avait pas lu tout l'enregistrement, après tout.

– Peu après la séparation du *Lady Luck* et de l'aile X de Skywalker, nous avons intercepté une transmission qui provenait sans le moindre doute du *Faucon Millenium* et il s'agissait bien de Leia Organa Solo.

Thrawn secoua la tête.

– Un enregistrement, dit-il d'un ton qui ne souffrait pas la contradiction. Mais non : ils sont plus habiles que ça. Un droïd à la voix trafiquée. Probablement le 6PO de Skywalker, son droïd protocolaire. Car Leia Organa Solo, voyez-vous, capitaine, était sans le moindre doute possible l'une des deux personnes qui ont quitté le *Faucon Millenium.*

Pellaeon regarda la projection.

– Je ne comprends pas.

– Réfléchissez aux diverses possibilités, fit Thrawn en se rejetant en arrière et en pianotant. Trois personnes décollent à bord du *Faucon Millenium*, une seule à bord du *Lady Luck.* Trois personnes permutent. Mais Solo ou Calrissian ne sont pas du genre à confier leur vaisseau à un ordinateur ou à un droïd. Donc, chaque vaisseau doit avoir au moins une personne à son bord. Vous me suivez jusque-là, capitaine?

– Oui, amiral. Mais cela ne nous dit pas où se trouve qui.

– Un peu de patience, capitaine. Ainsi que vous le dites, la question qui se pose à présent est celle de la composition finale des équipages. Heureusement, puisque nous savons qu'il n'y avait que trois sujets concernés par ce transfert, il n'existe que deux combinaisons possibles. Ou bien Yan Solo et Leia Organa Solo sont ensemble sur le *Lady Luck*, ou bien Leia Organa Solo s'y trouve en compagnie du Wookie.

– A moins qu'un droïd soit intervenu dans la permutation, remarqua Pellaeon.

– C'est improbable, fit Thrawn. Historiquement, il est bien connu que Solo n'a jamais apprécié les droïds et n'a jamais accepté qu'ils soient à bord de son vaisseau, sauf circonstances extraordinaires. Le droïd de Skywalker et sa contrepartie astromécano semblent être les seules exceptions; et grâce aux données de transmission que vous avez interceptées, nous savons déjà que ce droïd est resté sur le *Faucon Millenium.*

– Oui, amiral, dit Pellaeon, qui n'était pas vraiment convaincu. Dois-je déclencher l'alerte contre le *Lady Luck* ?

– Ce ne sera pas nécessaire, fit Thrawn avec une satisfaction évidente, cette fois. Je sais exactement où Leia Organa Solo se rend.

– Amiral, vous n'êtes pas sérieux.

– Mais si, parfaitement, capitaine. Réfléchissez. Solo et Organa Solo n'ont rien à gagner en embarquant ensemble sur le *Lady Luck* – le *Faucon Millenium* est plus rapide et plus puissamment armé. Cet exercice n'a donc de sens que si Organa Solo se retrouve avec le Wookie. (Thrawn sourit à son commandant de bord.) Et, dès lors, en toute logique, une seule planète peut être leur objectif.

Pellaeon se tourna de nouveau vers la projection avec un vague sentiment d'humiliation.

– Kashyyyk? fit-il.

La logique du Grand Amiral était imparable.

– Oui, Kashyyyk, confirma-t-il. Ils savent très bien qu'ils ne pourront éternellement échapper à nos Noghri, alors ils ont décidé de mettre Organa Solo sous la protection des Wookies. Souhaitons-leur bonne chance.

Pellaeon plissa les lèvres. Il s'était trouvé à bord d'un des vaisseaux lancés vers Kashyyyk dans le but de capturer des Wookies pour le marché aux esclaves de l'Empire.

– Amiral, cela pourrait ne pas être aussi facile qu'il y paraît. L'écologie de Kashyyyk est une sorte de piège mortel fait de plusieurs couches. Quant aux Wookies, ils sont des combattants extrêmement redoutables.

– De même que les Noghri, rétorqua Thrawn d'un ton glacé. Bien. Et que devient Skywalker?

– Son vecteur à partir d'Athega correspondrait à Jomark comme objectif, dit Pellaeon. Bien entendu, il a pu facilement modifier son cap quand il a été hors de portée de nos sondes.

– C'est là qu'il va, fit Thrawn avec un mince sourire. C'est ce qu'a dit notre Maître Jedi, non? Nous allons partir pour Jomark immédiatement. (Il consulta le chronomètre de sa console.) Combien de temps nous reste-t-il encore?

– Un minimum de quatre jours, en admettant que l'aile X de Skywalker n'ait pas été entièrement modifiée. plus encore, s'il doit faire escale en route.

– Non, il ne fera pas escale, dit Thrawn. Les Jedi se mettent en état d'hibernation pour les voyages au long cours. Et, pour ce que nous entendons faire, quatre jours conviendront.

Il se redressa et pressa une touche. Les lumières s'éveillèrent et les sculptures holos s'estompèrent.

– Nous aurons besoin de deux autres bâtiments. Un croiseur Interdictor pour arracher Skywalker de l'hyperespace au point requis, et un cargo. Une unité que nous puissions sacrifier, dans la mesure du possible.

Pellaeon sourcilla.

– Sacrifier un cargo, amiral?...

– Oui, capitaine. Nous allons monter cette attaque à la façon d'un accident – admettons que nous poursuivions un cargo suspect qui devait transporter des munitions destinées à la Rébellion. Ainsi, vous comprenez, nous pourrons toujours choisir de le livrer à C'baoth, sans que Skywalker se rende compte qu'il est en fait tombé dans une embuscade.

– Je comprends, amiral. Avec votre permission, je vais aller donner mes instructions au *Chimaera.*

Il se détourna. Et s'arrêta.

Au milieu de la pièce, une sculpture n'avait pas disparu en même temps que les autres. Dans son globe lumineux, la chose bougeait lentement sur son piédestal comme une vague dans quelque océan étranger et bizarre.

– Oui, fit Thrawn. Celle-ci est bien réelle.

La sculpture mouvante avait un effet hypnotique et Pellaeon eut quelque difficulté à dire :

– Oui... c'est... très intéressant.

– N'est-ce pas? (Il y avait presque du regret dans la voix de Thrawn.) Ce fut une de mes erreurs, là-bas, dans les Franges. La seule fois où, comprenant l'art d'une race, je n'ai pas su percevoir sa psyché. Du moins, pas à cette occasion. A présent, je crois que je commence à les comprendre.

– Je suis persuadé que cela vous sera utile dans l'avenir, dit Pellaeon, diplomate.

– J'en doute, fit Thrawn, et la tristesse subsistait dans sa voix. Car j'ai finalement détruit leur monde.

Pellaeon sentit sa gorge se serrer.

– Oui, amiral, fit-il.

Il se dirigea vers la porte et ne cilla que brièvement en passant devant la sculpture.

CHAPITRE XVI

Pour un Jedi en transe d'hibernation, il n'y avait pas de rêves. Ni rêve ni conscience, et virtuellement aucune perception du monde extérieur. Cela ressemblait à l'état de coma, en fait, si l'on exceptait une différence importante : en l'absence de conscience réelle, le sens du temps continuait à fonctionner. Luke ne comprenait pas comment cela était possible, mais il avait appris à s'habituer et à utiliser cette anomalie.

Et ce fut cette horloge, plus les gargouillements frénétiques de D2-R2 dans les lointains brumeux qui le prévinrent qu'il se passait quelque chose d'anormal.

– Ça va, D2, je suis réveillé, dit-il pour rassurer le droïd tout en reprenant conscience.

Il battit des paupières afin d'éclaircir sa vision et examina rapidement les instruments de bord. Ce qui lui confirma ce que son horloge mentale lui avait déjà appris : l'aile X venait d'émerger de l'hyperespace à vingt années-lumière de Jomark. Et l'indicateur de proximité révélait la présence de deux vaisseaux pratiquement au-dessus de lui. Un troisième se tenait à distance. Il leva la tête.

Et le flux d'adrénaline qui se déversa dans son torrent sanguin le réveilla complètement. Droit à la verticale, il y avait un cargo léger. A travers le blindage de sa coque froissée et à demi vaporisée, il distinguait le feu d'une surcharge violente dans la section moteur. Plus loin, pareil à une falaise sombre, il y avait un superdestroyer impérial.

Le côté sombre de la Force : la colère, la peur, l'agressivité. Il lutta pour rejeter la peur. Le cargo se trouvait entre l'aile X et le superdestroyer. Les Impériaux, concentrés sur leur proie, n'avaient même pas dû remarquer son apparition.

– D2, fichons le camp d'ici, fit-il en repassant en manuel pour faire exécuter un virage brutal à l'aile X.

Le gouvernail spatial réagit en gémissant.

« Chasseur non identifié, gronda une voix. Ici le superdestroyer impérial *Chimaera.* Veuillez transmettre votre code d'identification. »

Inutile d'espérer passer inaperçu. Dans le lointain, il apercevait à présent ce qui avait arraché l'aile X à l'hyperespace : le troisième vaisseau était un croiseur Interdictor, l'outil préféré de l'Empire pour empêcher ses adversaires de passer en vitesse luminique. A l'évidence, ils avaient tendu une embuscade au cargo. C'était pure malchance qu'il se soit lui-même retrouvé dans l'ombre projetée de la masse de l'Interdictor et qu'il ait été éjecté de l'hyperespace en même temps que l'autre.

Le cargo. Luke ferma un instant les yeux tout en se concentrant pour projeter la Force vers le vaisseau afin d'essayer de savoir si c'était une unité de la République, un neutre, ou même encore un pirate que le *Chimaera* venait d'intercepter. Mais il ne décela pas trace de vie à bord. Ou bien l'équipage s'était enfui, ou bien il était déjà prisonnier.

De toute façon, il ne pouvait rien faire pour eux.

– D2, trouve-moi le seuil le plus proche de ce cône d'onde gravifique de l'Interdictor.

Il lança l'aile X dans une chute nauséeuse que même le compensateur d'accélération eut du mal à contrôler. S'il pouvait maintenir le cargo entre lui et le superdestroyer, il pourrait être hors de portée avant qu'ils lancent un faisceau tracteur.

« Chasseur non identifié. Je répète : transmettez votre code d'identification ou préparez-vous à être arrêté. »

– J'aurais peut-être dû prendre quelques-uns des faux codes d'identité de Yan, murmura Luke. D2? Quelle est l'estimation de seuil?

Le droïd lança un bip et un diagramme se dessina aussitôt sur l'écran.

– Ça fait loin, non? Bien, c'est la seule chose à faire. Accroche-toi.

« Chasseur non identifié... »

La suite de la menace fut noyée dans le grondement du vaisseau qui passait à plein régime. La trille intriguée de D2 fut presque imperceptible.

– Non, je veux que les déflecteurs restent abaissés! cria Luke en réponse. Nous avons besoin du supplément de vitesse.

Il s'abstint d'ajouter que si le superdestroyer voulait réellement les vaporiser, le rôle des déflecteurs comptait peu à cette distance. Mais D2 le savait déjà sans doute.

Si les Impériaux n'avaient apparemment pas l'intention de le vaporiser, ils ne semblaient pas non plus décidés à le laisser partir. Sur l'écran arrière, il vit que le superdestroyer s'éloignait du cargo endommagé pour essayer de se dégager de son interférence.

Luke jeta un bref coup d'œil à l'indicateur de proximité. Il était encore à portée du rayon tracteur et, avec leurs vitesses relatives, il n'en sortirait pas avant deux minutes. Il devait trouver un moyen de les brouiller ou de les aveugler...

– D2, j'ai besoin d'une reprogrammation rapide d'une torpille protonique. Je veux que tu la largues à zéro delta-v, que tu la pivotes droit et qu'elle parte droit vers l'arrière. Pas de senseurs, pas de codes d'objectif : je veux qu'elle parte non activée. Tu peux faire ça? (Il perçut un bip affirmatif.) Bien. Dès qu'elle sera prête, avertis-moi et lance-la.

Il revint à l'écran arrière et rectifia légèrement la trajectoire de l'aile X. Avec ses senseurs normalement activés, la torpille protonique aurait été sensible à l'impressionnant dispositif de brouillage du superdestroyer; mais comme ça, non activée, les Impériaux ne pouvaient qu'essayer de l'abattre au laser. L'inconvénient, évidemment, c'est que sa trajectoire n'était pas très précise et qu'elle pouvait frôler sa cible sans réagir.

D2 lança un bip; et le vaisseau fut à peine secoué à la seconde où la torpille était larguée. Luke la regarda s'éloigner et lança la Force pour essayer de rectifier un peu son cap...

La seconde d'après, dans une série spectaculaire d'éclairs, le cargo sauta.

Luke consulta l'indicateur de proximité en croisant mentalement les doigts. Il était presque hors de portée. Si les débris du cargo faisaient écran au faisceau tracteur pendant quelques secondes encore, ils pourraient passer.

D2 gazouilla un avertissement. Luke lut la traduction, revint sur l'écran à longue distance, et sentit son estomac se tordre. D2 gazouilla une fois encore, de façon pressante.

– Je le vois, D2, grommela-t-il.

La tactique des Impériaux était évidente. Le cargo n'avait désormais plus aucun intérêt et l'Interdictor se détournait afin que ses énormes projecteurs de champ gravifique soient braqués sur l'aile X. Luke observa le cône d'ondes qui traversait l'écran en oblique...

– D2, tiens bon! lança-t-il.

Une fois encore, trop brutalement pour que les compensateurs fassent leur travail, il exécuta un virage à angle droit et repartit à pleine vitesse parallèlement à sa trajectoire précédente.

Un glapissement d'effroi jaillit derrière lui.

– Du calme, D2: je sais ce que je fais.

A tribord maintenant, la masse immense du superdestroyer se mettait en branle pour suivre sa manœuvre... et pour la première fois depuis l'interception, des éclairs de laser fusèrent dans l'espace.

Luke prit une décision instantanée. Ça n'était pas la vitesse qui le sauverait et il suffisait qu'un tir, un seul, le frôle et l'affrontement serait réglé.

– Active les déflecteurs, D2! Donne-moi une moyenne entre la vitesse et la force de bouclier.

D2 bipa et le grondement du moteur faiblit un peu à l'instant où les boucliers commencèrent à tirer sur l'énergie du bord, ralentissant l'aile X. Mais jusque-là, le coup semblait marcher. L'Interdictor, surpris par la manœuvre éclair de Luke, était en rotation fausse et son faisceau gravifique balayait l'ancienne trajectoire de Luke. A l'évidence, son commandant essayait de corriger son erreur, mais l'énorme inertie du croiseur jouait en faveur de Luke. S'il parvenait à se maintenir hors de portée du superdestroyer pendant quelques secondes encore, il échapperait au rayon tracteur et pourrait sauter dans l'hyperespace.

– Paré à passer en luminique, ordonna-t-il à D2. Ne t'inquiète pas de l'objectif – on va faire un petit bond et réfléchir un peu mieux quand on se sera dégagés.

D2 accusa réception...

Et, sans avertissement, Luke fut écrasé dans son harnais.

Le faisceau tracteur du superdestroyer était sur eux.

D2 piailla de désespoir; mais Luke n'avait pas le temps d'apaiser le droïd. Sa trajectoire droite était devenue soudain un arc, une pseudo-orbite autour d'une planète qui était le superdestroyer. A la différence d'une orbite authentique, celle-ci était instable : dès que les Impériaux auraient braqué un second faisceau sur lui, le cercle deviendrait très vite une spirale qui s'achèverait dans le hangar du superdestroyer.

Il abaissa les boucliers et mit toute la puissance dans les moteurs tout en sachant bien que c'était un geste futile. Il ne se trompait pas : une brève seconde, le faisceau parut se relâcher, mais il le rattrapa aussitôt. Cette accélération mineure ne pouvait pas neutraliser l'effet tracteur.

Cependant, s'il était capable d'une augmentation majeure de vitesse...

« Chasseur non identifié... (La voix dure s'éleva de nouveau, marquée d'une exultation mauvaise.)

Vous n'avez aucune chance de vous échapper; toute autre tentative ne ferait qu'endommager votre véhicule. Vous avez ordre de couper la puissance et de vous préparer pour l'amarrage. »

Luke serra les dents. Ç'allait être dangereux, mais il n'avait pas le choix. Et il avait déjà entendu dire que ce qu'il s'apprêtait à faire avait déjà réussi au moins une fois. Quelque part.

– D2, on va essayer une astuce. A mon signal, je veux que tu déclenches l'inversion du compensateur d'accélération – à pleine puissance, et mets les rupteurs hors circuit s'il le faut.

Un gazouillement s'éleva du panneau de contrôle et il jeta un coup d'œil sur l'écran. L'arc de sa trajectoire l'avait amené au seuil du cône gravifique de l'Interdictor.

– *Vas-y, D2!*

Dans une plainte déchirante de circuits électroniques, l'aile X s'arrêta net.

Luke n'eut même pas le temps de se demander ce qui avait pu émettre un tel cri : il était une fois de plus écrasé dans son harnais, plus violemment encore. Il posa les pouces sur les boutons de tir et lança simultanément deux torpilles protoniques droit devant, tout en redressant l'aile X. Le faisceau tracteur du *Chimaera*, qui le suivait, fut momentanément trompé par la soudaineté de sa manœuvre. Et si les ordinateurs qui commandaient ce verrouillage voulaient bien s'occuper des torpilles au lieu de lui...

Et les torpilles disparurent soudain, ne laissant qu'une vague traînée. Elles avaient été déviées de leur trajectoire initiale. L'astuce avait réussi et le superdestroyer ramenait à lui de fausses proies.

– Nous sommes libres! cria-t-il à D2 en lançant les moteurs à plein régime. Prépare-toi à passer en luminique!

Le droïd émit une trille, mais Luke n'avait pas le temps de déchiffrer la traduction. Les Impériaux avaient pris conscience de leur erreur, compris qu'il était trop tard pour le reprendre dans le rayon tracteur et ils avaient décidé de l'abattre. Toutes les batteries du superdestroyer semblèrent se démasquer à la fois et Luke se retrouva pris dans un ouragan de traits de laser. Il se maîtrisa, s'apaisa, et laissa la Force monter en lui et guider ses mains sur les commandes tout comme elles guidaient son sabrolaser. Un tir les effleura et il vit le museau de son canon laser de tribord disparaître dans un nuage de plasma. Il évita un autre tir, mais le suivant laissa une trace sur le cockpit de transparacier.

Un autre gazouillement venu de l'écran lui annonça qu'ils avaient quitté le champ gravifique de l'Interdictor.

– On y va! cria-t-il.

La plainte électronique revint et les étoiles devinrent soudain autant de traits.

Ils avaient réussi.

Le temps d'une fraction d'éternité, Thrawn s'attarda devant la baie, le regard fixé sur le point précis où l'aile X s'était trouvée avant de disparaître. Pellaeon l'observait à la dérobée, tendu, guettant l'explosion inévitable. Il écoutait d'une oreille le rapport de dommages sur le projecteur de rayon tracteur Numéro Quatre.

C'était une perte assez minime comparée à celle de Skywalker.

Thrawn se retourna enfin. Pellaeon était prêt.

– Capitaine, venez avec moi, dit calmement le Grand Amiral en quittant la passerelle.

– Oui, amiral, murmura Pellaeon.

Il lui revint certaines histoires qui circulaient sur la manière dont Dark Vador, naguère, avait traité certains de ses subordonnés défaillants.

Un calme inhabituel régnait sur le pont. Thrawn gagna l'escalier de poupe et descendit dans le trou d'équipage. Il passa derrière les hommes installés devant les consoles, devant les officiers au garde-à-vous, avant de s'arrêter devant le poste de contrôle des rayons tracteurs.

– Votre nom, demanda-t-il avec un calme menaçant au jeune homme qui se trouvait là.

– Cris Pieterson, amiral.

L'homme avait un regard méfiant.

– C'est vous qui étiez le servant de ce rayon tracteur durant notre engagement avec le chasseur.

– Oui, amiral – mais ce qui s'est produit n'est pas ma faute.

Thrawn haussa les sourcils, très brièvement.

– Expliquez-vous.

– Je n'ai pas été préparé à une telle situation, amiral. L'ordinateur l'a perdu, puis l'a retrouvé immédiatement. Je ne pouvais pas savoir qu'il s'était verrouillé sur un autre objet jusqu'à ce que...

– Jusqu'à ce que les torpilles protoniques explosent sur le projecteur?

Pieterson soutint le regard de Thrawn, tant bien que mal.

– Oui, amiral.

Thrawn le dévisagea un instant.

– Qui est votre officier?

Le regard de Pieterson se porta sur la droite.

– L'enseigne Colclazure, amiral.

Lentement, Thrawn se tourna vers un personnage de haute taille figé dans un garde-à-vous rigide.

– Vous êtes responsable de cet homme?

Colclazure déglutit péniblement.

– Oui, amiral.

– Et aussi de sa formation?

– Oui, amiral.

– Et, durant cette formation, avez-vous étudié des scénarios similaires à celui que nous venons de connaître?

– Je... je ne m'en souviens pas, amiral. Mais la formation standard comporte des scénarios sur de possibles déverrouillage de rayon et les confirmations de rétablissement subséquentes.

Thrawn jeta un bref regard à Pieterson.

– Et c'est aussi vous qui l'avez recruté, enseigne?

– Non, amiral. C'est un conscrit.

– Cela justifie-t-il qu'il soit moins bien formé qu'un volontaire?

– Non, amiral. (Colclazure jeta un regard à Pieterson.) Je me suis toujours efforcé de traiter mes subalternes en toute égalité.

– Je vois... (Thrawn réfléchit un instant avant de détourner la tête.) Rukh...

Pellaeon sursauta quand le Noghri passa silencieusement près de lui : il n'avait pas eu conscience une seconde qu'il les avait suivis. Thrawn attendit qu'il l'ait rejoint avant de revenir à Colclazure.

– Savez-vous quelle est la différence entre une erreur et une faute, enseigne? demanda-t-il.

Tous s'étaient figés. Colclazure avait pâli.

– Non, amiral.

– N'importe qui peut commettre une erreur, enseigne. Mais cette erreur devient une faute si vous vous refusez à la corriger.

Il leva un doigt.

Et, d'un geste presque paresseux, il le pointa.

Pellaeon ne surprit même pas le mouvement de Rukh. Et Pieterson n'eut pas le temps de pousser un cri.

Quelqu'un fit des efforts sonores pour ne pas vomir. Le regard de Thrawn se porta au-delà de Pellaeon, il fit un nouveau geste, et le silence fut brisé par l'arrivée de deux commandos.

– Débarrassez-nous de ça, fit le Grand Amiral en se détournant du corps recroquevillé de Pieterson pour revenir à l'enseigne Colclazure.

– L'erreur, lui dit-il avec douceur, a maintenant été corrigée, enseigne. Il va vous falloir former un remplaçant.

Il soutint le regard de Colclazure le temps d'un autre battement de cœur avant de se tourner vers Pellaeon.

– Capitaine, je veux un affichage technique et tactique des dernières secondes de cet engagement. Son vecteur luminique m'intéresse tout particulièrement.

– J'ai déjà tout cela, amiral, intervint un lieutenant d'un ton quelque peu hésitant en lui présentant un bloc de données.

– Merci.

Thrawn y jeta un simple coup d'œil avant de le tendre à Pellaeon.

– Capitaine, nous l'aurons. Très bientôt.

Il s'éloigna et Pellaeon se précipita sur ses talons.

– Oui, amiral. Je pense que ce n'est qu'une question de temps.

Thrawn le dévisagea.

– Vous m'avez mal compris. Je voulais dire littéralement. Car il est là, tout près. (Et il ajouta avec un sourire rusé.) Et sans défense.

– Je ne comprends pas, amiral.

– Cette manœuvre qu'il a utilisée a un effet secondaire qu'il doit ignorer, selon moi. Inverser un compensateur d'accélération ainsi qu'il l'a fait endommage sérieusement l'hyperdrive. Il nous suffit de chercher au long de son vecteur initial, ou encore de persuader d'autres unités de le faire à notre place, et il est à nous. Vous me suivez?

– Oui, amiral. Dois-je contacter la flotte?

Thrawn secoua la tête.

– Pour l'heure, l'attaque des chantiers de Sluis Van est prioritaire pour la flotte. Non, je pense que nous allons sous-traiter cette opération. Je veux que vous envoyiez des messages à tous les chefs contrebandiers importants qui opèrent dans le secteur : Brasck, Karrde, Par'tah et tous ceux que nous avons dans nos dossiers. Utilisez leurs fréquences privées et leurs codes cryptés – en leur rappelant ce que nous savons sur eux de façon à nous assurer plus facilement leur coopération. Donnez-leur le vecteur hyperspatial de Skywalker et offrez une prime de trente mille pour sa capture.

– Oui, amiral.

Pellaeon tourna la tête vers les hommes qui continuaient de s'activer aux postes de contrôle des rayons tracteurs.

– Amiral, si vous saviez que la fuite de Skywalker n'était que temporaire...?

– Capitaine, l'Empire est en guerre, fit le Grand Amiral d'un ton froid. Nous ne pouvons nous permettre d'employer des hommes dont le cerveau est limité au point qu'ils ne puissent s'adapter à des situations inattendues.

Il adressa un regard lourd de sens à Rukh avant de revenir à Pellaeon.

– Exécutez les ordres, capitaine. Skywalker sera bientôt à nous. Vivant ou pas...

CHAPITRE XVII

Les messages de diagnostic défilaient sur les écrans et la plupart des voyants étaient cernés de rouge. En levant les yeux, Luke distingua le nez de l'aile X, luisant doucement à la clarté d'une étoile lointaine. Au-delà brillaient les froides étoiles de la galaxie. Pas le moindre système à proximité. Ni soleils, ni planètes, ni comètes. Et pas de vaisseaux de guerre, de cargos, de sondes ou de satellites. Avec D2, ils étaient échoués. Nulle part.

L'affichage de diagnostic était achevé.

– D2? Tu as trouvé quoi?

Une triste plainte lui répondit.

– C'est aussi grave que ça?

Autre plainte. Cette fois, le résumé de statut de l'ordinateur fut remplacé par l'estimation du droïd.

Ça n'était guère brillant. L'inversion du compensateur d'accélération que Luke avait utilisée pour sa manœuvre de fuite avait provoqué un feedback de surcharge des motivateurs hyperdrive – ils n'avaient pas grillé mais ils avaient été assez gravement touchés pour provoquer cette panne, dix minutes après qu'ils avaient échappé au superdestroyer. Ce qui équivalait à une demi-année-lumière. Et pour couronner le tout, la même surcharge avait presque totalement cristallisé l'antenne de la radio subspatiale.

– En d'autres termes, résuma Luke, nous ne pouvons pas repartir, il est peu probable qu'on nous retrouve, et nous ne pouvons appeler personne à l'aide. C'est bien ça?

D2 lança un bip.

– Exact, soupira Luke. Oui, nous ne pouvons rester ici. Pas longtemps, en tout cas.

Luke se frotta le menton, luttant contre la peur qui s'insinuait en lui. S'il lui cédait, il ne pourrait plus penser vraiment.

– D'accord, fit-il lentement. Essayons ça. On démonte les motivateurs d'hyperdrive des moteurs et on voit si on peut récupérer suffisamment de composants pour en reconstruire un seul qui soit fonctionnel. Si on y arrive, on le montera au milieu du fuselage de poupe. Comme ça, il pourra monitorer tous les moteurs. On pourrait peut-être le mettre à la place de la servo-commande de dépistage. Nous n'en aurons pas besoin pour rentrer. C'est faisable?

D2 sifflota pensivement.

– Je ne t'ai pas demandé si ç'allait être facile, ajouta Luke. Mais seulement si c'était faisable.

Autre sifflement, tout aussi pessimiste.

– Bon, on va quand même essayer.

Il se dégagea de son harnais et se débattit pour tenter d'atteindre l'arrière du cockpit. S'il parvenait à repousser le dossier du siège d'éjection, il pourrait atteindre les outils rangés dans le compartiment.

D2 gazouilla une mise en garde.

– Ne t'en fais pas, je ne vais pas rester coincé.

Luke venait de changer d'idée : il se pencha vers les poches du cockpit, là où se trouvaient les gants et les joints de sa tenue spatiale. Il serait plus facile de sortir dans le vide et de pénétrer dans la soute par le sas ventral.

– Si tu veux te rendre utile, tu pourrais sortir les lunettes de maintenance pour essayer de voir comment je pourrais dégager un des motivateurs. Et remets-toi, veux-tu? Tu commences à me faire penser à 6PO.

D2 jacassait encore d'indignation quand Luke boucla son casque et s'enferma dans le silence. Mais D2 avait quand même l'air moins effrayé.

Il fallut près de deux heures à Luke pour pénétrer entre les câblages et les tubulures et réusir enfin à dégager le moteur de gauche du motivateur hyperdrive de son logement.

Et moins d'une minute pour découvrir que le pessimisme de D2 étaient justifié.

– Il est totalement fissuré, annonça Luke d'un air sombre en tournant la boîte volumineuse entre ses mains. Fines comme des cheveux, presque invisibles parfois. Mais ça couvre toutes les faces.

D2 fit entendre un gargouillement, commentaire qui n'avait pas besoin de traduction. Luke n'avait pas souvent travaillé sur une aile X , mais suffisamment pour savoir que sans un bouclier supraconducteur absolument intact, un motivateur d'hyperdrive n'était plus qu'une boîte remplie de pièces détachées inutiles.

– On ne va quand même pas abandonner comme ça, dit-il à D2. Si l'enveloppe de l'autre motivateur est en bon état, on s'en sortira.

Il rassembla ses outils et, avec des gestes maladroits, il se déplaça en apesanteur jusqu'au moteur de tribord. Il ne lui fallut que quelques minutes pour ôter le capot et écarter quelques câbles. Puis il se pencha pour essayer de distinguer quelque chose à l'intérieur, en glissant son bâton lumineux tout près de sa visière.

Un examen attentif de l'enveloppe du motivateur lui révéla qu'il était inutile de poursuivre l'opération.

Un long moment, il resta accroché dans le vide à se demander ce qu'ils allaient bien pouvoir faire, au nom de la Force... Son aile X, si solide et si sûre au plus fort des combats, n'était plus que le fil fragile où était suspendue sa vie.

Il regarda autour de lui avec cette vague sensation de chute qui accompagne toujours l'apesanteur. Ses yeux balayèrent les étoiles innombrables et un souvenir lui revint soudain : il était accroché sous la Cité des Nuages, affaibli par la peur et la perte de sa main droite, et il se demandait combien de temps encore il aurait la force de ne pas lâcher prise. *Leia,* appela-t-il avec toute la puissance de son esprit Jedi. *Leia, réponds-moi. Réponds-moi.*

Seul l'écho de son appel lui répondit. Mais il n'avait pas espéré de réponse. Leia était loin, là-bas, sur Kashyyyk, en sécurité, sous la protection de Chewbacca et de tous les Wookies de la planète.

Il se demanda si elle saurait un jour ce qui lui était arrivé.

Pour le Jedi, il n'y a pas d'émotion : il y a la paix. Luke inspira profondément pour rejeter ces noires pensées. Non, il n'allait pas abandonner là. Et s'il ne pouvait pas réparer l'hyperdrive... eh bien, il y avait certainement autre chose à tenter.

Il remit le panneau en place.

– D2, je rentre. En attendant, je veux que tu retrouves tout ce que nous avons sur l'antenne de la radio subspatiale.

D2 avait rassemblé les données quand Luke regagna le cockpit. Ce n'était guère plus encourageant que l'état de l'hyperdrive. Une antenne de radio subspatiale était constituée de dix kilomètres de câble supraconducteur ultra-fin embobiné sur un noyau en U et elle n'était pas prévue pour des réparations de fortune.

Mais Luke n'était pas un pilote débutant.

– Bon, voici ce que nous allons faire, dit-il au droïd. Le câblage extérieur est inutilisable, mais, apparemment, le noyau n'a pas été atteint. Si nous parvenons à trouver dix kilomètres de câble supraconducteur à bord, nous pourrons en refaire une autre. D'accord?

D2 réfléchit puis gargouilla une réponse dubitative.

– Oh, allons! Tu es en train de me dire que tu es incapable de faire ce qu'une machine câbleuse fait toute la journée sans problème?

Une série de bips indignés lui répondit. La traduction qui apparut sur l'écran était sans équivoque.

– Bon, alors tout va bien, fit Luke en réprimant un sourire. Je pense que nous trouverons ce qu'il nous faut dans l'armement du répulseur ou le brouilleur de senseur. Assure-toi de ça, tu veux?

Après un instant, D2 sifflota tranquillement.

– Oui, je sais ce que sont les limitations de support vital, fit Luke. C'est pour ça que c'est toi qui vas faire le travail. Je vais passer la plus grande partie du temps en transe d'hibernation.

Autre série de sifflements.

– Mais non, ne t'inquiète pas. On ne risque rien en hibernation du moment qu'on en sort de temps en temps pour boire et s'alimenter. Tu m'as déjà vu le faire des dizaines de fois, non? Allez, mets-toi au travail et vérifie-moi tout ça.

Aucun des deux composants ne pouvait fournir la longueur de câble nécessaire, mais après avoir fouillé un peu plus avant dans les sections ésotériques de sa mémoire technique, D2 conclut que les huit kilomètres disponibles dans le brouilleur de senseur devraient permettre de reconstituer au moins une antenne à efficience réduite. Mais il concéda cependant qu'ils ne pourraient en être certains qu'après l'avoir essayée.

Il fallut une heure de travail à Luke pour sortir le brouilleur et l'antenne à l'extérieur, dégager le câblage endommagé et emporter le tout jusqu'au fuselage arrière, là où les deux grappins de D2 pouvaient le saisir. Une autre heure pour improviser un bâti afin de protéger le câble pour qu'il ne puisse s'ébarber. Plus une demi-heure juste afin de vérifier que tout se passait bien.

Et Luke n'eut plus rien à faire.

– N'oublie pas, insista-t-il en s'installant aussi confortablement que possible dans le cockpit. Si quelque chose se passe mal – ou même si tu *penses* que quelque chose risque de se passer mal – tu me réveilles. Compris?

D2 sifflota avec assurance.

– Bien, marmonna Luke, plus pour lui-même que pour le petit droïd. Alors je crois que ça ira.

Une dernière fois, il promena son regard entre les étoiles. Si ça ne marchait pas... Mais il avait fait tout ce qui était possible. Il était grand temps pour lui de se retirer dans sa paix intérieure et de confier son destin à D2.

A D2... et à la Force.

Il inspira à fond et appela en silence *Leia*, une ultime fois. Puis il ralentit les battements de son cœur.

La dernière chose dont il se souvint avant que les ténèbres ne se referment fut le sentiment étrange que quelqu'un, quelque part, avait perçu son appel...

Leia...

Arrachée de son sommeil, elle se redressa sur un coude et essaya de percer du regard l'obscurité.

– Luke?

Elle aurait juré avoir entendu sa voix. Ou du moins avait-elle senti son esprit effleurer le sien.

Mais elle était seule dans l'espace réduit de la cabine principale du *Lady Luck*, seule avec son cœur battant et les échos familiers du vaisseau. Et, là-bas, dans le cockpit, à une dizaine de mètres, il y avait Chewbacca. En s'éveillant vraiment, elle se souvint que Luke était à des centaines d'années-lumière.

Elle avait dû rêver.

Elle se laissa aller en arrière avec un soupir. Mais, à la même seconde, elle perçut le changement subtil des sons et des vibrations du vaisseau. Le moteur subluminique venait d'être coupé et le répulseur enclenché. Elle écouta plus attentivement et entendit alors le sifflement doux de l'air sur la coque.

Ils avaient atteint Kashyyyk, un peu en avance sur le plan de vol.

Elle sortit du lit et, tout en s'habillant, elle sentit revenir les craintes sourdes qu'elle avait déjà éprouvées. Yan et Chewbacca pouvaient tout faire pour la rassurer, mais elle avait lu les rapports diplomatiques et savait parfaitement qu'il subsistait encore un courant profond de rancune à l'égard des humains dans la population wookie. Et elle doutait que son statut hiérarchique dans la Nouvelle République puisse l'aider.

D'autant plus qu'elle n'avait jamais su maîtriser leur langue.

A cette seule pensée, elle se sentit inquiète et, encore une fois, elle regretta que Lando n'ait pas utilisé un autre droïd que 6PO pour son tour de passe-passe vocal. Avec un traducteur doté de sept millions de langages différents, elle se serait certainement mieux tirée d'affaire.

Quand elle entra dans le cockpit, le *Lady Luck* était déjà très bas dans l'atmosphère, survolant une couche de nuages plats qui la surprit. Tandis que le vaisseau décrivait des courbes lentes, elle entrevit le faîte des arbres. Et elle se rappela la dispute qu'elle avait eue avec le bibliothécaire du Sénat quand elle avait lu le rapport sur la hauteur des arbres de Kashyyyk et qu'elle lui avait reproché de laisser traîner de pareilles absurdités dans les archives gouvernementales. Même à présent, face à la réalité, elle avait du mal à l'accepter.

– C'est la hauteur moyenne des arbres *wroshyrs*? demanda-t-elle à Chewbacca tout en se glissant dans le siège voisin.

Chewbacca émit un grognement de dénégation : les arbres qui perçaient les nuages avaient probablement 500 mètres de plus que les autres.

– Alors c'est sur eux que vous posez les anneaux de nursery, fit-elle en acquiesçant.

Chewbacca se tourna vers elle avec une expression de surprise évidente.

Elle répondit par un sourire.

– Ne sois pas choqué. Certains humains connaissent un peu la société wookie. Tu sais, nous ne sommes pas tous des sauvages ignorants.

Un instant, il se contenta de l'observer, puis éclata d'un rire bourru avant de revenir à ses commandes.

Devant eux, à droite, un bosquet de *wroshyrs* géants était en vue. Chewbacca mit le cap sur eux et, quelques minutes après, Leia discerna le réseau de câbles ou de branches fines qui les reliaient, juste au-dessus de la couche de nuages. Chewbacca fit décrire un dernier cercle au vaisseau, la prévint d'un simple grognement, et se laissa tomber droit à travers la couche.

Leia grimaça. Elle n'avait jamais aimé piloter en aveugle, tout particulièrement entre des obstacles de la taille des arbres *wroshyrs*. Mais ils franchirent en un bref instant la couche brumeuse. Pour se retrouver au-dessus d'une autre. Que Chewbacca traversa sans hésiter...

Leia retint son souffle. Au centre d'une forêt d'arbres géants, apparemment suspendue dans les airs, il y avait une cité.

Pas une agglomération de cabanes primitives comme les villages des Ewoks sur Endor. Elle découvrait une vraie cité, déployée sur plus d'un kilomètre carré. Même à la distance où ils se trouvaient, elle vit que les bâtiments étaient importants, d'une architecture complexe. Certains étaient hauts de trois étages et les avenues qui les séparaient étaient droites et nettes. Les arbres se dressaient çà et là, donnant parfois l'illusion de colonnes géantes et brunes qui auraient soutenu la voûte des nuages.

Et, tout autour de la cité, des faisceaux lumineux aux couleurs étranges étaient dardés vers le ciel.

Chewbacca grommela une question.

– Non, je n'ai jamais vu d'holos de villages wookies, dit Leia dans un souffle. Je le regrette.

Ils se rapprochaient de la cité; assez pour qu'elle puisse constater à cette distance que l'unipode du style de la Cité des Nuages qu'elle s'était attendue à découvrir était absent.

En fait, aucun support matériel n'était visible. Etait-il possible que la cité tout entière repose sur des répulseurs?

Le *Lady Luck* s'inclina légèrement sur la gauche. Droit devant eux maintenant, à la lisière de la cité et quelque peu au-dessus, une plate-forme circulaire était visible, entourée de balises lumineuses. Elle semblait surgir d'un des arbres et il fallut quelques secondes à Leia pour réaliser que l'ensemble n'était rien de plus, ou rien de moins, que la surface du tronçon d'une branche énorme qui avait été découpée horizontalement à proximité du tronc.

Un exploit plutôt impressionnant, songea-t-elle, tout en s'interrogeant vaguement sur le sort du reste de la branche.

La plate-forme semblait plutôt réduite pour accueillir le *Lady Luck*, mais, après un rapide regard sur la cité, elle comprit que ce n'était qu'une illusion d'optique due à la dimension trompeuse du tronc de l'arbre. Et quand Chewbacca posa le vaisseau sur la surface de bois durci au feu, il fut évident que la plate-forme pouvait non seulement accueillir le *Lady Luck* mais sans doute des longs-courriers.

Et aussi, pensa Leia, des croiseurs d'assaut de l'Empire. Elle devrait peut-être enquêter sur les conditions dans lesquelles la plate-forme avait été construite.

Elle avait plus ou moins espéré que les Wookies lui auraient préparé un comité d'accueil, mais elle s'était à demi trompée.

Lorsque Chewbacca abaissa la coupée du *Lady Luck*, elle découvrit les deux grands Wookies qui l'attendaient, avec leurs baudriers bizarres qui se détachaient sur leur fourrure brune. Le plus grand des deux, dont le baudrier était tramé d'or, fit un pas en avant quand elle descendit la coupée. Elle ne ralentit pas mais fit appel à toutes les techniques de sérénité Jedi qu'elle connaissait, tout en espérant ne pas avoir l'air aussi maladroite qu'elle le redoutait. Elle avait toujours eu beaucoup de mal à comprendre Chewbacca, et il vivait avec des humains depuis des décennies. Par conséquent, un Wookie indigène, s'exprimant en dialecte local, allait être absolument incompréhensible.

Le grand Wookie inclina la tête et ouvrit la bouche. Leia se prépara...

[A vous, Oraganasolo, j'apporte salutationchs,] gronda-t-il. [Je vous chouaite bienvenue sur Rwookrrorro.]

Leia en resta éberluée.

– Euh... je vous remercie, balbutia-t-elle. Je suis... honorée d'être ici.

[De même que par votrre prrésence nous le

sommes. Je suis Ralrracheen. Mais appelez-moi Ralrra, ça cherra plus facile pour vous...]

– C'est un honneur que de vous rencontrer, fit Leia, encore tout étourdie.

Si l'on exceptait les quelques *r* roulants et les gutturales chuintantes, le discours de Ralrra était parfaitement compréhensible. Du coup, Leia se sentit totalement rassérénée, en espérant que sa surprise ne fût pas trop apparente.

Mais, malheureusement, elle était tout à fait visible et Chewbacca était reparti dans un fou rire étouffé.

– Laisse-moi deviner, dit Leia d'une voix sèche en le regardant. On t'as mis une entrave de prononciation durant toutes ces années et tu ne m'en a jamais parlé ?...

Le rire de Chewbacca résonna plus fort encore.

[Chewbacca s'exprime d'excellente façon,] déclara Ralrra. [C'est moi dont on a gêné la prononciation. C'est étrange, mais c'est le genre de défaut que les humains comprennent le plus fachilement.]

– Je comprends, fit Leia, bien qu'elle ne comprît absolument pas. Vous étiez donc un ambassadeur ?

Brusquement, elle eut l'impression que l'air s'était gelé autour d'elle.

[J'étais un esclave de l'Empire,] gronda doucement Ralrra. [Tout comme l'était Chewbacca, avant que Yancholo ne le libère. Mes ravicheurs m'avaient trouvé utile parce que je pouvais communiquer pour eux avec les autres esclaves wookies.]

Leia frissonna. Et tout ce qu'elle put dire fut : « Je suis désolée. »

[Il ne faut pas,] insista-t-il. [Mon rôle m'a permis d'apprendre beaucoup sur les forches de l'Empire. Et cela s'est avéré très utile quand votre Allianche nous a libérés.]

Brusquement, Leia prit conscience que Chewbacca n'était plus auprès d'elle. Effarée, elle vit qu'il affrontait l'autre Wookie dans une étreinte mortelle, son arbalète-laser bloquée sur l'épaule par le bras énorme de l'autre.

– Chewie! s'écria-t-elle en portant la main à son blaster.

A cet instant la poigne velue de Ralrra la prit dans un étau de fer.

[Ne les dérangez pas,] lui dit-il fermement. [Chewbacca et Salporin sont amis d'enfanche, et ils ne se sont pas vus depuis de longues années. Ils se font fête et il ne faut pas les interrompre.]

– Je m'excuse, fit Leia en laissant retomber sa main avec le sentiment pénible d'avoir réagi comme une idiote.

[Chewbacca a dit dans son messache que vous aviez besoin d'un refuge,] poursuivit Ralrra, sans doute conscient de son embarras. [Venez. Je vais vous montrer ce que nous avons prévu.]

Leia se tourna vers Chewbacca et Salporin, qui s'étreignaient toujours.

– Nous devrions peut-être attendre les autres, fit-elle, indécise.

[Ils ne courent aucun dancher.] Ralrra se redressa de toute sa taille. [Leiaorganasolo, vous devez comprendre. Sans vous et les vôtres, nombre d'entre nous seraient encore les esclaves de l'Empire. Ou alors, ils seraient décha morts. Nous avons envers vous et votre République une dette à vie.]

– Merci, fit-elle, et ce qui subsistait de tension en elle s'effaça.

Bien des choses concernant la culture et la psychologie des Wookies demeuraient encore opaques pour elle. Mais elle comprenait en tout cas ce que venait de préciser Ralrra. Il allait se vouer à sa protection, désormais, avec toute la force, la ténacité et le sens de l'honneur propres aux Wookies.

[Venez.] Il lui désignait ce qui pouvait passer pour un ascenseur ouvert, au bord de la plate-forme. [Nous allons regagner le village.]

– Certainement. Ce qui me fait penser... Je voulais vous demander comment vous maintenez le village en place? Vous utilisez des répulseurs?

[Venez. Je vais vous montrer.]

En fait, aucun répulseur ne maintenait le village

dans les airs. Pas plus qu'un unipode, des lignes d'ancrage de traction ou tout autre moyen de la technologie moderne. La méthode wookie, à sa façon, était encore plus sophistiquée et Leia en fut d'autant plus rassurée.

Car le village était soutenu par des branches.

[Ç'a été un grand travail, un village comme celui-ci à construire,] lui dit Ralrra en levant la main vers le treillage végétal. [Il a fallu tailler de nombreuses branches au niveau désiré. Celles qui sont rechtées ont poussé plus vite et plus fort.]

– On dirait une toile d'araignée géante, commenta Leia en levant les yeux vers le dessous du village tout en essayant de ne pas penser aux kilomètres de vide sous ses pieds. Comment avez-vous tressé tout cela?

[Nous n'avons rien fait. Pendant leur croissanche, ils constituent une unité.]

– Pardon?

[Ils ont poussé ensemble. Quand deux branches de *wroshyr* se rencontrent, elles deviennent une seule. Ensemble, elles lancent d'autres pousses, dans toutes les direcchions.]

Il gronda quelque chose d'un ton bas, un mot ou peut-être une phrase que Leia ne pouvait traduire.

[C'est le rappel vivant de la force et de l'unité du peuple wookie,] ajouta-t-il, comme pour lui-même.

Leia acquiesça sans un mot. L'information était d'importance : tous les arbres *wroshyrs* du coin ne formaient qu'une unique plante géante, avec un système de racines interconnectées. Les Wookies étaient-ils conscient de ça? Ou bien leur respect évident pour ces arbres leur interdisait-il d'y penser?

Elle plongea le regard vers les profondeurs brumeuses. Tout en bas se dressaient des *worshyrs* de moindre taille et des centaines d'autres variétés d'arbres qui constituaient les jungles immenses de Kashyyyk. On savait qu'il existait là plusieurs ecosystèmes d'essences diverses disposés en couches grossièrement horizontales jusqu'au niveau du sol, chacune plus redoutable que celle qui la surplombait. Leia ignorait s'il s'était jamais trouvé un Wookie qui ait réussi à toucher le sol de la jungle. Mais dans ce cas, il n'avait sans doute pas pris le temps de se livrer à de tranquilles études botaniques.

[On les appelle des *kroyies*,] dit Ralrra.

Leia était sur le point de lui demander de quoi il parlait quand elle aperçut un vol double d'oiseaux qui passait dans le ciel, sous leur ascenseur.

– Ces oiseaux?

[Oui. Autrefois, c'était un mets de choix pour le peuple wookie. A présent, même les pauvres en manchent.]

Il pointa le doigt vers la lisière du village, en direction des balises lumineuses qu'elle avait aperçues durant leur approche.

[Les *kroyies* sont attirés par ces lumières,] expliqua-t-il. [Et les chasseurs les attendent.]

Leia inclina la tête : elle avait vu bien des leurres divers sur bien des mondes pour attirer le gibier.

– Mais les nuages ne gênent pas?

[Avec les nuages, les lumières sont plus efficaces encore,] assura Ralrra. [La lumière est mieux diffusée. Le *kroyie* la voit de loin et arrive.]

Les oiseaux remontèrent au même instant, droit vers les nuages ourlés de lumière.

[Comme ça, vous voyez. Ce soir, peut-être, nous aurons l'un d'eux au dîner.]

– Ça me dirait bien. Chewie m'a dit que c'était délicieux.

[Nous devons regagner le village,] dit Ralrra en touchant la commande de contrôle de l'ascenseur. Dans un grincement de câble, la cabine se mit à remonter. [Nous avions espéré vous donner asile dans une de nos demeures les plus luxueuches, mais Chewbacca ne l'a pas permis.]

Il fit un geste et, pour la première fois, Leia remarqua les maisons qui avaient été construites directement dans l'arbre. Certaines avaient plusieurs étages et elles étaient d'une architecture très élaborée; pour la plupart, elles ouvraient directement sur le vide.

– Chewbacca connaît mes goûts, fit-elle en réprimant un frisson. Je me demandais justement pourquoi cet ascenseur descendait bien plus bas que le village.

[Cette cabine est surtout utilisée pour transporter les marchandiches ou les malades. Les Wookies, pour la plupart, préfèrent grimper normalement dans les arbres.]

Il lui présenta sa main ouverte, fit jouer ses tendons, et ses griffes redoutables sortirent de leurs fourreaux.

Leia sentit sa gorge se nouer.

– Je n'avais pas conscience que les Wookies avaient de telles armes. Mais j'aurais dû m'en douter. Vous êtes une race arboricole, après tout.

[Oui, vivre dans les arbres sans nos griffes, ce serait impossible. Et sans elles, même voyacher avec les lianes serait diffichile.]

– Les lianes? fit Leia en écho en plissant le front.

Jusqu'alors, elle n'avait pas remarqué de lianes dans cette jungle et elle n'en voyait nulle part. C'est alors que ses yeux se fixèrent sur le câble de l'ascenseur... Le câble *vert* de l'ascenseur...

– C'est... une liane? demanda-t- elle en hésitant.

[Oui, une liane de *kshyy* . N'ayez pas d'inquiétude quant à sa résistanche. Elle est plus solide qu'un matériau composite, et même un blaster ne peut la couper. Et elle est aussi auto-réparable.]

– Je vois, dit Leia en luttant contre une soudaine panique.

Elle avait voyagé à travers la galaxie dans des centaines de vaisseaux, vogué dans le ciel des planètes en airspeeders sans le moindre signe d'acrophobie, mais là, suspendue dans le vide sans un cockpit autour d'elle, c'était affreusement différent. Et l'impression de soulagement qu'elle avait éprouvée en abordant Kashyyyk était en train de s'évaporer.

« Est-ce qu'il arrive qu'elles cassent? demanda-t-elle d'un ton aussi désinvolte que possible.

[C'est arrivé dans le passé. Si l'on n'y prend pas garde, certains parasites, certains champignons, peuvent les corroder. Mais aujourd'hui, nous avons des dispositifs de sécurité que nos anchêtres ignoraient. Un ascenseur comme celui-ci possède un système de répulseur automatique.]

– Ah, fit-elle, oubliant son malaise pour mesurer à quel point elle se montrait peu brillante en diplomatie.

Il était trop facile d'oublier que les Wookies, en dépit de leurs étranges villages arboricoles et leur apparence animale, étaient tout à fait à l'aise avec la technologie de pointe.

La cabine d'ascenseur atteignit enfin le niveau du village. Chewbacca et Salporin les attendaient. Chewbacca triturait nerveusement son arbalète et elle comprit tout de suite qu'il commençait à s'impatienter. Ralrra ouvrit la portière et Salporin se précipita pour offrir sa main à Leia.

[Nous avons pris nos dispositions afin que vous et Chewbacca séjourniez chez Salporin,] déclara Ralrra à l'instant où ils posaient le pied sur le sol ferme. [Sa maison n'est pas éloignée. Mais il exichte des transports, si vous le souhaitez.]

Leia promenait les yeux sur le village. Elle avait envie de se promener, de rencontrer ces gens et de sentir vraiment l'ambiance. Mais il ne serait sans doute pas très opportun de parader en public après tous les efforts qu'ils avaient fait pour l'amener clandestinement jusqu'à Kashyyyk.

– Oui, je pense qu'il vaut mieux emprunter un transport, dit-elle à Ralrra.

Chewbacca grommela lorsqu'elle le rejoignit.

[Elle souhaitait voir la chtructure du village,] expliqua Ralrra. [Nous sommes prêts à y aller, à présent.]

Chewbacca, non sans ajouter un autre grognement de mécontentement, remit son arbalète sur son épaule et se dirigea sans autre commentaire vers une luge à répulseur garée à une vingtaine de mètres de là. Ralrra et Leia le suivirent, ainsi que Salporin. Leia avait déjà remarqué que des maisons et diverses autres constructions apparaissaient dès que les branches s'emmêlaient et qu'elles n'étaient séparées du vide que par quelques lianes *kshyy*. Ralrra lui avait laissé entendre que les demeures fixées sur les arbres étaient les plus prestigieuses; et celles qui se trouvaient en lisière correspondaient peut-être à la classe moyenne aisée. Elle risqua un regard à l'intérieur en passant devant les fenêtres. Elle entrevit un visage dans la pénombre, un œil qui accrocha son regard...

– Chewie! souffla-t-elle.

A la seconde où elle porta la main à son blaster, le visage disparut. Mais elle avait reconnu ces yeux protubérants, cette mâchoire saillante, cette peau gris acier.

Chewbacca était déjà à son côté, son arbalète prête.

– Il y a une de ces créatures qui nous ont attaqués sur Bimmisaari à l'intérieur, lui dit-elle, tout en rassemblant tous ses sens de Jedi.

Mais elle ne sentit rien.

– A cette fenêtre, ajouta-t-elle en pointant le canon de son blaster. Il était exactement là.

Chewbacca aboya un ordre tout en s'interposant entre elle et la maison et en la ramenant en arrière. Ralrra et Salporin étaient déjà sur le seuil, brandissant des couteaux à l'aspect redoutable. Ils prirent position de part et d'autre de la porte. Et, dans un éclair éblouissant, Chewbacca décocha une flèche et fit éclater la porte.

Quelque part au centre du village, un long ululement wookie de colère et d'angoisse s'éleva, et les arbres gigantesques et les maisons en renvoyèrent l'écho. Avant même que Ralrra et Salporin se soient engouffrés dans la maison, le ululement fut repris par d'autres voix, de plus en plus nombreuses, jusqu'à ce qu'il semble que tout le village ne faisait qu'une seule voix. Leia se retrouva contre le dos velu de Chewbacca. Le souvenir des hurlements du marché de Bimmisaari lui revint.

Mais, cette fois, elle n'avait pas affaire à de petits Bimms uniformément vêtus de jaune. Elle était entourée de Wookies vigoureux et violents.

Une foule dense s'était déjà rassemblée quand Ralrra et Salporin surgirent de l'intérieur de la maison – une foule à laquelle Chewbacca ne prêta pas plus d'attention qu'il n'en avait accordée aux cris : son regard restait braqué sur la maison et son arbalète n'avait pas dévié d'un pouce. Les deux autres Wookies eux aussi ignoraient la foule : ils venaient de se séparer pour plonger de part et d'autre de la maison. Ils réapparurent quelques secondes plus tard, avec l'attitude de chasseurs bredouilles.

– Il était là, dit Leia comme ils revenaient vers eux. Je l'ai vu.

[Il se peut que ce soit vrai,] fit Ralrra en remettant ses couteaux en place derrière son baudrier. (Salporin, lui, ne quittait toujours pas la maison des yeux, ses deux couteaux levés.) [Mais nous n'avons trouvé trace de personne.]

Leia se mordit la lèvre. Elle ne voyait aucune maison proche où le non-humain aurait pu se réfugier sans qu'elle ou Chewie le voient. Et il n'existait aucun abri de ce côté de la maison. Et, au-delà, c'était le vide.

– Oui, dit-elle soudain. Il a sauté par-dessus. C'est certainement ça. Il a dû arriver par-dessous le village avec un équipement d'escalade, ou bien encore un engin devait l'attendre.

[C'est improbable,] fit Ralrra. [Mais ce serait faisable. Je vais redeschendre pour essayer de le repérer.]

Chewbacca leva la main avec un grognement.

[Tu as raison,] admit Ralrra à regret. [Votre sécurité, Leiaorganasolo, est la chose la plus importante en ce moment. Nous allons nous en occuper en priorité avant de rechercher cet étranger.]

La sécurité. Leia observa la maison et un frisson courut dans son dos. Elle se demanda si elle connaîtrait à nouveau un jour la sécurité.

CHAPITRE XVIII

Le code en trille extirpa brusquement Luke de son sommeil sans rêve.

– O.K., D2, je suis réveillé, fit-il d'un ton pâteux en se frottant les paupières.

Ses phalanges cognèrent contre la visière de son casque, ce qui dissipa un peu plus vite le brouillard qui tournoyait encore dans son esprit. Il ne parvenait pas à se rappeler encore dans quelles circonstances il avait plongé en hibernation, mais il avait le sentiment aigu que D2 l'en avait arraché plus tôt que prévu.

– Il se passe quelque chose? demanda-t-il tout en essayant d'identifier ce que faisait le droïd.

La trille devint un gazouillement éperdu d'angoisse. Luke, tout en luttant pour accommoder sa vision, se tourna vers l'écran pour lire la traduction. A demi surpris, il vit qu'il était obscur. De même que tous les voyants de lecture. Et c'est alors qu'il se rappela : il était pris au piège dans l'espace et tous les systèmes de l'aile X étaient inactifs, à l'exception de l'énergie nécessaire à D2 et au support vital minimum pour lui.

D2 était supposé monter une nouvelle antenne subspatiale. Le cou encore raide, il détourna la tête pour essayer de voir quel était le problème du droïd.

Et ses muscles se roidirent sous l'effet de la surprise. Car un autre vaisseau s'approchait.

Obéissant à un réflexe inutile, totalement réveillé à présent, il se précipita sur la console et appuya sur les touches. Même en utilisant des bypasses, il faudrait encore une quinzaine de minutes pour sortir les moteurs de l'aile X de leur léthargie. Et de là à envisager un combat... Si le nouveau venu était inamical...

En se servant des fusées de manœuvre d'urgence, Luke fit lentement tourner l'aile X pour se retrouver face au nouveau venu. Les écrans et les senseurs se réveillaient, lui confirmant ce qu'il avait déjà vu : le visiteur était un cargo corellien de moyen tonnage, à l'aspect quelque peu délabré. Certainement pas le genre de vaisseau utilisé par les Impériaux. Et aucun marquage impérial n'était visible sur sa coque.

Mais, dans ces circonstances, il était également peu probable que ce fût un innocent transporteur de fret. Un pirate? Luke lança la Force pour essayer de sentir l'équipage...

D2 gazouilla et Luke jeta un coup d'œil sur l'écran de l'ordinateur.

– Oui, je l'ai remarqué aussi, dit-il. Mais un cargo lourd peut décélérer comme ça à vide. Pourquoi tu ne ferais pas une rapide analyse de ce que lisent les senseurs? Tu repéreras peut-être des armes cachées.

Un bip affirmatif lui répondit. Il examina rapidement les autres instruments. Les capaciteurs du canon laser primaire étaient à demi-charge, et le drive principal subluminique à la moitié de sa séquence pré-vol.

Le clignotement de la radio lui indiquait qu'on l'interpellait.

Il enfonça la touche de réception.

– ... besoin d'assistance? disait une voix féminine et froide. Je répète : chasseur non identifié, ici le cargo *Wild Karrde.* Avez-vous besoin d'assistance?

– *Wild Karrde,* ici l'aile X AA-589 de la Nouvelle République, fit Luke. Oui, à vrai dire, j'ai besoin d'aide.

– Bien reçu, aile X. Quel est votre problème?

– L'hyperdrive, dit Luke.

Il observait le vaisseau qui continuait son approche.

Un instant auparavant, quand il s'était tourné face au cargo, le pilote avait réagi en dérivant légèrement, de façon à ce que le *Wild Karrde* ne soit plus sous l'angle de tir des lasers de l'aile X. Ce n'était probablement que simple prudence... mais il pouvait y avoir aussi d'autres possibilités.

– J'ai perdu mes motivateurs. Les enveloppes sont fissurées, et il y a probablement quelques autres problèmes. Je suppose que vous n'avez pas ce genre de pièces détachées?...

– Pas pour un vaisseau de cette taille. (Une brève pause.) On m'a donné l'autorisation de vous proposer de vous conduire jusqu'à notre système de destination, si vous voulez bien monter à notre bord.

Une fois encore, Luke lança la Force pour tenter de mesurer le sens caché de cette invitation. Mais s'il y avait tromperie, il ne la perçevait pas. Et puis, il n'avait guère le choix.

– Ça me paraît bien. Est-ce qu'il y aurait une chance pour que vous embarquiez aussi mon vaisseau?

– Je crains que nos tarifs de transport soient trop élevés pour vous. Je vais consulter le commandant, mais n'y comptez pas trop. De toute manière, nous devrions le prendre en remorque – nos soutes sont pleines pour le moment.

Luke plissa les lèvres. Un cargo lourd à plein n'aurait certainement pas présenté le profil de décélération enregistré par D2. Ils lui mentaient, ou alors leur système de drive, apparemment normal, avait été radicalement augmenté.

Ce qui signifiait que le *Wild Karrde* était soit un cargo de contrebande, soit un pirate... ou bien encore un vaisseau de guerre camouflé. Et la Nouvelle République n'avait aucun vaisseau de guerre camouflé.

– Aile X, si vous restez dans votre position présente, nous pourrons nous rapprocher encore et vous envoyer un cylindre de transfert. A moins que vous ne préfériez passer une combinaison et sauter jusqu'à nous.

– Le cylindre sera plus rapide, dit Luke, décidant soudain de tenter un petit sondage verbal. Je suppose que nous n'avons ni l'un ni l'autre de raison particulière de nous attarder ici. Comment se fait-il que vous soyez passés par-là, à ce propos?

– Nous ne pouvons prendre qu'un nombre limité de bagages, répliqua l'autre, ignorant la question. J'imagine que vous tenez à ce que votre droïd astromécano vienne avec vous...

Bon, tant pis pour le sondage.

– Oui, bien sûr.

– D'accord, alors tenez-vous prêt. Incidemment, le commandant me dit que le coût du transport serait de cinq mille.

– Compris, fit Luke en quittant son harnais.

Il prit ses gants, son joint de casque et les glissa dans ses poches de poitrine, là où il pourrait facilement les prendre. Un cylindre de transfert était sécurisé, mais un accident pouvait toujours arriver. Et puis, si l'équipage du *Wild Karrde* espérait récupérer une aile X, il serait facile de fermer le cylindre en cours d'opération : le moyen le plus simple et le plus propre de se débarrasser de lui.

L'équipage. Luke se figea. Il y avait quelque chose d'anormal. Il avait beau lancer la Force, il ne parvenait pas à savoir quoi.

D2 émit un gazouillement angoissé.

– Non, elle n'a pas répondu à la question, reconnut Luke. Mais je ne vois pas pourquoi ils seraient aussi loin. Et toi?

Le droïd poussa une douce plainte électronique.

– Je le reconnais. Mais si nous refusons leur offre, ça ne nous mène à rien. Il faut simplement rester sur nos gardes.

Il vérifia la charge de son blaster avant de le glisser dans l'étui de sa combinaison. Il prit aussi son comlink, bien qu'il ne pût imaginer à quoi il pourrait lui servir à bord du *Wild Karrde*. Il passa son nécessaire de survie autour de sa taille, ce qui se révéla peu aisé dans le volume restreint du cockpit. Et il termina en fixant son sabrolaser à sa ceinture.

– O.K., aile X, reprit la voix féminine. Le cylindre est en place. Quand vous voudrez.

L'étroite baie d'amarrage du *Wild Karrde* était juste au-dessus de lui. Il vérifia une ultime fois ses instruments qui lui confirmèrent qu'il y avait bien une atmosphère dans le cylindre entre les deux vaisseaux.

– Bon, D2, on y va, fit-il en ouvrant l'habitacle.

Une bouffée d'air passa sur son visage à l'instant où les pressions s'équilibraient. Il se hissa d'un élan prudent et agrippa le bord de la verrière pour pivoter. Il vit que D2 s'était éjecté de son socle et dérivait au large de l'aile X en émettant des sons de vif mécontentement.

Luke lança la Force pour le saisir au vol et le ramener vers lui.

– Je te tiens, D2.

Il prit ses repères une dernière fois, ploya les genoux et s'élança.

Il atteignit le sas une demi-seconde avant D2, s'agrippa aux sangles et s'arrêta en douceur. On avait suivi leur progression, car la porte extérieure coulissait déjà. La gravité fut rétablie, juste assez lentement pour qu'il retrouve son équilibre et, la seconde d'après, la porte intérieure s'ouvrit.

Un jeune homme les attendait. Il portait une combinaison de travail à la coupe inhabituelle.

– Bienvenue à bord du *Wild Karrde*, dit-il en hochant gravement la tête. Si vous voulez bien me suivre : le commandant désire vous voir.

Sans même attendre la réponse de Luke, il les précéda dans la coursive.

– Viens, D2, marmonna Luke en le suivant.

Il lança la Force pour explorer les alentours. En plus de leur guide, il décela la présence de quatre autres personnes vers l'avant du cargo. Et derrière lui, dans les sections de poupe...

Il secoua la tête pour essayer de voir plus clairement. Mais en vain : les sections arrière du vaisseau demeuraient étrangement obscures à ses sens de Jedi. Probablement un effet secondaire de sa longue hibernation, se dit-il... Une chose était certaine, en tout cas : il n'y avait ni membres d'équipage ni droïds là-bas, et c'était tout ce qu'il désirait savoir pour le moment.

Une autre porte coulissa devant eux et leur guide s'écarta.

– Le commandant Karrde va vous recevoir.

– Merci, fit Luke en hochant la tête.

Il entra, D2 sur les talons.

C'était une sorte de bureau; petit, la plus grande surface des parois occupée par des appareils de communication et de cryptage apparemment sophistiqués. Au centre de la pièce, il y avait une grande console-bureau et, derrière, un personnage élancé, au visage émacié, avec des cheveux courts et bruns, observait Luke de ses yeux bleu pâle.

– Bonsoir, fit-il d'une voix mesurée et froide. Je suis Talon Karrde. (Il toisa Luke.) Et je présume que vous êtes le commandant Luke Skywalker.

Luke, un instant, le fixa sans répondre. Par tous les cieux?...

– Je suis le citoyen Skywalker, dit-il enfin, en se maîtrisant pour conserver un ton paisible. J'ai résilié ma commission de l'Alliance il y a bientôt quatre ans.

Une espèce de sourire se dessina sur les lèvres de Karrde.

– J'en prends note. Vous avez certainement trouvé un endroit très convenable pour vous retirer.

Il n'avait pas posé la question, mais elle n'en était pas moins évidente.

– On m'a un peu aidé à le trouver. Un petit accrochage avec un superdestroyer impérial à une demi-année-lumière d'ici.

– Ah... fit Karrde sans la moindre trace de surprise. Oui, l'Empire est particulièrement actif dans cette région de la galaxie. De plus en plus, depuis quelque temps. (Il pencha légèrement la tête.) Mais je suppose que vous vous en êtes déjà aperçu. Incidemment, je peux vous informer que nous serons finalement en mesure de prendre votre vaisseau en remorque. On met actuellement les câblages en place.

– Je vous remercie.

Luke commençait à éprouver un picotement familier à hauteur de la nuque.

Pirate ou contrebandier, Karrde, normalement, aurait dû avoir une réaction plus marquée en apprenant la présence d'un superdestroyer dans ce secteur. A moins, bien sûr, qu'il n'ait déjà passé un accord avec les Impériaux...

– Permettez-moi de vous remercier pour votre intervention, ajouta-t-il. D2 et moi, nous avons eu de la chance que vous passiez dans le coin.

– Et D2 est... ? Oui, je suppose qu'il s'agit de votre droïd astromécano. (Un éclair joua fugacement dans les yeux pâles de Karrde.) Vous devez être vraiment un combattant redoutable, Skywalker. Échapper à un superdestroyer impérial, ça n'est pas un jeu d'enfant. Quoique j'imagine qu'un homme tel que vous est habitué à donner du fil à retordre à l'Empire.

– Je ne suis plus souvent au front. Mais vous ne m'avez pas dit comment il se faisait que vous vous trouviez là, commandant? Ni comment vous savez qui je suis.

Un autre sourire furtif.

– Avec un sabrolaser à la ceinture? Allons, soyons sérieux. Ou bien vous étiez Luke Skywalker, Chevalier Jedi, ou bien quelqu'un affligé d'un goût immodéré pour les antiquités et d'une très haute opinion de ses talents d'escrimeur. (Une fois encore, les yeux pâles examinèrent Luke.) Je dois dire cependant que vous ne ressemblez pas à l'image que je me faisais de vous. Mais je suppose que ça n'a rien de surprenant : le folklore qui entoure les Jedi a été tellement déformé par les mythes et l'ignorance qu'il est quasiment impossible de les imaginer avec précision.

Dans l'esprit de Luke, l'alerte résonnait de plus en plus fort.

– A vous entendre, dit-il, on pourrait penser que vous vous attendiez à me trouver ici.

Il mit son corps en phase de combat et lança ses sens Jedi autour de lui. Les cinq membres d'équipage se trouvaient toujours plus ou moins là où il les avait détectés quelques minutes auparavant, vers l'avant. Seul Karrde pouvait constituer une menace.

– En fait, c'est exact, admit-il enfin. Mais le mérite ne m'en revient pas. C'est l'une de mes associées, Mara Jade, qui nous a conduits dans ces parages. Elle se trouve actuellement sur la passerelle.

Il s'interrompit, guettant à l'évidence la réaction de Luke. Cela pouvait être un piège, Luke ne l'ignorait pas. Mais le seul fait que l'autre suggère qu'il s'était trouvé quelqu'un capable de déceler sa présence à des années-lumière de distance était trop intrigant. Luke, alors, focalisa toutes ses perceptions sur la passerelle du *Wild Karrde.* La jeune femme qui était à la barre était celle qui lui avait parlé auparavant. Auprès d'elle, un homme âgé était penché sur l'ordinateur de navigation. Et, assis derrière eux...

Luke eut l'impression qu'un éclair venait de toucher son esprit.

– Oui, c'est elle, lui confirma Karrde, presque désinvolte. Elle le cache bien – pas assez, je le suppose, pour un Jedi. J'ai dû passer plusieurs mois à l'observer pour découvrir que c'était pour vous, et vous personnellement, qu'elle avait ces sentiments.

Il fallut quelques secondes à Luke pour retrouver sa voix. Jamais auparavant, depuis l'Empereur, il n'avait affronté une haine aussi noire et absolue.

– Mais je ne l'ai jamais rencontrée, dit-il.

– Non? (Karrde haussa les épaules.) Dommage. J'espérais un peu que vous seriez capable de me dire pourquoi elle ressent cela. Eh bien... (Il se leva.) Je suppose que nous n'avons rien d'autre à nous dire pour le moment. Et laissez-moi ajouter que je suis désolé que ça se soit passé ainsi.

Luke voulut porter la main à la poignée de son sabre. Il avait à peine esquissé ce geste qu'un trait de paralyseur l'atteignit dans le dos.

Il existait des méthodes pour combattre l'inconscience, chez les Jedi. Mais elles requéraient une fraction de seconde de préparation, une simple fraction que Luke n'eut pas. Il se sentit vaguement tomber et perçut le pépiement frénétique de D2 dans le lointain.

Avec le peu de conscience qui lui restait, il se demanda pourquoi par tous les cieux Karrde lui avait fait cela.

CHAPITRE XIX

Il s'éveilla lentement, par phases succesives. Il n'avait conscience que de deux choses : il était étendu sur le dos, et il se sentait atrocement mal.

Lentement, il quittait la brume et retrouvait des sensations plus précises. L'air, autour de lui, était tiède mais humide. Une brise légère lui apportait des senteurs peu familières. Il était sur une surface douce mais ferme qui devait être un lit. Ce qu'il ressentait de sa peau et le goût qu'il avait dans la bouche lui disaient qu'il avait dû dormir durant plusieurs jours.

L'effet neutralisant d'un paralyseur n'excédait jamais deux heures, et il était clair qu'il avait été drogué.

Il eut un sourire intérieur. Karrde s'attendait sans doute à ce qu'il reste incapacité un peu plus longtemps, mais il allait avoir une surprise.

Il concentra tout son esprit sur les techniques de désintoxication Jedi et attendit patiemment que tout s'éclaircisse.

Il lui fallut un instant pour prendre conscience qu'en fait rien ne se passait.

Il replongea dans le sommeil ; et quand il s'éveilla une deuxième fois, il avait l'esprit clair comme du cristal. Il cligna des yeux dans un rayon de soleil, et leva la tête.

Il portait encore sa combinaison spatiale. Il était étendu sur un lit dans une petite chambre confortablement meublée qui n'évoquait en rien une prison. En face de lui, il y avait une fenêtre ouverte. A une cinquantaine de mètres, il découvrit l'orée d'une forêt. Un soleil orangé était suspendu juste au-dessus des arbres. Etait-ce l'aube ou le crépuscule, il n'aurait su le dire.

– Enfin réveillé? demanda une voix de femme.

Il sursauta et tourna la tête. Sa première réaction fut qu'il n'arrivait pas à voir qui se trouvait là. La deuxième, qui suivit la première d'un quart de seconde, fut de se dire qu'il était ridicule et qu'on avait dû l'appeler par un intercom ou un comlink.

Mais non, sa première réaction avait été juste.

Elle était assise dans un fauteuil à haut dossier, les bras posés sur les accoudoirs en une attitude qui lui sembla étrangement familière. Elle était mince, elle avait probablement son âge, des cheveux d'or roux et des yeux verts scintillants. Elle avait les jambes croisées, et un blaster de petite taille mais à l'aspect redoutable était posé sur ses cuisses.

C'était un être humain. Vivant, authentique... Mais, incroyablement, il ne parvenait pas à sentir sa présence.

Elle dut lire son trouble.

– C'est exact. (Elle eut un sourire qui n'avait rien d'amical ni de courtois. Un sourire à la fois amer, amusé et malicieux.) Bienvenue dans le monde des simples mortels.

Dans un flux soudain d'adrénaline, Luke réalisa que l'étrange voile mental qui l'enveloppait n'était nullement limité à cette femme. Il ne sentait *plus rien*. Pas plus les gens que les droïds, ni même la forêt.

C'était comme s'il était brusquement aveugle.

– Ca ne vous plaît pas, hein? Ça n'est pas facile de perdre tout à coup tout ce qui faisait de vous un être spécial, n'est-ce pas?

Lentement, prudemment, il se redressa et s'assit au bord du lit. La femme l'observait, la main droite posée sur son blaster.

– Si vous comptez m'impressionner par vos

remarquables dons de récupération, fit-elle, ne vous donnez pas cette peine.

– Loin de moi une pensée aussi sournoise, fit-il en luttant pour récupérer son souffle. Je ne me donne cette peine que pour me lever.

Il la regarda droit dans les yeux un instant, mais elle ne cilla pas.

– Ne me dites rien : laissez-moi deviner. Vous êtes Mara Jade.

– Ça ne m'impressionne pas non plus. Karrde m'a déjà dit qu'il vous avait parlé de moi.

Luke acquiesça.

– Il m'a dit aussi que c'était vous qui aviez repéré mon aile X. Merci.

– Epargnez-moi votre gratitude, fit-elle d'un ton mordant. En ce qui me concerne, la seule question que je me pose est de savoir si l'on doit vous livrer aux Impériaux ou vous tuer nous-mêmes.

Elle se leva brusquement, le blaster au poing.

– Debout. Karrde désire vous voir.

Il obéit tout en remarquant que Mara Jade avait attaché son propre sabrolaser à sa ceinture. Se pouvait-il qu'elle fût elle aussi une Jedi ? Assez puissante pour neutraliser les pouvoirs de Luke ?

– Je dois dire que les deux options n'ont rien de séduisant.

– Il en existe une autre.

Ele s'avança jusqu'à ce qu'il puisse la toucher. Et elle pointa le blaster sur sa tête.

– Vous tentez de vous enfuir... et je vous abats immédiatement.

Un long moment, ils restèrent ainsi, figés sur place. Dans les yeux verts, il lisait toujours la même haine ardente. Mais aussi autre chose : une douleur plus profonde et tenace.

Il ne fit pas le moindre geste et, à la fin, comme à regret, elle abaissa son arme.

– Allez. Karrde nous attend.

La chambre de Luke se trouvait au bout d'un couloir au long duquel s'ouvraient d'autres portes toutes semblables. Une sorte de baraquement, décida-t-il comme ils quittaient le bâtiment pour s'engager dans une clairière herbue en direction d'une haute construction. Alentour, il remarqua d'autres baraquements, des entrepôts ainsi qu'un hangar d'entretien. Il y avait là une dizaine de vaisseaux, y compris au moins deux transporteurs lourds du modèle du *Wild Karrde* et de petites unités réparties à l'orée de la forêt toute proche. Il entrevit le nez de son aile X derrière l'un des gros vaisseaux. Une seconde, il fut sur le point de demander à Mara où était D2 mais se dit qu'il valait mieux garder cette question pour Karrde.

Mara pressa la main sur le senseur de la porte du grand bâtiment. Le panneau s'ouvrit et elle dit à Luke :

– Il est dans la grande salle. Droit devant.

Ils suivirent un long corridor, passant devant des réfectoires et des salles de récréation. Tout au bout, une autre porte s'ouvrit et Mara poussa Luke à l'intérieur...

Dans un décor qui semblait surgi d'une légende ancienne.

Un instant, Luke demeura sur le seuil, fasciné. La salle était spacieuse. La plafond, très haut et translucide, était tapissé d'un fin réseau de poutrelles sculptées. Les murs étaient de bois brun sombre, en treillage, dont les découpes complexes laissaient filtrer une clarté bleutée. Un peu partout, des objets de luxe retenaient le regard : une petite sculpture ici, un artefact non humain là-bas. Des fauteuils, des sofas et de grands coussins étaient disposés en cercles, invitant à des conversations paisibles dans le confort.

Mais tout cela semblait secondaire comparé à l'arbre érigé au centre de la salle et que Luke ne quittait plus des yeux.

Il n'avait rien d'un modeste abrisseau, comme ceux que l'on trouvait dans les couloirs du Palais Impérial. Il devait faire plus d'un mètre de diamètre à la base, montait jusqu'à une ouverture dans le plafond et se perdait plus haut encore. A deux mètres du sol, des branches épaisses se déployaient dans toute la pièce, certaines jusqu'aux murs, tels des bras noueux qui embrassaient tout l'espace.

– Ah, Skywalker! lança une voix quelque part devant lui.

Luke dut faire un effort pour détourner les yeux et découvrit Karrde installé dans un fauteuil, au pied de l'arbre. Deux quadrupèdes étaient accroupis de part et d'autre.

Leurs museaux vaguement canins étaient pointés roidement vers Luke.

– Approchez-vous.

Luke, la gorge serrée, s'exécuta. Il se rappelait les histoires de son enfance, à propos de certaines forteresses où poussaient des arbres. Elles étaient pour la plupart effrayantes, remplies de danger, de peur, de détresse.

Et, dans chacune de ces histoires, la forteresse était la demeure du Mal.

– Bienvenue parmi les vivants, fit Karrde.

Il prit une carafe en argent sur une table basse et versa un liquide rouge dans deux tasses.

– Je dois m'excuser de vous avoir maintenu en sommeil si longtemps. Mais je suis convaincu que vous mesurez les problèmes que l'on peut rencontrer pour maintenir un Jedi là où on le désire.

– Bien entendu, fit Luke, sans quitter du regard les deux animaux qui encadraient Karrde et qui le fixaient toujours avec une intensité dérangeante. Quoique, si vous l'aviez aimablement demandé, ajouta-t-il, j'aurais été prêt à coopérer.

Un mince sourire joua sur les lèvres de Karrde.

– Peut-être. Peut-être que non également. (Il désigna un fauteuil en face de lui.) Je vous en prie, prenez place.

Luke s'avança mais, à cet instant, l'un des deux animaux se redressa légèrement avec une sorte de ronronnement sourd.

– Du calme, Sturm, fit Karrde. Cet homme est notre invité.

La créature parut ignorer cette admonestation : son regard ne quittait pas Luke.

– Je pense qu'il ne vous croit pas, fit-il.

Il n'avait pas plus tôt parlé que l'autre animal émit la même menace.

– Peut-être pas, dit Karrde en saisissant les deux bêtes par le collier.

Trois hommes étaient installés non loin de là, sur des sofas, et il lança :

– Chin ! Viens et remmène-les, veux-tu ?

Un personnage d'âge moyen coiffé à la mode frof, fli se précipita.

– Allez, les amis, on y va, grommela-t-il en éloignant les deux animaux. Qu'est-ce qu'on dirait d'une petite promenade, hein ?

– Je vous fais mes excuses, Skywalker, dit Karrde en les suivant du regard, le front plissé. D'ordinaire, ils se comportent mieux avec nos invités. Asseyez-vous.

Luke s'installa et accepta la tasse que lui présentait Karrde. Mara passa près de lui et s'assit à côté de son chef. Luke remarqua qu'elle portait maintenant son blaster dans un étui fixé sur son avant-bras gauche. C'était comme si elle le brandissait déjà.

Karrde désigna la tasse de Luke.

– Un stimulant léger, expliqua-t-il. Ça va vous aider à vous réveiller vraiment.

Il but lui-même une gorgée avant de reposer sa tasse.

Le breuvage n'avait pas un goût désagréable, se dit Luke. Et puis, si Karrde avait eu l'intention de le droguer de nouveau, il n'aurait pas eu besoin d'un subterfuge aussi enfantin.

– Pourriez-vous me dire où se trouve mon droïd ?

– Oh, il est parfaitement en sécurité. En fait, je l'ai installé dans un de mes magasins d'équipement.

– J'aimerais le voir, si possible.

– Je suis certain que ça peut s'arranger. Mais plus tard. (Karrde se laissa aller en arrière.) Peut-être lorsque nous aurons décidé de ce que nous allons faire de vous.

Luke regarda Mara.

– Votre associée a mentionné les diverses possibilités. J'espérais pouvoir en ajouter une autre.

– Que nous vous renvoyions chez vous?

– Contre une récompense méritée, bien entendu. Disons le double de ce que l'Empire pourrait vous offrir?

– Vous vous montrez très généreux avec l'argent des autres, dit Karrde d'un ton sec. Malheureusement, le problème ne concerne nullement l'argent mais la politique. Nos opérations, vous le savez, couvrent largement l'espace impérial autant que la République. Si l'Empire apprend que nous vous avons restitué à la République, il sera très irrité à notre égard.

– Et vice-versa si vous me livrez à l'Empire, répliqua Luke.

– C'est vrai, fit Karrde. Si ce n'est que vu les dommages causés à votre radio subspatiale, la République n'a probablement pas la moindre idée de ce qui a pu vous arriver. Ce qui n'est pas le cas de l'Empire, malheureusement.

– Et il ne s'agit pas de ce qu'ils *pourraient* offrir, ajouta Mara, mais de ce qu'ils ont *déjà offert*. Trente mille.

– Je ne me serais jamais douté que j'avais autant de valeur, dit Luke.

– Pour de nombreux opérateurs marginaux, vous représentez la différence entre la banqueroute et la solvabilité, fit Karrde d'un ton tranchant. A l'heure qu'il est, il y a probablement des dizaines de vaisseaux qui ont abandonné toutes les missions ou livraisons prévues pour partir à vos trousses. (Il eut un mince sourire.) Tous ces opérateurs ne se seront même pas demandé une seconde comment ils allaient bien pouvoir retenir un Jedi captif s'ils lui mettaient la main dessus.

– Votre méthode semble efficace, dit Luke. Mais je suppose que vous ne comptez pas me dire comment vous faites.

– Des secrets aussi précieux valent beaucoup d'argent. En auriez-vous de même valeur à m'offrir en contrepartie?

– Probablement pas, dit Luke d'un ton neutre.

Mais je vous répète que la Nouvelle République serait prête à passer un marché.

Karrde reprit sa tasse et but quelques gorgées tout en l'observant d'un œil songeur.

– Moi, je vais vous proposer un marché. (Il reposa sa tasse.) Vous me dites pourquoi l'Empire s'intéresse tellement à vous si soudainement, et moi je vous dis pourquoi vos pouvoirs de Jedi sont inopérants ici.

– Pourquoi ne pas poser directement la question aux Impériaux?

Karrde sourit.

– Non, merci. Ils s'interrogeraient à leur tour sur mon soudain intérêt pour votre personne. Surtout depuis que nous nous sommes abrités derrière des missions urgentes quand on nous demandé de vous pourchasser.

Luke plissa le front.

– Parce que vous ne me pourchassiez pas?

– Mais non. Encore une de ces ironies du sort qui rendent la vie tellement intéressante. Nous venions simplement de charger une cargaison quand Mara nous a sortis de l'hyperespace en un instant.

Luke étudia l'expression fermée de Mara.

– Quelle chance vous avez eue! fit-il.

– Peut-être, dit Karrde. Mais le résultat, c'est que nous nous sommes retrouvés exactement dans la situation que j'avais espéré éviter avant tout.

Luke leva les deux mains.

– Alors laissez-moi partir et disons que rien de tout cela n'est arrivé. Je vous donne ma parole que je ne parlerai pas de votre rôle.

Karrde secoua la tête.

– L'Empire finirait bien par le découvrir. Leur nouveau commandant excelle tout particulièrement à recoller les fragments d'information. Non, je pense que notre meilleur espoir est de trouver un compromis. Un moyen de vous laisser partir tout en donnant aux Impériaux ce qu'ils veulent. Ce qui nous ramène à ma première question.

– Et à ma première réponse, fit Luke. Je ne sais

pas ce que l'Empire me veut. (Il hésita, mais se dit que Leia devait être largement hors de portée des vaisseaux de l'Empire à l'heure qu'il était.) Mais je ne suis pas seul en jeu, je dois vous le dire. Ils ont tenté par deux fois de s'en prendre à ma sœur Leia également.

– Ils ont tenté de la tuer?

Luke réfléchit quelques secondes.

– Non, je ne le pense pas. Je penserais plutôt à un enlèvement.

– Intéressant, murmura Karrde, le regard perdu dans le vague. Leia Organa Solo. Qui suit l'éducation de Jedi tout comme son frère. Ce qui pourrait expliquer... certaines récentes actions de l'Empire...

Luke attendit, mais il était évident que Karrde n'avait pas l'intention de conclure.

– Vous parliez d'un compromis...

Karrde parut revenir au présent.

– Oui, c'est exact. Il m'est apparu que l'Empire pourrait être intéressé par la position privilégiée que vous occupez au sein de la Nouvelle République – et qu'il ait besoin d'informations sur le Conseil Provisoire. En ce cas, nous pourrions nous accorder afin que vous repartiez libre pendant que votre droïd serait livré aux Impériaux qui pourraient le débriefer.

Luke sentit son estomac se serrer.

– Ça ne leur apporterait pas grand-chose dit-il enfin, aussi nonchalamment que possible. (Il pensait à D2 vendu sur un marché aux esclaves de l'Empire.) D2 n'a jamais participé aux réunions du Conseil.

– Mais il vous connaît très bien personnellement, le contra Karrde. De même que votre sœur, son mari, et plusieurs membres haut placés de la Nouvelle République. (Il haussa les épaules.) Mais c'est un point dont on peut discuter, bien sûr. Le fait qu'ils se concentrent exclusivement sur les Jedi de la Nouvelle République signifie qu'ils ne recherchent pas seulement des informations. Où ces attaques se sont-elles passées?

– La première, sur Bimmisaari, et la seconde sur Bpfassh.

Karrde hocha la tête.

– Nous avons un contact sur Bpfassh; il se pourrait qu'il parvienne à remonter la piste des Impériaux. Jusque-là, je crains que vous ne deviez rester mon hôte.

– Laissez-moi insister sur un autre point avant que je ne me retire, dit Luke. Quoi qu'il advienne de moi – ou de ma sœur Leia – l'Empire demeure condamné. Le pouvoir de la Nouvelle République s'exerce sur bien plus de planètes que n'en possède l'Empire, et leur nombre augmente chaque jour. Nous finirons par gagner, ne serait-ce que par les chiffres.

– Je crois savoir que tel était l'argument de l'Empereur lui-même quand il évoquait la Rébellion, commenta Karrde. Et c'est bien là le cœur du dilemme, non? L'Empire exercera très vite des représailles à mon encontre si je ne vous livre pas, mais il est probable que la Nouvelle République l'emportera à long terme.

– Seulement si lui et sa sœur sont là pour prêter main-forte à Mon Mothma, remarqua Mara avec mépris. Sinon...

– Sinon, l'issue finale est un peu moins claire, fit Karrde. De toute manière, Skywalker, je vous remercie pour le temps que vous m'avez accordé. J'espère que nous prendrons une décision sans trop tarder.

– Je n'ai pas l'intention de me hâter, dit Luke. Ce monde me semble plutôt séduisant et je pourrais très bien y passer quelques jours.

– Ne le croyez surtout pas. Mes deux vornskrs ont des petits copains dans la forêt. Qui n'ont pas bénéficié des avantages de la domestication.

– Je comprends.

Luke espérait pourtant pouvoir s'enfuir du camp de Karrde et échapper à cette bizarre interférence qu'il utilisait pour le dominer...

– Ne comptez pas trop sur vos talents de Jedi pour vous protéger, ajouta Karrde avec nonchalance. Vous serez aussi impuissant dans la forêt. Probablement plus. (Il leva les yeux vers le faîte de l'arbre.) A vrai dire, il y a encore plus d'ysalamari à l'extérieur que je n'en ai ici.

– Des ysalamari?

Luke avait suivi son geste... et pour la première fois il remarquait une créature à la toison gris-brun suspendue à une branche.

– Qui sont-ils?

– Ils sont la raison pour laquelle vous restez docile, déclara Karrde. Ils semblent posséder le don très particulier de repousser la Force – de créer, pour ainsi dire, des sortes de bulles à l'intérieur desquelles la Force n'existe pas.

– Je n'en avais jamais entendu parler, fit Luke, tout en se demandant s'il y avait la moindre parcelle de vérité dans ce que venait de dire Karrde.

Yoda, pas plus que Ben, n'avait jamais fait allusion à de tels êtres.

– Bien peu connaissent leur existence, concéda Karrde. Et, dans le passé, on avait intérêt à garder le secret. Les Jedi de l'Ancienne République évitaient cette planète pour des raisons évidentes, ce qui explique également pourquoi de nombreux groupes de contrebandiers s'y étaient installés. Après que l'Empereur eut persécuté les Jedi, les contrebandiers se sont rapprochés de leurs marchés potentiels. Mais à présent que les Jedi sont de retour... (Karrde hocha la tête d'un air grave)... certains d'entre eux vont probablement revenir ici. Quoique je puisse dire que la population n'apprécierait guère cela.

Luke leva les yeux vers l'arbre. A présent qu'il était au courant, il repérait mieux les ysalamari suspendus aux branches.

– Qu'est-ce qui vous a conduit à penser que les ysalamari seuls étaient responsables de cette bulle anti-Force et non pas autre chose? demanda-t-il.

– Les légendes du folklore local, en grande partie. Et aussi le fait que vous soyez ici en train de bavarder avec moi. Comment un homme armé d'un paralyseur et particulièrement nerveux aurait-il pu escorter un Jedi sans que celui-ci le remarque?

Luke le dévisagea et la dernière pièce du puzzle se mit en place.

– Vous avez des ysalamari à bord du *Wild Karrde.*

– C'est juste. Par pur hasard, d'ailleurs. Ou alors... (Karrde leva les yeux vers Mara)... Peut-être *pas vraiment.*

Luke observa l'ysalamir qui se trouvait juste au-dessus de Karrde.

– Et cette bulle peut avoir quelles dimensions?

– Pour être franc, je n'en ai aucune idée exacte. La légende veut que les ysalamari soient capables chacun de créer des bulles de dix mètres de diamètre, mais que, en groupe, ils puissent en produire de beaucoup plus importants. C'est comme une sorte de renfort, je pense. Vous nous ferez peut-être le plaisir de vous prêter à quelques expériences avec eux avant de repartir, j'espère?...

– Peut-être. Tout dépend de la direction que je prendrai.

– Oui, sans doute, concéda Karrde. Bon, je pense que vous aimeriez sans doute faire un peu de toilette – vous mijotez dans cette combinaison de vol depuis pas mal de jours. Avez-vous de quoi vous changer?

– Il y a une petite malle dans la soute de mon aile X. A propos, je vous remercie de l'avoir remorquée.

– J'essaie toujours, dans la mesure du possible, de récupérer tout ce qui pourrait être utile un jour. Je vous ferai porter vos affaires dès que mes associés auront vérifié qu'il ne s'y trouve pas d'armes ou d'objets cachés. (Il sourit.) Je doute qu'un Jedi emploie de telles astuces, mais je suis méticuleux par nature. Bonsoir, Skywalker.

Mara brandissait de nouveau son petit blaster.

– Allons-y, fit-elle.

Luke se leva.

– Permettez-moi de vous proposer une autre option, fit-il à Karrde. Si vous faisiez comme si tout cela ne s'était jamais produit, vous pourriez nous ramener, moi et D2, là où vous nous avez trouvés. Je suis prêt à courir le risque avec d'autres chasseurs de prime.

– Et même avec les Impériaux?

– Même avec eux, acquiesça Luke.

– Eh bien, quitte à vous surprendre, Skywalker, je retiens éventuellement cette option.

Le soleil avait sombré derrière la forêt et le ciel était sombre lorsque Mara l'escorta au-dehors.

– J'ai manqué le repas? demanda Luke tout en s'engageant dans le couloir qui conduisait à sa chambre.

– On peut vous faire apporter quelque chose, fit-elle d'une voix qui évoquait un grondement à peine voilé.

– Je vous remercie. Je ne comprends pas pourquoi vous me haïssez à ce point.

– Taisez-vous! Taisez-vous.

Il obéit avec une grimace. Elle le poussa dans sa chambre.

– Il n'y a pas de verrou sur la fenêtre, mais elle comporte un dispositif d'alerte, dit-elle. Si vous tentez quoi que ce soit, je m'arrangerai pour que les vornskrs vous rattrapent avant moi. (Elle lui sourit avec une tendresse affreusement ironique.) Mais ne croyez surtout pas ce que je dis. Essayez donc.

Luke se tourna vers la fenêtre, revint à Mara et dit :

– Non, merci, je passe.

Sans ajouter un mot, elle referma la porte. Il entendit le déclic du verrou électrique, puis il n'y eut plus que le silence.

Il alla jusqu'à la fenêtre et regarda au-dehors. Il distingua des lumières dans les autres baraquements, alors que celui où il se trouvait lui avait paru obscur. Ce qui était logique, se dit-il. Que Karrde décide de le restituer à la Nouvelle République ou de le livrer à l'Empire, il n'avait pas intérêt à ce que ses associés soient au courant.

D'autant plus s'il décidait d'écouter Mara et le tuait.

Il gagna son lit en luttant contre une peur soudaine. Jamais, depuis qu'il avait affronté l'Empereur, il ne s'était senti aussi désemparé.

Jamais, à vrai dire, il n'avait été *réellement* aussi désemparé.

Il inspira profondément. *Pour le Jedi, il n'y a pas d'émotion; il y a la paix.* Il savait, quelque part au fond de lui, qu'il devait exister un moyen de s'évader de cette prison.

Il suffisait qu'il reste en vie suffisamment longtemps pour le découvrir.

CHAPITRE XX

– Mais non, je vous assure, tout va bien, fit 6PO avec la voix de Leia.

Il semblait en cet instant le droïd le plus malheureux de l'univers.

– Yan et moi, nous avons décidé d'aller jeter un coup d'œil dans le système d'Abregado, du moment que nous étions dans le coin, c'est tout.

– Je comprends, Votre Altesse, dit la voix de Winter sortant du haut-parleur du *Faucon.*

Yan la sentait fatiguée. Fatiguée et plus que tendue.

– Puis-je vous recommander, ajouta-t-elle, de ne plus trop vous attarder.

6PO jeta un regard affolé à Yan qui murmura dans son comlink :

– Nous serons bientôt de retour.

– Nous serons bientôt de retour, répéta 6PO.

– Je voulais seulement...

– Je voulais seulement...

– ... visiter l'infrastructure de fabrication...

– ... visiter l'infrastructure de fabrication...

– ... des Gados.

– ... des Gados.

– Oui, Votre Altesse, dit Winter. Je vais transmettre cette information au Conseil. Je suis certaine qu'ils auront plaisir à l'entendre. (Elle fit une pause presque imperceptible.) Je me demandais si je ne pourrais pas dire deux mots au capitaine Solo.

Lando, à l'autre bout du cockpit, fit une grimace. *Elle sait,* fit-il silencieusement.

Tu plaisantes, répondit Yan de la même façon. Il surprit le regard de 6PO et hocha la tête.

– Bien sûr, fit le droïd, soulagé. Yan?...

Yan s'exprima par le comlink.

– Je suis là, Winter. Qu'y a-t-il?

– Savez-vous quand vous reviendriez avec la Princesse Leia? L'amiral Ackbar, en particulier, s'en est inquiété.

Yan fronça les sourcils. Ackbar ne lui avait pas adressé plus de deux mots depuis qu'il avait abandonné son grade de général quelques mois auparavant.

– Vous remercierez l'amiral de son attention, dit-il en choisissant avec soin ses mots. J'espère qu'il va bien?

– Comme d'habitude, dit Winter. Mais il a cependant quelques problèmes avec sa famille, à présent que l'école fonctionne à plein.

– Des disputes d'enfants?

– Surtout au moment d'aller au lit. Il y a aussi le petit qui ne veut pas se coucher et qui préfère lire – ce genre de chose. Vous voyez...

– Oui, fit Yan. Je connais bien les gamins. Et les voisins? Il a toujours des problèmes avec eux?

Une brève pause.

– Je... non, je n'en suis pas certaine, dit Winter. Il ne m'en a pas parlé. Je peux le lui demander, si vous voulez.

– Non, ça n'est pas important. Du moment que tout va bien dans la famille, c'est ce qui compte.

– Je suis d'accord avec vous. Je pense qu'il voulait surtout se rappeler à vous.

– Eh bien, merci pour ce message. (Yan jeta un regard à Lando.) Dites-lui que nous ne nous attarderons guère ici. Nous filons jusqu'à Abregado, nous passerons peut-être dans un ou deux autres systèmes, et ensuite nous rentrerons tout droit.

– Parfait. Rien d'autre?

– Non... Oh, oui : on a des nouvelles du programme de reconstruction bpfasshi?

– Vous voulez dire les trois systèmes attaqués par l'Empire ?

– Exact.

Il pensait à Leia et à leur second affrontement avec ces agresseurs à la peau grise ; mais il était inutile de revenir là-dessus.

– J'appelle le dossier, dit Winter. Oui... ça se passe bien. Il y a eu quelques problèmes avec les transports, mais la marchandise arrive normalement, à présent.

Yan cilla.

– Comment Ackbar s'en est-il sorti ? Il a récupéré des vieux vaisseaux containers quelque part ?

– A vrai dire, il s'est débrouillé tout seul. Il a pris quelques supercroiseurs et des frégates d'attaque, il a réduit les équipages au minimum, il les a affrétés comme cargos avec des droïds en appoint.

Yan grimaça.

– J'espère qu'il a prévu des escortes efficaces. Des supercroiseurs à vide, ça fait de bonnes cibles pour les Impériaux.

– Je suis certaine qu'il y aura pensé, fit Winter. Et les chantiers et les docks en orbite de Sluis Van sont particulièrement bien défendus.

– Je ne crois pas vraiment qu'il y ait quoi que ce soit de bien défendu, tous ces temps, fit Yan d'un ton amer. Pas avec les Impériaux qui rôdent un peu partout. Bon, il faut que nous y allions. Je vous rappelerai plus tard.

– Bonne route. Et au revoir, Votre Altesse.

Lando claqua des doigts à l'adresse de 6PO.

– Au revoir, Winter, flûta le droïd.

Yan porta la main à sa gorge et Lando coupa la transmission.

– Si ces supercroiseurs avaient été construits avec des circuits asservis, il serait inutile d'y mettre des droïds pour en faire des vaisseaux containers, remarqua-t-il d'un ton innocent.

– Oui, fit Yan, qui avait à peine écouté. Allons-y. On va abréger et rentrer. (Il se dégagea de son siège et vérifia son blaster.) Il va y avoir du vilain sur Coruscant.

– Tu veux parler de cette histoire à propos de la famille d'Ackbar ? demanda Lando en se levant à son tour.

– Exactement. (Yan se dirigeait déjà vers le sas du *Faucon.*) Si j'ai bien compris Winter, il semble que Fey'lya ait déclenché une vaste offensive contre le territoire d'Ackbar. Viens, 6PO : tu vas verrouiller derrière nous.

– Capitaine Solo, je proteste une fois encore contre tout ce plan, dit le droïd d'un ton plaintif. Je pense vraiment qu'imiter la Princesse Leia...

– D'accord, d'accord, l'interrompit Yan. Dès que nous serons de retour, Lando te déprogrammera.

– Déjà ? demanda Lando en le rattrapant. Je croyais que tu venais de dire à Winter...

– C'était pour ceux qui pourraient nous écouter. Dès que nous en aurons fini ici, nous rentrerons. Et peut-être que nous ferions bien de passer par Kashyyyk pour récupérer Leia.

– C'est aussi grave que ça ? souffla Lando.

– C'est difficile à dire exactement, dit Yan en déclenchant l'ouverture.

La rampe s'abaissa doucement vers le terrain poussiéreux.

– Ce que je ne comprend pas, c'est cette allusion au « petit qui ne veut pas se coucher et qui préfère lire ». Je suppose que ça pourrait être en rapport avec ce qu'Ackbar a pu recevoir des services de renseignements. Ou pis encore : peut-être Fey'lya veut-il ramasser tout le pot de la partie de sabacc.

– Toi et Winter, vous auriez dû vous arranger pour mettre au point un code verbal un peu plus clair, remarqua Lando tandis qu'ils s'engageaient sur la rampe.

– Tu veux dire que nous aurions dû mettre au point un code verbal, c'est tout, grommela Yan. Il y a trois ans que je voulais qu'on travaille là-dessus, Leia, elle et moi. Jamais elles ne m'ont écouté.

– En tout cas, si ça peut te consoler, je crois que ton analyse tient debout. Ça cadre avec les rumeurs qui me sont revenues, en tout cas. Je pense qu'en parlant des voisins, elle faisait référence à l'Empire, non?

– Juste. Si Ackbar avait réussi à trouver l'origine des fuites, Winter en aurait entendu parler.

– Alors, est-ce qu'il n'est pas dangereux de retourner là-bas?

– Exact, acquiesça Yan. Mais il faut courir ce risque. Sans Leia pour jouer les bons offices, Fey'lya pourrait bien amener le Conseil à lui donner ce qu'il veut, ou à le convaincre par la force. Quoi qu'il convoite.

– Mmm... (Lando s'était arrêté au bas de la rampe et il leva les yeux.) Espérons que ce sera notre dernier contact.

– Espérons surtout que notre type va se manifester.

Le spatioport d'Abregado-rae avait eu une réputation terrible à l'époque où Yan était encore un contrebandier. Pour les pilotes, c'était l'équivalent de Mos Esley, sur Tatooine. Ce fut presque un choc pour lui, lorsqu'ils franchirent la porte du silo d'atterrissage, de découvrir une ville plutôt pimpante et claire.

– Eh bien, voyez-moi ça, murmura Lando. La civilisation est enfin apparue sur Abregado.

– On a vu plus bizarre, acquiesça Yan en regardant autour de lui.

Tout était propre et net, avec toutefois le côté un peu indiscipliné typique de tous les ports de transit de marchandises.

– Hum, fit Lando qui venait de se retourner. On dirait que quelqu'un a pris les choses en main.

Yan se retourna à son tour. A cinquante mètres de là, dans la rue qui bordait le port, un petit groupe d'hommes en uniforme, avec des gilets blindés et des fusils-blasters, s'était rassemblé devant une des portes de l'autre silo d'atterrissage. Une moitié se glissa à l'intérieur tandis que les autres montaient la garde dans la rue.

– Une main de fer, fit Yan en dressant la tête pour lire le numéro au-dessus de la porte. 63... Espérons que ce n'est pas notre contact qu'ils vont accueillir. Où devons-nous nous retrouver, à ce propos?

– Là-bas, fit Lando.

Il désignait un petit bâtiment sans fenêtre entre deux autres, plus anciens. Au-dessus de la porte, il y avait une simple planche avec un seul mot: « LoBue ».

– Nous sommes censés nous installer à une table près du bar et du casino et attendre.

Le LoBue était de dimensions surprenantes par rapport à sa modeste facade. A quelques pas de l'entrée, des tables orientées vers une piste de danse pour l'heure déserte. Mais une musique irritante résonnait en fond sonore. De l'autre côté, il y avait quelques boxes privés, bien trop obscurs pour que Yan pût discerner quoi que ce soit. La partie réservée aux jeux se trouvait séparée de la piste par une paroi transparente. On y accédait par quelques marches.

– Je crois que je viens de repérer le bar, juste là-haut, murmura Lando. Derrière les tables de sabacc, à gauche. C'est probablement là qu'il nous rencontrera.

– Tu es déjà venu là? demanda Yan tandis qu'ils contournaient les tables et montaient les marches.

– Non, jamais. La dernière fois que je suis venu à Abregado-rae, il y a des années, c'était pire que Mos Esley, et je ne me suis pas attardé. (Il secoua la tête.) Quels que soient les problèmes que pose leur nouveau gouvernement, il faut reconnaître qu'ils ont fait du bon boulot de nettoyage.

– Oui, mais quels que soient ces problèmes, comme tu dis, on les laisse s'en occuper, d'accord? Pour une fois, j'aimerais qu'on se fasse discrets.

Lando eut un rire étouffé.

– Comme tu voudras.

Près du bar, la lumière était plus discrète que dans le casino proprement dit. Ils s'installèrent non loin des tables de jeu. Une fille holo ravissante se matérialisa au centre de la table.

– Bonjour, nobles messieurs, fit-elle en basic avec un accent charmant. Que puis-je vous servir?

– Est-ce que vous auriez du vin de Necr'ygor Omic? demanda Lando.

– Certainement : du '47, du '49, du '50, et du '52.

– Ce sera une carafe de '49, dit Lando.

– Merci, nobles messieurs, et l'holo s'éteignit.

– Est-ce que ça fait partie du mot de passe? demanda Yan en promenant les yeux autour d'eux.

Ce n'était que le milieu de l'après-midi, mais déjà la moitié des tables de jeu étaient occupées. Par contraste, le bar était quasi désert. Il n'aperçut que quelques rares consommateurs, humains ou non. Apparemment, la boisson arrivait bien après le jeu dans les vices des Gados.

– Non, il n'a pas dit ce que nous devions commander, fit Lando. Mais j'aime bien le vin de Necr'ygor...

– Et comme Coruscant paiera la note...

– En quelque sorte.

Le vin arriva sur un plateau, par une piste de service tandis que la fille holo réapparaissait.

– Autre chose, nobles messieurs?

Lando secoua la tête tout en prenant la carafe et les deux verres.

– Pas pour l'instant, merci.

– C'est moi qui vous remercie.

Elle disparut.

– Eh bien, fit Lando en les servant. Je pense qu'il ne nous reste plus qu'à attendre.

– Pendant que tu y es, jette un coup d'œil discret. La troisième table de sabacc – cinq hommes et une femme. Dis-moi si le second type à partir de la droite est bien qui je pense.

Levant son verre, Lando le présenta à la lumière comme pour admirer la robe du vin. Dans le même geste, il se tourna presque imperceptiblement.

– Ça ne serait pas Fynn Torve?

– C'est bien ce qui me semblait dit Yan. Tu l'as sans doute revu plus récemment que moi.

– Pas depuis Kessel, où nous étions ensemble.

(Lando haussa un sourcil.) Devant une *autre* grande table de sabacc, ajouta-t-il d'un ton sec.

Yan lui décocha un regard irrité.

– Tu m'en veux toujours parce que j'ai gagné le *Faucon*?

– Sans doute pas, mais... C'est peut-être à moi que j'en veux d'avoir perdu avec un amateur comme toi.

– *Un amateur?*

– ... Mais je dois avouer qu'il m'est souvent arrivé après ça, quand je ne dormais pas la nuit, d'imaginer des plans de vengeance très élaborés. Finalement, c'est une bonne chose que je n'en ai réalisé aucun.

Le regard de Yan était revenu sur la table de sabacc.

– Si ça peut te consoler... si tu n'avais pas perdu le *Faucon*, tu ne serais sans doute pas assis là en ce moment. L'Etoile Noire aurait sans doute pris Yavin et grignoté l'Alliance planète par planète. Et tout aurait été réglé.

Lando haussa les épaules.

– Peut-être que oui, peut-être que non. Avec Ackbar et Leia...

– Leia serait morte, le coupa Yan. Elle était déjà condamnée à être exécutée quand Luke, Chewie et moi nous l'avons enlevée dans l'Etoile Noire.

A ce souvenir, il ne put réprimer un frisson. Il avait été tellement près de la perdre à jamais.

Et maintenant qu'il savait ce qu'il avait failli perdre... le danger était à nouveau présent.

– Elle ne risque rien, Yan, fit Lando calmement. Ne t'inquiète pas. Mais j'aimerais tellement savoir ce que les Impériaux lui voulaient.

– Je sais ce qu'ils veulent, grommela Yan. Les jumeaux.

Lando le regarda, surpris.

– Tu en es sûr?

– Aussi sûr que possible. Pourquoi donc se seraient-ils abstenus d'utiliser des paralyseurs dans l'embuscade de Bpfassh? Parce qu'il y avait cinquante pour cent de chance de déclencher une fausse couche.

– Ça me paraît bien raisonné, admit Lando d'un air sombre. Leia le sait-elle?

– Je l'ignore. Probablement que oui.

Il observait toujours les tables de sabacc et l'ambiance réconfortante de décadence, tout soudain, le contrariait. Si Torve était bien le contact de Karrde sur Abregado, il avait intérêt à interrompre la partie pour qu'ils en finissent. Mais il y avait d'autres possibilités...

Il explora du regard le casino, revint au bar, et se figea. Car un peu plus loin, à l'écart dans la pénombre, il y avait trois hommes.

Tous les ports marchands de la galaxie avaient une atmosphère commune, une combinaison de sons, de vibrations, d'odeurs que tout pilote savait reconnaître instantanément. Il en allait de même pour les officiers de la sécurité planétaire.

– Oh, oh... murmura-t-il.

– Qu'y a-t-il? (Lando, à son tour, regarda autour d'eux d'un air nonchalant.) Oui, en effet, oh, oh... Je dirais, comme ça, que ça explique pourquoi Torve se cache à cette table de sabacc.

– Et qu'il fait de son mieux pour nous ignorer, ajouta Yan.

Il surveillait les agents de la sécurité du coin de l'œil. S'ils étaient au courant de leur rendez-vous avec le contact de Karrde, il n'y avait sans doute pas grand-chose à faire. A moins qu'il ne brandisse ses documents d'identité de la Nouvelle République pour tenter de les impressionner. Ce qui ne risquait pas forcément de marcher; et il entendait déjà Fey'lya. Mais s'ils n'en avaient qu'après Torve, probablement à la suite de ce raid sur le silo d'atterrissage dont ils avaient été témoins...

Cela valait le coup d'essayer. Il tapota sur le centre de la table.

– Serveuse?

L'holo réapparut.

– Oui, nobles messieurs?

– Donnez-moi des plaques de sabacc, voulez-vous?

– Certainement.

– Une minute, fit Lando d'un ton mesuré tandis que Yan finissait son verre. Tu n'as pas l'intention d'aller à leur table, n'est-ce pas?

– Tu as une meilleure idée? répliqua Yan en ajustant son blaster dans son étui. Si l'homme est bien notre contact, je ne tiens pas à le perdre.

Lando soupira.

– Fini la discrétion. Qu'est-ce que tu veux que je fasse?

– Que tu te tiennes prêt à faire diversion. (Le centre de la table s'ouvrit et une pile impeccable de plaques de sabacc apparut.) Jusque-là, apparemment, ils se contentent de le surveiller – nous avons peut-être une chance de le sortir d'ici avant que leurs copains ne rappliquent en force.

– Et sinon?

Yan ramassa les plaques et se leva.

– Sinon, on créera une diversion et on se retrouvera au *Faucon*.

– D'accord. Bonne chance.

Il y avait deux sièges libres à peu près en face de Torve. Yan s'installa et posa sa pile de plaques sans légèreté.

– Cartes, dit-il.

Les autres se tournèrent vers lui. Leurs expressions allaient de la surprise à l'irritation. Torve leva les yeux une fois, puis deux. Yan le dévisagea en haussant un sourcil.

– C'est toi qui fais la donne, fiston? Alors, sers-moi.

– Non, ce n'est pas à moi de faire, fit Torve en jetant un regard au personnage rondelet qui était assis à sa droite.

– Et la partie a démarré, fit l'autre d'un ton hargneux. Attendez la prochaine.

– Mais vous n'avez pas tous mis, rétorqua Yan en montrant la cagnotte de mise.

Celle du sabacc, par contre, était copieuse – le jeu devait durer depuis deux heures au moins. Ce qui expliquait probablement que le donneur ne tenait pas à voir rentrer un nouveau dans la partie, au risque qu'il rafle tout.

– Allez, servez-moi, dit Yan en lançant une plaque dans la cagnotte.

Furieux, le donneur fit lentement glisser deux cartes du sabot.

– J'aime mieux ça, fit Yan en hochant la tête. Ça me rappelle des bons moments. Chez moi, je les raclais régulièrement.

Torve lui adressa un regard perçant, avec une expression de pierre.

– Vraiment? Eh bien, ici, tu joues avec des grands, vois-tu. Ça ne sera peut-être pas aussi payant que d'habitude.

– Je ne suis pas précisément ce qu'on appelle un amateur, dit Yan, nonchalant. (Il se souvenait du numéro du silo d'atterrissage.) J'ai... disons que j'ai bien gagné soixante-trois jeux rien que le mois dernier.

Il lut la réaction de Torve sur son visage. Oui, c'était bien au 63 qu'il s'était posé.

– Les nombres comme ça, c'est souvent payant, fit-il en abaissant une main sous la table.

Yan se tendit, mais quand la main de Torve redevint visible, elle ne tenait rien. L'homme promena les yeux autour de la salle, s'attarda une brève seconde sur la table de Lando avant de revenir à Yan.

– Alors tu veux vraiment bouffer ton argent?

Yan soutint son regard.

– Je suis prêt à faire mieux que toi.

Torve acquiesça lentement.

– Je te suis volontiers.

L'un des autres joueurs intervint.

– C'est sûrement très intéressant. Mais nous, on est là pour jouer aux cartes.

Torve regarda Yan.

– La mise est à quatre.

Yan jeta un regard sur ses cartes : la Maîtresse de Bâtons et le quatre de Pièces.

– D'accord.

Il prit six plaques et les jeta dans la cagnotte.

– Je suis à quatre, et deux de mieux.

Il ressentit un violent bruissement d'air derrière lui...

Et une voix profonde hurla à son oreille :

– Tricheur !

Il bondit sur ses pieds et pivota tout en portant la main à son blaster, mais une énorme poigne s'empara des deux cartes qu'il tenait dans l'autre.

– Monsieur, vous êtes un *tricheur* ! tonna la voix.

– Je ne sais pas de quoi vous voulez parler, fit Yan en haussant le cou pour voir son agresseur.

Il le regretta presque. Le personnage pourvu d'une barbe hirsute qui se dressait au-dessus de lui comme un nuage d'orage avait bien deux fois sa taille ; et l'expression qu'il arborait pouvait être qualifiée de ferveur religieuse déchaînée.

– Vous savez parfaitement de quoi je parle, dit l'autre, en crachant chaque syllabe. Cette carte (il agita l'une des cartes de Yan) est un skifter.

Yan encaissa le coup.

– Mais non ! C'est une carte qu'on vient de me servir.

Des gens accouraient à présent : des hommes de la sécurité du casino, des employés, des clients curieux, et sans doute deux ou trois amateurs d'empoignades sanglantes.

– Vraiment ?

Le géant prit la carte dans son énorme patte, la présenta sous les yeux de Yan et en toucha un coin du doigt.

La Maîtresse de Bâtons devint le six de Sabres. Un autre mouvement du doigt, et ce fut la carte de Modération. Puis le huit de Flacons... puis l'Idiot... puis le Commandant des Pièces...

– Mais c'est ce que j'ai eu à la donne, répéta Yan, qui sentait la sueur ruisseler sous son col.

Adieu la discrétion, songea-t-il.

– Si c'est un skifter, ça n'est pas ma faute.

Un petit homme au visage dur repoussa le grand barbu et interpella Yan.

– Gardez vos mains sur la table. (Sa voix correspondait à son allure.) Reculez, Révérend – nous allons nous en occuper.

Révérend? Yan leva à nouveau les yeux vers l'orage humain et, cette fois, il découvrit le collier noir incrusté de cristaux niché entre les boucles de la barbe.

– Révérend, vraiment? fit-il avec un sentiment de désespoir.

Il existait de nombreux groupes religieux extrémistes dans la galaxie, il l'avait appris, et leur passion commune semblait être l'élimination de toute forme de jeu. Ainsi que de tous les joueurs.

– Les mains sur la table, j'ai dit, répéta l'homme de la sécurité tout en arrachant la carte suspecte de la main du Révérend.

Il y jeta un coup d'œil, la toucha et acquiesça.

– Malin, comme arnaque, fit-il en foudroyant Yan du regard.

– Il a dû escamoter la carte qu'on lui a servie, dit le Révérend. Elle est où, tricheur?

– C'est celle que tient votre copain! protesta Yan. Je n'ai pas besoin de skifter pour gagner au sabacc. Et si j'en ai vraiment eu un, c'est qu'on me l'a refilé à la donne.

– Ah oui?

Sans prévenir, le Révérend se tourna brusquement vers le donneur, toujours assis à la table mais presque noyé dans la foule.

– Vos cartes, monsieur, si ça ne vous fait rien, dit-il en tendant la main.

L'autre eut l'air stupéfait.

– Mais qu'est-ce que vous voulez dire? Pourquoi je servirais un skifter à quelqu'un? Et, de toute façon, c'est le sabot de la maison – vous voyez?

– Eh bien, il y a un seul moyen d'en être certain. (Le Révérend prit le sabot.) Et ensuite vous, et vous (il pointa le doigt vers Yan et vers le donneur), on vous sondera afin de savoir lequel d'entre vous dissimule une carte supplémentaire. Kampl? (Il baissa les yeux sur l'homme de la sécurité.) Puis-je dire que l'affaire sera ainsi réglée?

– Ce n'est pas à vous de nous apprendre notre métier, Révérend. Cyru – amène le scanner par-là, tu veux?

L'appareil était d'un modèle miniature, prévu pour les escamotages rapides.

– Celui-ci d'abord, fit Kampl en désignant Yan.

– D'accord.

L'homme promena le scanner sur Yan et annonça :

– Rien.

L'incertitude se lut soudain sur le visage de Kampl.

– Essaie encore une fois.

L'autre s'exécuta.

– Mais non, il n'a rien. Il a juste un blaster, un comlink, ses papiers d'identité. C'est tout.

Kampl dévisagea encore Yan un long moment. Puis, à regret, il se tourna vers le donneur.

– Je proteste! lança l'autre en se levant. Je suis un citoyen de Classe Double-A – vous n'avez pas le droit de m'accuser de la sorte, sans preuve.

– Vous allez vous exécuter ici ou bien au poste, gronda Kampl. A vous de choisir.

Le donneur jeta un regard venimeux à Yan mais garda le silence pendant que le technicien de la sécurité le passait au scanner.

– Lui aussi il est clair, annonça l'homme en fronçant les sourcils, perplexe.

– Sonde le parquet, ordonna Kampl. Au cas où ils l'auraient planquée.

– Et comptez aussi les cartes du sabot, dit le Révérend.

Kampl se retourna violemment.

– Pour la dernière fois...

– Parce que, l'interrompit le religieux d'un ton lourd de soupçon, si nous avons bien les soixante-seize cartes du jeu, nous avons peut-être affaire à un sabot trafiqué.

Kampl sursauta.

– Ici, on ne trafique pas les sabots!

– Non? Même quand des joueurs spéciaux sont à la table? Des gens qui pourraient bien reconnaître une carte particulière quand on la leur sert?

– C'est ridicule, gronda Kampl. Le LoBue est un établissement tout à fait légal et respectable. Aucun de ces joueurs n'a le moindre rapport avec...

– Hé! s'exclama tout à coup le donneur. Le gars qui était assis à côté de moi – où est-ce qu'il est passé?

Le Révérend ronfla d'un air dédaigneux.

– Donc, aucun d'eux n'avait le moindre rapport avec vous, c'est ça?

L'un des trois agents de la sécurité qui surveillaient la table plongea soudain dans la foule. Kampl le regarda disparaître et se tourna vers Yan d'un air furibond.

– Vous pourriez me dire le nom de votre partenaire?

– Ce n'était pas mon partenaire, dit Yan. Et je ne trichais pas non plus. Si vous voulez m'accuser officiellement, conduisez-moi au poste. Sinon... (Il se redressa et ramassa ses plaques de jeu dans le même mouvement.) Je m'en vais.

Un instant, il pensa que Kampl n'allait pas marcher dans son bluff. Mais l'autre n'avait pas de preuve réelle et il avait autre chose à faire qu'à persécuter les visiteurs.

– C'est ça, fichez le camp, grinça-t-il. Et ne revenez pas.

– Pour ça, vous n'avez pas à vous en faire, fit Yan.

La foule se dispersait déjà et il n'eut pas le moindre mal à retourner à la table où Lando devait l'attendre. Mais Lando, cela ne le surprit guère, était parti depuis un moment. La seule chose surprenante, c'était qu'il avait réglé l'addition.

– Du rapide, fit Lando du haut de la rampe d'accès du *Faucon.* Je pensais qu'ils allaient te garder une bonne heure.

– Ils n'avaient rien de solide, dit Yan en ouvrant le sas. J'espère que Torve ne s'est pas éclipsé.

Lando secoua la tête.

– Il attend dans le salon. Il considère qu'on lui a rendu un sacré service.

– Ce qui pourrait être utile, dit Yan en enfilant le couloir.

Torve était assis près de la console holographique du salon avec trois plaquettes de données devant lui.

– Ravi de te revoir, Torve, dit Yan en entrant.

– Moi aussi, Solo, fit l'autre d'un ton grave en lui tendant la main. J'ai déjà remercié Calrissian, mais je tenais à te remercier toi aussi. Pour m'avoir prévenu et m'avoir aidé à m'enfuir d'ici. J'ai une dette envers vous.

– Sans importance, fit Yan en agitant la main. Je suppose que c'est bien ton vaisseau qui est dans le silo 63, non?

– Celui de mon employeur, oui, fit Torve. Heureusement, il n'y a pas de marchandises de contrebande à bord. J'ai déjà tout livré. Mais il est évident qu'ils me soupçonnaient.

– Tu transportais quoi? demanda Lando, qui avait suivi Yan. Si ce n'est pas un secret?

– Certainement pas, mais vous n'allez pas me croire : c'était de la nourriture.

– Bien vu, fit Lando. Je ne te crois pas.

Torve acquiesça vaguement.

– Moi non plus, je ne l'ai pas cru tout d'abord. Il semble qu'il existe un clan, dans les collines du sud, qui n'apprécie guère le nouveau gouvernement.

– Des rebelles?

– Non, et c'est justement ce qui est étrange. Ils ne se révoltent pas, ils ne créent aucun ennui et ne bloquent pas les ressources vitales. Ce sont juste des gens qui veulent qu'on leur fiche la paix pour continuer à vivre comme ils l'entendent. Le gouvernement a décidé de s'en servir comme bouc émissaire et de mettre l'embargo sur le ravitaillement, les médicaments jusqu'à ce qu'ils aient décidé de baisser les bras et de se comporter comme tous les autres.

– C'est le style de ce gouvernement, dit Lando. Il n'aime pas trop l'autonomie régionale, quelle qu'elle soit.

– Et donc nous faisons de la contrebande de ravitaillement, conclut Torve. Un boulot dingue. En tout cas, ça me fait plaisir de vous retrouver tous les deux. Et aussi de constater que vous retravaillez ensemble. Il y a tellement d'équipes qui se sont séparées ces dernières années, surtout depuis que Jabba en a pris plein le groin.

Yan et Lando se regardèrent.

– Je dirais que nous aussi on vient de se retrouver, corrigea Yan. Parce que, pendant la guerre, on a terminé dans le même camp. Jusqu'à ce que...

– Jusqu'à ce que j'aie eu envie de le tuer, acheva Lando. Rien de grave.

– Sûr, fit Torve, sur la réserve, en les regardant alternativement. Laissez-moi deviner : le *Faucon,* c'est ça, hein ? Je me rappelle avoir entendu dire que tu l'avais volé.

Yan se tourna vers Lando en haussant les sourcils.

– Ah oui ? Je l'ai *volé ?*

– Comme je l'ai dit, j'étais en colère, c'est tout, fit Lando avec un haussement d'épaules. Ça n'était pas vraiment du vol, à dire vrai, mais ça pouvait y ressembler. J'avais une espèce de comptoir de revente pour les vaisseaux usagés, à l'époque. Je me suis trouvé à court d'argent pendant une partie de sabacc avec Yan. Je lui ai proposé de choisir n'importe quel vaisseau s'il gagnait. Je m'attendais à ce qu'il craque pour un des yachts chromés que je mettais toujours sur le devant , pas pour le cargo que je m'étais mis de côté et sur lequel je bricolais quand j'avais le temps.

– Tu avais pas mal travaillé, d'ailleurs, dit Yan. Mais je dois dire qu'avec Chewie, on a viré pas mal de trucs.

– Ça c'est aimable, grommela Lando. Une autre vanne de ce genre et je le récupère.

– Je crois que Chewie n'apprécierait pas, dit Yan. (Il lança un regard acéré à Torve.) Bien sûr, tu connaissais déjà toute l'histoire, non ?

Torve grimaça un sourire.

– Faut pas m'en vouloir, Solo. J'aime bien connaître mes clients avant qu'on fasse affaire –

pour savoir s'ils vont jouer franc jeu avec moi. Les types qui mentent sur leur vie mentiront fatalement dans le boulot.

– Je suis sûr qu'on est bons, hein?

– Ouais, de vrais petits anges, fit Torve sans perdre son sourire. Bien. Alors, qu'est-ce que Talon Karrde peut faire pour vous?

Yan respira prudemment. Enfin. Tout ce qu'il avait à faire, maintenant, c'était de veiller à ce que tout se passe bien.

– Je veux lui proposer un marché : la chance de travailler directement avec la Nouvelle République.

Torve acquiesça.

– J'ai entendu dire que tu avais déjà fait ce genre de proposition à d'autres groupes de contrebandiers. On se dit généralement que tu essaies de préparer le terrain pour Ackbar.

– Mais non. Ackbar n'est pas exactement emballé par cette idée, mais il l'a acceptée. Il nous faut de nouveaux moyens de transport, et les contrebandiers sont encore la meilleure ressource.

Torve plissa les lèvres.

– D'après ce que j'ai entendu dire, l'offre est assez intéressante. Bien sûr, ça n'est pas moi qui prend les décisions.

– Alors tu vas nous conduire à Karrde, suggéra Lando. Il faut que Yan lui parle.

– Désolé, mais actuellement, il est à la base principale. Je ne peux pas vous y conduire.

– Pourquoi?

– Parce que les étrangers n'y sont pas acceptés, répondit Torve d'un ton patient. Et avant tout, nous n'avons pas les dispositifs de sécurité énormes que Jabba avait sur Tatooine.

– Mais nous ne sommes pas... commença Lando.

Yan l'interrompit d'un geste.

– D'accord. Alors comment tu comptes retourner là-bas?

Torve ouvrit la bouche sans prononcer un mot.

– Je pense qu'il va falloir que je trouve un moyen de récupérer mon vaisseau séquestré, non?

– Ça risque de prendre du temps. De plus, on te connaît dans le coin. D'un autre côté, disons que si quelqu'un se présentait avec une accréditation correcte, on pourrait te le restituer en un rien de temps.

– Toi, par exemple? fit Torve en haussant un sourcil.

– Oui, disons que c'est possible. Mais après ce petit incident du LoBue, je devrais peut-être adopter un profil bas. Mais je suis persuadé que j'y arriverai.

– Moi aussi, j'en suis persuadé, fit Torve, sardonique. Et où est le piège?...

– Il n'y a pas de piège, dit Yan. Tout ce que je veux en retour, c'est que tu nous conduises à ta base pour que je puisse m'entretenir un quart d'heure avec Karrde.

Torve avait les lèvres serrées.

– Ça va me valoir des ennuis. Et tu le sais bien.

– Nous ne sommes pas exactement des étrangers de rencontre, lui rappela Lando. J'ai vu Karrde une fois, et Yan et moi, nous avons été les dépositaires des secrets militaires les plus importants de l'Alliance durant des années.

Torve regarda Lando. Puis Yan, à nouveau.

– Je vais avoir des problèmes, soupira-t-il. Mais je crois que je vous dois bien ça. Une condition, cependant : c'est moi qui contrôlerai la navigation pour le retour par module codé, effaçable, d'accord? Pour repartir, tout dépendra de Karrde.

– Ça ira, dit Yan.

La paranoïa était endémique chez les contrebandiers. Et, après tout, il ne s'intéressait pas particulièrement à la localisation du repaire de Karrde.

– Nous partons quand? ...

– Eh bien, dès que nous serons prêts. (Torve montra du menton les plaques de sabacc que tenait encore Yan.) A moins que tu ne veuilles retourner au LoBue pour les jouer.

Yan avait totalement oublié les plaques qu'il lui restait.

– Laisse tomber. Je déteste jouer au sabacc avec des fanatiques dans mon dos.

– Oui, le Révérend t'a fait son numéro, hein? fit Torve. Je ne sais pas comment on s'en serait sortis sans lui.

– Une minute! Tu le connais?

– Evidemment. (Torve sourit.) C'est mon contact du clan des collines. Sans cela, il n'aurait pas fait tout ce cirque.

– Sacré... (Yan s'interrompit en serrant les dents.) Alors le skifter était à lui, c'est ça?...

– Tout juste. (Torve lui adressa un regard innocent.) Mais de quoi tu te plains? Tu as ce que tu voulais – je vais vous emmener voir Karrde.

Yan réfléchit. Oui, Torve avait raison. Mais pourtant...

– Exact, concéda-t-il. Adieu le héros.

Torve se redressa.

– Tu parles... Allons-y : on s'occupe de votre ordinateur et je code mon module de navigation. D'accord?

CHAPITRE XXI

Mara, sur le seuil de la chambre de communication, se demanda avec un certain malaise pour quelle raison Karrde l'avait appelée d'urgence. Il n'avait rien dit de précis, mais ce qu'elle avait décelé dans sa voix avait déclenché ses vieux instincts de survie. Elle vérifia une dernière fois que son petit blaster était toujours fixé à l'envers dans son étui de bras avant d'ouvrir la porte.

Elle s'était attendue à trouver au moins deux personnes : Karrde, plus l'homme de service. Mais Karrde était seul.

– Entrez, Mara, fit-il en levant les yeux de son bloc de données. Et refermez, voulez-vous.

– Des problèmes ? fit-elle.

– Un seul, et mineur. Mais plutôt pénible, je dirais. Fynn Torve vient d'appeler pour m'annoncer qu'il revenait... et qu'il avait des invités. Les ex-généraux de la Nouvelle République, Lando Calrissian et Yan Solo.

Elle sentit son estomac se nouer.

– Que veulent-ils ?

Karrde esquissa un haussement d'épaules.

– Seulement me parler, apparemment.

Une seconde, elle songea à Skywalker. Mais il était impossible que quiconque, dans la Nouvelle République, pût savoir qu'il était leur prisonnier. La plupart des gens de Karrde l'ignoraient.

– Ils arrivent avec leur propre vaisseau?

– C'est le seul qui soit en approche, en tout cas, acquiesça Karrde. Torve est à bord avec eux.

Mara promena les yeux sur les tableaux de communication.

– En otage?

Karrde secoua la tête.

– Non, je ne crois pas. Il a donné tous les mots de passe. Son *Etherway* est toujours sur Abregado – il a été saisi par les autorités ou quelque chose de ce genre. Apparemment, Calrissian et Solo ont évité à Torve de connaître le même sort.

– Alors vous allez les remercier, laisser Torve débarquer, puis leur dire de quitter la planète. Vous ne les avez pas invités.

– C'est juste. D'un autre côté, Torve semble considérer qu'il a quelque obligation envers eux.

– Alors qu'il les rembourse lui-même.

– Torve est l'un de mes associés, insista Karrde d'une voix froide. Ses dettes sont aussi celles de notre organisation. Vous devriez le savoir.

Mara sentit sa gorge se serrer : une atroce pensée venait de lui venir.

– Vous n'allez pas leur livrer Skywalker, n'est-ce pas?

– Vous voulez dire vivant?

Un long moment, elle l'étudia. Il avait souvent ce petit sourire et ces paupières lourdes, comme s'il se désintéressait totalement du sujet. Mais elle savait pertinemment que c'était une comédie. Il voulait savoir pourquoi elle haïssait Skywalker. Et avec un intérêt proche de la passion.

– Je suppose qu'il ne vous est pas venu à l'esprit que Solo et Calrissian avaient pu monter toute cette histoire, y compris la mise sous séquestre de l'*Etherway*, uniquement pour trouver cette base.

– Mais si, j'y ai pensé. Mais j'ai considéré que c'était vraiment aller chercher un peu loin.

– Bien sûr, fit-elle, sarcastique. Le noble, le grand Yan Solo est incapable d'un plan aussi fourbe, n'est-ce pas? Mais vous n'avez pas répondu à ma question.

– A propos de Skywalker? Je pensais vous avoir dit clairement, Mara, qu'il devait demeurer ici jusqu'à ce que je sache pour quelle raison le Grand Amiral Thrawn s'intéresse tellement à lui. Il faut au moins que nous sachions ce qu'il vaut, et pour qui, avant de fixer un prix. J'ai lancé quelques hommes sur cette piste et nous allons le savoir avant quelque jours.

– Et, en attendant, ses alliés seront là dans quelques minutes.

– Oui, fit Karrde. Et il va être nécessaire d'écarter un peu plus Skywalker. Nous ne pouvons évidemment prendre le risque que Solo et Calrissian tombent sur lui par hasard. Je veux que vous le transfériez dans le hangar numéro quatre.

– Mais c'est là que nous détenons déjà son droïd.

– Il y a deux pièces. Vous allez le mettre dans la première. (Karrde pointa le doigt vers sa ceinture.) Et n'oubliez pas de vous débarrasser de ça avant l'arrivée de nos hôtes. Je pense qu'ils le reconnaîtraient à coup sûr.

Mara baissa les yeux sur le sabrolaser de Luke.

– Ne vous inquiétez pas.

– J'aimerais seulement que vous soyez là quand ils débarqueront, et que vous vous joigniez à nous pour le dîner.

– Ils vont donc rester ici pour la journée?

– Et pour la nuit également. Si j'excepte mes élémentaires obligations d'hôte, avez-vous un autre moyen à me proposer pour prouver à la République que Skywalker n'a jamais mis les pieds ici?

C'était logique. Mais ça ne lui plaisait pas pour autant.

– Avez-vous prévenu le reste de l'équipage du *Wild Karrde* d'avoir à se montrer discret?

– J'ai fait mieux que cela. J'ai mis tous ceux qui sont au courant de la présence de Skywalker sur la préparation du *Starry Ice*. Ce qui me fait penser... Dès que vous aurez déménagé Skywalker, j'aimerais que vous dissimuliez un peu mieux l'aile X dans la forêt. A moins d'un kilomètre : je ne tiens pas à ce que vous vous promeniez trop loin seule. Est-ce que vous savez piloter une aile X?

– Je pilote n'importe quoi.

– Bien. Alors... (Il eut un mince sourire.) Il vaudrait mieux que vous partiez dès maintenant. Le *Faucon Millenium* va se poser dans vingt minutes.

Elle inspira profondément.

– Très bien.

Et quitta la pièce.

Elle se dirigea vers les baraquements à travers le camp désert. Karrde avait pris ses précautions, visiblement, pour qu'elle rejoigne Skywalker sans être vue.

Elle atteignit bientôt la porte et fit jouer le verrou.

Il se tenait près de la fenêtre. Il portait la même tunique, les mêmes pantalons, les mêmes bottes montantes que le jour où elle l'avait vu dans le palais de Jabba pour la première fois.

Ce jour où elle l'avait observé en silence... et l'avait laissé détruire sa vie.

– Prenez vos affaires et allons-y, gronda-t-elle en brandissant son blaster. On déménage.

– Karrde a pris une décision? dit-il calmement.

Elle fut tentée un instant de lui dire qu'elle agissait de sa propre initiative, pour voir si elle pouvait ainsi faire craquer cette sérénité de Jedi qui la rendait folle. Mais même un Jedi se battrait s'il pensait qu'on le conduisait à la mort et chaque seconde comptait.

– Je vais vous conduire dans un de nos entrepôts. On va avoir de la compagnie et il n'y a aucune tenue de soirée à vos mesures. Allez.

Elle le précéda jusqu'à l'entrepôt numéro quatre, un bâtiment à deux étages qui se situait à l'écart du centre du camp. La pièce de gauche, que l'on utilisait d'ordinaire pour le matériel dangereux ou fragile, était par ailleurs la seule qui fût munie d'un verrou efficace.

Sans quitter Luke des yeux, Mara ouvrit tout en se demandant si Karrde avait eu le temps de modifier le dispositif d'ouverture intérieur. Elle vit aussitôt que tel n'était pas le cas.

Bon, se dit-elle, cela pouvait être fait rapidement.
– Entrez, ordonna-t-elle en allumant.
Luke obéit.
– Ça me semble confortable, fit-il en examinant la pièce sans fenêtre avec ses coffres entassés presque jusqu'à mi-hauteur du plafond. Et très tranquille.
– Idéal pour la méditation du Jedi, grinça Mara en s'approchant d'une boîte ouverte qui portait l'inscription *Disques de blaster.*
Mais non : il n'y avait pas de risque. A l'intérieur, il n'y avait que des combinaisons de travail. Elle se livra à une rapide investigation pour vérifier que Luke ne pouvait trouver ici aucun moyen de s'évader.
– On vous fera apporter une couchette, fit-elle en retournant vers la porte. Et aussi de quoi manger.
– Ça va pour l'instant.
– Appelez-moi, au cas où je serais là, fit Mara.
Le mécanisme de verrouillage était derrière une mince plaque de métal. En deux coups de blaster, elle la fit fondre et, d'un troisième, vaporisa tout un circuit.
– Comme ça, vous ne serez pas dérangé, fit-elle, avant de sortir.

La porte se referma sur elle. Elle verrouilla. Et Luke se retrouva seul.
Il regarda autour de lui. Des boîtes empilées, pas de fenêtre, une porte.
– J'ai connu pire, marmonna-t-il. Au moins, ici, il n'y a pas de Rancor.
Un instant, il plissa le front à cette étrange pensée : pourquoi la fosse du Rancor de Jabba s'était-elle soudain imposée à son esprit? Mais il ne s'y arrêta pas plus. L'absence de toute commodité de sa nouvelle prison suggérait qu'il se retrouvait ici à la suite d'une décision impromptue. Sans doute précipitée par l'arrivée imminente de ces visiteurs auxquels Mara avait fait allusion.
Et il y avait une possibilité pour que, dans leur affolement, ils aient finalement commis une faute.
Il alla jusqu'à la porte et palpa la plaque de métal

encore tiède avant de s'agenouiller pour examiner le mécanisme de la serrure. Yan avait consacré pas mal d'heures de loisir à lui expliquer les subtilités des serrures à circuit. Si Mara n'avait pas totalement détruit celui-ci, il avait une petite chance de le faire fonctionner.

Mais au premier abord, ça n'était guère engageant. A dessein ou accidentellement, Mara avait arraché les câbles reliés à l'alimentation. Ils avaient fondu à l'intérieur de la gaine, et il n'avait pas la moindre chance de les récupérer.

Mais s'il mettait la main sur une autre unité d'alimentation...

Il se redressa et alla jusqu'à la pile de boîtes. Mara avait jeté un regard sur les étiquettes, mais elle n'en avait ouverte qu'une seule. Peut-être qu'en cherchant méticuleusement...

Ses recherches, malheureusement, prirent moins de temps que son inspection de la serrure. La plupart des boîtes étaient scellées et il n'avait aucune chance de les ouvrir sans outils spéciaux. Les rares qu'il parvint à ouvrir ne contenaient que des modules de remplacement et divers vêtements.

Bon, d'accord. Il s'installa sur une des boîtes et, encore une fois, chercha l'inspiration. *Je ne peux pas utiliser la porte. Et il n'y a pas de fenêtre.* Pourtant, dans ce bâtiment, il y avait une autre pièce. Les deux communiquaient peut-être. Il y avait peut-être un espace par lequel il pourrait se glisser. Et il se pouvait qu'il soit dissimulé par les boîtes.

Il avait du temps devant lui. Il se releva donc et entreprit d'écarter les boîtes.

Il avait à peine commencé quand il trouva ce qu'il lui fallait. Non pas une porte, mais une chose presque aussi utile : une multiprise d'énergie sertie juste au-dessus du plancher.

Karrde et Mara avaient commis leur première faute.

La plaque de métal de la porte, déjà affaiblie par les coups de blaster de Mara, se laissa aisément plier. Luke s'acharna jusqu'à en arracher un fragment grossièrement triangulaire. Le métal était trop tendre pour lui servir à ouvrir les boîtes, mais il pouvait peut-être lui permettre de dévisser la prise.

Il s'allongea dans l'espace étroit qui séparait les boîtes du mur. Il venait à peine d'introduire son outil improvisé dans la première vis qu'il entendit un bip discret.

Il s'interrompit et écouta attentivement. Un autre bip, suivi d'une trille tout aussi douce. Une trille très familière à ses oreilles...

– D2? appela-t-il. C'est toi?

Le temps de quelques battements de cœur, seul le silence lui répondit. Et soudain, un véritable torrent d'invectives électroniques jaillit de l'autre pièce. Oui, c'était bien D2 : pas de doute.

– Du calme, D2. J'essaie d'ouvrir cette prise. L'autre partie est probablement de ton côté. Est-ce que tu peux essayer de l'ouvrir?

Il reçut en réponse un gargouillement dégoûté.

– Non? Alors, attends. Ne bouge pas.

Il ne fallut que quelques minutes à Luke pour dévisser la plaque, même avec le bout de métal qui n'était pas un tournevis idéal, et il écarta les câbles. En se penchant, il vit l'arrière de la prise qui se trouvait du côté de D2.

– Je ne pense pas que je puisse atteindre la prise qui est dans ta pièce. Est-ce que ta porte est verrouillée?

Il entendit un bip négatif, suivi d'une espèce de gémissement, comme si D2 faisait tourner ses roues.

– Un verrou de contention? Ou bien un collier?

Bip affirmatif, accompagné d'harmoniques de frustration. Ce qui était logique : un verrou de contention pouvait laisser une marque, alors qu'un collier, en bloquant la partie inférieure de D2, ne ferait qu'user un peu ses roues.

– Ne t'en fais pas, le rassura Luke. Si j'ai suffisamment de câblage ici pour atteindre la porte, j'arriverai à la débloquer. Et ensuite, nous pourrons ficher le camp.

Prudemment, car il existait un risque de choc électrique à cause des lignes à haute tension qui passaient à proximité. Luke fit sortir le câble à faible voltage. En peu de temps, il en eut un bon mètre et demi.

C'était plus que ce qu'il avait espéré, mais pas assez pour ce qu'il comptait faire. En droite ligne, la porte était à quatre mètres de là, et il devait rajouter quelques centimètres de mou pour l'épissure à l'intérieur de la serrure.

– Ça va me prendre quelques minutes de plus, annonça-t-il à D2.

Il réfléchissait. Le câble était long d'un mètre et demi, ce qui impliquait que c'était le cas des autres. S'il pouvait en prélever autant sur deux lignes, ce serait plus que suffisant pour atteindre la serrure. Ce qui ne résolvait pas son problème : comment les couper. Et, bien sûr, comment ne pas être électrocuté dans l'opération.

– Ce que je ne donnerais pas pour avoir mon sabre, murmura-t-il en examinant son outil. Le métal n'était pas très affûté, mais, d'un autre côté, les câbles n'étaient pas très épais.

Il ne lui fallut que deux minutes pour extraire les autres câbles. Il se leva alors, ôta sa tunique, enroula deux fois les manches autour du métal, et se mit à scier.

Il avait découpé à moitié le premier câble lorsque sa main dérapa et effleura le métal à nu. Il sursauta par réflexe et rejeta la main en arrière.

Et son cerveau se remit à fonctionner.

Un sifflement intrigué lui parvint de la pièce voisine.

– Je viens de toucher un câble, dit-il. Et je n'ai pas ressenti le moindre choc.

D2 sifflota.

– Mais oui, acquiesça Luke.

Il toucha le câble... une fois... deux fois... et garda le doigt dessus.

Karrde et Mara n'avaient pas commis la moindre faute. Ils avaient déjà coupé le courant.

Il resta un instant agenouillé en se demandant ce qu'il allait bien pouvoir faire. A quoi bon ces câbles puisqu'il n'avait plus de source d'énergie. Certes, il devait exister dans cette pièce une certaine quantité de sources d'énergie correspondant aux modules de remplacement enfermés dans les boîtes. Ces boîtes qu'il n'avait aucun moyen d'ouvrir. A moins qu'il n'essaie de se servir du câble, peut-être? Pour percer la couche extérieure de scellement?

Il serra fermement le câble et tira afin d'évaluer sa résistance. Ses doigts glissèrent sur la gaine et il dut l'enrouler autour de sa main droite...

Et il s'interrompit soudain, avec un picotement dans la nuque. Sa main droite. Sa main droite *artificielle*. A double alimentation.

– D2... Est-ce que tu connais quelque chose dans le remplacement des membres cybernétiques? demanda-t-il tout en soulevant le petit panneau d'accès de son poignet avec son tournevis improvisé.

Un bref silence, suivi d'un gazouillement prudent et ambigu.

– Mais non, il n'en faudra pas autant, fit-il afin de rassurer le droïd, tout en observant les fils et les relais de sa main.

Il avait complètement oublié la complexité du montage.

– Tout ce qu'il me faut, c'est une des unités d'alimentation. Tu crois que tu peux m'aider?

Cette fois, le silence ne dura guère, et la réponse fut plus assurée.

– Bien. Alors allons-y.

CHAPITRE XXII

Yan, ayant achevé les présentations, se rassit et attendit.

– Intéressant, fit Karrde avec cette expression légèrement amusée et distante qu'il arborait pour dissimuler ses pensées. Oui, très intéressant. Je suppose que le Conseil Provisoire serait prêt à donner des garanties officielles pour tout cela.

– Nous garantirons ce que nous pourrons, dit Yan. C'est-à-dire votre protection, ainsi que la légalité des opérations. Mais, naturellement, pas les marges de bénéfice.

– Naturellement, souligna Karrde tout en portant son regard sur Lando. Mais vous avez été plutôt discret, général Calrissian. Quel est votre rôle dans tout ça?

– Je suis seulement un ami. Quelqu'un qui savait comment entrer en contact avec vous. Et aussi quelqu'un qui peut répondre de l'honnêteté et de l'intégrité de Yan.

Un sourire flotta sur les lèvres de Karrde.

– Oui, l'intégrité et l'honnêteté, répéta-t-il. Des mots bien intéressants pour un homme comme le capitaine Solo dont la réputation a été quelque peu égratignée.

Yan grimaça, se demandant à quel incident particulier Karrde faisait allusion. Il devait admettre qu'il y en avait un certain nombre.

– Tout cela appartient au passé, dit-il.

– Certes, certes. Et votre proposition elle-même est, je l'ai dit, fort intéressante. Mais pas pour mon organisation.

– Puis-je vous demander pour quelle raison?

– Tout simplement parce qu'il pourrait sembler, aux yeux de certaines parties, que nous avons choisi notre camp. Vu l'étendue de notre théâtre d'opération, ce ne serait probablement pas une démarche politique opportune.

– Je comprends, fit Yan en acquiesçant. J'aimerais quand même pouvoir vous faire observer qu'il existe des moyens pour que vos autres clients n'en sachent rien.

– Je crois que vous sous-estimez les capacités des services de renseignements de l'Empire, capitaine Solo. Ils en savent bien plus sur les mouvements de la République que vous ne pouvez le supposez.

– Parlez-m'en, fit Yan en jetant un regard à Lando. Ce qui me rappelle une question que je désirais vous poser. Lando m'a dit que vous pouviez connaître un craqueur assez bon pour percer les codes diplomatiques.

Karrde inclina la tête.

– Voilà une demande intéressante. Surtout venant de quelqu'un qui devrait avoir accès à de tels codes. Y aurait-il déjà des intrigues en cours au sein de la hiérarchie de la Nouvelle République?

Sa dernière conversation avec Winter et les menaces voilées qu'elle contenait revint à l'esprit de Yan.

– C'est purement personnel, dit-il. En fait, c'est *surtout* personnel.

– Ah... Justement, l'un des meilleurs craqueurs du marché devrait être des nôtres pour le dîner. Vous allez vous joindre à nous, n'est-ce pas?

Yan regarda sa montre avec surprise. Entre la simple conversation et les affaires, les quinze minutes d'entretien avec Karrde étaient devenues deux heures.

– Nous ne voudrions pas abuser de votre temps...

– Mais vous n'abusez pas, l'assura Karrde en reposant sa tasse avant de se lever. Avec tout le travail en cours, nous sautons régulièrement le déjeuner, ce qui nous conduits à avancer le dîner en fin d'après-midi.

– Je me souviens de cette merveilleuse période de contrebande, fit Yan avec un sourire forcé. Je dirais que vous avez même de la chance de pouvoir prendre un moment pour le repas...

– C'est juste, dit Karrde. Si vous voulez bien me suivre...

Le bâtiment principal, Yan l'avait remarqué en arrivant, semblait composé de trois ou quatre zones circulaires avec, au centre, une grande salle où s'élevait un arbre étrange. La salle vers laquelle Karrde les précéda se situait dans l'avant-dernier cercle, dont elle occupait à peu près un quart de la surface. De nombreuses tables rondes avaient été dressées et certaines étaient déjà occupées.

– Nous ne sommes pas trop sourcilleux quant au protocole des repas, ici, expliqua Karrde tout en les précédant vers la table située au centre. Trois hommes et une femme y avaient déjà pris place.

– Bonsoir à vous, fit Karrde. Puis-je vous présenter Calrissian et Solo, qui vont partager notre repas? (Il tendit la main vers les deux hommes.) Et voici trois de mes associés : Wadewarn, Chin et Ghent. Ghent est le craqueur dont je vous ai parlé; sans doute le meilleur dans la profession. (Il désigna la femme.) Et Mara Jade, que vous avez déjà rencontrée.

– Oui, fit Yan en hochant la tête avec un léger frisson.

– Ainsi donc, vous êtes Yan Solo, dit le craqueur d'un ton chaleureux. J'ai entendu des tas de choses à votre sujet et j'avais envie de faire votre connaissance.

Yan l'observa. En fait, songea-t-il, c'est presque un adolescent encore.

– Ça fait plaisir d'être célèbre, dit-il. Mais

n'oubliez pas qu'on entend surtout des racontars. Et que ces racontars vont toujours en se gonflant de plus en plus.

– Vous êtes trop modeste, Solo, dit Karrde tout en faisant un geste bref.

Un droïd trapu roula jusqu'à leur table, portant un plateau sur lequel étaient dressées des feuilles roulées.

– Il serait difficile de rajouter quoi que ce soit à cet incident avec un esclavagiste zyggerien, par exemple.

Lando leva les yeux du plateau.

– Un esclavagiste zyggerien? fit-il en écho. Hé, tu ne m'as jamais parlé de ça.

– Ça n'était pas très important, fit Yan avec un regard appuyé.

Malheureusement, Ghent était trop jeune pour comprendre qu'il fallait abandonner le sujet et il expliqua :

– Lui et Chewbacca, ils ont attaqué un transport d'esclaves zyggeriens. A eux seuls. Et les Zygerriens ont tellement eu peur qu'ils ont abandonné leur vaisseau.

– C'étaient plutôt des pirates que des marchands d'esclaves, intervint Yan, cédant enfin. Et ils n'ont pas abandonné leur vaisseau parce qu'ils ont eu peur de moi – je leur avais raconté que j'avais vingt hommes de commando avec moi et qu'ils allaient monter à leur bord pour vérifier leurs licences.

Lando haussa les sourcils.

– Et ils ont avalé ça?

Yan haussa les épaules.

– J'avais transmis une fausse identification impériale.

– Et vous savez ce qu'il a fait? ajouta Ghent. Il a donné le vaisseau aux esclaves qui se trouvaient dans la soute. Il le leur a donné, comme ça! Avec la cargaison.

Lando venait de mordre dans un des rouleaux de feuilles. Il sourit :

– Qu'est-ce qu'on a bon cœur! roucoula-t-il. Pas étonnant que tu ne m'en aies jamais parlé.

Yan fit un effort pour rester patient.

– Il y avait de tout dans la soute, grommela-t-il. La plus grande part du butin était identifiable. On était au large de Janodral Mizar – la loi locale qui prévalait à cette époque voulait que les victimes de pirates ou d'esclavagistes soient exemptées des formalités dans le cas où les pirates étaient capturés ou tués.

– Cette loi est encore appliquée, pour autant que je sache, murmura Karrde.

– Probable. En tout cas, Chewie était avec moi... et vous savez ce qu'il pense des esclavagistes.

– Oui, fit Lando. Ils s'en seraient mieux tirés avec les vingt commandos.

– Et si je ne leur avais pas livré le vaisseau...

Yan s'interrompit au moment où résonnait un bip discret.

– Excusez-moi, fit Karrde en tirant un comlink de sa ceinture. Oui ?...

Yan ne pouvait rien entendre... mais il vit les traits de Karrde se tendre brusquement.

– Oui, j'arrive tout de suite.

Le contrebandier se redressa.

– Excusez-moi. Juste un petit problème.

– Des ennuis ? demanda Yan.

– J'espère que non. (Yan vit que Mara se levait à son tour.) Mais j'espère que ça ne prendra que quelques minutes. Profitez du repas.

Ils quittèrent la table et Yan regarda Lando.

– Tout ça ne me plaît guère, murmura-t-il.

Lando acquiesça sans quitter des yeux Mara et Karrde, avec une expression bizarre.

– Yan, je l'ai déjà vue. Je ne sais pas où... mais je suis certain qu'elle n'était pas dans la contrebande à l'époque.

Yan observa les autres convives, il vit leurs regards méfiants et surprit leurs murmures. Ghent lui-même avait senti la tension et s'acharnait à dévorer son hors-d'œuvre.

– Réfléchis, camarade, fit Yan à Lando, d'un ton très calme. Il se pourrait qu'on ne nous aime plus beaucoup dans le coin.

– Qu'est-ce que tu crois que je fais? Et en attendant?

Un autre droïd s'approchait de leur table avec un plateau chargé de bols de potage.

– En attendant? fit Yan. Disons que nous pouvons toujours savourer le repas.

– Il est sorti de luminique il y a dix minutes environ, déclara Aves d'une voix tendue en montrant l'indicateur du senseur. Le commandant Pellaeon a appelé deux minutes plus tard. Il a demandé à vous parler en personne.

Karrde se frotta doucement la lèvre inférieure.

– Aucun signe d'engins de débarquement ni d'intervention militaire?

– Pas encore. (Aves secoua la tête.) Mais si j'en juge par son angle d'insertion, il devrait bientôt en débarquer – probablement quelque part dans la forêt.

Karrde hocha la tête, pensif. Le moment était bien mal choisi... pour tous.

– Où avons-nous garé le *Faucon Millenium,* finalement?

– Il est sur le périmètre huit, dit Aves.

Donc, songea Karrde, sous l'abri de la forêt. Bien... La haute teneur en métal des fibres des arbres de Myrkr le masquerait aux senseurs du *Chimaera.*

– Choisis deux hommes. Qu'ils aillent lancer un filet de camouflage. Nous ne devons pas prendre le moindre risque. Et qu'ils fassent ça discrètement – inutile d'alarmer nos invités.

– Vu.

Aves s'éloigna en courant.

Karrde se tourna alors vers Mara.

– Un épisode très intéressant, cette visite, non?...

Elle affronta son regard.

– Si vous pensez que c'est une façon subtile de me demander si je les ai appelés, ne vous inquiétez pas. Je n'ai rien fait.

– Vraiment. Alors, je suis quelque peu surpris.

– Moi aussi. J'aurais dû prévoir cela il y a pas mal de temps. Vous allez leur parler?...

– Je ne crois pas que j'aie le choix.

Karrde se prépara mentalement tout en s'installant dans le siège qu'Aves venait de libérer.

– Commandant Pellaeon, ici Talon Karrde. Je vous prie de m'excuser pour cette attente. Que puis-je faire pour vous?

L'image du *Chimaera* s'effaça; ce ne fut pas le visage de Pellaeon qui la remplaça mais plutôt une image de cauchemar : une face allongée, émaciée, à la peau bleu pâle, aux yeux de métal ardent.

– Bonsoir, capitaine Karrde, fit une voix douce, claire et courtoise. Je suis le Grand Amiral Thrawn.

– Bonsoir, amiral, répondit Karrde sur le même mode. C'est un honneur inespéré. Puis-je vous demander le motif de cet appel?

– Vous l'aurez déjà deviné en partie. Nous avons besoin d'un supplément d'ysalamari, et nous aimerions votre permission pour une nouvelle récolte, dirai-je.

– Mais certainement, fit Karrde, tout en commençant à éprouver un curieux sentiment.

L'attitude de Thrawn avait quelque chose d'étrange... et puis, après tout, les Impériaux pouvaient se passer de son autorisation maintenant qu'ils savaient comment capturer les ysalamari sur leurs arbres.

– Si je puis me permettre : vous les usez plutôt rapidement. Auriez-vous des difficultés à les garder en vie?

Thrawn afficha une expression de surprise polie.

– Mais aucun d'eux n'est mort, capitaine. Il nous en faut simplement d'autres.

– Oh, je vois.

– J'en doute. Mais peu importe. Capitaine, je me disais que, puisque nous sommes sur place, le moment serait opportun pour que nous ayons un petit entretien.

– Quel genre d'entretien?

– Je suis convaincu que nous avons des sujets d'intérêt communs, dit Thrawn. Par exemple, le marché des nouveaux vaisseaux de guerre.

– Des vaisseaux de guerre? répéta Karrde avec prudence.

– Mais oui. (Thrawn eut un de ses sourires furtifs.) Ne vous inquiétez pas : je ne pense pas que vous ayez des bâtiments de guerre intéressants en stock. Mais un homme qui dispose de tous vos contacts pourrait être à même d'en acquérir, non?

– Je ne crois pas que je dispose d'autant de contacts, amiral, fit Karrde en essayant de déchiffrer une quelconque pensée sur ce visage semi-humain. Thrawn savait-il? Ou bien était-ce l'effet d'une extraordinaire et redoutable coïncidence?

– Je ne pense pas que nous soyons en mesure de vous aider.

L'expression de Thrawn ne changea pas... mais la menace revint dans son sourire.

– Mais vous allez quand même essayer. Et puis, vous nous avez déjà refusé votre aide dans notre recherche de Luke Skywalker.

Tout soudain, Karrde respira un rien plus librement : là, il était en territoire plus sûr.

– Je suis désolé de n'avoir pu être d'aucun secours, amiral. Ainsi que je l'ai expliqué sur le moment à votre représentant, nous étions sous de sévères contraintes de délais. Et nous ne pouvions nous passer du moindre vaisseau.

Thrawn haussa brièvement les sourcils.

– Sur le moment, dites-vous? Mais, capitaine, nous cherchons toujours Luke Skywalker.

Karrde se maudit pour ce faux pas.

– Encore? Mais votre représentant m'a dit que Skywalker était à bord d'une aile X Incom. Si vous ne l'avez toujours pas trouvé, il est impossible que son système vital ait pu tenir aussi longtemps.

– Ah, je vois pourquoi nous ne nous comprenons pas, dit Thrawn en hochant la tête. Oui, normalement, ce que vous dites serait juste. Mais Skywalker est un Jedi, et les Jedi, au nombre de leurs tours, ont la capacité de se mettre en transe. (Il s'interrompit et son image, une seconde, vacilla sur l'écran.) Donc, vous avez encore largement le temps de vous joindre à nous.

– Je comprends. C'est intéressant. Je suppose qu'il s'agit encore d'une de ces nombreuses choses que les êtres normaux ignorent à propos des Jedi.

– Nous aurons peut-être le temps d'en discuter quand je serai sur Myrkr, dit Thrawn.

Karrde fut soudain pétrifié par ce qu'il réalisait. L'image de Thrawn avait vacillé sur l'écran...

Un seul regard sur l'un des senseurs auxiliaires lui confirma l'horrible réalité : trois navettes de classe Lambda ainsi qu'un chasseur-escorteur Tie venaient de quitter le *Chimaera* et plongeaient vers la surface de la planète.

– Je crains que nous n'ayons guère de quoi vous distraire, fit-il, les lèvres rigides. Nous n'avons pas été prévenus suffisamment à l'avance.

– Mais nous ne sommes pas là pour nous distraire, l'assura Thrawn. Ainsi que je vous l'ai dit, je désire seulement avoir un entretien avec vous. *Très bref.* Je sais à quel point vous êtes occupé.

– J'apprécie ces égards, fit Karrde. Mais si vous voulez bien m'excuser, amiral, il faut quand même que je fasse le nécessaire pour vous recevoir.

– A très bientôt.

Le visage de Thrawn disparut de l'écran, remplacé par une image à distance du superdestroyer.

Karrde demeura encore un moment immobile, remuant dans son esprit les diverses hypothèses possibles.

– Contactez Chin par comlink, dit-il enfin à Mara. Dites-lui que nous avons des invités de l'Empire et qu'il doit se préparer à les recevoir comme il convient. Ensuite, allez jusqu'au terrain huit et veillez à ce qu'Aves cache un peu mieux le *Faucon Millenium.* Allez-y en personne, Mara, car il est possible que le *Chimaera* ou même ses navettes captent nos transmissions.

– Et Solo et Calrissian?

– Il va falloir les évacuer, bien entendu. Conduisez-les dans la forêt, ou plutôt à proximité de leur vaisseau. Je ferais bien de m'occuper de cela moi-même.

– Pourquoi ne pas les livrer à Thrawn?

Il la regarda. Elle avait encore une fois ce même regard brûlant, ces traits rigides...

– Sans qu'il m'ait offert une prime? Vous voudriez que je fasse confiance à la générosité du Grand Amiral dans cette circonstance?

– Je ne vois pas ce qui vous en empêcherait, fit-elle d'un ton tranchant.

– Moi si. (Il avait soudain un ton très froid.) Ce sont nos invités. Ils ont pris place à ma table et ont mangé en notre compagnie... et que cela vous plaise ou non, ça implique qu'ils sont sous notre protection.

– Ces règles d'hospitalité s'appliquent-elles également à Skywalker? demanda-t-elle, sardonique.

– Vous savez certainement que non. Mais ce n'est pas le moment de les livrer à l'Empire, même si nous devons finalement le décider. Vous me comprenez?

– Non, gronda-t-elle. Je ne vous comprends pas.

Il la fixa un instant, prêt à lui rappeler qu'elle n'avait pas besoin de comprendre, qu'elle n'avait qu'à obéir.

– C'est une question de rapport de force, dit-il enfin. Avec un superdestroyer impérial en orbite, nous ne sommes guère en position de marchander. Même si Thrawn était le client le plus fiable de toute la galaxie, je ne conclurais aucun marché dans de telles circonstances. Et il n'est pas le client le plus fiable de la galaxie. Vous comprenez, à présent?

– Bien que je ne sois pas d'accord, j'accepte votre décision, fit-elle enfin.

– Merci beaucoup. Peut-être, après le départ des Impériaux, aurez-vous une chance d'interroger le général Calrissian sur les périls que l'on court à conclure des marchés alors que des commandos patrouillent sur votre territoire... (Il revint à l'écran.) Donc : nous déplaçons le *Faucon* ; ainsi que Solo et Calrissian. Skywalker et le droïd devraient être en sûreté là où nous les avons mis – les quatre hangars sont suffisamment protégés pour résister à tout. Si l'on excepte un sondage déterminé.

– Et si Thrawn le décide?

– Alors, nous pourrions avoir des ennuis, concéda Karrde, calmement. D'un autre côté, je doute que le Grand Amiral vienne ici en personne s'il pense qu'il y a le moindre danger d'un affrontement. Les militaires de haut rang n'accèdent pas à de tels grades en risquant inconsidérément leur existence. (Il montra la porte.) Vous connaissez votre tâche, et moi la mienne. Allons-y.

Elle était sur le seuil quand une pensée traversa l'esprit de Karrde.

– Où donc avez-vous mis le sabrolaser de Skywalker?

– Il est dans ma chambre, fit-elle en se retournant. Pourquoi?

– Il vaut mieux le récupérer et le cacher ailleurs. Les sabrolasers ne sont pas faciles à détecter, mais nous ne pouvons courir un tel risque. Mettez aussi des résonateurs de cavités dans trois hangars; ils devraient être suffisants pour nous protéger de sondages éventuels.

– Bien. (Elle le dévisagea, pensive.) Que signifie donc toute cette histoire à propos de vaisseaux de guerre?

– Vous avez entendu toute notre conversation.

– Je sais. Mais je parlais de votre réaction.

– J'espère qu'elle n'était pas à ce point évidente, fit-il avec une grimace.

– Mais non.

– Reposez-moi cette question plus tard. Pour l'instant, nous avons un travail urgent.

Elle l'étudia encore une fraction de seconde, puis hocha la tête et sortit.

Karrde se redressa. La première chose à faire était de regagner la salle à manger pour informer ses invités de ce soudain changement de plan. Ensuite, il devrait se préparer à cette confrontation avec l'homme le plus dangereux de l'Empire. Avec Skywalker et des vaisseaux de guerre comme sujets possibles de conversation.

Cette fin d'après-midi promettait.

– O.K., D2, fit Luke en achevant les dernières connexions. Je crois qu'on va pouvoir essayer. Croise les doigts.

Une série complexe de jacassements électroniques lui répondit. Luke se dit que le droïd lui rappelait sans doute qu'il lui était impossible de croiser des doigts qu'il n'avait pas.

Des doigts. Luke observa sa main droite, plia les doigts et retrouva cette déplaisante sensation de coups d'épingle et d'engourdissement qu'il connaissait si bien. Depuis cinq ans, il ne pensait plus à sa main comme à une machine fixée à son bras. Mais à présent, cette idée s'imposait douloureusement à lui.

D2 émit un bip impatient.

– D'accord.

Luke s'arracha à la contemplation de sa main et tira le câble vers le point de contact qu'il espérait approprié. Il songea que cela aurait pu être pire ; sa main aurait pu aussi bien être équipée d'une seule unité énergétique.

– On y va.

Il mit le câble au contact.

Et sans le moindre effet dramatique, sans difficulté, la porte coulissa.

– On y est ! souffla-t-il.

Il se pencha au-dehors avec prudence, en essayant de ne pas couper le contact.

Le soleil s'enfonçait derrière la ligne des arbres, projetant des ombres allongées sur le terrain. De l'endroit où il était, Luke ne voyait qu'une partie du terrain, mais les lieux lui semblaient déserts. Il se redressa, lâcha le câble et plongea au-delà du seuil.

La porte se referma et faillit lui happer la cheville. Il se recroquevilla à temps. Puis il guetta une éventuelle réaction au bruit qu'il avait provoqué. Mais le silence persista et, au bout de quelques secondes, il se leva et courut jusqu'à la porte voisine.

D2 ne s'était pas trompé : il n'y avait pas de serrure. Luke se glissa sans problème à l'intérieur.

Le droïd l'accueillit avec quelques bips enthousiastes en s'agitant dans le collier de contention, une sorte de torque qui enserrait étroitement ses roues.

– Du calme, D2, fit Luke en s'agenouillant. Et ne bouge surtout pas.

Il eut bientôt débloqué les deux parties de la tenaille et D2 fut libre.

– Allons, viens, fit-il au droïd.

Aussi loin qu'il pouvait voir, le camp était désert.

– Le vaisseau est de l'autre côté, chuchota-t-il en montrant le bâtiment principal. Il me semble que le mieux est de suivre la ligne des arbres en partant sur notre gauche. Est-ce que tu peux sonder le terrain?

D2 brandit son scanner et bipa une réponse affirmative.

– O.K. Surveille les bâtiments au cas où quelqu'un viendrait.

Ils s'engagèrent sous les arbres et ils avaient parcouru à peu près un quart du cercle de la clairière lorsque D2 fit entendre un pépiement d'alerte.

– On ne bouge plus! souffla Luke en s'arrêtant net sous un arbre au tronc énorme. Il espérait que sa tenue sombre se fondait parfaitement dans l'obscurité de l'épaisse forêt, mais D2 était certainement plus repérable, en blanc et bleu.

Par chance, les trois hommes qui venaient de quitter le bâtiment principal ne regardèrent pas un instant dans leur direction.

Ils se dirigèrent droit vers la forêt et disparurent... en dégainant leurs blasters.

D2 fit entendre une plainte sourde.

– Moi non plus, je n'aime pas ça, fit Luke. Espérons que ça n'a rien à voir avec nous. Rien d'autre?

Le droïd bipa que la voie était libre. Luke, tout en progressant, ne quittait pas la forêt des yeux, se souvenant des allusions de Mara à propos de grands prédateurs. Bien sûr, elle avait pu mentir pour le décourager de s'enfuir. Et, en y songeant bien, il se rappela n'avoir jamais décelé d'alarme sur la fenêtre de son ex-geôle improvisée.

D2 émit un autre bip. Luke se retourna vers le camp... et s'immobilisa net.

Mara venait de sortir du bâtiment principal.

Un long moment, elle resta immobile sur le seuil, observant le ciel. Luke ne la quittait pas du regard. Si jamais elle se tournait dans leur direction...

Brusquement, elle baissa les yeux avec une expression décidée. Elle partit d'un pas rapide en direction du baraquement voisin.

Luke soupira. Ils n'étaient pas encore totalement hors de danger – il suffisait que Mara tourne la tête de 90 degrés sur la gauche. Mais tout, dans son attitude, indiquait qu'elle était absolument concentrée. Comme si elle venait de prendre une décision capitale...

Luke en prit une à son tour.

– Viens, D2, murmura-t-il. Il commence à y avoir trop de monde dans le coin. On va s'enfoncer dans la forêt et on rejoindra les vaisseaux par l'arrière.

Ils n'étaient qu'à une courte distance du hangar d'entretien et des vaisseaux parqués à côté. Mais quand ils arrivèrent, l'aile X avait disparu.

– J'ignore où ils ont pu la mettre, grinça Luke en promenant les yeux alentour. Est-ce que tes senseurs te disent quelque chose?

D2 bipa négativement, puis ajouta un pépiement de complément que Luke ne put suivre.

– Eh bien, ça n'est pas grave, fit-il. De toute façon, on aurait dû la poser quelque part ailleurs et trouver un hyperdrive en état de marche. Donc, on saute cette étape et on prend un de ces vaisseaux.

Il explorait les alentours du hangar avec l'espoir de trouver une aile X, un Z-95, en tout cas quelque chose de familier. Mais il ne repéra qu'une Corvette corellienne et ce qui lui parut être un petit cargo lourd.

– Tu aurais des suggestions à faire? demanda-t-il à D2.

Le droïd bipa d'un ton inflexible. La petite coupelle de son senseur était braquée sur deux longs vaisseaux qui avaient à peu près le double de la longueur de l'aile X de Luke. Des chasseurs, à l'évidence, mais qui ne ressemblaient à aucun des bâtiments que l'Alliance avait jamais utilisés.

– Un de ceux-là, tu crois? demanda-t-il, sceptique.

D2 lui lança un autre bip, plutôt impatient.

– Bon, d'accord, on est pressés par le temps, fit Luke.

Ils rallièrent sans incident un des chasseurs. Le cockpit n'était guère plus vaste que celui d'une aile, mais, derrière, un espace de trois sièges avait été prévu pour les techniciens et les serveurs d'artillerie. Certes, ils n'avaient pas été dessinés pour des droïds astromécanos, mais il ne fallut que quelques secondes à Luke pour étirer les harnais afin d'y installer D2.

Il consulta les voyants de contrôle.

– On dirait que tout était en standby, fit-il. Il y a une prise ici. Vérifie tout ça rapidement pendant que je m'installe. Avec un peu de chance, nous pourrons peut-être nous évader avant qu'ils s'apercoivent de notre disparition.

Mara avait prévenu Chin par comlink avant de joindre Aves et les autres pour le *Faucon Millenium*. En se tournant vers le hangar trois, elle décida une fois encore qu'elle haïssait l'ensemble de l'univers.

C'était elle qui avait trouvé Skywalker. Elle seule. Et c'était à elle de décider de son sort, et non pas à Karrde.

J'aurais dû le laisser là-bas, se dit-elle avec amertume. *J'aurais dû l'abandonner, le laisser mourir dans le froid de l'espace.* Elle avait envisagé cette solution, sur l'instant. Mais s'il mourait seul, elle n'aurait jamais la certitude qu'il était réellement mort.

Et elle ne connaîtrait jamais le plaisir de le tuer elle-même.

Elle baissa les yeux sur le sabrolaser, elle en savoura le poids et l'éclat de la lame dans la lumière de cette fin d'après-midi. Elle savait qu'elle pourrait le faire maintenant. Elle n'aurait qu'à prétendre qu'il l'avait agressée. Sans la Force, il serait un adversaire facile à vaincre, même pour elle, qui n'avait que rarement manié un sabrolaser. Ce serait aisé, propre, net, rapide.

Et, après tout, elle ne devait rien à Karrde, même si elle avait été bien traitée par son organisation.

Mais pourtant...

Elle approchait de l'entrepôt quatre, toujours indécise, lorsqu'elle entendit la plainte faible d'un répulseur.

Elle leva les yeux au ciel en s'abritant de la main. Un vaisseau devait approcher... mais elle ne vit rien. Puis, comme la plainte gagnait en intensité, elle réalisa brusquement qu'elle provenait d'un de leurs vaisseaux. Elle se retourna et explora du regard le hangar d'entretien...

Juste à temps pour voir un de leurs Skiprays monter au-dessus des arbres.

Elle fixa le vaisseau en se demandant si Karrde, au nom de l'Empire, savait ce qu'il était en train de faire... Ou alors il avait décidé d'envoyer un vaisseau d'escorte à la rencontre des Impériaux?

Brusquement, le déclic se fit dans son esprit.

Elle courut vers l'entrepôt quatre tout en dégainant son blaster. La serrure de la porte refusa de jouer. Elle essaya une deuxième fois, puis tira.

Skywalker avait disparu.

Elle poussa un juron de haine pure et repartit à toutes jambes. Le Skipray avait pris son cap et il s'éloignait vers l'ouest de la forêt. Mara rengaina son blaster et tira le comlink de sa ceinture...Et jura une fois encore. Les Impériaux seraient là d'un instant à l'autre et, si le nom de Skywalker était mentionné, elle, Karrde et tous les autres auraient de graves ennuis.

Ce qui ne lui laissait qu'une solution.

Elle fonça vers l'autre Skipray et, deux minutes plus tard, elle avait décollé. Non, Skywalker ne s'en tirerait pas comme ça.

Elle lança le drive à plein régime et le Skipray jaillit vers le ciel dans un ululement.

CHAPITRE XXIII

Les deux vaisseaux apparurent simultanément sur les écrans : le chasseur de Karrde lancé à sa poursuite, et le superdestroyer impérial, sur orbite haute.

– Je crois qu'on a des ennuis, répliqua Luke au gazouillement perplexe de D2.

La réponse du droïd se perdit dans le grondement du moteur. Les commandes du vaisseau ne rappelaient en rien tout ce que Luke avait pu avoir en main, si ce n'est peut-être celles des snowspeeders que l'Alliance avait utilisés sur Hoth. Mais la lenteur du temps de réponse impliquait une masse énorme et un blindage très épais. Avec le temps, songea Luke, il était certain qu'il maîtriserait le Skipray.

Mais, malheureusement, c'était le temps qui lui manquait.

Il jeta un coup d'œil sur l'écran arrière. Le chasseur se rapprochait rapidement. Il n'était plus qu'à une ou deux minutes du contact. A l'évidence, son pilote avait plus d'expérience que Luke. Ou alors, il était férocement déterminé à le capturer. Anormalement décidé.

Ce qui signifiait qu'il avait affaire à Mara Jade.

Il plongea un peu trop bas et son aileron ventral effleura la cime des arbres, ce qui déclencha un couinement de protestation de la part de D2.

– Excuse-moi, fit Luke en redressant, la sueur au front.

Pour le moment, il ne pouvait que prendre le risque de frôler la forêt. Mais il avait le sentiment que, pour quelque raison inconnue de lui, elle brouillait ou affaiblissait les senseurs. En se maintenant à ce plafond, il forçait Mara à l'imiter car elle ne pouvait prendre le risque de perdre le contact visuel sur le fond changeant des arbres. Ce fond qui masquait en partie Luke aux senseurs du superdestroyer.

Le superdestroyer. En consultant l'écran placé audessus de lui, Luke sentit son estomac se nouer. Il savait maintenant à quel genre de compagnie Mara avait fait allusion. Apparemment, il s'était éclipsé à une minute près.

D'un autre côté, le fait que Karrde l'ait fait transférer d'urgence dans ce hangar signifiait sans doute qu'il avait décidé de ne pas le vendre aux Impériaux, tout compte fait. Luke se dit qu'il devrait poser la question au contrebandier un de ces jours. A distance, de préférence.

D2 lança une trille de panique. Luke sursauta et scruta les écrans du regard...

L'autre chasseur était immédiatement derrière lui. Son unique chance était de tenter un virage en chute koiogran. Couper la vitesse et partir en vrille. Il referma une main sur le stick de contrôle et bascula la propulsion de l'autre...

Brutalement, la verrière du cockpit explosa au contact d'une branche et il fut rejeté dans son harnais tandis que le chasseur partait à la dérive.

La dernière chose qu'il entendit avant que les ténèbres ne l'avalent fut le cri électronique strident de D2.

Les trois navettes se posèrent en parfait synchronisme tandis que l'escorte les survolait.

– Les exercices de parade de l'Empire sont toujours aussi parfaits, murmura Aves.

– Silence, marmonna Karrde en regardant les rampes d'accès qui se déployaient.

Il était convaincu que Thrawn allait apparaître en haut de la rampe centrale.

Des commandos s'étaient alignés impeccablement

de part et d'autre. Une poignée d'officiers subalternes débarqua de la navette de droite. Ils furent suivis d'un être de race inconnue, trapu, noueux, à la peau grisâtre, avec des yeux protubérants, un visage prognathe, qui faisait immanquablement songer à un garde du corps. Et le Grand Amiral apparut dans son sillage.

C'est bien de lui, se dit Karrde, irrité. *Il ne fait rien comme tout le monde.* Il prit bonne note de s'en souvenir pour plus tard.

Il se mit en marche vers les Impériaux, accompagné de son comité de réception, sous les regards glaçants des commandos.

– Grand Amiral Thrawn, je vous souhaite la bienvenue sur ce petit coin de planète qu'est Myrkr. Je suis Talon Karrde.

– Ravi de vous rencontrer, capitaine, fit Thrawn avec une brève inclinaison de tête.

Karrde se dit que ces yeux de brandons étaient encore plus intimidants en direct.

– Je dois vous demander d'excuser cet accueil peu cérémonieux. Il est rare que nous recevions des personnes de votre rang.

Thrawn haussa un sourcil noir bleuté.

– Vraiment. Je pensais qu'un homme dans votre position avait l'habitude de traiter avec l'élite. Et tout particulièrement avec les représentants haut placés des différentes planètes dont la coopération lui est, je dirais, nécessaire...

Karrde sourit avec légèreté.

– Oui, nous avons affaire à l'élite de temps à autre. Mais pas ici. (Il risqua un regard lourd de sens vers les commandos.) Ici, je dois le dire... c'est notre base privée. *C'était*, ajouterai-je.

– Bien sûr, fit Thrawn. Nous avons assisté à un incident curieux il y a quelques minutes, là-bas plus à l'ouest. Dites-m'en un mot.

Karrde se maîtrisa pour ne pas grimacer. Il avait espéré que l'effet de brouillage des arbres de Myrkr allait cacher la course-poursuite des deux Skiprays. Malheureusement, il s'était trompé.

– Ça n'était qu'un petit problème interne. Un de nos employés mécontent a réussi à pénétrer dans un hangar, il a volé des marchandises et s'est enfui avec un de nos vaisseaux. L'un de mes hommes le poursuit.

– *Le poursuivait*, contra Thrawn d'un ton nonchalant. (Ses yeux rouges fixaient Karrde.) Mais vous ignoriez qu'ils se sont tous deux écrasés?

Karrde le regarda, avec un frisson glacé.

– En effet, je l'ignorais. Nos senseurs... La fibre métallique des arbres les perturbe sérieusement.

– Nous avions un angle d'observation plus élevé. Il nous a semblé que le premier vaisseau avait heurté la cime des arbres et que son poursuivant avait été emporté dans le flux. (Il prit un air songeur.) Je suppose que ce poursuivant était quelqu'un de spécial?

Karrde prit une expression plus dure.

– Tous mes associés ont quelque chose de spécial, fit-il en sortant son comlink. Veuillez m'excuser un instant; il faut que je rassemble une équipe de secours.

Thrawn fit un pas en avant et posa deux doigts bleu pâle sur le comlink.

– Si vous voulez bien me permettre, fit-il d'un ton onctueux. Commandant?

L'un des soldats du commando s'avança.

– Amiral?...

– Prenez la tête d'un détachement et rendez-vous sur le site de l'accident.(Il ne quittait pas Karrde du regard.) Examinez les épaves et ramenez les éventuels survivants. Ainsi que tout ce qui ne devrait pas normalement se trouver sur un Skipray.

– Bien, amiral.

L'homme fit un geste et une colonne de commandos le suivit vers la navette de gauche.

– J'apprécie votre aide, amiral, fit Karrde, la bouche un peu sèche. Mais elle n'est pas vraiment nécessaire.

– Bien au contraire, capitaine, fit doucement Thrawn. Nous vous sommes redevables de votre assistance pour les ysalamari. Quelle meilleure occasion de vous payer en retour pourrions-nous avoir?

– Oui, vraiment? murmura Karrde.

La rampe d'accès de la navette fut remontée et, dans le bourdonnement des répulseurs, le petit vaisseau s'éleva dans le ciel. Cette fois, les dés étaient jetés et Karrde ne pouvait plus rien faire. Sinon espérer que Mara avait réussi à maîtriser la situation de son côté. Avec qui que ce soit d'autre, il n'en aurait pas été vraiment certain. Mais avec Mara...

– A présent, dit Thrawn, je me disais que vous pourriez me faire visiter les lieux?

– Mais oui. Si vous voulez bien me suivre...

– On dirait que les commandos s'en vont, fit Yan d'une voix calme, les yeux rivés à ses macrolunettes. Du moins une partie. Ils ont embarqué sur une navette.

– Laisse-moi jeter un coup d'œil, souffla Lando, de l'autre côté de l'arbre.

Yan lui passa les lunettes avec des gestes mesurés. Impossible de savoir de quels instruments de détection disposaient les chasseurs Tie et les navettes et il ne se fiait pas complètement à cette histoire d'arbres brouilleurs qui étaient supposés les protéger des senseurs.

– Il n'y a qu'une seule navette qui décolle, fit Lando.

Yan se tourna à demi et quelques feuilles dentelées se glissèrent sous sa chemise. Il s'adressa à Ghent.

– Vous avez souvent des visiteurs de l'Empire?

– Non, pas ici, fit l'autre d'un ton nerveux, presque en claquant des dents. Ils sont venus dans la forêt une ou deux fois pour capturer des ysalamari, mais jamais à la base même. Du moins, jamais pendant que j'y étais.

– Des ysalamari? fit Lando, intrigué. C'est quoi?

– Des sortes de serpents à fourrure avec des pattes. Je ne sais pas à quoi ils peuvent servir. Ecoutez, est-ce qu'on ne peut pas retourner au vaisseau maintenant? Karrde m'a dit que c'était là que je devais vous cacher.

Yan l'ignora et demanda à Lando :

– Qu'est-ce que tu en penses?

Lando haussa les épaules.

– C'est sûrement en rapport avec ce Skipray qui vient de décoller juste après que Karrde nous ait mis à l'écart.

– On avait un prisonnier, intervint Ghent. Karrde et Jade l'avaient planqué – et peut-être qu'il a réussi à ficher le camp. Maintenant, est-ce qu'on peut...?

– Un prisonnier? répéta Lando en fronçant les sourcils. Dis-moi : ça fait longtemps que Karrde a des prisonniers?

– Peut-être depuis qu'il a commencé à traiter avec des kidnappeurs, grommela Yan avant que Ghent réponde.

– Mais on ne traite pas avec les kidnappeurs! protesta le gamin.

– C'est pourtant le cas en ce moment, fit Yan en montrant le groupe des Impériaux. Et ce petit machin gris, là-bas? C'est un de ces étrangers qui ont tenté de nous kidnapper, Leia et moi.

– Quoi? (Lando reprit les macrolunettes.) Tu en es certain?

– En tout cas, il est de la même espèce. On n'a pas pris le temps de noter leurs noms. (Yan se tourna vers Ghent.) Ce prisonnier – c'est qui?...

– Je ne sais pas. Ils l'ont ramené à bord du *Wild Karrde* il y a quelques jours et ils l'ont bouclé dans un des baraquements. Et quand on a appris que les Impériaux venaient nous rendre une petite visite, je crois qu'ils l'ont déménagé dans un des hangars.

– Et de quoi avait-il l'air?

– Mais je ne le sais pas! siffla Ghent, désemparé. En tout cas, on nous avait tous interdit de l'approcher et même de poser des questions à son sujet.

Lando surprit le regard de Yan.

– C'est probablement quelqu'un qu'ils ne veulent pas voir capturé par les Impériaux. Peut-être un déserteur qui essaie de rallier la Nouvelle République?

– Ce qui m'inquiète, c'est qu'ils l'aient déménagé. Car ça peut vouloir dire que les commandos vont s'installer ici un moment.

– Karrde n'a rien dit de tel, fit remarquer Ghent.

– Mais il ne le sait peut-être pas encore, fit Lando d'un ton sec. Fais-moi confiance – j'ai eu affaire aux commandos de l'Empire. (Il rendit les lunettes à Yan.) On dirait qu'ils rentrent.

Yan observa Karrde et l'officier à peau bleue qui s'avançaient en tête, leur escorte, et les deux colonnes de soldats.

– Ce type aux yeux rouges, demanda-t-il à Ghent, tu aurais une idée de qui il s'agit?

– Je pense que c'est un Grand Amiral ou quelque chose comme ça. Il dirige les opérations de l'Empire depuis quelque temps. J'ignore son nom.

Yan regarda de nouveau Lando.

– Un Grand Amiral? fit Lando.

– Oui. Regardez, ils sont partis maintenant. Est-ce que nous pourrions...?

– Oui, on retourne au *Faucon*, souffla Yan.

Un Grand Amiral. Pas étonnant que la Nouvelle République ait été pas mal accrochée dans l'espace depuis quelque temps.

– Je suppose que tu n'as aucune liste des Grands Amiraux de l'Empire sur le *Faucon*, demanda Lando en se portant à sa hauteur.

– Non. Mais, sur Coruscant, nous avons ça.

– Formidable, dit Lando dans le sifflement des herbes hautes. Espérons seulement que nous survivrons assez longtemps pour consulter cette petite liste.

– Mais oui. Nous allons rester dans le coin le temps qu'il faudra pour savoir à quoi joue Karrde, mais pour l'instant, on décolle. Même avec le filet de camouflage.

Le plus étrange, se dit Luke en s'éveillant, était qu'il n'éprouvait pas la moindre douleur.

Ce qui semblait incroyable. Il se souvenait des ultimes secondes, des arbres fracassés, du cockpit tordu. Il se dit qu'il avait de la chance d'être encore en vie, et même, à première vue, indemne. Il était évident que les ballons anti-crash et les champs de contrainte avaient été soutenus par quelque chose de plus sophistiqué – un compensateur d'accélération, sans doute.

Une sorte de gargouillement hésitant monta derrière lui.

– Tu vas bien, D2? fit-il en s'arrachant à son siège pour escalader le pont incliné. Tiens bon, j'arrive.

Le jack d'information du droïd avait été arraché, mais si l'on exceptait quelques bosses minimes, D2 était intact.

– Nous ferions bien de nous éloigner, dit Luke en se dégageant de son harnais. L'autre vaisseau pourrait bien revenir avec du renfort.

Il réussit à porter D2 jusqu'à l'arrière. Le sas s'ouvrit sans trop de difficulté et Luke jeta un regard méfiant sur les alentours.

Non, l'autre chasseur ne reviendrait pas avec du renfort. Il était là. Et dans un état plus grave que le sien.

D2 trilla peureusement. Luke se retourna, le regarda, puis revint à l'autre chasseur. Avec l'équipement de sécurité, il était peu probable que Mara ait été gravement blessée. D'autres vaisseaux allaient intervenir – et elle tiendrait sans doute jusque-là.

Ou peut-être pas.

– D2, attends-moi ici. Je vais aller y voir de plus près.

Si la coque du chasseur était sérieusement endommagée, à l'intérieur tout semblait en meilleur état. Il se courba pour s'avancer entre les divers débris jusqu'au cockpit.

Il aperçut soudain le haut de la tête du pilote, et ces cheveux d'or roux lui confirmèrent ce qu'il avait soupçonné : c'était bien Mara Jade elle-même qui s'était lancée à ses trousses.

Il demeura un moment immobile, tiraillé entre le sens de l'urgence et la morale. Ils devaient déguerpir aussi vite que possible, D2 et lui, c'était évident. Mais s'il laissait Mara Jade comme ça, sans s'inquiéter de son état...

Il se retrouva sur Coruscant, durant cette nuit où

Ben Kenobi lui avait fait son dernier adieu. Ainsi qu'il l'avait expliqué à 6PO plus tard : *Un Jedi peut se laisser prendre dans des problèmes d'une importance galactique à tel point que cela finit par altérer la conscience qu'il a des autres.* Et puis, se dit-il, cela ne lui prendrait qu'une minute. Il s'avança alors et se pencha vers le pilote.

Pour rencontrer le regard de deux grands yeux verts. Et le canon d'un petit blaster.

– Je savais que vous alliez venir, dit-elle avec une froide satisfaction. Reculez.

Il obéit.

– Vous êtes blessé ? demanda-t-il.

– Ça ne vous concerne pas.

Elle se dégagea de son siège en prenant avec elle une petite mallette plate. Luke remarqua alors qu'elle avait encore son sabrolaser à la ceinture.

– Dans ce compartiment, là, juste au-dessus de l'écoutille d'évacuation, il y a une autre mallette, dit-elle. Prenez-la.

La mallette de métal portait une étiquette qui ne lui était pas familière, mais il sut qu'il s'agissait d'un nécessaire de survie.

– J'espère que nous n'allons pas être obligés de refaire le chemin à pied, fit-il en libérant l'écoutille.

– Pas moi, répliqua-t-elle. (Elle parut hésiter brièvement avant de le suivre.) Mais quant à savoir si *vous* allez revenir, c'est une tout autre question.

Il la fixa du regard.

– Vous voulez finir ce que vous avez commencé ? fit-il en montrant le vaisseau fracassé.

– Ecoutez-moi bien, mon joli, fit-elle d'un ton hautain. C'est *vous* qui nous avez fait tomber, pas moi. Ma seule faute a été de vous coller au train à la seconde où vous avez touché les arbres. Maintenant, posez ce que vous tenez et sortez votre droïd de là.

Il s'exécuta. Et quand il se retrouva avec D2 à son côté, Mara avait déjà ouvert la mallette de survie.

– Vous ne bougez plus. Et gardez vos mains là où je peux les voir,

Elle se tut brusquement et pencha la tête comme si elle écoutait quelque chose. L'instant d'après, dans le lointain, Luke détecta le bruit d'un vaisseau en approche.

– On dirait que notre force d'appui arrive, dit Mara. Je voudrais que vous et votre droïd...

Brutalement, elle referma la mallette et l'empoigna.

– Vite! lança-t-elle en montrant le couvert des arbres. Vite – dans la forêt! Tous les deux!

Elle avait dit cela d'un ton pressant, anxieux, qui ne souffrait pas la moindre question. Et Luke et D2 plongèrent dans la forêt sans perdre une seconde.

– Plus loin! insista Mara. Venez! Allez!

Avec un peu de retard, Luke songea que cela pouvait participer d'une plaisanterie macabre, que Mara voulait seulement lui tirer dans le dos pour prétendre ensuite qu'il avait tenté de fuir. Mais elle était sur ses talons, il entendait son souffle oppressé et, une ou deux fois, le canon de son blaster l'effleura. Ils avaient avancé de dix mètres dans la forêt quand Luke dut se baisser pour aider D2 à franchir une énorme racine.

– Ça ira, souffla Mara. Cachez le droïd et ensuite, couchez-vous.

Le temps d'aider D2 à passer la racine et à le dissimuler... et Luke, en revenant vers elle, comprit soudain.

Car, pareille à un rapace, une navette de l'Empire s'était immobilisée au-dessus des épaves des deux chasseurs.

Du coin de l'œil, il surprit un mouvement et, en tournant la tête, il rencontra le canon du blaster de Mara.

– Surtout pas un seul mouvement, chuchota-t-elle. (Il sentit son souffle chaud sur sa joue.) Pas un bruit...

Il inclina la tête et se retourna pour observer la navette. Mara glissa les bras autour de ses épaules, pointa le canon de son blaster sous sa mâchoire.

La navette effectua un dernier cercle et se posa

doucement sur le terrain ravagé entre les deux chasseurs. Presque aussitôt, la rampe se déploya et vomit un groupe de commandos.

Luke les vit se disperser et se précipiter sur les deux vaisseaux, paralysé par l'étrangeté de la scène. Les Impériaux étaient à moins de vingt mètres de distance, et Mara avait une occasion en or de le livrer... Et voilà qu'ils se terraient au pied d'un arbre en retenant leur souffle. Etait-il possible qu'elle eût à ce point changé d'idée?

Ou bien ne voulait-elle aucun témoin quand elle déciderait de l'abattre?

Dans ce cas, réfléchit-il, la meilleure solution était sans doute de se rendre aux commandos de l'Empire. Dès qu'il serait loin de cette planète et qu'il aurait récupéré sa Force de Jedi, il aurait au moins une chance de combattre. Et s'il parvenait à distraire Mara pour s'emparer de son blaster...

Elle était pressée contre lui et avait dû sentir la soudaine tension de ses muscles.

– Quel que soit le plan que vous avez en tête, oubliez-le, lui souffla-t-elle au creux de l'oreille, et en appuyant un peu plus fort le canon de son blaster. Je pourrai toujours dire que vous me déteniez comme prisonnière et que j'ai réussi à vous subtiliser votre blaster.

Il ne dit rien. Il ne pouvait plus qu'attendre.

Ce ne fut pas très long. Deux groupes de commandos pénétrèrent dans les chasseurs tandis que les autres prospectaient la clairière créée par l'accident avec des scanners.

Après quelques minutes, ils se rejoignirent tous et réembarquèrent. La navette décolla et fila dans le ciel dans le bourdonnement diffus de ses répulseurs.

Puis, le silence se rétablit.

Luke était prêt à se lever.

– Eh bien...

Mara lui enfonça le blaster dans les côtes.

– Silence. Ils ont sûrement laissé un senseur, juste au cas où quelqu'un se manifesterait.

– Comment pouvez-vous le savoir?

– Parce que c'est la procédure standard des commandos dans un cas pareil. Alors on va bouger, prendre un peu de distance, mais doucement, hein? Et que votre droïd se taise, surtout.

Ils étaient hors de vue des chasseurs, sans doute à plus de cinquante mètres, quand elle lui dit de s'arrêter.

– Qu'est-ce qu'il y a encore? fit Luke.

– On s'assoit.

Il hocha la tête.

– Je vous remercie de ne pas m'avoir livré aux commandos.

– Epargnez-moi ça, fit-elle sèchement, tout en s'asseyant avec précaution, son blaster à portée de main. Ne vous inquiétez pas : je n'avais aucune intention altruiste. Les Impériaux ont dû nous apercevoir et ils ont envoyé un groupe à notre recherche. Karrde va bien trouver une fable à leur raconter à propos de notre accident, mais je ne peux pas aller me jeter dans leurs bras avant de savoir ce qu'il a trouvé.

Elle posa la petite mallette plate entre ses cuisses et l'ouvrit.

– Vous pourriez l'appeler, suggéra Luke.

– C'est ça, et je pourrais aussi bien appeler directement les Impériaux, ce qui me gagnerait du temps. Il ne vous est pas venu à l'idée qu'ils peuvent intercepter toutes nos transmissions? Maintenant, taisez-vous; j'ai du travail.

Elle pianotait sur un minuscule clavier, le front plissé. Mais sa position interdisait à Luke d'en voir plus. Elle levait les yeux à intervalles réguliers pour épier ses gestes. Il attendit patiemment, et elle finit par grommeler d'un air satisfait :

– Trois jours, fit-elle en refermant la mallette.

– Trois jours avant quoi?

– Trois jours pour atteindre l'orée de la forêt. (Elle le fixait sans ciller.) Et la civilisation. En tout cas, Hyllyard City.

– Et nous serons combien à y aller? demanda-t-il paisiblement.

– C'est la question qui se pose, hein? fit-elle d'un ton glacé. Pouvez-vous trouver une seule raison pour que je me donne la peine de vous emmener avec moi?

– Bien sûr. D2.

– Ne soyez pas absurde. Quoi qu'il advienne, il reste ici. En pièces.

– *En pièces?*

– Vous voulez que je vous l'épèle? Il en connaît trop. Nous ne pouvons pas le laisser ici pour que les commandos des Impériaux s'en emparent.

– Mais qu'est-ce qu'il connaît?

– Vous, bien sûr. Vous, Karrde, moi – toute cette histoire stupide.

D2 émit une plainte.

– Il ne leur dira rien, insista Luke.

– Non, pas quand il sera démantelé.

Luke fit un effort pour conserver son calme. Ce n'est que par la logique qu'il pouvait espérer la faire changer d'idée.

– Nous avons besoin de lui. Vous m'avez dit vous-même que cette forêt est dangereuse. D2 possède des senseurs capables de détecter les prédateurs avant qu'ils soient à distance d'attaque.

– Peut-être bien. Mais la végétation, ici, réduit presque le rayon de portée des senseurs à zéro.

– C'est quand même mieux que ce dont nous sommes capables, vous et moi. Et il montera la garde quand nous dormirons.

Elle haussa presque imperceptiblement les sourcils.

– *Nous?*

– Nous, répéta Luke. Je ne pense pas qu'il accepterait de vous protéger si je ne suis pas présent.

Elle secoua la tête et prit son blaster.

– Ça ne marche pas. Je peux m'en sortir sans lui. Et je n'ai certainement pas besoin de vous.

Il sentit sa gorge se serrer.

– Etes-vous certaine de ne pas laisser vos émotions occulter votre jugement?

Il n'aurait jamais pensé que son regard pouvait se faire encore plus dur : il s'était trompé.

– Laissez-moi vous dire quelque chose, Skywalker, fit-elle d'une voix si douce qu'elle était à peine audible. Je veux vous tuer depuis bien longtemps. J'ai rêvé de votre mort presque chaque nuit pendant cette première année. J'en ai rêvé, je l'ai combinée, préparée – j'ai dû échafauder un millier de scénarios. Vous pouvez dire que c'est un nuage qui obscurcit mon esprit si vous le voulez; je m'y suis habituée désormais. C'est presque comme si je m'étais trouvé un compagnon permanent.

Luke affronta son regard et se sentit secoué jusqu'au tréfonds de son âme.

– Que vous ai-je donc fait? murmura-t-il.

– Vous avez détruit ma vie, fit-elle avec amertume. Ça n'est que justice que je détruise la vôtre.

– Est-ce qu'en me tuant vous retrouverez votre vie d'avant?

– Vous savez bien que non. (Sa voix tremblait légèrement.) Mais il faut que je le fasse. Pour moi et pour...

Elle se tut soudain.

– Et Karrde?

– Quoi, Karrde?

– Je pensais qu'il voulait me garder en vie.

– Nous voulons tous ce que nous n'avons pas, fitelle, méprisante.

Mais, l'espace d'une seconde, il surprit quelque chose dans son regard. Cela venait de percer brièvement la haine...

Mais, quoi que ce fût, ça n'était pas suffisant pour qu'il sache.

– J'aimerais presque faire encore traîner un peu la chose, dit-elle avec un calme glaçant en braquant son blaster sur lui. Mais je n'ai pas de temps à perdre, à présent.

A toute allure, Luke fouillait dans son esprit, en quête de l'inspiration.

– Une minute! Vous avez dit que vous aviez besoin de savoir ce que Karrde avait raconté aux Impériaux. Et si je vous mettais en liaison-sécurité avec lui?

Le blaster s'écarta quelque peu.

– Comment?

Luke montra son nécessaire de survie.

– Le communicateur que vous avez là-dedans a une portée suffisante pour que nous puissions contacter la base? Je veux dire : sans passer par un amplificateur-satellite ou autre...

Elle avait pris un regard soupçonneux.

– Il y a un ballon-sonde qui permet d'envoyer l'antenne suffisamment haut pour échapper au brouillage des arbres. Mais elle n'est pas directionnelle, ce qui signifie que les Impériaux, comme n'importe qui dans cet hémisphère, peuvent nous écouter.

– C'est bon, dit Luke. Je peux crypter la communication de manière que personne ne puisse la déchiffrer. C'est D2, en fait, qui le fera.

Mara eut un mince sourire.

– Splendide. Si l'on excepte un détail mineur : si le cryptage est à ce point parfait, comment Karrde lira-t-il le message?

– Mais il n'aura pas à le faire, expliqua Luke. C'est l'ordinateur de mon aile X qui s'en chargera.

– Vous bluffez. Vous ne pouvez pas faire passer un cryptage d'un droïd astromécano à un ordinateur de vol.

– Pourquoi pas? D2 est le seul droïd qui ait travaillé avec cet ordinateur depuis plus de cinq ans, avec près de trois mille heures de vol en commun. L'ordinateur s'est *moulé* sur sa personnalité. Mes équipes d'entretien au sol sont obligées de passer par lui pour les diagnostics.

– Je croyais que la procédure standard était d'effacer et de recharger les mémoires des droïds tous les six mois pour éviter cela.

– J'aime D2 tel qu'il est, fit Luke. Et lui et l'aile X travaillent bien mieux de cette façon.

– Jusqu'à quel point?

– Je ne me souviens pas exactement du chiffre. Mais c'était dans les trente pour cent de plus que l'interface de base entre un astromécano et une aile X. Peut-être bien trente-cinq, je dirais.

– Oui, j'admets que cela correspond au niveau de communication en contrepartie, admit-elle avec réticence. Mais les Impériaux pourraient bien craquer le code, quand même.

– Ça se pourrait. Mais pour cela, il faudrait du matériel très spécialisé. Et vous avez dit vous-même que nous serions sortis de cette forêt dans trois jours.

Elle soutint son regard durant une longue minute, la mâchoire crispée, et les émotions qui s'affrontaient en elle se reflétaient sur son visage. L'amertume, la haine, la soif de vivre... et autre chose aussi. Luke songea que cela pouvait être très proche d'une trace de loyauté.

– Votre vaisseau est garé loin dans la forêt, grommela-t-elle enfin. Comment comptez-vous faire passer le message à Karrde?

– On surveille l'aile X. Tout ce qu'il suffit de faire, c'est d'envoyer le message, de le stocker dans la mémoire et de déclencher un signal. Vous avez bien des gens qui savent vider la mémoire d'un ordinateur, non?

– N'importe quel idiot en est capable, fit-elle avec un regard furieux. Mais comme c'est drôle : ce plan exige absolument que je vous garde l'un et l'autre bien en vie. Du moins pour quelque temps.

Luke affronta son regard. Tout soudain, les conflits internes de Mara semblèrent s'éteindre.

– Et le droïd? demanda-t-elle. Il va lui falloir une éternité pour faire le trajet.

– D2 a déjà traversé des forêts. Mais néanmoins... (Il regarda autour de lui et repéra un arbre aux branches basses qui convenait parfaitement.) Je peux lui fabriquer un support pour le voyage – une sorte de travois. Quelque chose de ce genre. (Il était sur le point de se lever.) Si vous me rendez mon sabre une minute, je vais aller couper quelques branches.

– Ne bougez pas. C'est moi qui vais le faire.

Bon, se dit Luke, après tout, il avait essayé.

– Ces deux-là, fit-il en pointant le doigt. Faites attention – les sabrolasers sont traîtres parfois.

– Je suis très touchée de votre sollicitude.

Elle saisit le sabre et s'avança vers l'arbre sans quitter Luke des yeux. Elle leva l'arme, l'activa...

Et, en quelques coups parfaitement ajustés, elle trancha net les branches, et les retailla.

Elle éteignit le sabrolaser, le remit à sa ceinture d'un geste souple et lança :

– A vous de jouer, maintenant !

– J'y vais, répliqua-t-il mécaniquement, stupéfait de la dextérité qu'elle avait montrée...

– Vous vous êtes déjà servie d'un sabrolaser.

Ça n'était pas une question. Et elle le toisa froidement.

– Maintenant, vous le savez. Au cas où vous seriez tenté d'essayer de me prendre mon blaster. (Elle leva les yeux vers le ciel qui s'assombrissait.) Occupez-vous de ce travois. Il faut que nous trouvions une sorte de clairière pour lancer le ballon et je veux que nous le fassions avant la nuit.

CHAPITRE XXIV

– Je dois vous demander de m'excuser pour vous avoir chassé ainsi, dit Karrde tout en accompagnant Yan vers le bâtiment principal. Tout particulièrement en plein repas. Ça n'est pas exactement le genre d'hospitalité que nous pratiquons d'habitude.

– Mais il n'y aucun problème, fit Yan en s'efforçant de mieux discerner l'expression de l'autre. Et c'était à cause de quoi exactement?

– Oh, rien de grave. Des gens avec qui je suis en affaire ont juste voulu venir visiter les lieux.

– Ah... Ainsi, vous travaillez directement avec l'Empire, à présent?

L'expression de Karrde changea d'un rien. Yan s'était attendu à une dénégation immédiate; mais Karrde s'était arrêté pour se tourner vers Lando et Ghent, qui les suivaient.

– Ghent? fit-il doucement.

– Excusez-moi, capitaine, fit le gamin, l'air misérable. Ils ont insisté pour sortir voir ce qui se passait.

– Je vois. (Karrde revint à Yan, et son expression était de nouveau neutre.) Il n'y a probablement pas de mal. Mais ça n'était pas un risque à courir, selon moi.

– J'ai l'habitude de prendre des risques, dit Yan. Vous n'avez pas répondu à ma question.

Karrde se remit en marche.

– Si travailler pour la République ne m'intéresse

pas, soyez certain que je ne tiens pas plus à travailler pour l'Empire. Il y a quelques semaines, les Impériaux sont venus ici pour prendre des ysalamari – de petites créatures sessiles comme celles que vous avez vues accrochées dans l'arbre de la grande salle. Je leur ai proposé mon assistance afin qu'ils puissent les ôter sans mal de leurs perchoirs.

– Et qu'avez-vous obtenu en retour?

– Le privilège de les voir à l'œuvre. Ce qui m'a fourni cette information complémentaire qui me manquait quant à l'usage qu'ils entendaient faire de ces créatures.

– Et que comptent-ils en faire?

Karrde le dévisagea.

– Solo, ici, toute information se paie. A vrai dire, pour être tout à fait honnête, nous ne savons pas ce qu'ils préparent. Mais nous nous en occupons.

– Je vois. Mais vous connaissez quand même personnellement leur commandant?

Karrde sourit évasivement.

– Une fois encore, c'est de l'information. Donc de l'argent.

Yan commençait à être agacé.

– Comme vous voudrez. Combien me coûtera le nom de ce Grand Amiral?

– Pour le moment, son nom n'est pas à vendre. Mais nous pourrons en reparler plus tard.

– Merci, mais je ne pense pas qu'il puisse y avoir un plus tard. (Yan s'arrêta.) Si vous n'y voyez pas d'inconvénient, nous allons nous séparer ici et regagner notre vaisseau.

Karrde le regarda avec surprise.

– Vous ne désirez pas finir votre dîner? Vous l'avez à peine entamé.

Yan le regarda droit dans les yeux.

– Je n'apprécie guère d'être cloué au sol comme une cible d'exercice alors qu'il y a des commandos de l'Empire un peu partout, fit-il d'un ton carré.

L'expression de Karrde se durcit.

– Il est sans doute préférable d'être ici, cloué au sol comme vous le dites, plutôt que d'attirer l'attention générale en décollant. Le superdestroyer se trouve toujours en orbite. Si vous preniez l'air maintenant, ce serait une invitation ouverte à vous abattre.

– Le *Faucon* a déjà distancé des superdestroyers, rétorqua Yan.

Mais Karrde n'avait pas tort... et le fait qu'il ne les avait pas encore livrés aux Impériaux indiquait probablement qu'on pouvait lui faire confiance. D'un autre côté, s'ils restaient dans la place...

– Je suppose que nous n'aurons pas à souffrir de nous attarder encore un peu, concéda-t-il. D'accord, nous allons achever ce dîner.

– Bien. Il ne faudra que quelques minutes pour remettre les couverts et poursuivre.

– Vous avez tout débarrassé? demanda Lando.

– Oui, tout ce qui aurait pu laisser deviner que nous avions des invités. Le Grand Amiral est très observateur, et je ne tenais pas à ce qu'il me demande combien de mes associés se trouvaient présents.

– Eh bien, pendant que vous vous occupez de ça, dit Yan, je crois que je vais aller jusqu'au vaisseau vérifier deux ou trois petites choses.

Karrde plissa les yeux.

– Mais vous allez revenir, n'est-ce pas?

Yan lui adressa un sourire plein d'innocence.

– Faites-moi confiance.

Karrde haussa les épaules.

– Très bien. Mais soyez prudents. Normalement, les prédateurs du coin ne s'approchent jamais trop de notre camp, mais il y a toujours des exceptions.

– Nous ferons très attention. Viens, Lando.

Ils rebroussèrent chemin et Lando murmura :

– Mais qu'est-ce qu'on aurait pu oublier de vérifier sur le *Faucon*?

– Rien. Je me suis simplement dit que c'était le moment d'explorer un peu les entrepôts de Karrde. Et tout particulièrement celui où était détenu ce prisonnier...

Ils s'avancèrent à cinq mètres sous le couvert de la

forêt avant de se rabattre en cercle vers le camp. Ils avaient parcouru le quart du chemin quand ils trouvèrent les bâtiments.

– Cherchons une porte avec une serrure. Permanente ou temporaire, suggéra Lando.

– Tu as raison. Qu'est-ce que tu penses de ces deux portes, là-bas?

– Possible, fit Lando. Jetons un coup d'œil.

La porte de gauche avait une serrure. Ou plutôt: avait eu.

– On l'a détruite au blaster, diagnostiqua Lando en l'explorant du doigt. Bizarre...

– Le prisonnier avait peut-être des amis, suggéra Yan en explorant les alentours du regard. Entrons.

Ils firent coulisser la porte et la refermèrent avant d'allumer. La pièce était à demi pleine de boîtes empilées contre la paroi de droite. Une exception aux règles...

Yan s'avança et marmonna:

– Oui, oui, oui... (Il venait de découvrir la prise arrachée et les câbles pendants.) On dirait que quelqu'un a trouvé de quoi s'occuper ici.

– Et encore plus là, fit Lando. Viens voir.

Lando était accroupi devant la porte et examinait le mécanisme de la serrure. Tout comme à l'extérieur, la moitié de la plaque avait été détruite au blaster.

– Joli coup, fit Yan.

– Mais il n'y en pas eu qu'un seul. (Lando secoua la tête.) A l'intérieur, tout est intact. Il semblerait que notre mystérieux prisonnier ait bricolé l'installation.

– Je me demande comment il a réussi à ouvrir. (Yan se retourna vers la prise.) Je vais aller voir l'autre porte.

Il appuya sur l'interrupteur. Et la porte ne coulissa pas. Il essaya à nouveau.

– Une seconde... Je vois où est le problème. Il y a un câble d'alimentation pincé là-dedans...

Brusquement, la porte céda.

– Je reviens tout de suite, fit Yan en se glissant audehors.

La pièce voisine n'était guère différente de l'autre. A une exception près : au centre, dans un espace qui avait été à l'évidence ménagé à cet effet, il découvrit un collier de contrainte de droïd ouvert.

Il l'observa, le front plissé. Le collier n'avait pas été rangé, ni refermé – ce qui n'était guère dans le style de l'organisation de Karrde. A peu près au centre des mâchoires ouvertes, il repéra trois marques discrètes. Des patins, décida-t-il. Le droïd avait cherché à se libérer.

Derrière lui, la porte glissa avec un léger sifflement et il pivota, le blaster au poing.

– On dirait que vous vous êtes égaré, dit Karrde d'un ton serein. (Il observa la pièce.) Et que vous avez même perdu le général Lando Calrissian en chemin.

Yan abaissa son blaster.

– Vous devriez dire à vos hommes de ranger leurs jouets quand ils ont fini. (Il montra le collier abandonné.) Vous reteniez également un droïd prisonnier?

– Je vois que Ghent a encore trop parlé. C'est extraordinaire, n'est-ce pas, ce talent qu'ont les craqueurs à propos des ordinateurs et des droïds alors qu'ils ne savent même pas se taire...

– Tout autant que des contrebandiers experts qui ne savent pas quand laisser tomber une sale affaire. Et c'est comme ça que votre Grand Amiral vous a surpris, hein? Kidnapping ou esclavagisme?...

Un éclair traversa le regard de Karrde.

– Je ne fais pas dans l'esclavagisme, Solo. Ni dans le kidnapping. Jamais.

– Et c'était quoi, alors? Un simple accident?

– Je n'ai rien fait pour ça, répliqua Karrde. Et je ne tenais pas particulièrement à sa présence.

– Karrde, vous gagnez du temps, grinça Yan. Comment ça s'est passé? Il est tombé du ciel comme ça?

– En fait, c'est presque ainsi que ça s'est passé, fit Karrde d'un air roide.

– Oui, bien sûr, et c'est une raison suffisante pour boucler n'importe qui. Et qui était-ce?

– Cette information n'est pas à vendre non plus.

– Mais peut-être que nous n'aurons pas à l'acheter, intervint Lando en entrant.

– Ah ! fit Karrde. Vous voilà, général Calrissian. Vous exploriez l'autre pièce ?

– Exactement, fit Yan. Nous ne nous perdons jamais très longtemps, vous savez. Qu'est-ce que tu as trouvé, Lando ?

– Ça. (Lando lui présenta un petit cylindre rouge avec deux fragments de câbles.) Il s'agit d'une unité d'alimentation micro-électronique, du type que l'on utilise pour les basses intensités. Notre prisonnier l'a branchée sur le système de commande de la serrure après que les câbles ont fondu – et c'est comme ça qu'il est sorti. Le logo du fabricant est très petit mais quand même lisible. Tu le reconnais ?

Yan plissa les yeux. L'écriture était étrangère mais vaguement familière cependant.

– Oui, j'ai déjà vu ça. Mais je ne me rappelle pas où...

– Pendant la guerre, dit Lando en regardant Karrde. C'est le logo de Sibha Habadeet.

Yan observait le minuscule cylindre. Sibha Habadeet avaient été l'un des principaux fournisseurs de micro-électronique de l'Alliance. Et leur spécialité avait été...

– C'est une unité d'alimentation bio-électronique ?

– Exact, fit Lando d'un air sombre. Du genre que l'on installe par exemple dans une main artificielle.

Lentement, Yan pointa le canon de son blaster sur Karrde.

– Il y avait un droïd dans cette pièce, dit-il à Lando. Les marques de patins sur le sol correspondent tout à fait à une unité de type D2. Si ça vous dit, Karrde, vous pouvez vous joindre à notre petite conversation quand vous voudrez...

Karrde soupira, à la fois résigné et irrité.

– Qu'est-ce que vous voulez que je vous dise ? Que Luke Skywalker était retenu prisonnier ici ? D'accord – je l'ai dit.

Yan sentit ses mâchoires se serrer. Et dire que Lando et lui étaient là, sur place, et qu'ils n'avaient rien su...

– Et où se trouve-t-il maintenant ?

– Je pensais que Ghent vous l'aurait déjà dit. Il s'est évadé dans un de mes Skiprays. Et il s'est écrasé par la même occasion.

– *Quoi ?*

– Mais il va bien. Ou, du moins, tel était le cas il y a deux heures. Les commandos qui sont allés sur place ont rapporté que les deux épaves étaient vides. J'espère que cela signifie qu'ils travaillent ensemble pour s'en sortir.

– Mais vous ne semblez pas convaincu, fit Yan.

– C'est Mara Jade qui s'est lancée à sa poursuite. Elle avait... Mais il vaut mieux le dire franchement : elle n'a qu'un désir, le tuer.

Yan jeta un rapide regard à Lando.

– Pourquoi ?

Karrde secoua la tête.

– Ça, je ne le sais pas.

Le silence s'installa dans la pièce un instant.

– Mais comment a-t-il atterri ici ? demanda enfin Lando.

– Comme je vous l'ai dit, par accident. Non... je rectifie. Pour Mara, ça n'a pas été accidentel – elle nous a conduits directement jusqu'à lui. Son chasseur était endommagé, perdu dans l'espace.

– Mais comment est-ce arrivé ?

– Encore une fois, je l'ignore. (Il fixa sur Yan un regard dur.) Et avant que vous ne me posiez la question, laissez-moi vous dire que je ne suis pour rien dans les avaries de son vaisseau. Apparemment, il a grillé ses motivateurs d'hyperdrive en tentant d'échapper à un superdestroyer de l'Empire. Si nous ne l'avions pas récupéré, il serait certainement mort à l'heure qu'il est.

– Et il ne serait pas perdu quelque part dans la forêt avec quelqu'un qui souhaite toujours sa mort, acheva Yan. Oui, Karrde, vous êtes un véritable héros.

Le regard du contrebandier se durcit encore.

– Les Impériaux veulent Skywalker, Solo. Absolument. Et si vous réfléchissez bien, vous remarquerez que je ne l'ai pas livré.

– Parce qu'il s'est échappé.

– Il s'est échappé parce qu'il était dans cet entrepôt. Et s'il y était, c'est parce que je ne voulais pas que les Impériaux tombent sur lui pendant leur visite impromptue. (Il ménagea une pause avant d'ajouter :) Vous aurez aussi remarqué que je ne vous ai pas livrés, vous non plus.

Lentement, Yan abaissa son blaster.

– Je voudrais voir l'aile X de Luke, fit-il.

– Certainement. Mais nous devrions attendre demain matin, selon moi. Nous l'avons transportée un peu plus avant dans la forêt, et là, nous risquons de tomber sur des prédateurs nocturnes.

Yan hésita une seconde avant d'acquiescer. Si Karrde avait monté un plan sournois, il était certain que le log de l'ordinateur de l'aile X était déjà effacé. Et quelques heures de plus ne feraient pas la moindre différence.

– D'accord. Alors, qu'est-ce que nous allons faire pour Luke?

Karrde secoua la tête.

– Pour cette nuit, il n'y a rien que nous puissions faire pour eux. Pas avec les vornskrs qui rôdent dans la forêt et le Grand Amiral toujours en orbite. Demain... Il faudra que nous discutions, que nous mettions un plan sur pied. (Soudain, il afficha un sourire presque ironique.) Mais, en attendant, le dîner devrait être prêt, n'est-ce pas. Si vous voulez bien me suivre...

La galerie d'art holographique du Grand Amiral avait encore changé. Pellaeon, en s'avançant prudemment, découvrit une collection d'œuvres aussi remarquables en forme de flammes qui semblaient pulser et se transformer à chacun de ses pas. Il s'interrogea sur l'origine de cette nouvelle collection.

Il atteignit le double cercle où trônait Thrawn.

– Et bien, capitaine, les avez-vous retrouvés?

– Je crains que non, amiral. Nous avions compté sur la nuit pour les détecter avec nos senseurs à infrarouges. Mais, à ce qu'il semble, nos faisceaux n'arrivent pas à pénétrer le couvert des arbres.

Thrawn hocha la tête.

– Et vous avez du nouveau sur cette émission que nous avons captée immédiatement après le crépuscule?

– Oui, nous avons la confirmation qu'elle provenait bien du site de l'accident. Mais elle était trop brève pour un repérage plus précis. Et le code crypté était très étrange – le service pense qu'il pourrait s'agir d'un échange codé. Ils travaillent toujours dessus.

– Je présume qu'ils ont essayé tous les codes de la Rébellion, n'est-ce pas?

– Oui, amiral, comme vous l'aviez ordonné.

Thrawn hocha pensivement la tête.

– Capitaine, on dirait bien que nous sommes dans une impasse. Du moins tant que nous resterons dans la forêt. Avez-vous calculé les points d'émergence probables?

– Il n'y a en fait qu'un seul choix pratique. Une ville appelée Hyllyard City, en bordure de la forêt, presque directement sur leur itinéraire. C'est l'unique agglomération à des centaines de kilomètres à la ronde. Ils n'ont qu'une trousse de survie à se partager et ils sont presque obligés d'aller là-bas.

– Excellent. Je désire que vous détachiez trois escouades de commandos en observation dans cette ville. Qu'ils se rassemblent et quittent immédiatement le bord.

– Des commandos, amiral?

– Oui, des commandos. Et il vaut mieux prévoir aussi une demi-unité d'éclaireurs à motospeeders, ainsi que trois véhicules d'assaut légers du type Chariot.

– Bien, amiral.

Ils étaient à court de commandos depuis quelque temps. Les utiliser pour une histoire de contrebande totalement sans importance...

– Voyez-vous, fit Thrawn comme s'il lisait ses pensées, Karrde nous a menti. Quel qu'ait pu être le petit drame qui s'est joué cet après-midi, il ne s'agissait pas d'une simple poursuite d'un simple voleur. J'aimerais bien savoir ce qu'il en était.

– Je... je crains de ne pas vous suivre, amiral.

– Mais c'est pourtant simple, capitaine, dit Thrawn du ton qu'il employait pour expliquer l'évidence. Le pilote du chasseur de poursuite n'a pas adressé le moindre rappport en vol. Pas plus que la base de Karrde n'a communiqué avec lui. Nous le savons car, en ce cas, nous aurions intercepté leurs émissions. Pas de rapport de position ni de situation ; pas de demande de secours ; rien que le silence radio absolu. (Il fixa Pellaeon.) Qu'en déduisez-vous, capitaine ?

– Que c'était quelque chose qu'ils voulaient que nous ignorions, fit lentement Pellaeon. De plus... (Il secoua la tête.) Je ne sais pas, amiral. Il y a une foule de choses qu'ils veulent cacher aux étrangers. Après tout, ce sont des contrebandiers.

– Je le reconnais. Mais ajoutons à cela le fait que Karrde ait refusé de participer à la recherche de Skywalker... et que, cet après-midi même, il ait laissé entendre que la recherche était terminée. (Le Grand Amiral haussa un sourcil.) Maintenant, qu'est-ce que ça vous suggère, capitaine ?

Pellaeon resta muet un instant.

– Vous... vous voulez dire que c'était *Skywalker* qui était dans ce Skipray ?

– Une supposition intéressante, n'est-ce pas ? Peu probable, je veux bien l'admettre. Mais assez, cependant, pour que nous suivions cette piste.

– Oui, amiral. (Pellaeon consulta son chrono et fit un rapide calcul.) Mais si nous demeurons encore un ou deux jours ici, nous devrons rapporter l'attaque de Sluis Van.

– Non, nous ne le ferons pas, fit Thrawn, d'un ton inflexible. Notre campagne victorieuse contre la Rébellion commence là-bas, et je ne modifierai en rien un plan aussi complexe et audacieux. Pas plus pour Skywalker que pour quiconque. (Il montra du menton quelques-unes des flammes qui les entouraient.) L'art sluissi révèle clairement un schéma bisannuel cyclique, et je veux que vous les frappiez dans leurs points faibles. Nous rejoindrons comme prévu l'*Inexorable* et nous procéderons à l'opération-test de bouclier dès que les troupes et les véhicules auront été largués. Si Skywalker est réellement ici, nos trois escouades devraient suffire. De même pour Karrde, ajouta-t-il doucement, s'il s'avère qu'il est bien un traître.

Les derniers fragments de bleu sombre avaient disparu entre les trouées du dais de la forêt et l'obscurité était venue. Mara prit la lampe du nécessaire de survie, la régla au minimum et s'installa avec soulagement dans le creux d'un arbre énorme. Elle s'était tordu la cheville dans le crash et elle avait de nouveau mal.

Skywalker s'était déjà allongé à deux mètres de là, avec sa tunique en guise d'oreiller, son fidèle droïd à son côté. Mara se demanda s'il savait qu'elle souffrait de la cheville, puis chassa cette pensée absurde. Elle avait été plusieurs fois blessée sans que ça l'ait ralentie.

– Ça me rappelle Endor, fit tranquillement Luke tandis qu'elle disposait la lampe et son blaster contre elle. La nuit, tout s'éveille dans la forêt.

– Oh, ça oui, grommela-t-elle. La plupart des animaux sont nocturnes. Y compris les vornskrs.

– Etrange... Ceux de Karrde semblaient très éveillés cet après-midi.

Elle se tourna vers lui, surprise qu'il ait remarqué cela.

– En fait, même en pleine nature, ils dorment un peu, parfois. Mais je les considère comme des nocturnes parce que c'est surtout la nuit qu'ils chassent.

Skywalker réfléchit.

– Alors, nous devrions marcher la nuit. Ils nous pourchasseront, de toute façon – mais au moins, nous serons bien éveillés quand ils attaqueront.

Mara secoua la tête.

– Trop d'ennuis pour ce que ça vaut. Il faut que nous puissions voir le terrain loin devant nous, autant que possible, si nous ne voulons pas finir dans des impasses. Et puis, il y a de petites clairières un peu partout.

– Et un vaisseau en orbite pourrait parfaitement surprendre votre lampe. D'accord sur ce point. Vous semblez connaître très bien la région.

– Il suffirait d'un simple vol d'observation au-dessus de la forêt.

Mais il avait raison, se dit-elle en se rencognant contre l'écorce rugueuse. *Apprends à connaître ton territoire*, telle était la première règle qu'on lui avait inculquée... et celle qu'elle avait suivie dès qu'elle avait fait partie de l'organisation de Karrde. Elle avait étudié les cartes de la forêt et des territoires alentour ; elle s'était souvent promenée, de jour comme de nuit, pour se familiariser avec les images, avec les sons ; elle avait traqué et tué des vornskrs et bien d'autres prédateurs pour apprendre les moyens les plus rapides d'en venir à bout ; elle avait même amené certains des hommes de Karrde à pratiquer des bio-tests sur des plantes locales afin de savoir lesquelles étaient comestibles. Et, en dehors de la forêt, elle connaissait pas mal de choses sur les colons, la politique locale, et elle avait même réussi à placer une part de ses gains à l'extérieur, là où ils étaient en permanence à sa disposition.

Plus que tout autre au sein de l'organisation de Karrde, elle était capable de survivre en dehors du camp. Alors, pourquoi luttait-elle avec autant de ténacité pour y retourner ?

Ça n'était sûrement pas pour Karrde – elle le savait. Tout ce qu'il avait fait pour lui, elle l'avait remboursé en travaillant dur à son service. Et bien. Elle ne lui devait plus rien. Quelle que soit l'histoire qu'il avait imaginée pour expliquer la poursuite des Skiprays à Thrawn, il ne l'avait fait que pour sauver sa propre tête; et si jamais il s'apercevait que le Grand Amiral ne coupait pas dans sa fable, il pouvait très bien quitter Myrkr cette nuit même et disparaître dans une des nombreuses tanières qu'il s'était préparées dans la galaxie.

Mais il ne le ferait pas. Il resterait là et il enverrait sans cesse des groupes à sa recherche, il attendrait qu'elle sorte de la forêt. Et il continuerait, même si elle ne se montrait jamais.

Et même s'il usait la patience de Thrawn.

L'image pénible d'un Karrde cloué au mur d'une cellule lui revint. Un droïd d'inquisition dansait devant lui, et elle serra les dents. Elle connaissait Thrawn, la ténacité du Grand Amiral et les limites de sa patience. Il allait attendre, observer, dépêcher quelqu'un pour faire sa besogne, et fouiller l'histoire inventée par Karrde.

Et si elle ne sortait pas de la forêt avec Skywalker, il en tirerait la mauvaise conclusion. A partir de là, il pourrait boucler Karrde pour un interrogatoire professionnel et il saurait assez vite qui était le prisonnier évadé.

Et Karrde serait exécuté.

Le dôme du droïd, à cet instant de ses pensées, tourna de quelques degrés et il émit un gargouillement calme mais insistant.

– Je crois que D2 vient de détecter quelque chose, fit Skywalker en se redressant sur ses coudes.

– Vraiment? fit-elle.

Elle prit son bâton lumineux et le pointa droit sur l'ombre qu'elle avait déjà remarquée. Elle poussa l'intensité.

Un vornskr se tenait là, dans le cercle de lumière, les griffes plantées dans le sol, la queue dressée. Il se balançait d'avant en arrière tout en progressant lentement vers Skywalker.

Mara lui laissa le temps de deux foulées avant de l'atteindre en pleine tête.

La bête roula sur le sol dans un dernier mouvement spasmodique de la queue. Mara jeta encore un regard sur les alentours.

– Quel soulagement que d'avoir un droïd avec ses senseurs pour veiller sur nous, fit-elle d'un ton sarcastique.

– En ce qui me concerne, *moi*, jamais je n'aurais su qu'il y avait du danger sans lui. Merci.

– Il n'y a pas de quoi.

– Les vornskrs domestiqués sont d'une espèce différente? Ou bien leur a-t-on coupé la queue?

Mara tourna les yeux vers lui, impressionnée malgré elle. La plupart des hommes qui s'étaient trouvés en face de la gueule d'un vornskr ne remarquaient pas ce genre de détail.

– Ils se servent de leur queue comme d'un fouet – c'est très douloureux et l'extrémité est légèrement venimeuse. Karrde ne tenait pas à ce que ses hommes se promènent avec des traces de coups de queue; mais, plus tard, on s'est aperçu que le fait de leur couper la queue leur enlevait une bonne part de leur instinct de chasse.

– Oui, ils m'ont paru très domestiqués. Et même amicaux.

Pas à son égard, se souvint-elle. Et ce vornskr l'avait totalement ignorée pour attaquer directement Skywalker. Simple coïncidence?

– Oui, c'est juste. Karrde a plusieurs fois pensé les vendre comme animaux de garde. Mais il n'a jamais pris le temps d'étudier le marché.

– Et bien, c'est avec plaisir que je me porte comme référence, dit-il sèchement. Après avoir vu les dents d'un vornskr de près, je pense qu'un éventuel intrus y regarderait à deux fois.

Elle plissa les lèvres.

– Il faudra vous y habituer. Nous ne sommes pas encore sortis de la forêt.

– Ça, je le sais. Heureusement, vous tirez très bien.

Il resta silencieux ensuite. Il voulait sans doute dormir... et il supposait qu'elle aussi.

Ne compte pas là-dessus, pensa-t-elle, sardonique.

Elle prit son tube de pilules de stimulation. Bien sûr, si on en faisait une habitude, on se ruinait la santé. Mais dormir à cinq mètres des prédateurs de la forêt signifiait une fin bien plus rapide.

Elle s'interrompit en observant Skywalker. Il avait les yeux fermés, le visage serein. Ce qui paraissait étrange, car s'il y avait quelqu'un qui devait être sur ses gardes ici, en cet instant, c'était bien lui. Dépouillé de tous ses pouvoirs de Jedi par les ysalamari de toute la planète, pris au piège d'une forêt sur un monde dont il ignorait la position exacte dans la galaxie, avec elle, les Impériaux et les vornskrs, il aurait dû avoir les yeux grands ouverts et le sang englué d'adrénaline.

Mais c'était peut-être un stratagème pour qu'elle abaisse sa garde. Dans sa situation, elle l'aurait sans doute tenté.

Elle serra les lèvres et ses doigts vinrent caresser le sabre. Oui, certes, il y avait bien plus en Skywalker que ce que des yeux humains pouvaient découvrir.

Quoi qu'il se fût passé à la fin – cette fin terrible, déroutante, qui avait détruit sa vie – ça n'étaient pas ses trucs de Jedi qui l'avaient sauvé. Mais autre chose. Quelque chose qu'elle comptait bien découvrir avant que sa propre fin ne survienne.

Elle avala une pilule avec un sentiment de détermination nouveau. Non, les vornskrs ne dévoreraient pas Luke Skywalker. Et les Impériaux ne le captureraient pas. Le temps venu, elle le tuerait elle-même. Car tel était son droit, son privilège, son devoir.

Elle s'installa plus confortablement et se prépara à passer une nuit de veille.

Karrde but quelques gorgées de sa tasse, les yeux perdus dans les ténèbres, conscient de sa fatigue.

Les bruits légers de la nuit montaient de la forêt et se mêlaient aux rumeurs des gens, quelque part derrière lui.

En une seule et unique journée, toute son existence avait basculé.

A son côté, Drang dressa la tête vers la droite.

– De la compagnie? lui demanda Karrde en regardant dans la même direction.

Une silhouette apparut sur le fond des étoiles.

– Karrde?

Il reconnut la voix d'Aves.

– Je suis là. Prends un siège.

– Ça ira, fit Aves en s'installant les jambes croisées sur le sol. Il faut que je retourne très vite au Central, de toute façon.

– Le message-mystère?

– Oui. Mais à quoi pensait donc Mara?

– Je l'ignore. Mais c'était malin.

– Probablement, admit Aves. J'espère seulement que nous serons nous-mêmes assez malins pour le décrypter.

Karrde hocha la tête.

– Solo et Calrissian se sont enfin couchés?

– Ils sont retournés dans leur vaisseau. Je pense qu'ils n'ont pas confiance en nous.

– Vu les circonstances, on ne peut pas leur en vouloir. (Karrde gratta la tête de Drang.) Mais peut-être qu'en leur proposant les données du log de l'ordinateur de Skywalker, demain matin, nous pourrons les convaincre que nous sommes de leur côté.

– Vraiment?

– Aves, nous n'avons pas vraiment le choix. Ils sont nos invités.

Aves grogna vaguement.

– Ça ne va pas faire plaisir au Grand Amiral.

– Ils sont nos invités, répéta Karrde. Je voudrais que tu montes une expédition de recherche dès demain matin, dit-il à Aves. C'est probablement inutile, si l'on considère la situation. Mais il faut essayer.

– D'accord. Est-ce que nous devons en aviser les Impériaux?

Karrde grimaça dans l'ombre.

– Je doute qu'ils poursuivent les recherches. Ce vaisseau qui a quitté le superdestroyer il y a une heure avait tout à fait l'apparence d'une navette d'assaut banalisée. Je pense qu'ils vont s'installer à Hyllyard City pour y attendre Mara et Skywalker.

– Oui, ça semble logique. Et si nous ne les retrouvons pas les premiers?

– Il ne nous restera plus qu'à les enlever aux commandos, je suppose. Tu crois que tu peux préparer une équipe pour ça?...

Aves grogna.

– C'est plus facile à dire qu'à faire. Je dois vous dire que j'ai entendu pas mal de conversations dans le camp. Si l'on met à part le héros de la Rébellion et tout ce bazar, il y a pas mal de nos types qui ont de la considération pour Skywalker depuis qu'il les a arrachés au clou de Jabba le Hutt.

– Je sais, fit Karrde. Et leur enthousiasme pourrait bien nous poser un problème. Parce que si nous n'arrivons pas à libérer Skywalker... Eh bien, il vaudrait mieux que nous ne le laissions pas vivant aux mains des Impériaux.

Le silence se prolongea entre les deux hommes.

– Je vois, dit enfin Aves, d'un ton paisible. Ce qui ne fera aucune différence quant aux soupçons de Thrawn.

– La suspiscion est préférable à une preuve catégorique, lui rappela Karrde. Et si nous arrivons à les intercepter alors qu'ils sont encore dans la forêt, ce sera d'autant mieux.

– Ça ne me plaît pas.

– A moi non plus. Mais nous devons être prêts à toute éventualité.

– Compris. (Aves se releva avec un soupir.) Je ferais bien de retourner là-bas, pour savoir si Ghent a fait des progrès sur le message de Mara.

– Et après, tu ferais bien de dormir un peu. Parce que demain, nous avons du travail.

– Je sais. Bonne nuit.

Aves disparut et Karrde guetta de nouveau les sons de la forêt. Des sons qui n'avaient pas de sens pour lui.

Il secoua la tête sous le poids de la lassitude. Mais qu'avait donc voulu Mara en leur transmettant ce message opaque?... Etait-ce quelque chose de simple? Quelque chose que lui ou n'importe qui pourrait décoder sans problème?

Ou alors la joueuse de sabacc s'était-elle fourvoyée? Dans les profondeurs de la forêt, un vornskr émit son caquètement ronronnant. Et Drang dressa la tête.

– Un de tes amis peut-être?... fit Karrde à la seconde où un autre vornskr répondait au premier.

Sturm et Drang avaient été sauvages, eux aussi, comme Mara, avant d'être avec lui.

Il se demanda s'il pourrait réellement l'apprivoiser un jour.

Ou si elle pourrait résoudre le problème en tuant Skywalker au préalable. Le cri se répéta, plus proche cette fois.

– Viens, Drang, fit Karrde en se levant. Je crois qu'il est temps de rentrer.

Il s'arrêta sur le seuil pour jeter un dernier regard vers la forêt avec un frisson où se mêlaient la peur et la mélancolie. Non, le Grand Amiral n'allait certainement pas apprécier tout cela. Et il serait très mécontent.

Et Karrde savait que, d'une façon ou d'une autre, sa vie touchait à son terme.

CHAPITRE XXV

La pièce était sombre et tranquille, et la nuit n'apportait que les sons estompés de Rwookrrorro avec la brise fraîche qui filtrait à travers le treillis de la fenêtre. D'une main moite, Leia saisit son blaster sans quitter les rideaux des yeux. Elle se demandait ce qui avait pu l'éveiller.

Elle demeura immobile durant plusieurs minutes, son cœur battant plus vite dans sa poitrine. Mais non, aucun danger ne la menaçait. Rien qui pût échapper à ses sens de Jedi. Mais, tout au fond de son esprit, elle savait maintenant qu'elle n'était plus en sécurité ici.

Elle demeura immobile plusieurs minutes, le cœur battant. Mais elle ne perçut rien. Pas le moindre son suspect, aucun mouvement, rien qui pût éveiller ses instincts encore limités. Ça n'était qu'une vague impression tapie dans son esprit. Elle inspira à fond et exhala un long soupir silencieux. Ça n'était pas la faute de ses hôtes; du moins, elle n'avait rien à leur reprocher. Les chefs de la cité avaient été en état d'alerte absolue durant les deux premiers jours. On lui avait attribué plus d'une dizaine de gardes du corps wookies tandis que des volontaires passaient le secteur au peigne fin, pareils à de grands fantassins impériaux velus, à la recherche de l'étranger qu'elle avait surpris le jour de son arrivée.

Mais, comme les jours passaient sans que l'on

relève la moindre trace du non-humain, la vigilance se relâchait. Des rapports négatifs parvinrent des autres cités de Kashyyyk et le nombre de ses gardes fut réduit à trois. Et, à présent, ces trois derniers gardes étaient repartis à leurs occupations habituelles et elle n'avait plus que Chewbacca, Ralrra et Salporin pour veiller sur elle.

La stratégie était classique, songea-t-elle. En tant qu'êtres intelligents, les humains et les Wookies ne pouvaient maintenir un état de vigilance constant alors qu'aucun ennemi ne se manifestait. C'était une tendance que Leia connaissait bien et contre laquelle ils luttaient constamment au sein de l'Alliance.

Son visage se crispa; des souvenirs revenaient la hanter; ceux du désastre qu'elle avait frôlé sur le monde glacé de Hoth. Elle et Chewbacca auraient dû quitter Rwookrrorro depuis bien des jours, elle le savait. Et, avant tout, ils auraient dû s'éloigner de Kashyyyk. Cet endroit était devenu trop familier, trop confortable – elle ne *voyait* plus vraiment ce qui se passait autour d'elle, elle n'en distinguait que des fragments et, pour le reste, faisait appel à sa mémoire. C'était exactement le genre de faiblesse psychologique qu'un ennemi habile pouvait exploiter, simplement en s'insérant dans sa routine quotidienne.

Il était grand temps de briser cette routine.

Elle consulta l'horloge chrono et se livra à un calcul rapide. L'aube ne pointerait que dans une heure. Il y avait une luge antigrav à répulseur garée juste à l'extérieur; si Chewbacca et elle partaient immédiatement, ils pourraient faire décoller le *Lady Luck* peu après le lever du soleil et se retrouver dans l'espace. Elle se redressa, se glissa hors du lit, posa son blaster sur la table de chevet et prit son comlink.

Une main noueuse sortit de l'ombre et se referma sur son poignet.

Elle n'eut pas le temps de penser; et c'était inutile dans cette première seconde. Tétanisée par la soudaineté de l'attaque, l'esprit gelé, elle retrouvait déjà les vieux réflexes de défense. Elle s'écarta de son assaillant en prenant équilibre sur son bras prisonnier, pivota sur ses hanches, ramena sa jambe droite sous elle, et lança un coup de pied de toutes ses forces.

Son pied cogna avec un bruit mat contre une surface solide – une sorte d'armure. Elle lança alors sa main libre par-dessus son épaule, saisit son oreiller par un coin et le projeta vers la forme sombre de la tête de l'autre.

Sous l'oreiller, il y avait son sabrolaser.

Il était douteux qu'il ait pu voir le coup arriver. Il était encore occupé à écarter l'oreiller lorsque le sabre s'embrasa. Elle ne put qu'entrevoir de vastes yeux noirs et une mâchoire protubérante avant que la lame ardente taille presque la créature en deux.

L'étreinte se relâcha. Elle abaissa le sabre, roula hors du lit et, en se relevant, activa de nouveau son arme tout en fouillant la chambre du regard...

Un coup violent fit voler le sabre dans les airs, il s'éteignit et l'obscurité revint.

Le poignet engourdi, elle se mit en position de combat, mais elle sut dans le même temps que c'était inutile. Le premier attaquant avait sans doute été abusé par l'apparence inoffensive de sa proie; mais le second avait appris la leçon. Elle ne s'était pas encore retournée pour l'affronter que son poignet fut à nouveau bloqué. Il lui tordit le bras dans le dos tandis que son autre main se plaquait sur sa bouche. Il l'attira contre lui, pressant violemment son museau sur sa gorge. Il réussit à passer sa jambe autour de ses genoux, lui interdisant toute tentative de coup de pied. Elle essaya quand même tout en luttant pour porter un coup en direction de ses yeux. Elle sentait son souffle chaud dans son cou en même temps que ses crocs pointus sous la peau de la mâchoire. Et le corps de l'étranger devint soudain rigide...

Brusquement, elle se retrouva libre.

Elle fit volte-face pour se tourner vers lui, tout en s'efforçant de retrouver son équilibre. Elle se demanda à quel nouveau jeu il voulait jouer. Elle fouillait désespérément les ombres du regard, essayant de repérer l'arme qu'il devait certainement déjà braquer sur elle...

Mais le non-humain n'avait aucune arme. Il était immobile, le dos à la porte, les mains vides écartées comme s'il voulait se retenir de tomber en arrière. Et il fit d'une voix douce, à la fois sifflante et rocailleuse : « *Mal'ary'ush* ». Leia recula d'un pas en se demandant si elle réussirait à atteindre la fenêtre avant qu'il ne lance une autre attaque.

Mais cette deuxième attaque ne vint jamais. Derrière son agresseur, la porte s'ouvrit avec violence et Chewbacca fit irruption dans la chambre en grondant.

L'autre ne se retourna pas. Il n'esquissa pas le moindre geste tandis que le Wookie chargeait, lançant ses mains énormes vers son cou...

– Ne le tue pas! cria Leia.

Chewbacca fut sans doute aussi surpris qu'elle-même par cet ordre. Mais les réflexes du Wookie jouèrent. Il évita la gorge de l'agresseur et lança la main vers sa tempe.

Littéralement projeté par le coup, l'autre alla voler contre le mur, s'afaissa et demeura inerte.

Leia se jeta par-dessus son lit pour aller récupérer son sabre.

– Viens! Il y en a peut-être d'autres.

[Non, il n'y en a plus d'autrches,] grommela une voix profonde de Wookie. (Ralrra venait d'apparaître sur le seuil.) [On ch'est occupés des trois autres.]

– Vous en êtes sûrs?

Elle s'avança vers lui. Il était toujours appuyé contre le seuil.

– Mais vous êtes blessé! s'écria-t-elle en allumant pour l'examiner.

Mais elle ne décela aucune trace.

– Blaster? demanda-t-elle.

[Paralyseur,] corrigea-t-il. [Une arrme plus dichrète. Mais réglée trop faible pour les Wookies. Je suis juchte un peu faible. Chewbacca, lui, est blessé.]

Elle se retourna... et vit les poils bruns poisseux au milieu de son torse.

– Chewie!

Il repoussa sa main avec un grognement d'impatience.

[Il a raison,] fit Ralrra. [Nous devons vous évacuer d'ichi, avant qu'il y ait une autre attaque.]

Quelque part au-dehors, un Wookie poussa un hurlement d'alerte.

– Il n'y aura pas d'autre attaque, fit-elle à Ralrra. On les a vus – et des gens vont converger sur cette maison dans les minutes qui viennent.

[Pas sur cette maison,] répondit Ralrra avec un accent étrangement sombre. [Il y a un inchendie à quatre maisons de distance.]

Elle le fixa avec un frisson.

– Ils font diversion, murmura-t-elle. Ils ont mis le feu à une maison pour brouiller l'alerte.

Chewbacca gronda affirmativement.

[Il faut vous évacuer,] insista Ralrra en se redressant avec peine.

Leia risqua un regard vers le couloir sombre, avec une frayeur soudaine et glacée dans le ventre. Il y avait eu *trois* Wookies avec elle dans cette demeure.

– Mais où est Salporin? demanda-t-elle.

Ralrra hésita et ses soupçons devinrent une affreuse certitude.

[Il n'a pas survécu à l'attaquche,] fit le Wookie d'une voix douce, presque inaudible.

– Je suis désolée, fit-elle, la gorge nouée.

[Autant que nous le sommes. Mais le moment n'est pas propiche pour pleurer.]

Leia ne put qu'acquiescer en retenant ses larmes. Elle avait perdu tant de compagnons et d'amis depuis tant d'années. Elle savait que Ralrra avait raison.

A l'extérieur, aucun étranger n'était visible, mais elle avait la certitude qu'ils étaient bien là. Dans leurs précédents affrontements, Yan et elle avaient toujours eu affaire à cinq individus au moins, et il n'y avait aucune raison pour que ce soit différent cette fois. S'ils tentaient de fuir vers la forêt, ils tomberaient aussitôt dans une embuscade.

Il y avait plus grave encore : dès que le tumulte serait suffisant autour de la maison en feu, ils pourraient déclencher une seconde attaque en toute impunité.

Elle se tourna vers Chewbacca et Ralrra.

– Ces étrangers semblent vouloir me capturer vivante. Si nous pouvons partir en luge, il est probable qu'ils ne tenteront pas de nous abattre en plein ciel.

[Vous vous fiez à cette luge?] demanda Ralrra d'un ton mordant.

Elle ne répondit pas, les lèvres serrées. Non, bien sûr, elle ne pouvait se fier à cette luge antigrav – la première chose que les attaquants avaient dû faire avait été de neutraliser tous les véhicules proches. Ou bien encore ils les avaient trafiqués pour qu'elle tombe directement entre leurs mains.

Elle ne pouvait rester sur place ; elle ne pouvait s'éloigner ; elle ne pouvait décoller. Ce qui ne laissait qu'une seule direction.

– Je vais avoir besoin de corde, fit-elle en commençant à s'habiller. Assez solide pour supporter mon poids. Autant que vous en aurez.

Ils réagirent très vite.

[Vous ne parlez pas sérieusement,] fit Ralrra. [Le danger serait trop grand, même pour un Wookie. Pour un humain, c'est un suicide.]

– Je ne le pense pas, dit-elle en enfilant ses bottes. J'ai vu comment les branches sont entremêlées lorsque nous avons visité le dessous de la cité. Je crois que je serai capable de m'y hisser.

[Vous n'atteindrez jamais seule la plate-forme de dechente,] dit Ralrra. [Nous allons avec vous.]

– Vous ne pourriez même pas traverser la rue. (Elle prit son blaster, le glissa dans son étui et s'avança jusqu'au seuil.) Chewbacca non plus, d'ailleurs. Ecartez-vous, je vous prie.

Ralrra ne bougea pas d'un pouce.

[Vous ne nous abuserez pas, Leiaorrganasolo. Vous vous dites que si nous rechtons ici, l'ennemi vous suivra, vous, et nous laissera en paix.]

Leia sourcilla. Mieux valait oublier son plan de sacrifice noble.

– Il y a de bonnes chances pour qu'ils le fassent, oui. Mais ils me veulent vivante.

[Nous n'avons pas le temps de discuter,] contra Ralrra. [Nous *rechetons* ensemble. Ici, ou sous la cité.]

Elle inspira profondément avant de répondre. Ça ne lui plaisait pas, mais il était évident qu'elle ne gagnerait pas contre ces deux Wookies.

– Bon, c'est d'accord.

L'étranger que Chewbacca avait assommé était toujours inconscient et elle se demanda un bref instant s'ils pouvaient prendre le temps de le ligoter. Mais ils devaient déguerpir.

– Bon. Trouvons de la corde et partons.

En même temps, une petite voix, au fond de son esprit, lui rappela que même si elle partait seule, les étrangers attaqueraient quand même car ils ne voudraient pas laisser de témoins derrière eux.

Le sol spongieux de Rwookrrorro n'avait pas plus d'un mètre de profondeur. En quelques coups de sabre, Leia eut bientôt découpé un carré grossier au centre de la maison. Le plancher mêlé à la terre disparut dans l'obscurité, dans le lacis des branches.

[J'y vais le premier,] fit Ralrra en se lançant avant qu'elle puisse protester.

Ses gestes étaient encore lents mais sûrs.

Chewbacca s'approcha d'elle et posa le baudrier de Ralrra sur ses épaules.

– C'est ta dernière chance de changer d'idée, fit-elle.

Le Wookie eut une réponse très brève. Et quand le [Ça va!] de Ralrra monta vers eux, ils étaient prêts.

Ayant bouclé fermement Leia sur son torse, Chewbacca se glissa dans le trou.

Leia s'était attendue à un moment déplaisant : il fut terrifiant. Les Woookies ne se déplaçaient pas sur les branches tressées, ainsi qu'elle l'avait supposé. Ils se servaient de leurs griffes pour s'accrocher *sous* les branches.

Et c'est *comme ça* qu'ils voyageaient.

Le visage collé contre la poitrine velue de Chewbacca, elle serrait les mâchoires pour ne pas claquer des dents à chaque rebond, mais aussi pour ne pas laisser échapper des gémissements de peur. C'était le même accès d'acrophobie qu'elle avait éprouvé dans l'ascenseur végétal, à la puissance mille. Car ici il n'y avait même pas une liane pour la sauver du vide – rien que les griffes d'un Wookie et la corde qui le reliait à un autre Wookie avec des griffes semblables.

Le souffle de Chewbacca était comme le grondement d'une chute d'eau dans ses oreilles, et elle sentait son sang tiède qui coulait sur sa tunique. Quelle était la gravité de sa blessure? Pressée contre lui, percevant les battements de son cœur, elle craignait de lui poser la question.

Abruptement, il s'arrêta.

Elle ouvrit les yeux.

– Qu'y a-t-il? demanda-t-elle d'une voix tremblante.

[L'ennemi nous a retrouvés,] gronda doucement Ralrra.

Leia tourna la tête autant qu'elle le pouvait dans la grisaille qui précédait l'aube. Et elle repéra presque aussitôt une tache plus sombre. Un airspeeder à répulseurs qui stationnait prudemment hors de portée des arbalètes-lasers.

– Je suppose qu'il ne s'agit pas d'un vaisseau de secours wookie, fit-elle.

Chewbacca grogna : l'airspeeder avait éteint tous ses feux.

[Pourtant, il n'approche pas,] remarqua Ralrra.

– Ils me veulent vivante, leur rappela-t-elle encore une fois. Ils ne veulent pas nous effrayer.

Elle regarda rapidement autour d'eux et dit soudain à Ralrra :

– J'ai besoin du reste de corde.

Elle se pencha dans son harnais improvisé, prit le rouleau que le Wookie lui tendait et en attacha fermement une extrémité à l'une des branches les plus petites. Chewbacca protesta.

– Non, je ne suis pas en train de nous amarrer, le rassura-t-elle. Alors, ne tombe pas, surtout. J'ai une autre idée. Bon, allons-y...

Ils repartirent, sans doute un peu plus vite qu'avant... Et Leia, secouée contre le poitrail de Chewbacca, prit conscience qu'elle n'était plus vraiment terrifiée. Sans doute, décida-t-elle, parce qu'elle n'était plus un bagage en excédent, parce que son destin ne dépendait plus totalement des Wookies ou des non-humains grisâtres, ni même des forces de la gravité. Elle contrôlait maintenant partiellement les événements.

Ils continuèrent. Leia dévidait la corde et l'airspeeder sombre les suivait, toujours à distance, toujours sans feux. Elle le surveillait entre chaque bond, sachant bien que le temps et la distance étaient essentiels. Encore un peu plus loin...

Il restait peut-être trois mètres de corde. Rapidement, elle fit un nœud et regarda dans la direction de leur suiveur.

– Prépare-toi, dit-elle à Chewbacca. Maintenant... *stop.*

Chewbacca s'arrêta. Croisant mentalement les doigts, Leia alluma son sabrolaser dans le dos du Wookie, l'assura fermement, et le laissa tomber.

Tel un éclair, il fendit l'obscurité et se balança à l'extrémité de la corde en un long mouvement de balancier. Arrivé au terme de sa course, il repartit dans l'autre direction.

Droit vers le ventre de l'airspeeder.

Dans une décharge de lumière spectaculaire, le sabre trancha le générateur du répulseur. L'instant d'après, l'airspeeder tombait comme une pierre en crachant deux langues de feu. Il disparut dans les nappes de brume et, bientôt, les deux points ardents n'en firent qu'un qui finit par s'estomper. Et seul le sabre continua d'éclairer doucement la nuit en se balançant à l'extrémité de la corde.

Leia eut un soupir frémissant.

– Récupérons le sabre, fit-elle à Chewbacca. Après ça, je pense que nous pourrons remonter. Il n'en reste plus un seul.

[Directement à votre vaisseau?] demanda Ralrra comme ils retournaient à la branche où elle avait noué la corde.

Leia hésita: l'image du deuxième étranger lui revenait. Il était là, il lui faisait face, avec une émotion indescriptible, et il parlait, fasciné, paralysé, effrayé au point de ne même pas s'apercevoir de l'irruption de Chewbacca...

– Oui, on va regagner le vaisseau, fit-elle enfin. Mais pas directement.

L'étranger était assis, immobile, dans un siège bas de la salle d'interrogatoire de la police. Un pansement sur la tempe était la seule preuve du coup que lui avait porté Chewbacca. Il gardait les mains croisées, les doigts noués. On lui avait confisqué ses vêtements et il portait une robe de Wookie très ample. Sur quiconque, cette tenue aurait paru comique. Mais pas sur cet être. Rien ne pouvait altérer l'aura de meurtrier absolu qui était comme une seconde peau. Il restait le représentant d'un groupe redoutable de véritables machines à tuer.

Et il avait demandé à voir Leia. En personne.

Dressé derrière elle, Chewbacca grommela une dernière protestation.

– Moi non plus, je n'aime pas ça, avoua Leia, les yeux fixés sur l'écran tout en rassemblant son courage. Mais, cette nuit, il m'a lâchée, juste avant que tu n'interviennes. Je veux savoir ce que tout ça signifie. Il *faut* que je le sache.

Sa conversation avec Luke, à la veille de la Bataille d'Endor, s'imposa à son esprit. Sa fermeté tranquille, face à toutes les peurs qui se dressaient, à l'heure où, inéluctablement, il allait affronter Dark Vador. En décidant cela, il avait failli périr... mais il leur avait donné la victoire.

Mais Luke avait décelé des traces de bien dans tout le mal dont Vador était fait. Etait-ce donc ce qu'elle percevait chez ce tueur étranger? Ou bien était-elle motivée par une curiosité morbide?

Ou par la pitié?

– Tu pourras voir et entendre d'ici, dit-elle à Chewbacca en lui tendant son blaster.

Elle s'avança vers la porte, le sabrolaser à sa ceinture, tout en se demandant comment elle pourrait le manier dans un espace aussi restreint.

– N'entre que si je suis en danger, ajouta-t-elle.

Et, avec une inspiration profonde, elle ouvrit.

L'être leva les yeux quand la porte coulissa et elle eut l'impression qu'il se redressait à son entrée. Puis, la porte se referma et, un long moment, ils s'observèrent.

– Je suis Leia Organa Solo, dit-elle enfin. Vous souhaitiez me parler?

Il resta encore longtemps immobile et silencieux. Puis, lentement, il se leva et tendit la main.

– Votre main, fit-il d'une voix rauque, avec un étrange accent. Est-ce que peux l'avoir?

Elle fit un pas et tendit la main, consciente de commettre un geste de confiance irrévocable.

S'il le voulait, il pouvait l'attirer contre lui et lui briser le cou avant que Chewbacca ait le temps d'intervenir.

Mais il se pencha en lui prenant la main avec une douceur inattendue, la leva jusqu'à son groin et y pressa ses deux grandes narines à demi cachées par des mèches de poils.

Il la huma.

Longuement, deux fois, trois fois, quatre fois. Leia ne pouvait qu'observer ses narines, remarquant pour la première fois les plis de peau flexible qui les entouraient. Un animal de chasse, réalisa-t-elle. Et le souvenir lui revint : quand il l'avait serrée contre lui, elle avait senti ces mêmes narines dans son cou.

Et, l'instant d'après, il l'avait lâchée...

Doucement, presque tendrement, l'être se redressa.

– C'est donc vrai, fit-il d'une voix rauque.

Il lui lâcha la main et fixa sur elle le regard de ses grands yeux avec une émotion dont ses sens Jedi devinaient vaguement la nature.

– Je ne m'étais pas trompé.

Brusquement, il se laissa tomber à genoux.

– Je vous demande pardon pour mes actes, Leia Organa Solo. (Il baissa la tête jusqu'au sol, les mains écartées dans la même posture qu'il avait eue cette nuit, dans sa chambre.) Nos ordres ne vous identifiaient pas; ils ne donnaient que votre nom.

– Je comprends, fit-elle, en souhaitant que ce fût vrai. Mais à présent, vous savez qui je suis?

L'être se baissa encore un peu plus.

– Vous êtes la *Mal'ary'ush,* dit-il. La fille et l'héritière du Seigneur Dark Vador. Celui qui était notre maître.

Leia le regarda, la bouche à demi ouverte, sur le point de perdre pied. Tout se passait trop vite.

– Votre maître? répéta-t-elle.

– Celui qui est venu à nous quand nous étions dans le désespoir. Celui qui a relevé nos esprits et redonné l'espoir.

– Je vois...

Tout cela avait des résonance si réelles... mais un fait était acquis : cet étranger prostré devant elle était décidé à la considérer comme une personne de sang royal.

Et, dans ce cas, elle savait comment se comporter.

– Tu peux te relever, fit-elle, retrouvant soudain le ton et l'attitude des jours presque oubliés de la cour d'Alderaan.

– Quel est ton nom?

– Notre seigneur m'a appelé Khabarakh. Dans la langue des Noghri...

Il émit un son complexe et changeant que jamais Leia ne pourrait imiter.

– Je t'appellerai Khabarakh, fit-elle. Tu dis que tu appartiens au peuple des Noghri?

– Oui. (Une trace d'incertitude passa fugacement dans les grands yeux sombres de l'être.) Mais vous êtes la *Mal'ary'ush,* ajouta-t-il, avec un accent d'interrogation évident.

– Mon père avait bien des secrets, dit-elle d'un air sombre. Et toi, vraisemblablement, tu en faisais partie. Tu dis qu'il vous a ramené l'espoir. Comment? Raconte-moi.

– Il est venu à nous. Après la puissante bataille. Après la destruction.

– Quelle bataille?

Le regard de Khabarakh dériva dans ses souvenirs.

– Deux grands vaisseaux interstellaires se sont affrontés dans l'espace au-dessus de notre monde. Deux peut-être, ou plus; nous n'en avons jamais été certains. Ils se sont battus toute la journée et une grande partie de la nuit... et quand la bataille s'est achevée, notre pays était dévasté.

Leia sourcilla sous l'effet d'un soudain élan de sympathie. Ou de culpabilité.

– Nous ne faisons jamais volontairement de mal aux forces non-impériales ni à leurs mondes, fit-elle d'une voix douce. Quoi qu'il soit advenu, ce fut un accident.

Les grands yeux sombres la fixèrent.

– Le Seigneur Vador ne le pensait pas. Il jugeait que cela avait été volontaire, afin de susciter la terreur dans l'âme des ennemis de l'Empereur.

– En ce cas, le Seigneur Vador s'est trompé, fit Leia en affrontant son regard. Nous livrions bataille à l'Empereur, non pas à ses serviteurs.

Khabarakh se roidit.

– Nous n'étions pas les serviteurs de l'Empire, grinça-t-il. Nous sommes un peuple simple, nous vivons nos vies sans nous occuper des affaires des autres.

– Vous servez l'Empire à présent, releva Leia.

– En retour de l'aide que nous apporte l'Empereur, fit Khabarakh avec une touche de fierté. Lui seul est accouru à notre aide. A sa mémoire, nous servons l'héritier qu'il a désigné – l'homme dont le Seigneur Vador, il y a longtemps, nous a confié la garde.

– J'ai quelque mal à croire que l'Empereur ait pu un jour se préoccuper de vous, fit-elle d'un ton tranchant. Ça n'était pas le genre d'homme capable de cela. Tout ce qu'il voulait, c'était obtenir que vous le serviez contre nous.

– Mais lui seul est venu à notre secours.

– Parce que nous étions dans l'ignorance de votre malheur.

– Si vous le dites.

Elle haussa les sourcils.

– Alors donne-moi une chance de le prouver. Dis-moi où se trouve votre monde.

Il releva la tête d'un mouvement convulsif.

– C'est impossible. Vous le chercheriez et vous achèveriez la destruction...

– Khabarakh. Qui suis-je?

– Vous êtes Dame Vador. La *Mal'ary'ush.*

– Le Seigneur Vador t'a-t-il jamais menti?

– Vous venez de dire qu'il l'a fait.

– J'ai dit qu'il s'était trompé.

Leia sentait la sueur ruisseler sur son cou : elle jouait serré. Son nouveau statut ne reposait que sur le respect que les Noghri avaient pour Dark Vador. Il fallait qu'elle critique les paroles de Dark Vador sans toutefois diminuer ce respect.

– Même le Seigneur Vador a pu être trompé, dit-elle. Et l'Empereur était maître dans l'art de la tromperie.

– Le Seigneur Vador servait l'Empereur, insista Khabarakh. L'Empereur ne lui aurait pas menti.

Leia serra les dents. Elle était dans une impasse.

– Votre nouveau seigneur est-il tout aussi honnête avec vous?

Il hésita.

– Je ne sais pas.

– Mais si, tu le sais – tu as dit toi-même qu'il n'avait pas révélé l'identité réelle de celle que vous deviez capturer.

Une plainte étrange s'échappa de la gorge du Noghri.

– Ma dame, je ne suis qu'un soldat. Ces questions dépassent mes capacités et mon autorité. Mon devoir est d'obéir aux ordres. A *tous* les ordres.

Leia réfléchit. Et brusquement, elle sut : pour un commando soumis à un interrogatoire, il n'y avait qu'un seul ordre à suivre.

– Mais maintenant, tu sais quelque chose que tes

pareils ignorent, dit-elle vivement. Tu dois vivre, afin de leur livrer cette information.

Khabarakh, qui avait levé les mains, paume contre paume, s'interrompit.

– Le Seigneur Vador pouvait lire dans l'âme des Noghri, dit-il doucement. Vous êtes bien la *Mal'ary'ush.*

– Les tiens ont besoin de toi, Khabarakh. De même que moi. Ta mort n'apporterait que du mal à ceux qui ont besoin de ton aide.

Lentement, il baissa les mains.

– Comment se fait-il que vous ayez besoin de moi?

– Il me faut ton aide si je dois faire quoi que ce soit pour ton peuple. Tu dois me dire où se trouve ton monde.

– Je ne le peux pas, fit-il d'un ton plus ferme. Je risquerais d'apporter la destruction ultime. Et si l'on apprenait que je vous l'ai dit, je serais moi aussi détruit.

– Alors, conduis-moi jusqu'à ton monde.

– Je ne peux pas!

– Pourquoi?

– Je... ne... peux pas.

Elle le toisa de son regard le plus royal.

– Je suis la fille du Seigneur Dark Vador – la *Mal'ary'ush.* Tu as reconnu qu'il était l'espoir de ton monde. Les choses se sont-elles améliorées depuis qu'il a nommé un nouveau chef?

Il hésita.

– Non. Il nous a dit qu'il n'y a guère de choses qu'il puisse faire. Lui ou qui que ce soit d'autre.

– Je préférerais décider de cela moi-même. A moins que tes pareils ne considèrent un unique être humain comme une menace?...

Khabarakh se contracta.

– Vous viendriez seule? Chez un peuple qui voulait vous capturer?

Elle sentit un frisson courir dans son dos. Non, elle n'avait pas prévu ça. Elle ne pouvait plus qu'espérer que la Force guidait son intuition.

– J'ai confiance en l'honneur de ton peuple, dit-elle calmement. Je suis certaine qu'ils accepteront de m'entendre.

Elle se détourna vers la porte.

– Réfléchis à mon offre. Discutes-en avec ceux à qui tu fais confiance. Et, si tu as choisi, retrouve-moi en orbite au-dessus du monde d'Endor dans un mois.

– Vous viendrez seule? redemanda Khabarakh, qui ne la croyait toujours pas, visiblement.

Elle se retourna vers ce visage bestial, regarda droit dans ces yeux de nuit.

– Je viendrai seule. Et toi?

– Si je viens, je viendrai seul.

Elle hocha la tête.

– J'espère te retrouver. Au revoir.

– Au revoir... Dame Vador.

Il ne la quitta pas du regard jusqu'à ce qu'elle soit sortie.

Le petit vaisseau jaillit entre les nuages, disparaissant rapidement des écrans de surveillance de Rwookrrorro. Chewbacca poussa un grognement irrité.

– Moi non plus, je ne suis pas satisfaite, lui avoua Leia. Mais nous ne pourrons pas les éviter éternellement. Et si nous avons une chance, même faible, de les arracher au contrôle de l'Empire...

Le Wookie grogna à nouveau.

– Je sais, dit-elle doucement comme le chagrin s'insinuait dans son cœur. Je n'étais pas aussi proche de Salporin que toi, mais il était quand même mon ami.

Derrière elle, Ralrra bougea.

[C'est le moment. La période mémoriale a commenché. Nous devons rejoindre les autrrres.]

Chewbacca se rapprocha de lui.

[Ça n'est que pour les Wookies, ajouta Ralrra. Plus tard, vous serez autorisée à vous joindre à nous.]

– Je comprends. Si vous avez besoin de moi, je

serai sur la plate-forme d'atterrissage : je dois préparer le Lady Luck.

[Si vous pensez vraiment que vous pouvez partir sans risque,] fit Ralrra.

– Je le crois, fit-elle.

[Très bien. Le deuil va commencer dans deux heures.]

Elle acquiesça en refoulant ses larmes.

– J'y serai, promit-elle.

Tout en se demandant si cette guerre finirait un jour.

CHAPITRE XXVI

La masse de lianes s'était enroulée autour d'une dizaine d'arbres, comme une toile d'araignée végétale devenue folle.

Mara saisit son blaster, le passa dans sa main gauche, activa le sabrolaser de la droite, et tailla l'amas en quelques coups rapides.

– Facile, n'est-ce pas? fit-elle à l'adresse de Skywalker.

Le couinement d'alarme du droïd retentit une seconde avant que les feuilles ne bruissent. Elle fit volte-face, passant le blaster dans sa main droite. Le vornskr s'était élancé d'un arbre.

Même après ces deux longues journées de voyage, les réflexes de Skywalker répondaient encore parfaitement. Il lâcha les poignées du travois et se jeta sur le sol. Le prédateur passa au-dessus de lui, toutes griffes dehors, la queue déployée, et Mara l'abattit dès qu'il toucha terre.

Skywalker, en se redressant, regarda d'un air méfiant autour de lui.

– J'aurais aimé que vous changiez d'idée et que vous me rendiez mon sabre, fit-il en se baissant pour reprendre le travois de D2. Vous allez finir par vous lasser d'abattre tous ces vornskrs qui se jettent sur moi.

– Vous craignez que j'en rate un? répliqua-t-elle en retournant le vornskr du pied.

– Non, vous tirez très bien. Mais vous avez déjà passé deux nuits sans dormir. A la longue, ça va vous épuiser.

– Occupez-vous de vous-même! Allez – on y va : il faut que nous trouvions une clairière pour lancer le ballon.

Mais, irritée, elle se dit qu'il avait raison. Cette passe qu'elle avait faite avec son blaster, main gauche main droite – une technique qu'elle avait utilisée un millier de fois – elle avait failli la rater.

Autrefois, il lui était arrivé de passer six jours sans sommeil. Et voilà qu'au bout de deux jours, elle commençait à se laisser aller.

Devant elle, Skywalker trébucha sur un passage difficile, une poignée du travois lui échappa et le droïd faillit basculer en lançant un couinement de protestation.

– Alors? fit Mara. Qui se fatigue? Ça fait trois fois en une heure.

– Ce n'est que ma main, répliqua-t-il calmement. On dirait qu'elle est engourdie depuis le début de l'après-midi.

– Mais oui. (Devant eux, un fragment de ciel bleu apparaissait entre les hautes branches.) Voilà la percée qu'il nous faut. Allez mettre votre droïd au milieu.

Skywalker obéit et s'assit contre un arbre en bordure pendant que Mara gonflait le ballon-sonde et l'installait sur le câble de l'antenne avant d'installer une ligne entre le récepteur et le jack du socle de D2.

– Paré, fit-elle en lançant un regard en direction de Skywalker.

Pour constater qu'il dormait.

Elle lança un *Jedi!* méprisant en se tournant vers le droïd.

– Bon, on y va.

Elle s'assit pour épargner sa cheville.

Le droïd émit un bip perplexe en faisant pivoter son dôme vers Skywalker.

– J'ai dit : on y va, répéta Mara d'un ton sec.

Le droïd lança un deuxième bip, résigné. L'indicateur de pulsion du communicateur scintilla à l'instant où le droïd pompait la mémoire de l'ordinateur de l'aile X. Et soudain, il se mit à couiner d'excitation.

– Qu'est-ce qui se passe? fit Mara en dégainant son blaster. (Elle fouilla la clairière du regard.) Un message?

Le droïd bipa affirmativement, mais regarda Skywalker.

– Eh bien, envoie, gronda Mara. Allez... S'il y a quelque chose qu'il doit savoir, tu le lui repasseras plus tard.

A condition, songea-t-elle, que rien dans le message ne suggère qu'elle sorte de la forêt seule...

Le droïd se pencha légèrement... Et une image holographique apparut sur le tapis de feuilles.

Ce n'était pas une image de Karrde, ainsi qu'elle s'y était attendue. Mais celle d'un droïd protocolaire doré.

– Bonjour, Maître Luke, fit-il d'un ton incroyablement précieux. Je vous transmets les salutations du capitaine Karrde, et à vous aussi, bien entendu, Maîtresse Mara. Le capitaine Karrde et le capitaine Solo ont appris avec plaisir que vous étiez tous deux vivants et en bonne forme après votre accident.

Le capitaine Solo? Stupéfaite, elle fixait l'hologramme. Mais à quoi pensait donc Karrde, au nom de l'Empire? Il avait parlé de Luke Skywalker à Solo et à Calrissian?

– Je suis certain que tu pourras décrypter le message, D2, continua le droïd chichiteux. Le capitaine Karrde a proposé que l'on m'emploie afin d'ajouter un peu plus de confusion dans l'encryptage de contrepartie. Selon lui, des commandos de l'Empire vous attendent à Hyllyard City.

Mara jeta un regard à son prisonnier. Ainsi donc, elle n'avait pas réussi à abuser Thrawn. Il savait que Skywalker était là. Mais non... il n'était sûr de rien. Il n'avait que des soupçons. S'il avait vraiment su, il ne serait resté personne au camp pour transmettre ce message.

– Le capitaine Karrde a raconté aux Impériaux qu'un ex-employé avait volé des marchandises de valeur et tenté de fuir. Un employé du nom de Jade s'est lancé à sa poursuite. Le capitaine Karrde suggère que, vu qu'il n'a pas précisé que Jade était une femme, vous et Maîtresse Mara pourriez échanger vos rôles en quittant la forêt.

– C'est ça, marmonna Mara.

Si Karrde pensait qu'elle allait donner son blaster à Skywalker, il avait intérêt à réfléchir un peu.

– En tout cas, poursuivit le droïd doré, il a déclaré qu'il mettait au point avec le capitaine Solo un plan destiné à vous intercepter avant les commandos. Sinon, ils feront de leur mieux pour venir à votre secours. Je crains de ne pouvoir en dire plus long : le capitaine Karrde a fixé une limite d'une minute en temps réel à ce message pour éviter qu'on localise son origine. Il vous souhaite bonne chance. D2, prends bien soin de Maître Luke... et de toi également.

L'image disparut et le projecteur du droïd s'éteignit. Mara coupa le communicateur et commença à ramener le ballon au sol.

– C'est une bonne idée, murmura Skywalker.

Elle lui décocha un regard acéré. Il avait toujours les yeux fermés.

– Je *savais* que vous faisiez semblant de dormir! lança-t-elle.

– Mais non, corrigea-t-il d'une voix ensommeillée. Je dérivais. Mais je pense que c'est une bonne idée.

– Oubliez-la. Nous allons marcher un peu plus au nord et nous rabattre sur Hyllyard par les plaines.

Elle regarda son chrono, puis les arbres. Des nuages sombres s'étaient rassemblés dans le ciel depuis quelques instants.

Elle se tourna vers Skywalker : si elle en jugeait par son souffle, il avait à nouveau dérivé dans le sommeil.

Elle devrait donc préparer le camp toute seule. Splendide.

– Reste là, grommela-t-elle au droïd avant de se tourner vers son nécessaire de survie...

Le glapissement du droïd la fit se retourner à demi. Sa main se referma sur son blaster tandis qu'elle cherchait du regard...

Un poids énorme s'abattit sur ses épaules, la souffrance fusa en aiguilles brûlantes dans sa peau, et elle tomba le visage en avant.

Sa dernière pensée, avant que les ténèbres ne l'avalent, fut qu'elle aurait tellement voulu tuer Skywalker quand elle en avait eu l'occasion.

Les trilles alarmées de D2 arrachèrent Luke à son somme.

Il bondit sur ses pieds. Le vornskr était sur Mara, les griffes plantées dans ses épaules, et il penchait son mufle comme s'il s'apprêtait à planter ses crocs dans sa gorge. Mara ne bougeait plus. Il ne voyait que sa nuque. D2, encore trop éloigné, accourait de toute la vitesse de ses roues, brandissant un petit arc à souder.

Luke inspira profondément et cria.

Ce n'était pas un cri humain mais plutôt un hurlement énorme, déchirant, qui secoua toute la clairière et les collines. L'appel effrayant d'un dragon krayt, celui-là même qu'avait lancé Ben Kenobi pour tenir à l'écart le peuple des sables, il y avait des années, sur Tatooine.

Le vornskr ne s'enfuit pas. Mais il avait été surpris et avait momentanément oublié sa proie. Il se détourna quelque peu, accroupi.

Un long moment, Luke soutint le regard du fauve, n'osant pas bouger de crainte de briser cet instant de fascination. S'il pouvait le tenir ainsi jusqu'à ce que D2 intervienne avec son arc à souder...

C'est alors que Mara, toujours clouée au sol, bougea légèrement. Luke mit ses mains en coupe et poussa un deuxième hurlement. Et, une fois encore, le vornskr réagit en se tournant vers lui.

Avec un cri de combat, Mara roula sur le côté, sous le poids du prédateur, et lança ses deux mains vers sa gorge.

Et Luke chargea, visant le flanc du vornskr.

Il ne l'atteignit pas. La queue du vornskr s'abattit comme un fouet sur ses épaules et son visage et l'envoya rouler au loin.

Il se redressa dans la seconde, à peine conscient du feu qui se répandait sur sa joue et son front. Le vornskr siffla. Et D2 se lança dans la bataille, crachant des étincelles sur la patte avant gauche du vornskr. Presque nonchalamment, le prédateur lui arracha son arc et le fracassa. Dans le même temps, il lança sa queue vers le droïd et, sous l'impact, D2 oscilla sur ses roues. La queue fouetta de nouveau, menaçant de faire basculer le droïd.

La queue!

– D2! lança Luke. La prochaine fois, essaie de lui attraper la queue!

D2 lança un bip d'accord et déploya son lourd bras grappin. Luke le surveillait du coin de l'œil. Le vornskr lança une fois encore sa queue et, avec un gazouillement de triomphe, D2 l'agrippa. Et le gazouillement se changea en piaillements douloureux. Car, avec la même force nonchalante, le vornskr avait libéré sa queue, arrachant une bonne partie du grappin de D2.

Mais cela l'avait bloqué pour deux secondes, ce qui suffisait amplement à Luke. Plongeant entre D2 et la queue du vornskr, il lança une main vers Mara et se saisit de son sabrolaser.

A l'instant où il se redressait, la queue s'abattit vers lui, mais il était déjà contre le flanc de D2. Il activa le sabre et pointa la lame ardente vers le mufle du vornskr.

La bête poussa un cri de douleur et de peur en reculant. Luke se fendit une fois, deux fois, repoussant le vornskr loin de Mara, là où il pourrait enfin l'abattre.

A l'ultime seconde, le vornskr bondit en arrière, prit appui sur le sol plus ferme, et s'élança sur lui. Dans le même mouvement, Luke le trancha en deux.

– Il était presque temps, fit une voix rauque.

Il baissa les yeux et vit Mara qui se dressait sur un

coude en repoussant la moitié du vornskr. « Mais qu'est-ce que c'était que ce jeu idiot?

– Je pensais que ça ne vous dirait rien d'avoir les mains tranchées au cas où je rate mon coup, fit-il, haletant.

Il tendit la main pour l'aider à se relever, mais elle la repoussa et se redressa avec peine. Le blaster au poing.

– Laissez tomber le sabre et reculez, souffla-t-elle en agitant son arme.

Luke soupira.

– Je ne comprends pas. (Il éteignit son sabrolaser et le lança. L'adrénaline s'écoulait, maintenant, et la douleur revenait mordre férocement son visage et son épaule.) Est-ce que vous avez remarqué que D2 et moi, nous venons de vous sauver la vie?

– Je l'ai remarqué. Merci. (Elle récupéra le sabre sans détourner d'un pouce le canon de son blaster.) Je suppose que ça compense le fait que je ne vous aie pas abattu, il y a deux jours. Venez par ici, et asseyez-vous.

Luke se tourna vers D2, qui gémissait doucement.

– Ça ne vous fait rien si je m'occupe de D2 d'abord?

Elle serra les lèvres.

– Bien sûr, allez-y.

Elle s'éloigna pour aller récupérer son nécessaire de survie avant de se diriger vers le bord de la clairière.

D2 n'était pas en aussi mauvais état qu'il l'avait redouté. Le bras grappin et l'arc à souder avaient été sectionnés proprement. Avec des paroles rassurantes, Luke scella les deux compartiments.

– Eh bien? fit Mara.

Appuyée contre un tronc, elle passait du baume sur les marques de griffes sanglantes de ses bras.

– Il va bien. Il a été souvent plus endommagé que ça.

– Voilà qui me fait bien plaisir, railla-t-elle tout en lui coulant un long regard. On dirait qu'il ne vous a pas raté, vous, non?

Luke porta lentement la main à son front et à sa joue.

– Ça va aller.

– Mais bien sûr. J'avais oublié : vous êtes un héros.

Il l'observa longuement, essayant une fois encore de comprendre les énigmes et les contradictions de cette femme étrange. Même à trois mètres de distance, il voyait que sa main tremblait : sous l'effet du choc, ou bien de la simple fatigue musculaire. Mais aussi, certainement, à cause de la peur : elle avait échappé à la mort à quelques centimètres près.

Brusquement, elle leva les yeux.

– Je vous ai déjà remercié. Qu'est-ce que vous voulez, une médaille?

– Je voulais seulement savoir ce qui vous était arrivé.

Il retrouva un bref instant la même haine dans ces yeux verts. Mais, après deux jours de marche épuisante, sans sommeil, elle payait sévèrement sur sa résistance émotionnelle. La colère s'estompa dans son regard; seule une froideur lasse subsista.

– Ce qui m'est arrivé, c'est vous. Vous êtes venu de votre ferme crasseuse et perdue sur une minable planète de dixième ordre pour détruire ma vie.

– Comment?

Le mépris se lut brièvement sur son visage.

– Vous ne savez pas du tout qui je suis, n'est-ce pas?

Luke secoua la tête.

– Je suis certain que je me rappellerais de vous si je vous avais rencontrée.

– Oh, oui, bien sûr. Le grand Jedi omniscient qui sait tout, qui voit tout et comprend tout. Non, nous ne nous sommes pas vraiment rencontrés. Mais j'étais bien là, si vous aviez daigné me remarquer. J'étais une des danseuses du palais de Jabba le Hutt quand vous êtes venu y chercher Solo.

C'était donc ça. Elle avait travaillé avec Jabba; et, en tuant Jabba, il avait ruiné sa vie...

Luke l'examina. Elle était mince, agile, avec une certaine grâce – elle avait pu être danseuse professionnelle. Mais son habileté au tir et au pilotage, sa connaissance inexplicable du maniement du sabrolaser... Cela ne cadrait pas.

Elle épiait ses réactions avec une expression de défi.

– Non, vous n'étiez pas uniquement une danseuse. Ça n'était qu'une couverture.

– Bien vu. Digne de l'instinct du Jedi. Continuez : qu'est-ce que je faisais là-bas?

Il hésita devant plusieurs possibilités : chasseuse de prime, contrebandière, garde du corps, espionne pour le compte de quelque organisation criminelle rivale... Non. Il y avait cette science du sabrolaser... Et soudain, toutes les pièces du puzzle s'assemblèrent.

– Vous m'attendiez. Vador savait que j'allais venir à la rescousse de Yan. Et c'est vous qu'il a envoyée pour me capturer.

– Vador? (Ce fut comme si elle crachait le nom.) Ne me faites pas rire. Vador était un idiot et il était prêt à trahir. Mon maître m'avait envoyée chez Jabba pour vous tuer, non pour vous recruter.

Luke la fixa avec un frisson glacé. Non, c'était impossible... Mais, en contemplant son visage déformé, il eut la certitude qu'il avait trouvé.

– Votre maître, dit-il lentement, c'était l'Empereur.

– Oui. (Sa voix fut comme le sifflement d'un serpent.) Et vous l'avez détruit.

Non, se dit-il, c'était Dark Vador qui avait détruit l'Empereur, pas lui – mais Mara Jade ne semblait guère portée vers de telles subtilités.

– Vous vous trompez cependant. Il a *vraiment* tenté de me recruter.

– Parce que j'avais échoué. Et parce que Vador vous avait là, en face de lui. Vous n'aviez donc pas deviné qu'il savait que Vador avait proposé de vous aider à le renverser?

Inconsciemment, Luke ploya les doigts de sa main artificielle. Oui, pendant qu'ils s'affrontaient dans la Cité des Nuages, Vador avait suggéré une telle alliance.

– Je ne crois pas que son offre était sérieuse, dit-il.

– L'Empereur le croyait, lui, fit Mara d'un ton sec. Il savait. Et ce qu'il savait, je le savais aussi. (Une douleur lointaine apparut dans ses yeux.) J'étais sa main, Skywalker. C'est le nom que l'on me donnait à sa cour : la Main de l'Empereur. Je l'ai servi dans toute la galaxie, j'ai accompli des tâches que la Flotte Impériale et les commandos refusaient. Car c'était là mon talent, voyez-vous – il pouvait m'appeler de n'importe quelle région de l'Empire et j'accourais. Je désignais les traîtres, j'abattais ses ennemis, je l'aidais à maîtriser tous ces bureaucrates imbéciles. J'avais le prestige, le pouvoir et le respect. (Lentement, elle se détacha du passé.) Et vous m'avez pris tout ça. Ne serait-ce que pour cette raison, vous méritez de mourir.

– Qu'est-ce qui a mal tourné ? demanda Luke avec un effort.

– Jabba a refusé que je participe à l'exécution. J'ai supplié, j'ai négocié – mais il n'est pas revenu sur sa décision.

– Non, fit Luke. L'esprit de Jabba résistait à la Force.

Mais si elle s'était *vraiment* trouvée sur la barge antigrav de Jabba...

Il eut un frisson en retrouvant cette image terrifiante de la grotte de Dagobah. Cette mystérieuse femme dressée sur la barge, qui riait en levant très haut le sabrolaser qu'elle lui avait pris.

La première fois, des années auparavant, la grotte lui avait présenté l'image d'un avenir possible. Mais la dernière fois, il le comprenait maintenant, elle lui avait montré un passé possible.

– Vous auriez réussi, fit-il calmement.

Mara lui lança un regard perçant.

– Je ne demande ni compréhension ni sympathie. Vous vouliez savoir. Très bien : maintenant, vous savez.

– Mais pourquoi êtes-vous là ? Pourquoi pas avec l'Empire ?

– De quel Empire parlez-vous ? Il est à l'agonie – vous le savez tout comme moi.

– Mais il est encore là...

– Et qui irais-je voir? Aucun d'eux ne me connaît. Pas comme la Main de l'Empereur, en tout cas. J'étais une ombre, je travaillais en dehors de tout commandement, de tout protocole. Nul n'enregistrait mes activités. Ceux auxquels j'étais présentée officiellement pensaient que j'étais une petite femme futile, un simple jouet destiné à distraire l'Empereur. Et après Endor... (Sa voix se fit plus amère encore.) Je n'ai plus eu nulle part où aller. Plus de contacts ni de ressources. Je n'avais même plus d'identité.

– Et c'est ainsi que vous vous êtes liée avec Karrde.

– A la fin, oui. J'ai d'abord passé quatre années et demie à vagabonder dans les recoins les plus pourris de la galaxie, à faire ce que je pouvais. J'ai travaillé dur pour me retrouver là où je suis, Skywalker. Vous n'allez pas me détruire une fois encore.

– Je ne veux rien détruire, fit-il d'un ton égal. Je veux seulement retrouver la Nouvelle République.

– Et moi l'Empire. Nous n'avons pas toujours ce que nous voulons, non?

Il secoua la tête.

– Non, pas toujours.

Un instant encore, elle le regarda avec haine. Puis, brusquement, elle prit un tube de baume et le lui lança.

– Tenez – essayez donc de soigner cette brûlure. Et dormez ensuite. Demain, nous avons à faire.

CHAPITRE XXVII

Le vieux cargo lourd délabré de classe A s'éloigna à la dérive sur le flanc tribord du *Chimaera*, pareil à une boîte gigantesque larguée dans l'espace, et sa coque luisait d'un éclat sourd sous les projecteurs du superdestroyer. Le vieux cargo avait été équipé d'un hyperdrive.

Thrawn, installé au poste de commande, parcourut rapidement les écrans et hocha la tête.

– Ça me semble parfait, capitaine, déclara-t-il à Pellaeon. Exactement comme prévu. Vous pourrez passer au test quand tout sera prêt.

– Encore quelques minutes, amiral. Les techniciens ont quelques problèmes pour régler le manteau-bouclier.

Il retenait son souffle, redoutant une soudaine explosion verbale. Le manteau-bouclier et le cargo modifié sur lequel il avait été monté avaient coûté des fortunes – et l'Empire n'était plus trop riche. Surtout à l'heure où tout dépendait de l'opération Sluis Van...

Mais le Grand Amiral se contenta d'acquiescer.

– Nous avons encore du temps. Quelles nouvelles de Myrkr?

– Le dernier rapport remonte à deux heures, fit Pellaeon. Négatif.

– Et celui sur Sluis Van?...

– Mmm... Cent vingt vaisseaux de guerre en

transit. Soixante-cinq utilisés comme transports, les autres comme unités d'escorte.

– Soixante-cinq, répéta Thrawn d'un air satisfait. Excellent. Ce qui veut dire qu'il ne nous reste plus qu'à faire notre choix.

Pellaeon avait l'air mal à l'aise.

– Oui, amiral.

– Quelque chose vous inquiète, capitaine?

– Je n'aime pas risquer un vaisseau en territoire ennemi sans moyen de communication.

– En l'occurrence, nous n'avons guère le choix, lui rappela Thrawn sèchement. C'est comme ça qu'un manteau-bouclier fonctionne – rien ne sort, rien ne le pénètre. En supposant, bien entendu, que tout marche.

– Oui, amiral, mais...

– Mais quoi, capitaine?

Pellaeon se décida à plonger.

– Il me semble, amiral, que c'est le genre d'opération pour laquelle nous devrions utiliser C'baoth.

– C'baoth? fit Thrawn, le regard un peu plus dur.

– Oui, amiral. Il pourrait nous faire entrer en communication avec...

– Nous n'avons nul besoin de communiquer, capitaine. Il suffira de bien calculer notre timing.

– Je ne suis pas d'accord, amiral. Dans des circonstances normales, oui, je l'admets, un timing précis leur permettrait de se positionner. Mais nous ne savons pas combien de temps il nous faudra attendre pour pénétrer le rideau de défense de Sluis Van.

– Bien au contraire, fit Thrawn avec froideur. J'ai étudié très attentivement les Sluissi. Je peux déterminer avec exactitude le temps qui leur sera nécessaire pour admettre le cargo.

– Peut-être, si tous les contrôleurs sont des Sluissi. Mais avec tout le matériel que la Rébellion fait transiter par Sluis Van, il y a certainement des hommes à eux au Contrôle.

– Ça ne tire pas à conséquence. Ce sont les Sluissi qui sont responsables. Et c'est leur timing *à eux* qui sera déterminant.

– Oui, amiral, fit Pellaeon, abandonnant la discussion.

Thrawn le fixa.

– Capitaine, ça n'est pas une question de bravade. Pas plus que nous ne cherchons à prouver que la Flotte peut fonctionner sans lui. Tout simplement, nous ne pouvons nous permettre d'utiliser trop souvent C'baoth.

– Parce que nous commencerions à être dépendants de lui, grommela Pellaeon. Comme si nous avions tous des implants borgs dans un combat d'ordinateurs.

Thrawn sourit.

– Ça continue de vous déranger, hein? Peu importe. Ce n'est pas une partie essentielle. Je ne veux pas que Maître C'baoth prenne excessivement goût à ce genre de pouvoir.

Pellaeon plissa le front.

– Il prétend qu'il ne veut pas du pouvoir.

– Il ment. Tous les hommes désirent le pouvoir. Plus ils en ont, plus ils en veulent.

Pellaeon réfléchit.

– Mais s'il constitue une menace pour nous...

Il s'interrompit, soudain conscient de la présence des officiers et des hommes d'équipage.

Le Grand Amiral, lui, n'eut pas de tels scrupules.

– Pourquoi ne pas l'éliminer? C'est très simple. Parce que, bientôt, il pourra satisfaire sa soif de pouvoir de façon absolue... Et quand nous aurons réussi cela, il ne sera pas plus dangereux que n'importe quel autre outil.

– Leia Organa Solo et ses jumeaux?

– Exactement, acquiesça Thrawn, le regard brillant. Quand il les aura entre ses mains, ces petites excursions avec la Flotte ne seront pour lui que des interludes comparés à son *vrai* travail.

– En supposant que les Noghri s'en emparent.

– Ils réussiront. Elle et ses gardiens seront bientôt à court d'astuces. Et nous ne sommes pas prêts d'être à court de Noghri.

L'écran, en face de Pellaeon, s'éclaira.

– Ils sont prêts, amiral, dit-il.

Thrawn se tourna vers le cargo.

– Quand vous voudrez, capitaine.

Pellaeon retint son souffle et pressa la touche du communicateur : « Manteau-bouclier : activation! »

Et, au-delà de la baie, le vieux cargo resta exactement à sa place.

Thrawn l'observa d'un regard perçant, revint à ses contrôles, regarda de nouveau le cargo... puis se tourna vers Pellaeon avec un sourire satisfait.

– Excellent, capitaine. Exactement ce que je voulais. Je vous félicite, vous et vos techniciens.

– Merci, amiral, fit Pellaeon, surpris de se sentir soudain moins tendu. Je suppose que nous avons le feu vert?

– Oui, le feu vert, capitaine, fit Thrawn sans cesser de sourire, mais avec une expression dure. Alertez la force d'attaque; préparez-vous à gagner le point de rendez-vous. Les chantiers de Sluis Van sont à nous.

Wedge Antilles leva les yeux de son bloc de données, l'air incrédule.

– Vous plaisantez, dit-il au dispatcher. Une mission *d'escorte*?

L'autre afficha un air innocent.

– Où est le problème? Vous avez des ailes X , non?

– Mais on escorte des *gens*! protesta Wedge. Pas des cargos.

– Ecoutez, commandant, je ne suis pas responsable. C'est une escorte de frégate de routine – quelle différence s'il y a des gens ou un réacteur en panne à bord?

La différence, songea Wedge,c'était sa dignité professionnelle.

– Sluis Van, ça fait un sacré chemin pour des ailes X.

– Oui, mais vous voyagerez à bord de la frégate jusqu'à ce que vous abordiez le système.

Le dispatcher se pencha par-dessus son bureau pour appuyer sur la touche de défilement du bloc de Wedge. Les ordres stipulaient qu'ils devraient attendre dans les chantiers la formation du reste du convoi avant d'accompagner finalement le cargo jusqu'à Bpfassh.

– Ça va nous faire rester longtemps loin de Coruscant, tout ça, remarqua Wedge.

– Commandant, si j'étais vous, je considérerais ça comme un plus, fit le dispatcher en baissant la voix. Quelque chose se prépare. Je pense que le Conseiller Fey'lya et ses partisans vont avancer leur pion.

Wedge eut un frisson glacé.

– Vous ne voulez pas dire... un *putsch*?

– Non, bien sûr. Pour qui prenez-vous Fey'lya?... (Son regard se fit méfiant.) Oh, j'y suis. Vous êtes un des vieux réacs d'Ackbar, c'est ça? Regardez les choses en face, commandant : Ackbar a perdu tout contact réel avec ceux qui se battent pour l'Alliance. Fey'lya est le seul à réellement se préoccuper de nous au sein du Conseil. (Il montra le bloc de données.) La preuve : ce genre de connerie vient du bureau d'Ackbar.

– Oui, mais l'Empire existe encore, marmonna Wedge.

Il se demanda si l'autre était sincère, s'il appartenait vraiment au nombre toujours plus grand des partisans de Fey'lya. Ou s'il n'avait fait que le provoquer pour lui faire oublier ses réticences... A bien y réfléchir, un petit voyage loin de Coruscant, c'était plutôt séduisant.

– Nous partons quand?

– Dès que vous et vos gars serez à bord. On embarque déjà les chasseurs.

– D'accord.

Wedge s'éloigna vers les salles d'équipement. Un tour du côté de Sluis Van et Bpfassh, ça lui ferait du bien. Comme ça, il aurait le temps de réfléchir un peu à ce qui se passait dans cette Nouvelle République qu'il avait aidé à construire.

Et si les Impériaux voulaient les chatouiller en route... c'était exactement ce qu'il lui fallait.

CHAPITRE XXVIII

Peu avant midi, ils entendirent les premiers bruits lointains. Une heure plus tard, ils s'étaient rapprochés et Luke les reconnut : des motospeeders.

– Vous êtes certain que ce sont des militaires? murmura Mara comme l'écho des moteurs s'éteignait.

– Certain, fit Luke d'un air sombre. Sur Endor, j'ai bien failli percuter un arbre avec un de ces engins.

– On dirait qu'ils vont vers le sud. Vers le nord, je n'entends rien.

Luke écouta à son tour.

– Moi non plus. Je me demande... D2, tu peux nous tracer une carte audio?

Un bip lui répondit et, l'instant d'après, le projecteur holo du droïd leur présenta une carte en deux couleurs, à quelques centimètres du tapis de feuilles.

– J'avais raison, fit Mara en pointant le doigt. Il y a quelques unités droit devant nous, et les autres sont au sud. Rien au nord.

– Ce qui signifie que nous avons dû virer vers le nord.

Elle fronça les sourcils.

– Comment le savez-vous?

– Eh bien... ils doivent savoir que nous allons vers Hyllyard City. Et ils vont se concentrer sur une approche en direct.

– La naïveté du Jedi, fit Mara avec un mince sourire. Vous n'avez pas pensé que le fait de ne pas les entendre ne signifie pas nécessairement qu'ils ne sont pas là.

Luke consulta la carte.

– Oui, bien sûr, ils auraient pu disposer une unité pour nous attendre. Mais qu'est-ce qu'ils auraient à y gagner?

– Allons, Skywalker – c'est un vieux truc. Si le périmètre semble impossible à franchir, la proie se terre et attend une meilleure occasion. Et si vous ne voulez pas qu'elle le fasse, vous lui faites croire à un possible moyen d'entrer.(Elle s'accroupit et promena un doigt sur la partie « blanche » de la carte.) Et dans ce cas précis, ils ont un bonus : si nous nous orientons au nord pour éviter les motospeeders, ça prouve que nous avons quelque chose à cacher.

– Ils n'ont certainement pas besoin de preuve, grimaça Luke.

Mara haussa les épaules.

– Certains officiers respectent plus la loi que d'autres. La question est : que faire maintenant?

Il restait penché sur la carte. Mara avait estimé qu'ils n'étaient guère qu'à quatre ou cinq kilomètres de la lisière de la forêt – ce qui faisait deux heures de marche à peu près.

– Ils vont probablement tenter de nous encercler, dit-il. Ils vont lancer leurs unités vers le nord et le sud, et sur notre arrière à la fin.

– S'ils ne l'ont pas déjà fait. Nous avons pu les entendre. Ils ne savent pas à quelle vitesse vous progressons, aussi ils ont dû faire un très grand cercle. Ils ont sans doute utilisé des véhicules d'assaut du type Chariot, ou bien des hoverscouts avec des groupes de motospeeders centrés sur chaque point focal. La procédure standard d'encerclement des commandos.

Mais si les Impériaux ne savaient pas exactement à quelle proie ils avaient affaire? se demanda Luke.

– Alors, où sortons-nous?

– Nous ne sortons pas, fit Mara d'un ton net. Impossible sans équipement et ressources d'appoint.

Le bourdonnement revint, loin devant eux, avant de se perdre à nouveau.

– Dans ce cas, proposa Luke, nous pourrions viser droit vers le centre. Et attirer leur attention avant qu'ils ne nous aient repérés.

Mara prit un air méprisant.

– Comme si nous n'étions que de simples touristes?

– Vous avez une meilleure idée?

Elle lui lança un regard furieux, mais admit enfin :

– Non. Pas vraiment. Et je suppose que vous voulez que nous échangions nos rôles comme l'a suggéré Karrde?...

Il haussa les épaules.

– Jamais nous ne pourrons nous frayer un chemin à coups de blaster. Et si vous avez raison à propos de cet encerclement, je pense que nous n'avions pas une chance de passer. Il ne nous reste que le bluff, et meilleur il sera, plus grandes seront nos chances.

– Je le suppose.

Elle n'eut qu'une brève hésitation avant de lui tendre le blaster, puis son étui.

– Merci, fit-il. Et à présent... D2?

Le droïd comprit instantanément. L'une des sections trapézoïdales de son dôme, indiscernable des autres, s'ouvrit pour laisser apparaître un compartiment profond. Luke se retourna vers Mara et tendit la main.

Elle la regarda un instant, puis revint au compartiment béant de D2.

– C'est comme ça que vous avez fait, dit-elle en décrochant le sabrolaser pour le lui donner. Je me demandais comment vous aviez pu amener ça chez Jabba...

Luke lâcha le sabre et D2 referma son compartiment.

– Je te ferai signe si j'en ai besoin, dit Luke.

– N'espérez pas vous en servir aussi bien que d'habitude, le prévint Mara. L'effet ysalamir est censé s'exercer jusqu'à plusieurs kilomètres de la forêt.

– Je sais. Bon, je pense que nous sommes prêts à repartir.

– Pas exactement. Il y a encore votre visage.

Luke haussa un sourcil.

– Je ne pense pas que D2 puisse masquer ça.

– Très drôle. Mais je pensais à autre chose.

Mara regarda autour d'elle avant de se diriger vers des buissons à l'aspect bizarre, à quelques mètres de là. Elle déroula la manche de sa tunique et s'en servit comme d'un gant afin de cueillir avec précaution quelques feuilles.

– Maintenant, fit-elle en revenant vers Luke. Donnez-moi votre bras.

Il s'exécuta et elle lui passa doucement l'extrémité d'une feuille sur la peau.

– Voyons si ça marche.

– Mais qu'est-ce que c'est censé...? *Aahh!*

La douleur venait de jaillir dans tout son bras.

– Parfait, fit Mara avec une satisfaction sardonique. Vous êtes totalement allergique. Calmez-vous – la douleur aura disparu dans quelques secondes.

Luke serrait les dents. La démangeaison était à peine supportable... mais Mara avait raison. La peau de son bras était devenue sombre et couverte de cloques.

– C'est dégoûtant, commenta-t-il.

– C'est vrai. Vous voulez le faire vous-même ou bien je m'en charge?

– Je vais le faire.

Ça ne fut pas vraiment agréable. Mais quand il eut fini de frotter son menton avec les feuilles, la douleur, déjà, quittait son front.

– Je pense que ça va aller mieux, fit Mara en examinant le résultat. Le reste de votre visage est assez horrible, je dois dire. Vous ne risquez pas de ressembler aux clichés qu'ils peuvent avoir, en tout cas.

– Heureux de l'entendre. Et ça va durer longtemps?

– Les cloques devraient diminuer d'ici quelques heures. Mais elles ne s'effaceront pas avant demain.

– Ça ira. Bon, nous sommes prêts?

– Absolument. (Elle prit les poignées du travois de D2 et se mit en marche.) Venez.

Ils avaient parcouru un kilomètre, accompagnés par les ronronnements lointains des motospeeders, quand ils surent soudain qu'ils étaient arrivés.

Deux éclaireurs en armure blanche scintillante venaient de se rabattre sur eux avant même que Luke ait pu les entendre approcher. Ce qui signifiait que l'unité de recherche avait dû les localiser et les vectoriser depuis quelques minutes au moins.

– Halte! lança un éclaireur de façon parfaitement inutile, tandis que tous les blasters se braquaient sur eux. Identifiez-vous, au nom de l'Empire!

Le moment était venu de bien jouer leurs rôles.

– Ah, ça, je peux dire que je suis heureux de vous voir! s'exclama Luke, d'un ton soulagé, pour autant que ses joues boursouflées le lui permettaient. Je suis épuisé. Est-ce que vous auriez un moyen de transport?

Une brève hésitation, et l'éclaireur répéta : « Identifiez-vous! »

– Mon nom est Jade, fit Luke. (Il désigna Mara.) J'ai un cadeau pour Talon Karrde. Mais je ne suppose pas qu'il m'ait envoyé un véhicule, n'est-ce pas?

Une pause s'ensuivit. Les éclaireurs devaient discuter, ou bien appeler leur base pour de nouveaux ordres. Le fait que le prisonnier fût en fait une femme les avait évidemment déconcertés. Mais est-ce que ce serait suffisant?

– Vous allez nous suivre, dit l'éclaireur. Notre officier veut vous parler. Et vous, femme, posez ce droïd et éloignez-vous-en.

– Moi, je suis d'accord, dit Luke à l'instant où le second éclaireur arrêtait sa motospeeder devant le travois de D2.

– Mais je veux que vous soyez témoins, l'un et l'autre, que j'ai capturé cette femme officiellement avant votre intervention. Karrde a trop souvent l'habitude de rogner les prix.

– Vous êtes un chasseur de prime? demanda l'éclaireur avec un accent méprisant.

– C'est exact, répondit Luke en s'efforçant de mettre dans sa voix une note d'orgueil professionnel.

Le deuxième éclaireur venait d'attacher les poignées du travois de D2 à l'arrière de sa motospeeder. Il remonta en selle et redémarra lentement.

Le premier éclaireur manœuvra pour se placer derrière lui tout en ordonnant :

– Tous les deux, vous me suivez. Et jetez d'abord votre blaster, Jade.

Luke obéit et ils démarrèrent. Le premier éclaireur récupéra le blaster avant de les suivre.

Il leur fallut une heure de plus pour atteindre l'orée de la forêt. L'essaim de motospeeders grossit peu à peu, encadrant Mara et Luke. Puis des commandos firent leur apparition, le fusil-blaster en travers de la poitrine. Les éclaireurs commencèrent alors à s'écarter pour se déployer en une espèce d'écran mouvant.

C'était un déploiement de force militaire impressionnant et Luke s'interrogea encore une fois sur l'acharnement de ce mystérieux nouveau responsable de l'Empire. Au sommet de leur puissance, les Impériaux n'avaient jamais autant utilisé de commandos.

Trois personnages les attendaient dans la bande de terrain large de cinquante mètres qui séparait la forêt des premiers bâtiments d'Hyllyard City : deux soldats commandos et un homme aux traits durs qui portait les insignes de major sur son uniforme brun.

– Il était presque temps, murmura-t-il quand on poussa Mara et Luke devant lui. Qui sont-ils ?

– Le mâle dit qu'il se nomme Jade, déclara l'un des commandos de cette voix légèrement voilée qu'ils semblaient tous avoir adoptée. Un chasseur de prime ; il travaille pour Karrde. Il prétend que la femelle est sa prisonnière.

– Elle était sa prisonnière, rectifia le major en se tournant vers Mara. Comment t'appelles-tu, voleuse ?

– Senni Kiffu, fit Mara d'une voix assourdie. Et je ne suis pas une voleuse. Talon Karrde me doit de l'argent – beaucoup d'argent.

Le major se tourna vers Luke, qui haussa les épaules.

– Les affaires de Karrde ne me concernent pas. Il m'a demandé de la ramener. Je la ramène.

– Avec ce qu'elle a volé. (Le major avait les yeux fixés sur le travois accroché à la motospeeder. Et il ordonna à l'éclaireur :) Détachez ce droïd de votre moto. Le sol est plat, ici, et je veux que vous restiez sur le périmètre. Enfermez-le avec les prisonniers. Et mettez-leur les menottes – par ici, ils ne risquent pas de trébucher dans les racines.

– Un instant, protesta Luke. Moi aussi?

Le major le toisa.

– Vous avez une objection, chasseur de prime?

– Oui, certainement. C'est *elle*, la prisonnière, pas moi.

– Pour le moment, vous êtes tous les deux nos prisonniers. Alors taisez-vous. (Il fixait le visage de Luke avec une attention soudaine.) Mais qu'est-ce qui vous est arrivé?

Bon, se dit-il, ils n'avaient pas l'air de trouver son visage bouffi naturel.

– Je me suis foutu dans une espèce de buisson en la poursuivant, expliqua-t-il tandis qu'un soldat lui passait les menottes. Je dois dire que ça m'a fait un mal de chien pendant un bout de temps.

Le major eut un mince sourire.

– Quel malheur pour vous. Et quelle chance que nous ayons un médecin qualifié au quartier général. Il va vous débarrasser de ces boursouflures en un rien de temps. (Il fixa Luke un instant avant de se tourner vers le chef des commandos.) Bien entendu, vous le désarmez.

Sur un geste, l'éclaireur le plus proche saisit le blaster de Mara et le tendit au major.

– Une arme intéressante, mumura-t-il en l'examinant avant de la glisser dans son ceinturon.

Luke entendit un bourdonnement léger et, levant la tête, il vit un engin à répulseur qui planait au-dessus d'eux. Un véhicule d'assaut Chariot, comme l'avait prévu Mara.

– Ah, fit le major. Parfait, commandant. Allons-y.

Par bien des aspects, Hyllyard City rappelait Mos Esley à Luke : des bâtiments commerciaux et de petites maisons serrés de part et d'autre de ruelles étroites. La troupe se mit en route vers l'une des rares avenues qui semblaient partir du centre de la ville. Luke entrevit au passage, entre deux blocs, un espace découvert. Ça pouvait être aussi bien la place municipale qu'un terrain spatial.

L'avant-garde venait d'atteindre l'avenue quand, dans un mouvement parfaitement synchronisé, les commandos modifièrent leur formation. Tandis que les hommes du centre se rapprochaient étroitement de Luke et de Mara, les autres s'écartaient. Sur un geste, tous s'arrêtèrent. L'instant d'après, la raison de cette manœuvre s'expliqua : quatre hommes hirsutes se dirigeaient vers la troupe, poussant entre eux un cinquième, dont les mains étaient enchaînées dans le dos.

Quatre commandos les interceptèrent. Une conversation brève et inaudible s'ensuivit. Sur ce, les étrangers remirent leurs blasters aux soldats avec une réticence très nette. Ils reprirent leur marche et Luke put enfin voir qui était le prisonnier.

Yan Solo.

– Que voulez-vous ? demanda le major comme les hommes s'arrêtaient devant lui.

– J'm'appelle Chin, dit l'un d'eux. On a attrapé celui-là qui rôdait autour de la forêt – peut-être qu'il cherchait les prisonniers que vous avez. On s'est dit que vous aimeriez peut-être lui dire un mot, non ?

– Très généreux de votre part, fit le major, sardonique, en jetant un bref regard sur Yan. Et vous êtes arrivés tout seuls à cette conclusion ?

– C'est pas parce que je vis pas dans une grande ville bien nickel que je suis stupide, fit Chin en se redressant. Qu'est-ce que vous croyez qu'on se dit quand on voit rappliquer des commandos de l'Empire en garnison temporaire ?

Le major lui accorda un regard prolongé et glacé.

– Espérez qu'elle sera temporaire. (Il se tourna vers le soldat le plus proche et désigna Yan.) Fouillez-le.

– Mais on a déjà... commença Chin.

Il se tut instantanément devant le regard du major.

La fouille fut négative et il ordonna :

– Mettez-le avec les deux autres. D'accord, Chin, toi et tes copains, vous pouvez filer. Si ça se révèle valable, je veillerai à ce qu'on vous récompense.

– Très généreux de votre part, fit l'autre, à la limite du ricanement. On peut récupérer nos armes ?

L'expression du major se durcit encore.

– Plus tard, au QG. Au Hyllyard Hotel, sur la place – mais je suis persuadé qu'un citoyen aussi sophistiqué que vous le sait.

Sans ajouter un mot, Chin s'éloigna avec ses trois compagnons.

– Allons-y, fit le major.

Yan se porta à la hauteur de Luke et marmonna :

– On se retrouve enfin, hein ?

– On dirait que tes amis sont pressés de prendre le large.

– Ils ne veulent probablement pas manquer la petite fête qu'ils ont préparée pour ma capture.

Luke lui décocha un regard acéré.

– Dommage que nous ne soyons pas invités.

– Oui, dommage. Mais, sait-on jamais...

Ils se dirigeaient vers le centre de la ville. Devant eux, une structure grise et arrondie était devenue visible. Luke haussa la tête et vit que c'était une arche qui se dressait devant la place qu'il avait entrevue auparavant.

Elle était très impressionnante, surtout dans une ville aussi éloignée du centre de la galaxie. Elle était faite de plusieurs matériaux et elle évoquait à la fois une ombrelle de pierre ou une part de champignon géant. A sa partie inférieure, elle était soutenue par quatre piliers. Elle devait avoir une dizaine de mètres de haut sur cinq mètres de large. Et l'esplanade devant laquelle elle se dressait avait une quinzaine de mètres.

Le lieu idéal pour une embuscade.

Luke sentit son ventre se nouer. Si c'était évident pour lui, ça devait l'être également pour les commandos.

Il ne se trompait pas. L'avant-garde se déploya au bout de l'avenue. Les soldats s'étaient écartés, blaster au poing. Ils attendaient l'embuscade d'un instant à l'autre.

Luke riva son regard sur l'arche.

– Est-ce que 6PO est ici? murmura-t-il.

– Avec Lando, oui.

Luke acquiesça et risqua un coup d'œil sur sa droite. A côté de lui, D2 roulait avec peine sur la chaussée défoncée. Luke se concentra. Et fit brusquement un pas dans sa direction...

Avec un couinement, D2 bascula sur la jambe de Luke et s'effondra bruyamment.

Luke fut accroupi près de lui en une seconde et se pencha pour tenter de le relever avec ses mains prisonnières. Quelques soldats s'étaient déjà avancés, mais aucun n'était assez près pour entendre.

– D2, appelle 6PO, souffla Luke dans le récepteur audio du droïd. Dis-lui d'attendre que nous ayons atteint l'arche pour attaquer.

D2 obéit instantanément dans un gazouillement presque assourdissant. Luke avait encore la tête qui résonnait quand une poigne rude le redressa.

Le major lui faisait face avec une expression soupçonneuse.

– Qu'est-ce que ça signifie?

– Il est tombé, dit Luke. Je pense qu'il a dû trébucher...

– Je parle de cette transmission! Qu'est-ce qu'il a dit?

– Il protestait sans doute parce que je l'avais fait tomber. Et comment voulez-vous que je le sache?

Le major le fixa un instant.

– Commandant, dit-il enfin, remettez-vous en marche. Que tout le monde se tienne sur ses gardes.

– J'espère, marmonna Yan, que tu sais ce que tu fais.

Luke leva les yeux vers l'arche.

– Moi aussi.

Avant quelques minutes, ils auraient la réponse.

CHAPITRE XXIX

– Ciel! s'exclama 6PO. Général Calrissian, je viens de...

– Silence, 6PO, ordonna Lando, penché vers la fenêtre. Aves, vous avez vu ce qui s'est passé?

Aves secoua la tête.

– On dirait que Skywalker et son droïd sont tombés. Mais je n'en suis pas sûr : il y avait trop de commandos autour.

– Général Calrissian...

– J'ai dit silence, 6PO. (Lando vit les deux soldats relever Luke, puis D2.) On dirait qu'ils n'ont rien.

– Oui. (Aves prit le petit transmetteur posé près de lui.) On y va. Espérons que tout le monde est prêt.

– Et que Chin et les autres n'ont plus leurs blasters, ajouta Lando dans un souffle.

– Mais non. Ne vous en faites pas : les commandos confisquent toujours les armes.

Les Impériaux s'étaient remis en marche. Dès qu'ils seraient tous sur l'esplanade, à découvert...

– Général Calrissian, *il faut* que je vous parle, insista 6PO. J'ai un message de Maître Luke.

Lando le fixa, abasourdi.

– De *Luke*?

Et c'est alors qu'il se souvint de ce piaillement électronique de D2 à l'instant où il était tombé.

– Que dit-il?

– Maître Luke désire que vous suspendiez

l'attaque. Il dit qu'il faut que vous attendiez que les commandos aient atteint l'arche avant d'ouvrir le feu.

Aves se retourna.

– Quoi? Mais c'est dément! Ils nous sont trois fois supérieurs en nombre. Si nous leur laissons la moindre chance de se mettre à couvert, ils vont nous tailler en pièces.

Lando regarda au-dehors. Aves avait raison: il connaissait le combat au sol. Mais, d'un autre côté...

– Ils sont très dispersés, dit-il. Couvert ou non, ils vont être difficiles à avoir. Surtout avec ces motospeeders à la périphérie.

Aves secoua la tête.

– C'est dément. Je ne peux pas risquer mes hommes comme ça.

– Luke sait ce qu'il fait. C'est un Jedi.

– Pas pour le moment. Karrde ne vous a pas parlé des ysalamari?

– Qu'il dispose ou non de ses pouvoirs, il reste un Jedi, insista Lando.

Il prit conscience que son blaster était pointé sur Aves. Ce qui était normal, puisque celui d'Aves était pointé sur lui.

– De toute façon, il risque plus sa vie que n'importe lequel d'entre nous. Et vous pouvez encore renoncer et vous retirer.

– Oh, bien sûr, railla Aves en regardant par la fenêtre. (Les Impériaux étaient au centre de l'esplanade et plus vigilants que jamais.) Mais si nous en laissons un seul vivant, ils vont boucler la ville. Et qu'est-ce que vous pensez de ce Chariot, là en haut?

– Et vous? Je ne sais toujours pas comment vous comptez vous en débarrasser.

– Tout ce qu'on veut, c'est qu'il ne se pose pas, surtout. Et c'est ce qu'il fera si on laisse les commandos aller jusqu'à l'arche. Le Chariot se trouvera juste entre nous et eux. Et, si on compte avec l'arche, ils auront de quoi se mettre tranquillement à couvert pour nous dégringoler. (Il leva son transmetteur.) De toute manière, il est trop tard pour dire aux autres qu'on modifie le plan.

– Mais vous n'avez pas besoin de le leur dire, fit Lando. (Il sentait un filet de sueur ruisseler sous son col. Luke comptait sur lui.) Personne n'est censé faire quoi que ce soit avant que vous n'ayez déclenché les blasters piégés.

– C'est trop risqué.

Aves se retourna vers la fenêtre en levant son transmetteur.

Lando poussa doucement l'extrémité du canon de son blaster dans le cou de l'autre.

– On attend, dit-il.

Aves ne bougea pas. Mais, soudain, sa posture eut quelque chose d'un prédateur en chasse.

– Je n'oublierai pas ça, Calrissian, dit-il avec une douceur glaçante.

– Mais je ne veux pas que l'oubliiez, dit Lando en regardant les commandos, et en espérant que Luke était bien sûr de ce qu'il faisait.

L'avant-garde avait déjà passé l'arche et le major n'en était plus qu'à quelques pas lorsque quatre commandos explosèrent.

Ce fut très spectaculaire. La lueur jaune illumina l'esplanade avec une intensité presque douloureuse; et les détonations résonnèrent comme des coups de tonnerre. Luke faillit tomber. Et ses oreilles tintaient encore quand les tirs de blasters se déclenchèrent derrière lui.

Les commandos réagirent à la perfection. Il ne devina pas le moindre signe de panique, pas la plus légère hésitation. Ils étaient déjà en position de combat. Ceux qui avaient atteint l'arche s'étaient collés contre les piliers de pierre pour riposter par un feu de couverture tandis que les autres les rejoignaient en hâte. Par-dessus les détonations, Luke entendit la plainte des moteurs des motospeeders qui s'élançaient à pleine vitesse; et, dans le ciel, il entrevit le Chariot d'assaut qui pivotait pour affronter les assaillants.

Une main gantée de métal le souleva du sol et on l'emporta sous l'arche. Quelques secondes plus tard, il fut jeté sans égards entre les deux piliers de l'extrémité nord de l'arche. Mara était déjà là, accroupie. Deux autres commandos amenèrent Yan tandis que quatre autres ouvraient le feu. Luke s'agenouilla pour essayer de voir ce qui se passait.

Dans la tempête mortelle de tirs de blasters, minuscule, vulnérable, D2 arrivait de toute la vitesse de ses petites roues.

– Je crois qu'on a de sérieux ennuis, murmura Yan à l'oreille de Luke. Sans parler de Lando et des autres.

– Ce n'est pas encore fini. Qu'est-ce que tu dirais d'une petite diversion?

– Formidable, dit Yan.

Et, à la surprise de Luke, il présenta ses mains : les menottes et la chaîne pendaient à son poignet gauche.

– Un simple petit tour, grommela-t-il en extirpant une pièce de métal d'une menotte pour s'attaquer à la chaîne de Luke. J'espère que ce truc... Oui.

Tout à coup, Luke eut les mains libres.

– Prêt pour la diversion? demanda aussitôt Yan en s'emparant de la chaîne.

– Attends une minute, fit Luke en levant les yeux.

La plupart des motospeeders s'étaient réfugiées sous l'arche. Devant eux, juste sous la ligne de feu, le Chariot d'assaut s'était placé parallèlement à l'arche et descendait.

Une main agrippa le bras de Luke et des ongles acérés se plantèrent dans sa peau.

– Quoi que vous ayez en tête, *faites-le*! grinça Mara. Si le Chariot se pose, jamais vous ne pourrez les avoir à découvert.

– Je sais. Je compte là-dessus.

Le Chariot se posa doucement devant l'arche, bloquant le vecteur de tir des assaillants. Aves, accroupi devant la fenêtre, jura violemment.

– Voilà votre Jedi. Je vous le laisse! Vous avez encore d'autres idées géniales, Calrissian?

– Il faut qu'il... commença Lando, la gorge nouée.

Il n'acheva pas sa phrase. Un tir de blaster venu de

l'arche frappa la fenêtre et, soudain, la douleur fusa dans son bras. Sous le choc, il alla rouler en arrière, sa tête cogna sur le sol, il vit des étincelles. Et se redressa. Pour se trouver face à face avec Aves.

Je n'oublierai pas ça, avait dit le contrebandier, pas plus de trois minutes auparavant. S'il en jugeait par son expression, il n'allait pas oublier maintenant.

– Il s'en sortira, souffla Lando à travers le rideau de la douleur. Il s'en sortira.

Mais il savait qu'Aves ne l'écoutait pas... Et, tout au fond de lui, il ne pouvait lui en vouloir. Lando Calrissian, le joueur professionnel, avait parié une dernière fois. Et il avait perdu.

Quant à cette dette de jeu – la dernière d'une longue liste – l'heure était venue de l'acquitter.

Luke se leva. C'était le moment.

– O.K., Yan. *On y va!*

Yan l'imita et se dressa entre les quatre commandos. D'un grand coup de menottes, il fracassa la visière du garde le plus proche et en étrangla un deuxième avec la chaîne toujours accrochée à son poignet. Puis il s'écarta des piliers. Les deux autres se jetèrent derrière lui.

Luke avait quelques secondes devant lui.

D2 était encore au milieu de la bataille, il se démenait pour éviter les tirs tout en émettant des trilles lamentables à l'adresse de Luke qui leva la main en regardant vers les piliers sud de l'arche. Les commandos y étaient solidement retranchés, protégés par le Chariot. Si ça ne marchait pas, Yan aurait raison : Lando et tous les autres seraient condamnés. Il espérait avec ferveur que cette contre-attaque ne serait pas trop tardive.

Et il se retourna vers D2.

– *Vas-y, D2!*

Un éclair métallique et, avec une précision absolue, son sabrolaser tomba entre ses doigts.

Les gardes se relevaient. Yan était resté prostré à genoux entre eux. Luke les faucha d'un seul revers.

– Restez derrière moi! lança-t-il à Yan et Mara tout en reculant entre les deux piliers nord.

Les commandos regroupés sous l'arche prirent brutalement conscience de la menace et plusieurs braquèrent leurs blasters sur Luke. Si la Force avait guidé sa main, il aurait pu les tenir en échec indéfiniment, en bloquant leurs tirs avec le sabre. Mais Mara avait dit vrai et l'effet des ysalamari se faisait sentir bien au-delà de la forêt : la Force restait silencieuse.

Mais il n'avait jamais eu l'intention d'affronter les commandos.

Il se retourna, lança son sabre vers le haut, et sectionna proprement un des piliers de pierre.

Dans un craquement énorme, la structure tout entière trembla. D'un deuxième coup, il vint à bout de l'autre pilier.

Et le fracas de la bataille fut soudain couvert par le grondement de la pierre qui s'effritait et se fracturait tandis que les deux piliers basculaient.

Luke eut à peine conscience de la présence de Yan et de Mara à ses côtés. Ils battaient en retraite à l'écart de l'arche. Les masques des commandos dissimulaient leur expression, mais Luke lut l'horreur absolue sur le visage du major.

Il lança son sabre vers les autres piliers. La lame ardente en trancha un et ébrécha l'autre.

Dans un grondement prodigieux, toute la structure s'effondra.

Ils plongèrent juste à temps. Mais pas les commandos.

CHAPITRE XXX

Karrde contourna l'amas de pierraille jusqu'au nez cabossé du Chariot d'assaut avec un sentiment d'incrédulité.

– Un seul homme, murmura-t-il.

– On a quand même aidé un peu, remarqua Aves. Mais le ton sarcastique ne pouvait masquer le respect.

– Et sans la Force, ajouta Karrde.

Il devina le haussement d'épaules gêné d'Aves.

– C'est ce que dit Mara. Mais Skywalker a pu lui mentir.

– C'est peu probable. (Un mouvement en bordure de l'esplanade attira le regard de Karrde et il vit Solo et Skywalker qui se dirigeaient vers l'un des airspeeders en soutenant un Lando Calrissian à l'air secoué.) Il a été touché, hein?

– Moi aussi, j'ai failli le descendre, grommela Aves. Je pensais qu'il nous avait trahis – et je me suis dit qu'il ne fallait pas qu'il s'en tire comme ça.

– Rétrospectivement, je préfère que tu ne l'aies pas fait, fit Karrde.

Il leva les yeux vers le ciel en se demandant combien de temps il faudrait aux Impériaux pour exercer des représailles après ce qui s'était passé ici.

Aves, lui aussi, regardait le ciel.

– Nous pouvons détruire les deux autres Chariots

avant qu'ils aient envoyé un rapport. Je ne pense pas que leur QG ait été alerté.

Karrde secoua la tête. En même temps qu'un sentiment d'urgence, il éprouvait de la tristesse. Jamais jusqu'à présent il n'avait réalisé à quel point il aimait Myrkr – leur base, la forêt... Mais il ne leur restait pas d'autre choix que de quitter ce monde.

– Non, dit-il à Aves. Il est impossible de cacher le rôle que nous avons joué ici. Pas à un homme tel que Thrawn.

– Vous avez sans doute raison. Vous voulez que je retourne à la base pour commencer l'évacuation?

– Oui. Et prends Mara avec toi. Occupe-la – qu'elle se tienne à l'écart du *Faucon Millenium* et de l'aile X de Skywalker.

Aves s'éloigna. Karrde se demanda s'il se posait des questions.

L'airspeeder qui emportait Calrissian décollait déjà. Karrde intercepta Solo et Skywalker à l'instant où ils allaient monter à bord de l'autre.

– Karrde, dit Solo. Je vous dois un vaisseau.

Karrde acquiesça.

– Vous comptez toujours récupérer l'*Etherway* pour moi?

– J'ai dit que je le ferais. Où souhaitez-vous que je vous le livre?

– Laissez-le sur Abregado. Quelqu'un ira le chercher. (Il se tourna vers Skywalker.) Très intéressant, ce petit tour, fit-il en montrant le monceau de gravats. Pas très orthodoxe cependant, c'est le moins que je puisse dire.

Luke haussa les épaules.

– Mais efficace.

– C'est vrai. Et il est probable que j'ai sauvé la vie de plusieurs de mes hommes avec ce marché.

Luke le regarda droit dans les yeux.

– Ça veut dire que vous avez pris une décision?

– Je ne vois pas ce qu'il me reste comme choix, fit Karrde. Je suppose que vous allez repartir immédiatement?...

– Dès que l'aile X de Luke sera parée pour le

remorquage. Lando s'en tirera, mais il faut qu'on le soigne, et nous n'avons pas le nécessaire sur le *Faucon.*

– Ç'aurait pu être pire, remarqua Karrde.

– Oui, fit Solo. Et bien... au revoir.

Karrde les observa tandis qu'ils s'installaient.

– Autre chose encore. Nous allons être obligés de déménager de ce monde avant que les Impériaux comprennent ce qui s'est passé. Il va falloir faire vite et nous aurons besoin d'un gros tonnage de transport. Vous n'auriez pas des cargos de surplus ou de vieux vaisseaux de combat?...

Solo lui répondit par un regard étrange.

– Nous n'avons déjà pas suffisamment de transporteurs pour le commerce normal de la Nouvelle République. Je croyais vous l'avoir expliqué.

– Disons un emprunt, insista Karrde. Un super-destroyer Mon calamarien de réforme ferait l'affaire.

– Sûrement, fit Solo avec un accent de sarcasme prononcé. Je vais voir ce que je peux faire.

Le cockpit se rabattit, Karrde s'éloigna et, dans la plainte de ses répulseurs, l'airspeeder s'arracha au sol et jaillit vers la forêt.

Karrde revint aux ruines de l'arche en songeant que même avec un vaisseau de guerre, il n'échapperait pas à Thrawn. Le Grand Amiral allait revenir... et il exigerait le prix du sang.

Pour la première fois de son existence, Karrde éprouva ce sentiment désagréable qu'était la peur.

L'airspeeder avait disparu. Il promena un ultime regard sur Hyllyard City en se disant que jamais plus il ne reviendrait ici.

Luke installa Lando dans une des couchettes du *Faucon* pendant que Yan, avec l'aide de deux hommes de Karrde, s'activait à mettre en place un câble de remorquage sur l'aile X. Le nécessaire d'urgence médicale du *Faucon* était rudimentaire, mais suffisant pour nettoyer et panser une plaie de blaster. Pour une guérison complète, ils devraient attendre de disposer d'une cuve bacta. Luke laissa D2 et 6PO de garde auprès de Lando – en dépit de ses protestations – et regagna le cockpit à l'instant où le vaisseau décollait.

– Pas de problème avec le câble? demanda-t-il en se glissant dans le siège de copilote.

– Pas jusque-là, fit Yan en observant la forêt. On devrait s'en sortir.

– Tu attends de la compagnie?

– On ne sait jamais. Karrde a dit qu'il restait encore deux Chariots et quelques motospeeders. Quelqu'un peut se dire qu'une dernière attaque-suicide serait préférable à un rapport au Grand Amiral...

Luke le regarda.

– Un Grand Amiral?

– Oui. Celui qui semble tenir les rênes de l'Empire désormais.

– Je pensais que nous avions fait le compte de tous les Grands Amiraux, fit Luke avec un frisson.

– Moi aussi. On a dû en manquer un.

Brusquement, Luke était gagné par une émotion puissante, comme s'il quittait un épais sommeil et retrouvait la lumière. Comme s'il comprenait à nouveau l'univers.

La Force était revenue en lui.

Karrde avait eu raison : ils étaient à douze kilomètres de la planète. L'effet ysalamir était cumulatif.

– Je suppose, dit-il enfin, que tu n'as pas son nom.

– Karrde ne me l'aurait pas donné, fit Yan en coulant un regard intrigué dans sa direction. On pourra peut-être conclure un marché s'il a tellement besoin d'un superdestroyer. Ça va?

– Oui, je me sens bien. C'est... c'est comme de retrouver la vue.

– Oui, je sais, grogna Yan.

– Je te comprends. (Luke se tourna vers lui.) Je n'ai pas eu un instant pour te le dire mais... merci d'être venu à la rescousse.

– Pour toi, ce sera gratuit. Mais... tu sais... on dirait que tu as été traîné par des proom.

Luke porta la main à son visage.

– Le déguisement parfait. Mara m'a assuré que ça disparaîtrait en quelques heures.

– Oui... Mara. On dirait que vous vous êtes drôlement bien entendus, elle et toi.

Luke grimaça.

– Tu parles. On avait un ennemi commun, c'est tout. D'abord la forêt, puis les Impériaux. (Il devina la prochaine question de Yan.) Elle veut me tuer.

– Et tu sais pourquoi?

Luke ouvrit la bouche... et, à sa grande surprise, il ne dit pas un mot. Il n'y avait aucune raison pour que Yan connaisse le passé de Mara.

– C'est personnel.

Yan lui lança un regard perplexe.

– *Personnel*, hein? Un vœu de mort personnel?...

– Ça n'est pas un vœu de mort. C'est... *personnel.*

– Oh... fit simplement Yan avant de se concentrer à nouveau sur ses commandes.

Le *Faucon* venait de quitter l'atmosphère pour l'espace. Luke se dit que, à cette altitude, la forêt semblait plaisante.

– Je ne sais toujours pas le nom de cette planète, dit-il enfin.

– Myrkr. Et je ne l'ai appris que ce matin. Je crois que Karrde avait décidé de l'évacuer bien avant la bataille – il avait déjà mis en place un rideau de sécurité très serré quand je suis arrivé avec Lando.

Quelques minutes plus tard, un voyant clignota sur la console : le *Faucon* était suffisamment éloigné du champ gravifique de Myrkr pour qu'ils puissent enclencher l'hyperdrive.

– Parfait, dit Yan.

Et ils plongèrent dans une giclée de traits stellaires.

– Où allons-nous? demanda Luke. Coruscant?

– On va faire une petite escale aux chantiers de Sluis Van. Pour y faire réparer Lando et aussi ton aile X.

– Et essayer de trouver un superdestroyer pour Karrde?

– Peut-être, fit Yan, sur la défensive. Ackbar a expédié pas mal de vaisseaux de combat là-bas. Et je ne vois pas pourquoi on ne pourrait pas en emprunter un pour quelques jours, non?...

– Oui, pourquoi pas? Je suppose que Coruscant pourra se passer de nous pour quelques jours encore.

– Je l'espère, fit Yan d'un air sombre. Mais il va se passer quelque chose. Si ce n'est pas déjà fait.

– Alors, nous pourrions peut-être éviter Sluis Van dans ce cas, suggéra Luke. Lando a mal, mais il n'est pas en danger.

– Non. Je veux qu'on le soigne – et toi, *mon petit ami*, tu as besoin de te reposer un peu. Parce que lorsqu'on va se retrouver sur Coruscant, on aura du travail. Tu ferais bien de profiter de cette dernière occasion de te reposer.

A trois millièmes d'année-lumière des chantiers de Sluis Van, la force d'attaque de l'Empire était rassemblée pour la bataille.

– Le *Judicator* au rapport, commandant, dit l'officier de communication à Pellaeon. Ils confirment qu'ils sont prêts pour le combat et demandent confirmation des ordres.

– Informez le commandant Brandei qu'il n'y a aucun changement.

Pellaeon regarda au-delà de la baie de tribord les formes sombres qui s'étaient rassemblées autour du *Chimaera*. Cette armada impressionnante lui rappelait les jours anciens : cinq superdestroyers, douze croiseurs d'assaut de classe Strike, vingt-deux vieux croiseurs de classe Carrack, plus trente escadrons de chasseurs Tie parés à intervenir.

Et, au beau milieu de cette force de frappe, insolite et absurde, il y avait le vieux cargo lourd de classe A.

La clé de toute l'opération.

– Quel est le statut, capitaine?

Pellaeon se tourna vers le Grand Amiral.

– Tous les vaisseaux sont en ligne, amiral. Le manteau-bouclier a été vérifié et amorcé; tous les pilotes sont à bord des chasseurs Tie.

– Excellent, murmura Thrawn. Et quelles nouvelles avons-nous de Myrkr?

La question déconcerta Pellaeon.

– Je ne sais pas, amiral, avoua-t-il. (Il se tourna

vers l'officier de communication.) Lieutenant : quel est le dernier rapport de notre force sur Myrkr?

– Le rapport de routine, commandant. Temps du log... Il y a quatorze heures et dix minutes.

– Quatorze heures? répéta Thrawn, d'un ton redoutable. Mais je leur avais donné l'ordre de transmettre toutes les douze minutes.

– Oui, amiral, fit l'officier, nerveusement. Votre ordre a bien été enregistré. Ils ont dû...

Il jeta un regard de détresse en direction de Pellaeon.

– Ils ont peut-être des ennuis avec leur transmetteur, suggéra-t-il, hésitant.

– Non, fit Thrawn. Ils sont prisonniers. Skywalker était bien là, sur Myrkr.

– Non, amiral, je ne peux pas le croire, fit Pellaeon. Skylwalker n'aurait pu en venir à bout. Pas avec tous ces ysalamari.

Thrawn se tourna vers Pellaeon.

– Je suis d'accord, dit-il froidement. Donc, on l'a aidé.

Pellaeon trouva la force de soutenir son regard.

– Karrde?

– Qui d'autre? Bravo pour ses promesses de neutralité.

– Nous devrions peut-être envoyer une unité pour enquêter. Un croiseur d'attaque. Le *Stormhawk?*

Thrawn exhala longuement.

– Non. L'opération contre Sluis Van est notre principale préoccupation. Et on a vu des batailles perdues parce qu'un seul bâtiment manquait. (Il revint à l'officier de communication.) Dites au cargo de s'avancer.

– Oui, amiral.

Lentement, le cargo manœuvra devant le *Chimaera*, s'orienta en direction du système de Sluis Van, et passa en vitesse luminique.

– Décompte, demanda Thrawn.

– Commencé, confirma un officier de passerelle.

– Vaisseau-amiral prêt, capitaine?

– Le *Chimaera* est sous vos ordres, amiral, répondit Pellaeon.

– Parfait. Nous allons suivre le cargo durant six heures vingt minutes exactement. Je veux un dernier rapport de tous les vaisseaux... et également que vous leur rappeliez que leur seule mission est d'attaquer et de clouer les défenses du système. Pas de risques, ni d'actes héroïques. Nous sommes ici pour nous emparer de vaisseaux, et non pour en perdre.

– Oui, amiral.

– Et... capitaine?

– Oui, amiral?

– Rappelez-leur aussi que notre victoire finale sur la Rébellion commence ici.

CHAPITRE XXXI

A bord de la frégate d'escorte *Larkhess,* le commandant Afyon secoua la tête d'un air presque écœuré et foudroya Wedge du regard.

– Bravo, les champions des ailes X, gronda-t-il. On peut dire que vous avez réussi, non?

Wedge haussa les épaules en s'efforçant de ne pas se sentir offensé. Mais, en regardant par la baie la masse confuse de vaisseaux englués dans le secteur d'amarrage de Sluis Van, il comprit Afyon.

– Oui, on dirait que nous sommes coincés aussi, fit-il.

– C'est ça, grinça l'autre. Quel immense sacrifice. Vous vous prélassez dans mon vaisseau pendant deux jours, puis vous allez faire un petit tour dehors durant deux heures pendant que j'essaie d'amarrer. Pour moi, ça ne vaut pas le prix qu'on vous paie.

Wedge serra les dents pour ne rien dire. Ça ne se faisait pas de répondre à un officier supérieur. Pour la première fois depuis qu'il avait été nommé commandant de l'Escadron Rogue, il regrettait de n'avoir pas accepté toutes les promotions qu'on lui avait offertes.

Il reprit sa tasse et, tout en buvant une gorgée de thé, il regarda au-dehors.

Un cargo lourd de classe A était en approche d'amarrage.

Sans aucune escorte

Wedge sentit se réveiller ses vieux instincts de combat. Il fit pivoter son siège et pressa les touches du senseur.

Le vaisseau avait l'air innocent. Un vieux cargo, sans doute démarqué d'un Action IV corellien, avec un aspect extérieur qui pouvait s'expliquer aussi bien par toute une vie d'honnête labeur que par une carrière de pirate totalement ratée. Le senseur révéla que les soutes étaient vides et qu'il n'y avait aucun emplacement pour des armes cachées.

Un cargo totalement vide. Depuis combien de temps avait-il rencontré un cargo vide?

– Un problème?

Wedge se tourna vers le commandant, légèrement surpris. La colère de l'autre avait disparu, remplacée par un calme vigilant. Il se dit qu'Afyon, après tout, était peut-être encore un officier prêt à se battre.

– Ce cargo en approche, dit-il en passant sur le communicateur. Il a quelque chose qui ne cadre pas.

Le commandant regarda à l'extérieur, puis consulta le rapport du scanner.

– Je ne vois rien, dit-il.

– Moi non plus, admit Wedge. C'est seulement que... Oh, bon sang!

– Qu'y a-t-il?

– Le contrôle ne me laisse pas passer. Ils disent que les circuits sont déjà engorgés.

– Permettez...

Afyon se pencha sur sa propre console. Le cargo lourd venait de changer de cap, lentement, prudemment, comme s'il était chargé à plein. Mais le senseur répéta que les soutes étaient bien vides...

– On y est, fit Afyon avec un air satisfait. J'ai pompé leur ordinateur. Un petit tour que vous n'avez pas appris avec vos acrobaties en aile X. Voyons... Cargo *Nartissteu*, en provenance de Nellac Kram. Ils ont été attaqués par des pirates, leur moteur principal a été endommagé au cours du combat, et ils ont été obligés de larguer leur chargement. Ils sont ici pour des réparations; le contrôle de Sluis leur a dit de prendre la file.

Wedge acquiesça avec réticence. Oui, tout cela semblait normal. Un vaisseau vide et endommagé devait manœuvrer à peu près comme un cargo plein. Et les senseurs du *Larkhess* confirmaient toujours qu'il était vide.

Mais, dans son esprit, la démangeaison ne s'était pas apaisée.

Brusquement, il prit son comlink.

– Escadron Rogue, ici Rogue leader. A tous les vaisseaux.

Il reçut confirmation et rencontra le regard d'Afyon.

– Vous pensez toujours qu'il y a un problème? demanda-t-il calmement.

Wedge grimaça.

– Probablement pas. Mais nous ne risquons rien à être sur nos gardes. De toute façon, ça va réveiller un peu les pilotes.

Il quitta la passerelle au pas de course.

Les onze autres membres de l'Escadron Rogue étaient déjà aux commandes de leurs ailes X quand il atteignit la baie de chargement du *Larkhess*. Trois minutes après, ils décollaient.

Wedge entraîna sa patrouille autour du *Larkhess*, puis les ailes X se mirent en formation clairsemée. Le cargo lourd n'avait guère progressé mais, curieusement, il s'était largement déplacé sur le côté, dérivant vers un couple de superdestroyers calamariens qui étaient en orbite à quelques kilomètres de distance.

– On se disperse, ordonna Wedge. On fait un passage, juste pour jeter un coup d'œil.

Il consulta son écran de navigation, rectifia quelque peu sa vitesse, releva les yeux.

Pour voir l'enfer se déchaîner.

Le cargo avait explosé. Tout à coup, sans que les senseurs aient donné l'alerte, comme ça, d'un seul coup.

Wedge pressa par réflexe la touche du communicateur.

– Alerte! aboya-t-il. Vaisseau explosé à proximité du dock orbital V-475. Envoyez équipe de secours!

Un instant, tandis que des fragments du cargo volaient dans l'espace, il parvint à voir à l'intérieur... Et ses yeux comme son cerveau se refusèrent à admettre le fait étrange qu'il voyait *l'intérieur* de la baie du cargo désintégré, et non pas l'espace au-delà...

Et la baie n'était pas vide.

L'un de ses pilotes poussa un cri étouffé. Car, à l'intérieur, il y avait quelque chose. Une masse dense qui remplissait tout le volume des soutes, là où les senseurs du *Larkhess* n'avaient rien détecté.

Une masse qui, en quelques secondes, se changea en une vague déferlante de chasseurs Tie.

– Retirez-vous! lança Wedge, en faisant basculer son aile X pour échapper au flux mortel. Reformez-vous ensuite; position d'attaque en feuille S.

Tandis que la formation battait en retraite, il se dit avec un sentiment de désespoir que le commandant Afyon s'était trompé. L'Escadron Rogue allait mériter sa solde, aujourd'hui.

La bataille pour Sluis Van venait de commencer.

Ils venaient de franchir le dispositif de défense et les chicanes bureaucratiques qui tenaient lieu de contrôle pour accéder à Sluis Van depuis quelque temps, et Yan prenait un repère sur le créneau qu'on leur avait octroyé quand ils reçurent l'appel d'alerte.

– Luke! cria-t-il. Un vaisseau vient d'exploser. Je vais aller voir.

Il jeta un regard sur la carte des docks en orbite, localisa le V-475 et réorienta le *Faucon* sur le vecteur approprié.

Il fut soulevé de son siège. Un coup de laser venait de frapper le vaisseau à l'arrière.

Il le lança à pleine vitesse et vit le second tir frôler le cockpit. Par-dessus le grondement des moteurs, il entendit les appels de Luke. Quand il eut évité le troisième tir, il eut une fraction de seconde pour consulter les senseurs de poupe...

Il le regretta presque. Directement derrière eux, il y avait un superdestroyer dont les batteries venaient d'ouvrir le feu sur les postes de combat du périmètre de Sluis Van.

Il poussa un juron étouffé et accéléra encore. Luke se débattait pour atteindre le siège de copilote en dépit de l'accélération.

– Mais qu'est-ce qui se passe?

– On est en plein milieu d'une attaque impériale, grommela Yan en regardant les voyants. Il y a un superdestroyer juste derrière nous, et un autre à tribord. Et on dirait bien qu'il y a d'autres vaisseaux avec eux.

– Un véritable embouteillage, fit Luke d'un ton calme et glacé. (Il n'avait plus rien, songea Yan, du gamin paniqué qu'il avait sauvé sur Tatooine, sous le feu d'un superdestroyer, des années plus tôt.) Je compte cinq superdestroyers et une vingtaine d'autres unités.

– Au moins, nous savons maintenant pourquoi ils ont attaqué Bpfassh et les autres systèmes. Ils voulaient trouver suffisamment de vaisseaux sur place pour que leur attaque vaille la peine.

Il avait à peine fini qu'une voix hurla dans le communicateur :

– Alerte! Alerte! Chasseurs impériaux Tie dans la zone des docks orbitaux. Tous les vaisseaux aux postes de combat!

– On dirait Wedge, fit Luke en sursautant. (Il pianota.) Wedge? C'est toi?

– Luke? On a des ennuis – au moins quarante Tie et une cinquantaine de machins en cônes tronqués que je n'ai encore jamais vus... (Il fut interrompu par la plainte déchirante du gouvernail spatial.) J'espère que vous avez amené quelques chasseurs. On va être un peu juste de ce côté.

Luke jeta un regard à Yan.

– J'ai peur qu'il n'y ait que Yan, moi, et le *Faucon*. Mais on arrive.

– Faites vite.

Luke coupa la transmission.

– Il y a un moyen pour que je retourne sur mon aile X?

– Pas assez rapidement. Il va falloir y aller comme ça.

Luke hocha la tête tout en quittant son siège.

– Je vais m'assurer que Lando et les droïds sont bien harnachés et aller sur une batterie.

– Prends celle du haut, lui lança Yan.

Les déflecteurs dorsaux fonctionnaient au maximum et Luke serait mieux à l'abri.

Si on pouvait l'espérer face à quarante chasseurs Tie et à cinquante cônes volants.

Il fronça les sourcils, effleuré par une pensée étrange. Mais non. Impossible que ce soient les taupes minières qu'on avait dérobées à Lando. Même un Grand Amiral de l'Empire ne pouvait être assez fou pour utiliser ces engins dans une bataille.

Il activa à plein régime les déflecteurs de proue et lança le *Faucon*.

– Que tous les vaisseaux passent à l'attaque, dit Pellaeon. Engagement maximum; maintenez vos positions et statuts. (Il se tourna vers Thrawn.) Engagement confirmé par tous les vaisseaux, amiral.

Mais le Grand Amiral parut ne pas l'entendre. Debout devant la baie, il observait les unités de la Nouvelle République qui se rassemblaient, les mains croisées dans le dos.

– Amiral? insista Pellaeon avec prudence.

– C'était eux, dit Thraw d'un ton hermétique. Ce vaisseau, droit devant. C'était le *Faucon Millenium*. Et il remorquait une aile X.

– Oui, amiral, fit Pellaeon d'un ton neutre. Bouclier Leader confirme le succès de la percée. La section commandement du cargo s'évacue vers la périphérie. Ils ont rencontré de la résistance : véhicules d'escorte, plus un escadron d'ailes X, mais très faible et diffuse.

Thrawn se retourna enfin.

– Cela va changer. Rappelez-moi de ne pas pousser son enveloppe trop loin, et aussi de ne pas gaspiller du temps à lui choisir des cibles. Egalement que les taupes devront se concentrer sur les superdestroyers calamariens – c'est eux qui doivent avoir le plus grand-nombre de défenseurs à bord. (Ses yeux rouges brillèrent.) Et informez-le que le *Faucon Millenium* s'approche d'eux.

– Oui, amiral.

Pellaeon se tourna vers la baie, vers le vaisseau qui s'éloignait, à peine distinct. Il remorquait une aile X...

– Vous ne croyez pas que... Skywalker...?

– Nous le saurons vite, dit calmement Thrawn, le visage dur. Dans ce cas, Talon Karrde devra répondre à bien des questions.

– Attention Rogue Cinq! lança Wedge à l'instant où un éclair de laser jaillissait de l'arrière et entaillait une des ailes X, droit devant lui. On nous suit.

– Vu. Tenaille?

– A mon ordre, confirma Wedge au passage d'un deuxième tir.

Devant eux, un superdestroyer calamarien s'éloignait lourdement de la zone de combat. La couverture parfaite pour ce type de manœuvre. Wedge plongea sous le vaisseau géant, accompagné de Rogue Cinq...

– *Allez!*

Il écrasa la commande de gouvernail et vira sur la droite, en même temps que Rogue Cinq sur la gauche. Le chasseur Tie hésita un rien trop longtemps; à la seconde où il choisissait de suivre Wedge, Rogue Cinq se rabattit et l'effaça de l'espace

– Joli coup, commenta Wedge.

Il observa la situation. Les chasseurs Tie étaient partout, mais, pour l'instant, aucun n'était à distance dangereuse. Rogue Cinq le remarqua également et dit:

– Rogue Leader, on dirait qu'on s'en est sortis.

– Plutôt facilement, fit Wedge

Il longeait le superdestroyer calamarien quand il remarqua la petite chose conique blottie contre la coque. Il se redressa pour mieux voir. C'était bien un de ces petits engins qui étaient apparus en même temps que les chasseurs Tie. Il semblait soudé à la passerelle du grand vaisseau.

La bataille se déchaînait. Mais son instinct dit à Wedge que ce détail était important.

– Attends une minute, dit-il à Rogue Cinq. Je veux voir ça de plus près.

Il atteignait déjà la proue du vaisseau. Il revint en arrière en spirale – et soudain, le cockpit s'embrasa et l'aile X, derrière eux, tressauta comme un animal effrayé.

Le superdestroyer avait ouvert le feu sur eux!

Il entendit vaguement l'appel de Rogue Cinq.

– Reste au large! (Il nota une soudaine baisse de régime des moteurs et parcourut les écrans du regard.) Je suis touché, mais ce n'est pas grave.

– Ils ont tiré sur toi!

– Oui, j'ai vu.

Wedge essaya de se dérober avec le peu de contrôle dont il disposait. Heureusement, son unité D2 réactivait les systèmes. Et le superdestroyer ne semblait pas décidé à ouvrir à nouveau le feu.

Mais pourquoi avait-il tiré?

Il y avait peut-être une réponse...

Sa D2 était trop occupée pour l'instant.

– Rogue Cinq, j'ai besoin d'un scan rapide. Où sont les autres cônes volants?

– Attends, je vérifie. Mes écrans disent... Oui, je n'en trouve pas plus d'une quinzaine. Le plus proche de ces machins est à dix kilomètres – relèvement 118 point 4.

Wedge sentit son estomac se crisper. Quinze sur les cinquante qui s'étaient trouvés à bord du cargo, avec les chasseurs Tie. Où étaient donc passés les autres?

Il se plaça sur vecteur d'interception et dit:

– On va aller voir.

Le cône se dirigeait vers une frégate d'escorte du modèle du *Larkhess,* accompagné de quatre chasseurs Tie.

– Essayons de les avoir avant qu'ils nous remarquent.

Mais déjà, les quatre chasseurs s'étaient écartés pour revenir droit sur eux. Tant pis pour la surprise.

– Rogue Cinq, tu prends les deux de droite.
– Vu.
Wedge attendit la dernière seconde pour ouvrir le feu sur le premier Tie et bascula aussitôt pour éviter la collision avcc l'autre. Le chasseur passa sous lui et l'aile X frémit sous un nouvel impact. Wedge vira et entrevit l'autre qui se lançait à sa poursuite...

Et soudain, quelque chose le dépassa en crachant des traits de laser, lancé dans une vrille folle. Le chasseur Tie encaissa un coup direct et explosa dans un nuage de gaz embrasé. Wedge acheva son virage en même temps que Rogue Cinq.

– Terminé, Wedge, dit une voix familière. Tu as été touché?

– Ça va, Luke. Merci.

– La voilà! lança Yan. Là-bas, près de la frégate. C'est une des taupes de Lando, pas de doute.

– Je la vois. Mais qu'est-ce qu'elle fait là?

– J'en ai vu une collée sur le superdestroyer calamarien, là-bas, intervint Wedge en se dirigeant vers la frégate. On dirait que celle-ci fait la même chose.

– Quoi que ce soit, il faut l'arrêter, dit Yan.

– O.K.

Ils n'étaient plus très loin, mais il était évident que la taupe allait gagner. Elle avait déjà manœuvré de façon à se coller sur la coque. Et, à l'instant où elle achevait sa manœuvre, Wedge entrevit une lumière incroyablement intense.

– C'était quoi, ça? jeta Luke.

– Je l'ignore, dit Wedge en clignant des yeux, encore ébloui. C'était trop brillant pour un laser.

– Un jet de plasma, fit Yan à l'instant où le *Faucon* arrivait à sa hauteur. Droit sur l'écoutille d'évacuation d'urgence. C'est pour ça qu'ils avaient besoin des taupes minières. Ils s'en servent pour percer les coques...

Il s'interrompit et jura:

– Luke! On s'est complètement trompés. Ils ne sont pas là pour détruire la flotte, mais pour la *voler!*

Les pièces se mirent en place dans l'esprit de Lukeet le puzzle fut achevé. Les taupes, les vaisseaux trop faibles en défense comme en équipage que la Nouvelle République avait dû remettre en service, et la flotte impériale qui semblait ne pas faire vraiment beaucoup d'efforts pour briser les défenses du système...

Et un superdestroyer de la Nouvelle République, avec une taupe plantée sur son flanc, qui venait d'ouvrir le feu sur l'aile X de Wedge.

– Il faut les arrêter.

– Bonne idée, fit Yan. Et comment?

– Il n'y a aucun moyen pour que nous puissions monter à bord des vaisseaux? Lando a dit que ces taupes étaient prévues pour deux pilotes. Il est impossible que les Impériaux aient réussi à y entasser quatre ou cinq commandos.

– Avec le personnel dont on dispose pour le moment, quatre commandos, ça ferait déjà beaucoup, remarqua Wedge.

– Et puis, ajouta Yan, si tu fais sauter une écoutille, toutes les cloisons étanches vont se mettre en place dans tout le vaisseau et tu n'atteindras jamais la passerelle.

Luke se tut: Yan avait raison.

– Alors, il faut les neutraliser. Détruire leurs moteurs, leurs systèmes de contrôle... Si ces taupes réussissent à atteindre le périmètre et les superdestroyers, on ne les reverra jamais.

– Oh, mais si, grogna Yan. Elles sont derrière nous. Tu as raison – notre seule chance est d'en neutraliser un maximum. Mais cinquante, nous n'y arriverons jamais.

– Nous n'avons pas à en arrêter cinquante, du moins pas tout de suite, remarqua Wedge. Il y en a encore douze qui ne se sont pas collées à des vaisseaux.

– Bon – on va s'occuper de celles-là en priorité, dit Yan. Tu as des vecteurs?

– Je charge l'ordinateur.

– O.K... On y va. (Le *Faucon* vira bord sur bord.) Luke, appelle Sluis Van et explique-leur ce qui se passe. Dis-leur surtout de ne laisser sortir aucun vaisseau de la zone des docks.

– Vu. (Luke changea de canal sur le communicateur, et dans le même instant, il prit conscience d'un mouvement soudain du cockpit.) Yan? Ça va?

– Comment? Oui, pourquoi?

– J'ai eu l'impression que tu changeais de cap.

– J'avais une idée qui m'a effleuré, comme ça. Mais je l'ai oubliée. Allez, appelle Sluis Van. J'aimerais que tu t'occupes de la batterie laser quand nous serons sur place.

Quand ils atteignirent leur cible, la communication avec Sluis Van était terminée.

– Ils nous remercient, fit Luke. Mais ils ont ajouté qu'ils ne pouvaient pas se passer d'une seule unité pour nous aider.

– Je n'en doute pas, acquiesça Yan. O.K. J'aperçois deux chasseurs Tie d'escorte. Wedge, tu t'occupes de les liquider avec Rogue Cinq pendant que Luke et moi on tombe sur la taupe.

– Compris.

Les deux ailes X jaillirent de part et d'autre du *Faucon*. Instantanément, les chasseurs passèrent en formation de défense.

– Luke, essaie de les faire exploser sans les désintégrer. Il faut que nous sachions combien d'Impériaux il y a à bord.

La taupe minière était en vue droit devant. Luke diminua sa puissance de tir. Et il fit feu.

Le cône tronqué s'embrasa et le métal s'évapora au centre de la cible. Mais le reste de l'engin semblait intact. Luke s'alignait pour un deuxième tir quand l'écoutille, au sommet, s'ouvrit brusquement.

Et une silhouette monstrueuse, pareille à un robot, surgit dans l'espace.

– C'est quoi?...

– Un commando spatial, lança Yan. Un soldat d'élite en armure zéro-g. Cramponnez-vous.

Il braqua violemment pour s'écarter, mais un éclair jaillit du caisson de combat dorsal du commando et la coque du *Faucon* résonna violemment. Yan fit basculer le vaisseau. Il y eut une autre secousse.

Ils s'éloignaient, mais avec une lenteur inquiétante. Luke, la gorge serrée, se demanda à quel point ils étaient endommagés.

– Yan, Luke, ça va? appela Wedge d'un ton angoissé.

– Oui, pour l'instant, fit Yan. Vous avez eu les Tie?

– Oui. Mais je crois que la taupe est encore opérationnelle.

– Alors, détruisez-la. Ne faites pas dans la finesse. Mais attention à ce commando – il a des torpilles à protons miniaturisées ou un truc de ce genre. Je vais essayer de l'attirer, mais je ne suis pas certain que ça marche.

– Non, ça ne marche pas, fit Wedge, lugubre. Il reste sur la taupe. Ils se dirigent vers un vaisseau de croisière – je dirais même qu'ils vont réussir à l'atteindre.

Yan jura.

– Il y a sûrement déjà quelques-uns de leurs copains à bord. Bon. Je crois qu'on va y aller en force. Luke, cramponne-toi – on va leur rentrer dedans.

– *Comment?*

Le grondement des moteurs couvrit presque la question de Luke. Et il retrouva la taupe et le commando spatial dans son champ de vision. Wedge s'était trompé. Le commando s'éloignait de la taupe. De nouveaux éclairs jaillirent de son caisson dorsal et une volée de torpilles protoniques résonna sur la coque du *Faucon.*

– Prépare-toi!

Luke se prépara, en s'efforçant de ne pas penser aux torpilles protoniques. Le *Faucon* accélérait encore, et il se demanda si Yan, non seulement allait percuter le commando spatial mais aussi le vaisseau de ligne.

Et soudain, sans prévenir, Yan lança le *Faucon* sous la ligne de tir du commando et cria :

– Wedge! *à toi!*

L'aile X jaillit vers le haut, sous les yeux de Luke, dans le feu de son canon laser.

Et la taupe fut fracassée dans un volcan de poussière ardente.

– Bien visé, dit Yan. Fini pour toi, mon gros. Profite du spectacle.

Luke comprit enfin.

– Il nous écoutait. Tu voulais seulement l'éloigner de la taupe, hein?

– Tu y es. Je me suis dit qu'il devait faire comme tous les Impériaux. Il...

– Que se passe-t-il?

– Je ne sais pas, fit Yan lentement. Dans tout ça, il y a quelque chose qui me dérange. Je ne sais pas quoi. Notre héros de l'espace tiendra le coup – allons casser d'autres taupes.

Après tout, se dit Pellaeon, il valait mieux qu'ils ne soient ici que pour bloquer l'ennemi. Les Sluissi et leurs alliés de la Nouvelle République se battaient férocement.

Sur son tableau de statut, une section complète du bouclier de protection du *Chimaera* venait de passer au rouge.

– Renforcez le bouclier tribord, ordonna-t-il.

Il y avait encore une dizaine d'unités de combat autour d'eux, dont l'artillerie se déchaînait, plus une station d'appui. Si leurs senseurs montraient que les boucliers du superdestroyer faiblissaient...

– Turbolasers tribord : concentrez vos tirs sur la frégate d'assaut dans le 32 point 40, fit Thrawn , calmement. Visez essentiellement le flanc tribord.

Les batteries du *Chimaera* tonnèrent. La frégate essaya d'esquiver, mais, dans le même temps, son flanc tribord cracha de la vapeur de métal et ses canons furent réduits au silence.

– Excellent, commenta Thrawn. Equipes de tracteurs tribord : verrouillez-la et ramenez-la. Essayez de la placer entre l'ennemi et les boucliers endommagés. Veillez à ce que son flanc tribord soit orienté vers nous; à bâbord : l'armement n'est pas neutralisé et il y encore un équipage.

– Escadron Tie, intervint Pellaeon, concentrez-vous sur le groupe d'ailes B. Batterie ionique : augmentez la pression du tir sur le centre de commandement. (Il consulta Thrawn du regard.) Des ordres particuliers, amiral ?

– Non, la bataille semble se dérouler comme prévu. Aucune nouvelle de Bouclier Leader?

Pellaeon se tourna vers un écran.

– Les chasseurs Tie affrontent encore les vaisseaux d'escorte. Quarante-trois taupes se sont fixées avec succès sur leurs cibles. Trente-neuf sont sécurisées et se dirigent vers le périmètre. Quatre rencontrent encore une résistance interne.

– Et les huit autres?

– Elles ont été détruites. Y compris celles qui avaient un commando spatial à bord. L'un d'eux ne répond plus, mais l'autre est encore opérationnel. Bouclier Leader lui a donné l'ordre de rallier l'attaque contre les vaisseaux d'escorte.

– Rapportez cet ordre, fit Thrawn. Je sais pertinemment que les commandos spatiaux se croient indestructibles, mais leur armure n'est pas prévue pour ce type de combat. Que Bouclier Leader dépêche un chasseur Tie pour aller le récupérer. Et informez-le aussi que son escouade doit commencer à regagner le périmètre.

Pellaeon s'étonna :

– Vous voulez dire *dès maintenant,* amiral?

– Oui, absolument. Le premier de nos nouveaux bâtiments sera là dans les quinze minutes. Et dès qu'ils seront tous regroupés, la force d'attaque se retirera.

– Mais...

– Capitaine, les forces qui se trouvent à l'intérieur du périmètre de défense ne nous intéressent pas. Les vaisseaux capturés vont arriver. Avec ou sans la couverture des chasseurs Tie, les Rebelles ne peuvent rien pour les arrêter.

Yan se rapprocha au maximum des moteurs de la frégate, conscient de la chute du niveau d'énergie : Luke tirait salve sur salve.

– Tu as eu quelque chose?

– Je dirais que non, fit Luke. Le blindage est bien trop important sur les canalisations de refroidissement.

– Ça ne nous mène nulle part. Il doit quand même exister un moyen de s'emparer d'un vaisseau de ligne, non?

– Ils sont faits pour ça, intervint Wedge. Mais vous avez raison – ça ne marche pas.

– D2? appela Yan. Tu es toujours en ligne?

Un bip très faible leur parvint de la coursive.

– Essaie de nous trouver un point faible, demanda Yan.

Le bip qu'il eut en réponse ne semblait guère optimiste.

– Yan, il ne trouvera rien de mieux, fit Luke. Je ne pense pas qu'on ait le choix. Il va falloir que je descende jusqu'à la coque et que je me serve de mon sabrolaser.

– C'est de la folie et tu le sais, fit Yan. Sans une tenue pressurisée – et avec la douche de réfrigérant que tu vas recevoir...

– Et si nous utilisions l'un des droïds?... suggéra Wedge.

– Ni l'un ni l'autre ne peuvent faire ça, dit Luke. D2 n'a pas une capacité de manipulation suffisante, et je ne confierais pas une arme à 6PO. Surtout dans ces conditions d'accélération.

– Ce qu'il nous faut, c'est un bras manipulateur télécommandé, proposa Yan. Quelque chose que Luke pourrait utiliser pendant que...

Il s'interrompit net. L'inspiration lui était venue. Il avait soudain la réponse à ce qui l'avait démangé depuis le début de la bataille.

– Lando! lança-t-il dans l'intercom. *Lando!* Rapplique ici!

– Je l'ai bouclé dans son harnais.

– Eh bien, déboucle-le! *Vite!*

– O.K.

– Mais qu'est-ce qu'il y a? s'inquiéta Wedge.

– Quand les Impériaux ont volé les taupes

minières de Lando, nous étions sur Nkllon. Et nous avons dû dévier nos communications à cause du brouillage.

– D'accord. Et alors ?...

– Alors pourquoi nous brouillaient-ils ? Pour que nous ne demandions pas du renfort ? A qui ? Ici, tu le remarqueras, ils ne nous brouillent pas.

– J'abandonne. Alors ?...

– Parce qu'il le faut. Parce que...

– Parce que la plupart des taupes de Nkllon étaient radio-commandées, fit une voix lasse derrière eux.

Lando venait de pénétrer dans le cockpit, suivi de Luke.

– Tu as entendu ? lui demanda Yan.

– Le plus important en tout cas, fit Lando en se laissant tomber dans le siège du copilote. Qu'est-ce que je m'en veux de n'avoir pas compris ça tout de suite.

– Moi aussi. Tu te souviens de quelques-uns de leurs codes de commandement ?

– Oui, et même de la plupart. Qu'est-ce qu'il te faut ?

– Nous n'avons pas le temps de faire dans la fantaisie. (Yan montra la frégate, immédiatement sous eux.) Les taupes sont encore collées aux vaisseaux. Essaie seulement de les faire démarrer.

– De les faire *démarrer ?* fit Lando en écho.

– Mais oui. Elles sont toutes placées à proximité d'une passerelle de commandement ou d'une aile de contrôle – il suffirait qu'elles grillent suffisamment de matériel et de câblage pour tout ficher en l'air.

Lando exhala bruyamment en secouant la tête.

– Oui, c'est toi le patron. (Il porta la main vers le clavier de communication.) J'espère seulement que tu sais ce que tu fais. Prêt ?

– Vas-y, fit Luke.

Lando pianota un code... et la frégate frémit. Ses moteurs principaux clignotèrent, puis s'éteignirent tandis que ses auxiliaires crachaient de brèves bouffées. Le grand vaisseau se mit à évoluer sur une trajectoire aléatoire.

Et tout à coup, du flanc directement opposé à la taupe, jaillit un jet de flammes.

– Elle a tout traversé! s'exclama Lando, stupéfait.

Impossible de savoir s'il était fier de son succès ou totalement déconcerté.

Un chasseur Tie, sans doute appelé par le signal de détresse des commandos qui se trouvaient dans la frégate, plongea droit dans le geyser de plasma et réapparut brièvement avant d'exploser.

– Ça marche! lança Wedge. Regardez!

Yan leva les yeux. Tout autour d'eux, dans l'espace, les vaisseaux qui s'éloignaient étaient soudain pris de frénésie comme autant de monstres métalliques crachant des langues de feu.

Longtemps, Thrawn demeura silencieux, apparemment oublieux de la bataille. Et Pellaeon retint son souffle en se demandant quel genre d'explosion il devait redouter.

Brusquement, le Grand Amiral se tourna vers la baie.

– Tous les chasseurs Tie de la Force Bouclier sont revenus, capitaine?

– Oui, amiral.

– Alors, donnez l'ordre à la force d'attaque de se replier.

– De se replier?...

Thrawn le fixa avec un sourire furtif.

– Vous vous attendiez peut-être à une attaque généralisée? A ce que je cherche à couvrir notre défaite par un déchaînement frénétique d'héroïsme futile?

– Certainement pas, protesta Pellaeon.

Mais il savait au fond de lui-même que l'autre connaissait la vérité. Et quand Thrawn le regarda de nouveau, son sourire était froid.

– Capitaine, nous n'avons pas été vaincus. Simplement quelque peu retardés. Wayland est à nous, et nous avons les trésors de l'entrepôt de l'Empereur. Sluis Van devait être une simple opération préliminaire, mais en aucun cas notre véritable campagne. Dès lors que nous tenons le Mont Tantiss, la victoire ultime nous est assurée. Disons que nous avons perdu un lot spécial, capitaine. Mais c'est tout. Nous aurons d'autres occasions de nous procurer les vaisseaux qu'il nous faut. Veuillez exécuter les ordres.

– Oui, amiral, fit Pellaeon avec soulagement.

Thrawn, réalisa-t-il, n'était pas seulement un soldat, comme tous ceux avec lesquels il avait servi, mais un vrai guerrier, qui ne visait que le but final et non pas sa gloire personnelle.

Il lança l'ordre de retraite et se demanda, une fois encore, quelle aurait été l'issue de la Bataille d'Endor si Thrawn avait été au commandement.

CHAPITRE XXXII

La fin officielle de la bataille de Sluis Van n'intervint que quelque temps après le départ des superdestroyers. La plupart des commandos avaient été tués lorsque Lando avait activé les taupes et que les vaisseaux avaient éclaté, laissant échapper leur atmosphère.

– Je ne qualifierais pas ça de victoire éclatante, bougonna le commandant Afyon en observant ce qui restait de la passerelle du *Larkhess* au travers d'un hublot. Il va bien nous falloir deux mois pour recâbler tous les circuits.

– Vous auriez préféré que les Impériaux s'emparent de tout ?

– Mais non, répliqua Afyon avec calme. Vous avez fait ce que vous deviez faire – et je dirai comme les autres que détruire tous ces vaisseaux pour les récupérer n'était sans doute pas la meilleure solution.

Yan regarda brièvement Luke.

– Vous parlez comme le conseiller Fey'lya.

Afyon hocha la tête :

– Exactement.

– Heureusement, Fey'lya n'a qu'une voix, risqua Luke.

– Oui, mais il parle fort, fit Yan d'un ton amer.

– Et les gens l'écoutent, insista Wedge. Y compris les militaires qui comptent.

– Il trouvera bien un moyen de mettre cet incident à son profit, fit Afyon. Ne le perdez pas de vue.

Yan était sur le point de répondre quand il fut interrompu par une trille de l'intercom. Afyon s'avança.

– Oui? Le commandant Afyon ici.

– Contrôle de Sluis Van. Nous avons un appel de Coruscant destiné au capitaine Solo. Est-il avec vous?

– Ici même, fit Yan.

Il y eut une pause très brève, puis ils entendirent la voix de Leia.

– Yan?

– Leia!

Un sourire de ravissement un peu stupide apparut sur le visage tendu de Yan.

– Une minute. Qu'est-ce que tu fais sur Coruscant?

– Je crois que j'ai réglé notre problème. (Il décela pour la première fois sa voix tendue et un peu brisée. Du moins pour l'instant.

Yan jeta un regard à Luke et répéta :

– Tu *crois*?

– Ecoute, ça n'est pas important pour l'instant. Ce qui compte, c'est que tu reviennes sans perdre de temps.

Yan se sentit gagne par une impression de froid.

– Que se passe-t-il?

Il l'entendit reprendre son souffle.

– L'amiral Ackbar a été arrêté et démis de son commandement. Pour trahison.

Un silence tendu s'était installé. Yan interrogea du regard Luke, Afyon et Wedge tour à tour. Mais ils ne semblaient rien avoir à dire.

– Je serai là aussi vite que possible, fit-il. Luke est avec moi – tu veux que je le ramène?

– S'il le peut. Ackbar va avoir besoin de tous ses amis.

– D'accord. Tu me rappelles s'il y a du nouveau. Nous partons tout de suite.

– A bientôt, Yan. Je t'aime.

– Moi aussi je t'aime.

Il coupa la communication.

– Eh bien? fit-il sans s'adresser à personne en particulier. Ça y est. Tu viens, Luke?

Luke se tourna vers Wedge.

– Est-ce que vos hommes ont pu s'occuper de mon aile X?

– Pas encore. Mais elle est en tête des priorités. Elle devrait être prête dans deux heures. Même si je dois prélever mes propres motivateurs.

Luke hocha la tête.

– Je regagnerai Coruscant tout seul, dans ce cas, dit-il à Yan. Accompagne-moi seulement pour que nous sortions D2 du *Faucon.*

– Parfait. On y va.

– Bonne chance, dit doucement Afyon.

Oui, songea Yan en s'engageant dans la coursive vers le sas d'amarrage du *Faucon.* Si Fey'lya et sa faction frappaient trop fort et trop vite... Mais, connaissant Fey'lya, ce serait certainement le cas.

– Nous pourrions bien être au bord de la guerre civile, murmura Luke.

– Mais nous ne pouvons pas le permettre, fit Yan avec une confiance qu'il était loin d'éprouver. Nous n'avons pas vécu une guerre pour qu'un Bothan ambitieux vienne tout bousiller.

– Et comment allons-nous l'arrêter?

Yan eut une grimace.

– On va bien trouver quelque chose.

A suivre...

Achevé d'imprimer en juillet 1996
sur les presses de l'Imprimerie Bussière
à Saint-Amand (Cher)

POCKET - 12, avenue d'Italie - 75627 Paris Cedex 13
Tél. : 44-16-05-00

— N° d'imp. 1429. —
Dépôt légal : février 1995.

Imprimé en France

POCKET - 12, avenue d'Italie - 75627 Paris Cedex 13
Tél. : 44-16-05-00

— N° d'imp. 1379. —
Dépôt légal : février 1995.

Imprimé en France